中外管理故事与哲理丛书
THE CHINESE AND FOREIGN MANAGEMENT STORIES AND PHILOSOPHY BOOKS

有梦就去追

"乡都铁娘子"李瑞琴的传奇故事与人生哲学

《中外管理》杂志 著

A Dream Is To Chase

白手创业不可不知的标杆人物
逆境突围不可不读的典型案例

采访：常鸿达 姚 宏 胡卫红
执笔：胡卫红
漫画：杨 琪 李思凝

经济日报出版社

图书在版编目（CIP）数据

有梦就去追 /《中外管理》杂志著 . -- 北京：经济日报出版社，2015.10

ISBN 978-7-80257-886-9

Ⅰ . ①有… Ⅱ . ①中… Ⅲ . ①传记文学－中国－当代 Ⅳ . ① I51

中国版本图书馆 CIP 数据核字 (2015) 第 240015 号

有梦就去追

作　　者	《中外管理》杂志
责任编辑	肖小琴　晏杰然
责任校对	徐建华
出版发行	经济日报出版社
地　　址	北京市西城区右安门内大街65号（邮政编码：100054）
电　　话	010-63516978（编辑部）63588445（发行部）
网　　址	www.edpbook.com.cn
E - mail	edpbook@126.com
经　　销	全国新华书店
印　　刷	中国电影出版社印刷厂
开　　本	710×1000 毫米　1/16
印　　张	20.125
字　　数	250 千字
版　　次	2015 年 11 月第一版
印　　次	2015 年 11 月第一次印刷
印　　数	1-13500 册
书　　号	ISBN 978-7-80257-886-9
定　　价	38.00 元

序：戈壁红柳一样的人生

足迹

21岁：伴着眼泪、带着两位亲人出嫁的新娘；
36岁：大胆创业虽败犹荣的巾帼女杰；
37岁：追求梦想不甘沉沦的奋斗者；
46岁：经营有道富甲一方的成功商人；
47岁：觉悟人生价值敢赌全部身家再创业的冒险家；
51岁：智勇兼备进军陌生领域的企业家；
62岁：梦想永恒激情常在的“新锐创业家”。

我们的欣喜与迷惑

一个农家女子，因家庭不幸远嫁新疆，凭个人努力白手起家，成为富甲一方的“大姐大”；又冒着失去一切的风险，将寸草不生的戈壁滩变成万亩葡萄园；进而挺进陌生行当，创办乡都酒业，生产出法式风味的高端葡萄酒，打造出新疆葡萄酒业第一品牌；62岁登上《爱拼才会赢》的大舞台，跟比自己年轻一轮、两轮甚至三轮的对手进行PK……

当我们看了李瑞琴传奇曲折的人生履历，像淘金工人发现黄灿灿的金沙一样，喜上心头。我们想，如果将她的创业故事写出来，将她的成功经验发掘提炼出来，将是一件多么有意义的事啊！对那些身陷逆境不知所措的人、艰苦创业困难重重的人，以及失去生活目标一派茫然的人，都有很好的启示与借鉴作用。

因此，当我们接到写作任务时，心里充满了期待，我们希望通过自己的努力，将一份特殊的价值呈现出来，与读者共享。

不过，在采访过程中，随着了解的深入，发现我们遇到了一个看不懂的人、一家看不懂的公司，因为这个人、这家公司不止是奇特，而是过于奇特。

人的奇特在于，刚开始创业之旅，她先是发现了一个目标、一件值得去做的事，至于做这件事需要什么条件？成功概率有多大？她一开始并不清楚，在弄清楚之前，已经全身心投入进去了。做到半路，遇到障碍了，身陷困境了，骑虎难下了，想撤都撤不出来了，怎么办？只好硬着头皮继续干。成功了万事大吉，不成功后果很严重，所以她不得不超水平发挥，将潜能释放到极致。到最后，奇迹般的，障碍消失了，困境摆脱了，所行之事遂得成就。

更奇特的是，她不止一次"莽撞"行事，而是一次又一次依循类似的道路前进，最后竟然都做成了，那么，她究竟是掌握了成功秘笈，还是凭好运气？

公司的奇特之处在于，刚开始从老板到员工，几乎都是外行，却有几个最顶级的专家提供高端技术；从经营到管理都是业余水平，却用优质的产品和服务打开了市场。

更奇特的是，这家公司看上去一切都不完善，没有什么经验可资借鉴，但它却在持续成长中——人在干中学、在学中干；公司在运营中改进、在改进中运营，成为越来越接近科学化、规范化的现代治理公司。没有经验的经验，难道不是最有价值的经验吗？

但是，创业不是赌博，不能碰运气。那么，李瑞琴的创业之旅，究竟是按某种规律运行，还是由运气左右呢？这是我们感到困惑的地方。碰运气的方法难于分享，除非我们找到可以复制的成功逻辑，否则这本书就没有写下去的价值。

白手起家的创业者必须掌握的一个成功秘诀

李瑞琴凭什么成功？

我们搜寻理论著作，没有找到合理的解释；考察世界顶级企业家的创业史，隐隐感觉，李瑞琴的经历不是孤例，众多企业家初创业时都有过在黑暗中摸索前行的阶段，只不过极少有人像李瑞琴这样，一次次穿越迷茫。

当我们看见日本企业家孙正义的一句话，灵光闪现中，终于抓住了逻辑的一端——“最初所拥有的只是梦想，以及毫无根据的自信而已。但是，所有的一切就从这里出发”。

李瑞琴不正是如此吗？当她起步时，除了梦想和自信，什么都欠缺，她就这样出发了，然后，该有的全有了。

但是，逻辑的另一端在哪儿呢？怎样从一无所有走到一切拥有呢？

幸好，前辈大师们已有答案，日本“经营之神”松下幸之助提供的答案最接近于“道”的真谛——“世界上的事情似乎是依循类似的模式在前进：起先即使无法收到预期的效果，但只要继续努力，不久即能改变环境，收到意外的成果”。

怎样努力？怎样改变环境？松下幸之助好像并没有指出一条清晰的成功之道，实际上他已经告诉了我们一切。

因为世上没有“一条”成功之道，成功之道有亿万条，你只要朝着梦想不断前进，总有一条路供你行走，最后经过不断试错，让你看见“正确”的结果。

当然，这意味着你会遇到许多意想不到的困难，你会面临许多艰难曲折的考验，像唐僧取经一样，熬过九九八十一难，始至如来胜境。

当我们问及李瑞琴的成功原因时，她的回答是：“永不放弃，努力无止境。”看来，她和前辈大师一样，悟出了相同的秘诀。

世上也有轻松成功的方法——你有很大的平台、很好的人脉资源、很强的经济实力、很优秀的知识背景，那么无论你所行何事，都会顺利多了。但是，如果你什么都没有，或者什么都不足，打算白手创业，那么，“奋斗于迷途”就是你必须掌握的成功秘诀。

戈壁红柳般的生命力

“女人的身体，男人的意志”，这是部下对李瑞琴的评价。

我们认为，用“戈壁红柳”形容她更贴切，而红柳恰好也是她喜爱的一种花。

“红柳是戈壁滩上生命力最顽强的植物”，李瑞琴说，“当戈壁滩成片地盛开这种花时，最好看。”

红柳是一种小乔木，只有二三米高，根却扎得深，最深可达10余米，特别适合在贫瘠干旱盐碱的土地上生长，只要一点点水分，一点点养料，就能活得很滋润，开得很靓丽，而且花期很长，从初夏至10月深秋始结束花季。

李瑞琴是一个红柳般的女人，是特殊土地上成长起来的一个特殊人物，创业之初，没经验，没技术，缺知识，缺资金，看上去不可能成功，她却成了市场法则的优胜者。她的生存之道是扎下深根，而她的根是品格、是美德，她的土壤是人脉、是人心。每个了解她、欣赏她的人为她尽一点点力，她就活出了自己特有的魅力。她的花季也像红柳一样长，年过六旬，精力健旺，神采飞扬，是主流媒体和公众眼里的“新锐创业家”。

人生一定要折腾几个来回才活出了真滋味

两句话可以概括李瑞琴的创业生涯：“做前景不明朗的事业；做他人不知深浅的事。”

在老公眼里，她是个“爱折腾的女人”，在外人眼里，她“有福不会享”。

而她的体会是：折腾就是享福。

“创业是一种享受，是一种乐趣。”李瑞琴如是说。她的话不难懂，但不是每个人都懂，只有真正的创业者才能领会其中的妙味：创业要吃苦，要经历磨难，但那种神奇的、煮沸热血般的巅峰体验，只能在顽强打拼中实现。

对于真正的创业者来说，平平淡淡的生活不值得过，人生一定要折腾几个来回才能活出真滋味，大起大落，大落大起，胜过衣食无忧、安享富贵。

写完这本书，我们最大的感触是：创业不需要特殊的资源，不需要特殊的才艺，只要你的意志足够强大、信念足够坚定，最重要的是，只要你以创业为享受、以折腾为乐趣，你就可以自信地上路了！

目 录
CONTENTS

标——“做中国最好的葡萄酒”。

李瑞琴率领乡都人，走上了别具一格的品牌建设之路：从原料、酿造工艺、包装、形象宣传、营销模式，都刻意标示自身独有的特点，全力打造高端品牌。攀登行业高峰，是充满希望之路，同时也是艰难曲折之路，乡都能走多远？面对质疑声，“乡都铁娘子”的回答是：努力无止境。

第八章　李式管理风格之：公司的主力人物……189

李瑞琴从不讳言，乡都是一个家族企业，她的家庭成员都扎根在乡都酒业。家人的倾情参与，是她创业之初最重要的支持力量。外聘人才也是集结力量的一种方式，但外聘不等于外人，在李瑞琴眼里，他们都是“自家人”。因为乡都的事业，是每个参与者共同的事业；乡都的愿景，是每个参与者共同的梦想。

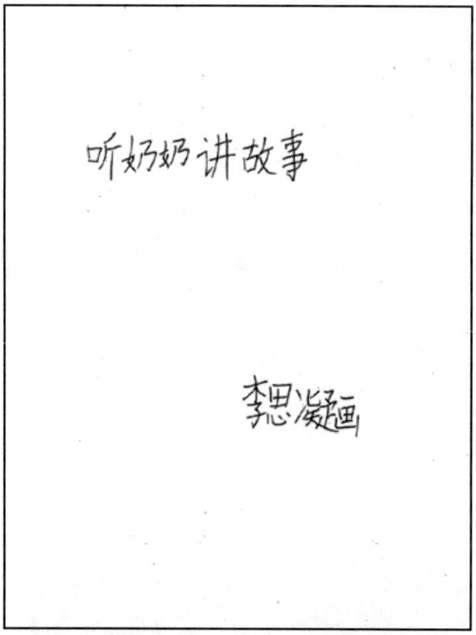

李思凝是李瑞琴的长孙女，从几岁开始就喜欢在纸上涂涂画画。一天，李瑞琴突发奇想，说：“奶奶讲故事，你来画，好不好？”于是，8岁的李思凝就用画笔记下奶奶讲的故事，陆续画了100多幅。

引子：流泪的新娘

“除了嫁到新疆，还有什么事过不去啊？”

那是1972年的一个夏日，在开往新疆的火车上，一位年轻漂亮的山东姑娘，倚望着窗外渐行渐远的家乡，呜咽不止。

《奶奶讲，我来画》，李思凝用稚嫩的线条，新鲜的视角，描摹出奶奶不平凡的一生。

当纷乱的车厢渐渐安静下来，姑娘的哭声显得突兀起来，吸引了乘客们讶异的目光。

一位好心老太太走过来，劝慰道：“姑娘，除了嫁到新疆，还有什么事过不去啊？”

哭声戛然而止！姑娘像被施了定身法似的，僵住了。

片刻，她双手掩脸，大放悲声，哭得昏天黑地。

原来，她是一位新娘，这次出远门，就是要把自己嫁到新疆去，嫁到焉耆县七个星镇，一个她闻所未闻、做梦都梦不到的地方。

她，就是本书的主人公李瑞琴。

那一年，李瑞琴21岁，高挑的身材，端庄俊秀的脸庞，皮肤像破了壳的煮鸡蛋，走在街上总有人看。她读过中学，“根正苗红”，标准的“时代新青年”，找对象尽可眼光向上，可着自己的心意挑。那她为何哭哭啼啼的、像赴难一样把自己嫁往新疆呢?

按中国传统婚俗,“人往高处走”,穷嫁富,村嫁城,焉耆偏远穷僻,而李瑞琴的老家掖县(今莱州),是山东乃至全国都数得着的富县,背倚平原,濒临渤海,土地肥沃,物产资源丰富,经济文化发达,且是个人才辈出的地方。查一下掖县名人录,政界大佬、军界名人、商界大腕、文艺界名流、科技界精英,多不胜数。时下大家熟悉的两个商界人物,张瑞敏和任志强,都是李瑞琴的掖县同乡。

一个漂亮姑娘,从掖县嫁往焉耆,在那个年代绝对是一个不寻常的事件,报社记者知道了也可能会大惊小怪地赶写一篇新闻稿。对当代史事感兴趣的人可能知道,建国后新疆驻进了一支垦荒部队——新疆建设兵团,其中一部就驻扎在焉耆盆地垦荒屯田。兵团官兵都是解放新疆的功臣,在姑娘们心目中他们是“最可爱的人”,但遥远的距离让月老红线难牵,愿意嫁往新疆的姑娘极少极少。眼看官兵们一个个步入“大龄”,一年年过“光棍节”,毛主席、周总理都着了急,不得不亲自出面,全国征募爱心姑娘,历时数年,才解决了这道老大难题。可以想象,当时的新疆,还不是一个让姑娘们心神向往的地方,况且李瑞琴要嫁的那个人,“根不正,苗不红”,因为“成分不好”,在家乡混不开了才盲流到新疆当农民;更何况她只是在媒人的陪伴下跟他见过两回面,了解度接近于零,讲感情暂时还是一张白纸,那她嫁得岂不是莫名其妙吗?

1963年5月26日,莲奶奶出生才三天,太奶奶就去逝了。噩耗传来,仿佛天都要踏了。

乡亲们都说她“傻”,她也不认为自己做了一件聪明的事,但她还是决定嫁——在她的人生旅途中,这不是她做过的唯一一件“傻事”。她的性格是:认准了再傻也干!

性格决定命运,正是与众不同的性格,造就了她与众不同的人生。

家里的顶梁柱倒了!

当意气风发的李瑞琴坐在我们面前，我们很难将她跟“农民企业家”联系起来——白皙素净的脸庞，满头乌丝，看不到一点农民的痕迹，完全是城市养尊处优的女士形象。当她讲述那些往事时，我们才知道她经历过那么多常人难以想象的困难。奇怪的是，艰苦的岁月却没有在她脸上留下明显的霜痕，从她的微笑与平和的语气中，也看不到半分悲戚自怜，有的只是看淡云烟的恬静，莫非这就是大悟的境界?

一切都是最好的安排，她说，当初万般无奈的事，事后回想，也是人生中的一段路程，沟壑也好，泥途也罢，毕竟走过来了，无所谓了!

太奶奶去逝这年，奶奶13岁，波奶奶才4岁。

“我是来自山东的新疆人，我的性格是山东和新疆两种文化的结合体。”李瑞琴自豪地说。看得出，她深爱她的故乡，那是她心中永远的眷恋与荣耀。她说，在创业过程中，她参观过多家山东的优秀企业，走访过多位山东企业家，从中得到了不少灵感和精神营养，而她的创业楷模是海尔张瑞敏。

“我这辈子最崇拜两个人，一个是毛泽东，一个是张瑞敏。张瑞敏是我们山东人的骄傲!他把一家濒临倒闭的乡镇企业，办成世界知名企业，很了不起!我也要把乡都酒业办成中国最好的企业。”

她的话语里透着平和的自信。

对张瑞敏和李瑞琴，我们都比较熟悉，尤其是张瑞敏，作为《中外管理》的理事之一，我们的了解度更高，几年前我们曾推出《海尔的故事与哲理》一书，对海尔有全方位的介绍。这本书至今还在管理类图书中热销。

我们感觉，张瑞敏和李瑞琴是同一类人：雄心勃勃，志存高远，有超强的领导力和资源整合能力，有矢志达成目标的决心。但两人赖以成功的特长不尽相同：张瑞敏的雄才大略异乎常人，李瑞琴的创业精神天下一品。

当年李瑞琴为什么“先结婚，后恋爱”、嫁给一个不太了解的人呢？对此我们不免好奇。

李瑞琴感慨道：叫命运逼的呗！

原来，李瑞琴出生在一个“特殊”家庭，因为她母亲做了一件不寻常的事：带着二嫂一起出嫁。

母亲的二嫂就是李瑞琴的二舅妈。李瑞琴说：母亲自幼失怙，从小跟二舅一起生活，二舅过世后，二舅妈为了抚养小姑子，一直没有改嫁。长嫂当母，没有子嗣的二舅妈将小姑子当亲闺女一样养育。母亲结婚时，考虑到二舅妈已年近五旬，一个人生活多有不便，因此向李家提出一个条件：带二舅妈一起上门。李家嘉其孝义之心，同意了，从此二舅妈成了李家的一员。

李瑞琴出生时刚解放不久，那时全国人民都很穷，缺衣少食是常态。大家比着穷，也就不觉得穷了，所以她的童年时光留下了许多美好记忆。不幸在13岁那年，母亲因难产大出血，在痛苦中死去，一个美满的家庭从此破碎。由于父亲常年在外工作，母亲的离去，意味着家里的顶梁柱倒了！

出生三天的莲奶奶被别人抱走了。从此以后，奶奶和波奶奶跟着她的舅妈，三个人相依为命。

幸好，家里还有一个慈爱的二舅妈。

二舅妈真是个“苦命人”，好不容易养大了小姑子，没享过一天福，现在又要接过小姑子遗留下来的重担，养育下一代。但她同时也是一个伟大女性，将传统女德发挥到了极致。她用大半生心血，无怨无悔地抚养了没有血缘关系的两代人。这事要搁在古代，地方官会为她请立贞节牌坊，表记其美德。

古人说“厚德载物”，又说“积善之家，必有余庆”，大器之才，常出积德积善之家。李瑞琴说，二舅妈是对她一生影响最深的人，从二舅妈身上，她学到了怎样做人。

不过，当时李家谁都无心探究这些形而上的东西，最重要的是如何渡过眼前的难关。为了便于生活，一家人不得不一分为三：父亲领着两个儿子出外谋生，二舅妈带着李瑞琴和四岁的二妹守在家里，刚出生三天的小妹实在无力养活，只好送给一户没有子嗣的老两口——这成了李瑞琴心里一道多年无法愈合的伤口。她爱她的妹妹，为了妹妹，母亲付出了生命代价，妹妹身上仿佛寄托着母亲一半的生命，她哪忍见妹妹变成别人家的人啊！妹妹那么弱小，仿佛荷叶上的一滴露珠，一阵轻风就能吹落，她多想用自己的双手捧着妹妹啊！

但是，大人决定了的事，她无法改变，况且她也没有抚养妹妹的能力，只好含着眼泪，看着妹妹被那家人抱走了。

太爷爷带着两个舅爷艰难度日。就这样，原本一个完整的家庭，变得四分五裂。

从那以后，她有了一个心愿：我一定要把妹妹带回身边！

但她只能将这个心愿深藏心中，因为两家有约定：亲人间永远不得相认。

直到那对老夫妇去世，李瑞琴才实现了心愿，这已是许多年之后的事了！

一个"苛刻"的择偶条件

李瑞琴的母亲去世时，二舅妈已年过花甲，三寸金莲的双脚不适合干重活，只能在生产队打打零工，赚些工分。平时缝缝补补，省吃俭用，精打细算地拉扯着两个孩子。在这么困难的情况下，二舅妈还是咬紧牙关，送两个孩子去读书。她知道，在新社会，女孩子也要识文断字才有出息。

李瑞琴体谅家里的困难，从小学会了俭省，不挑吃、不挑穿，上学的路上，一双两块钱买的新鞋子，她不舍得穿，先把鞋子脱下来，打赤脚走路，到了学校再穿上。

每天放学后，她会帮着二舅妈做些家务，她还学会了绣花，手艺真不错，经常将绣品拿到供销社去卖，换些零钱贴补家用。

那时她正是长身体的年龄，粮食吃不够，闲暇时她就带妹妹去海边摸鱼虾、捉螃蟹，改善生活。后来她给孙女讲早年的生活时说："我个子高，可能跟小时候多吃海鲜有关。"

中学毕业后，她开始在生产队劳动，可以挣工分了，家里的生活条件渐渐好转。

转眼间，她18岁了，出落成一个水灵灵的大姑娘。而二舅妈也益发年老了！

"一家有女百家求"，上门提亲的人差点踏破李家的门槛。二舅妈也劝她：该考虑终身大事了！

可李瑞琴一想到年老的二舅妈和年幼的妹妹，心里就犯愁：自己出嫁了，家里留下一老一小，日子怎么过啊！她说："我不出嫁！我就陪您过一辈子。"

二舅妈听了，感动得热泪盈眶，心想真没白疼了这闺女！可是，哪能因为自己耽误闺女一生的幸福呢！

二舅妈说：傻孩子！男大当婚，女大当嫁，哪有陪舅妈一辈子的道理，你必须嫁人的！

李瑞琴没有争辩，她忽然有了一个新想法：要嫁，带舅妈、妹妹一起嫁！

奶奶为了照看妹妹，即使上学也要带着她的妹妹。

当年母亲带着二舅妈嫁到李家来，现在她从李家嫁出去，自然要带上二舅妈，妹妹也不能丢下。母亲若地下有知，一定会赞成我这么做吧，她想。

李瑞琴提出的条件，吓得媒人们倒退三里，也吓得那些求聘的人家不敢再作此想。不是每个家庭都像李家一样乐意接受一个额外的"包袱"，何况李瑞琴要带两个"包袱"，她凭什么呀？真拿自己当七仙女下凡了？

农村人娶亲讲实惠，娶进门的女子关键要身体好会干活能生孩子，相貌只是参考指标，李瑞琴漂亮的外表为她加不了多少分，她提出的条件却叫人望而却步。那时富点的人家也不过是温饱水平，娶个媳妇添三张嘴，这条件太“苛刻”了！

几年过去，李瑞琴21岁了，在那个早婚年代，21岁快步入“大龄女青年”行列了，她的婚事尚无着落。

二舅妈心里暗暗着急，苦劝她放弃那个“苛刻”条件。

李瑞琴绝不松口。她放出话来，别的条件都好说，出嫁必须带上舅母和妹妹，惟独这一条没有商量余地！

等来了“黑马骑士”

放学了，奶奶还要挖野菜回家吃。

李瑞琴相信大师对她命运的定义：“我这个人命不好，但运好。”

一般来说，越是身陷困境、前途难测之人，越喜欢看相问卜，有人嘲之为迷信，却不知道，其中也包含了心理科学：在没有希望的地方看到希望。

什么是命运？“命”是生命的遗传与积习，“运”是自我运作和社会流转形成的趋势，“好命”本自天生，“好运”要靠随顺时代潮流、努力经营自我，李瑞琴相信自己“命不好，但运好”，可见她不相信“命运天注定”，她相信精彩的人生要靠自己的双手去创造。

李瑞琴带舅母、妹妹一起出嫁的择偶条件，不啻于跟命运的一场“豪赌”，输了她的损失会很大，青春敌不过岁月，红颜挡不住时间，每过一年，择偶的筹码就会减少一分。这道理她懂，但是，为了报恩，为了尽孝，为了完成母亲的遗愿，她认为损失再大都值。

董永行孝，感动天女下凡，那只是传说；李瑞琴行孝，没等来“白马王子”翩然而至，倒是等来了一个“黑马骑士”，他竟然爽快地答应了她的条件。

他叫邹本新，是本地一个富农子弟。“富”在今天是一种魅力，在那个时代却被划入“黑五类”。邹本新感觉在家乡颇受歧视，一气之下，只身跑到新疆焉耆定居，以农为业。焉耆地广人稀，当时“盲流”到焉耆的单身汉很多，当地的汉族姑娘却很少。邹本新28岁了还是光棍一条，于是趁回乡探亲时，打算物色一个女子娶过去。他看看李瑞琴的相貌，打听了一下李瑞琴的人品，十二分中意。李瑞琴提出的条件，也没让他觉得为难，他孤身在外，只愁家里太冷清，哪会嫌人多口阔？他倒是担心：新疆那么远，自己的“成分”又是黑不溜秋的不招人怜爱，人家姑娘会不会乐意？

李瑞琴瞧瞧邹本新，高大壮实，本分憨厚，像个可托终生的人。既然人家答应了她的条件，她就不再犹豫，决定嫁！

邹本新听到这个消息，心里那个乐啊！情不自禁地唱起了那首著名的新疆歌谣：你要想嫁人，不要嫁给别人，一定要嫁给我，带着你的嫁妆，领着你的妹妹，赶着那马车来……

当然，坐马车不现实，坐火车更气派，嫁妆就不说了，妹妹和舅母都可以带来。

双方很快办好结婚手续，邹本新先赶回焉耆打点新房，准备迎娶新娘；李瑞琴料理好家里的事，按照约定的日期，去焉耆成亲。

临到上了火车，她才意识到，她将要告别深爱的家乡，去一个传说中神秘而又遥远的地方，将命运托付给一个来不及看懂的男人。她无法想象，她将要面对怎样的生活？她无法想象，这桩婚姻是命运给她的一个祝福还是一个可怕的诅咒？对新生活的向往，对莫测命运的忧惧，在她心中翻腾纠结，她不知该喜该悲，她表达情绪的方式只能是：哭泣。

7天的行程，她哭了一路，泪水洒了一路……

漫画/杨琪

第一章
最单纯的梦想

“让家人过上好日子”

李瑞琴的创业之旅，从这个最单纯的梦想开始，而她的心灵深处，呐喊着一个声音，“不想要任何人同情我”。她不害怕贫穷，但她害怕活得没有尊严。生活富足才有尊严，这是她对生活的最初理解。

遇到了这辈子最好的人

李瑞琴坐了六天六夜火车，又坐了一天一夜汽车，来到一个她花了好长时间才记清地名的地方——新疆巴音郭楞蒙古自治州焉耆回族自治县七个星公社五大队（现名七个星镇西戈壁哈尔莫墩村），嫁给了邹本新。

丈夫比她大7岁，她叫他“老邹”，这一叫就是40年。

老邹6年前就来到七个星定居，那时正闹“文革”，他父亲是“富农”成分，在“地富反坏右”五大“黑类”中历史算是最清白的了，不是“斗士”们的主攻对象；不过当更大的“问题人士”挨批斗时，有时也要被拉到台上“陪斗”。邹本新年轻气盛爱面子，见了父亲那窝囊样儿，心里受不了；再说“成分”不好，在本地有什么前途？干脆咬咬牙、跺跺脚，远走他乡，去外地谋生。

“融四岁，能让梨……”奶奶的舅母不识字，但每天都教奶奶做人的道理。

邹本新和几个老乡乘火车到宁夏银川，刚巧遇上一班同乡，纷纷说：新疆焉耆是个好地方，人少地多，粮食不愁，白面馒头可着劲儿吃。

那年月，能可着劲儿吃白面馒头，足够诱人。大家一听，立马转车往新疆焉耆跑。

焉耆回族自治县位于新疆天山南麓，总面积2500多平方公里，可惜难以开发利用的戈壁沙漠、盐碱荒地较多；适宜开发的土地也不少，因地处焉耆盆地腹心，境内有开都河纵贯，南部有孔雀河穿越，东南与全国最大的内陆淡水湖博斯腾湖相连，灌溉便利，绿洲农业发达，西汉时就有“良田嘉禾，沃野千里”的美誉，农作物有小麦、玉米、蚕豆、油菜、啤酒花等，畜牧业也很发达，以马、羊、牛为主，"焉耆马"闻名全国。

焉耆的基本特点是地广人稀，到今天才16万多人口，半数以上为回族、维吾尔族、蒙古族等少数民族人民。20世纪70年代，10万人口都不到，因此对内地来的移民敞开怀抱迎接，这是邹本新和伙伴们在此顺利安家落户的主要原因。

眼泪绝不掉给别人看

边疆生活的艰苦超乎想象，李瑞琴初嫁时，一切都不适应——气候不适应，饮食不适应，劳动环境不适应，五大队是汉族与维吾尔族聚居的村落，文化差异较大，人际关系也不适应，总之生活中的一切全变作陌生，让她不知所措。

但她大性要强，不适应也要做出"没有任何问题"的姿态。她每天和社员们一起出工、挖渠、割麦子、背麻袋，什么样的苦活、累活、脏活都干过，事事不愿落别人的后。她表面强撑着，身体却有些吃不消，心里也苦不堪言，常常是割完一天麦子后，晚上回到家，抚着酸痛的胳膊和满是水泡的手，哗哗直掉泪；掉完泪，第二天又满面春风，再去割麦子，好像她天性喜爱这份工作似的；见了人一脸笑，好像啥事没有心情挺愉快似的。

"饿，我饿……"奶奶她们每天都吃不饱饭。

大家背地里都夸：这个女子了不得，比某某某强多了！老邹哪辈子修来的福气，娶了一个好看又能干的媳妇。

微笑面对困境，眼泪绝不掉给别人看，李瑞琴在人生最脆弱的时候，已经显示了女强人的风范。

什么是女强人？女强人不是铁打的身子、钢丝做的神经，照样会受伤会痛苦会掉眼泪，只不过她懂得在不同的时候、不同的人面前表现出恰当的姿态。哲人说："左右天下的人，必先左右自己。"女强人的强，就强在能有力地控制自己的情绪。

当一个人贫穷弱小或遭遇挫折心绪不佳时，要表现出适度的强大——说话声音爽朗，表情平和愉快，走路骄健有力，衣着体面入时，待人彬彬有礼，气不骄但敢于直面强者，言不多但敢于发表自己的主张……你的形象将告诉人们，即使你什么都没有，至少还有坚强；只要还有坚强，什么都不缺乏！

生命中的一棵大树

李瑞琴婚后不久，就把二舅妈和妹妹接过来了，老邹满怀欣喜地接纳了这两个家庭新成员。他觉得一家子有老有少有青壮，更像一个家了！

再后来，李瑞琴将父亲和哥哥、弟弟都接过来了。李家人在焉耆大团圆了，老邹的身份一下子变得比较尴尬，看上去他倒成了倒插门的女婿。但他心无芥蒂，非但不计较，还夸妻子顾全大局，做得很对。

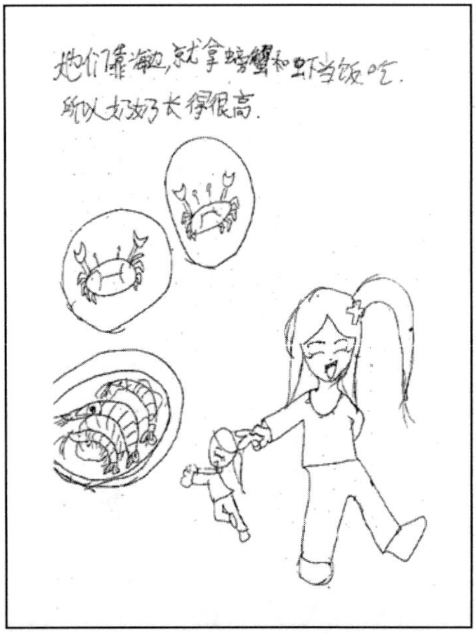

奶奶她们家靠近海边。最开心的事，就是去码头捡拾剩蟹和烂虾当饭吃，所以奶奶长得很高。

当时是计划经济，夫妻二人的口粮供养七个人生活，精打细算还有很大的缺口，常常是吃了上顿愁下顿。老邹对生活质量的降低，仍是毫无怨言。

一个敢离开家乡闯荡万里到边疆的人，性格中必有顽强不屈的因子，老邹的脾气有时也很急，惹火了还会破口大骂，刚结婚那几年，李瑞琴没少挨骂。后来孩子大了，老邹才不太好意思开骂了，最多吼几声，发泄发泄完事。

对他的“坏”，李瑞琴都给他记着，日后却成了打趣的闲话。

对他的好，李瑞琴终生不忘，她说：“老邹是我这辈子遇到的最好的人，他为我们这个家付出太多了！”她还说：“他是我生命中的一棵大树。”

结语: 永远别轻看自己

哲学家狄奥根尼的全部财富只有一只木桶、一件斗篷、一根棍子和一个面包袋。他的生存方式是乞讨,他的理念是亲身实践与世无争的自然生活。一天,亚历山大皇帝对躺在木桶里晒太阳的狄奥根尼说:凡你所求,都可得到满足。这位智者的回答是:“我希望你闪到一边去,不要遮住我的阳光。”

狄奥根尼的高傲不是因为他的智慧和学识,而是因为,他没有失去自由选择生活的权利;假使失去自由,他也有权选择面对生活的态度;假使有人能强制他的态度,他也有权选择面对境遇的心情,因此,他有资格笑傲公侯。

奶奶的舅母看着一家老小吃得开心的样子,心疼得在一旁偷偷地落泪。

野草般的生命力

一天,李瑞琴和长媳李晓云闲聊时,感慨道:“我真是生不逢时啊!‘三年自然灾害’,我经历了;‘文革’,我经历了;‘割资本主义尾巴’,我经历了。那时想做点事真难,人家不让你干呀!后来让干了,还是难,要钱没钱,要人没人,要经验没经验,要技术没技术,历尽千辛万苦,才有今天小小的成就。”

李晓云直言不讳地说:“恰巧在那个时代大家都睡着呢,您醒来了。”

李瑞琴沉思良久,点头道:“说得好!”

李瑞琴事业上的成功,确有一部分因素是比别人快一步“醒过来”,但是,当“众人昏昏”的时候,她为什么能把自己摇醒呢?

大胆的女人

一位记者如是评价李瑞琴:她是一个有着“野草般生命力”的女人,给点阳光雨露就能疯长，再干涸贫瘠的地方都能顽强地扎下根来。

对这个说法，我们觉得很有趣，同时有些不解：焉耆的气候、环境，不是软弱者能安居的地方，生活在这里的人们，都有“野草般的生命力”，李瑞琴有什么特别的地方呢？

从李瑞琴的一位老邻居那里，我们找到了答案：“她这个女人啊，真大胆，那时‘割资本主义尾巴’，别人家不敢养猪，她敢养；别人家不敢垦荒种菜，她敢种，所以她家的日子过得总比别人家好。”

正是“大胆”，赋予了李瑞琴特殊的生命力。不过，她的胆量是被逼出来的。那时在生产队吃“大锅饭”，收入几乎全部来自集体劳动，凭劳动赚工分，凭工分换口粮及其他有限的福利。李瑞琴说：“那时候我们一天10个工分合两毛钱，一年能拿到10块钱现金，我们就已经特别高兴了！”一个“家大口阔”的家庭，凭夫妻二人赚工分，不“超支”就谢天谢地了，有盈余多少都值得高兴，但高兴归高兴，过日子吃穿住行，10元钱能干什么呢？可以想象，她家的日子过得多么拮据。

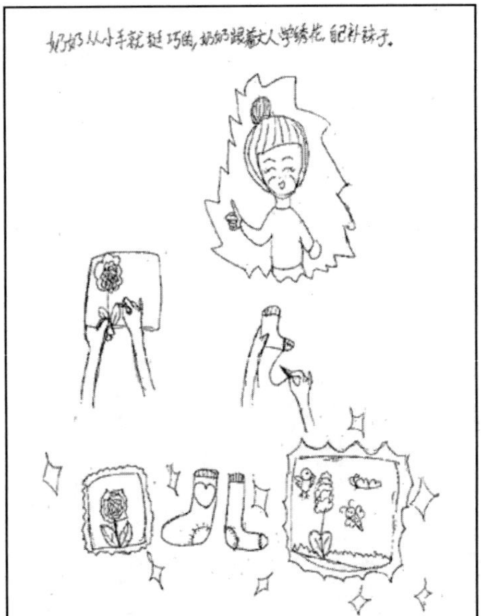

奶奶从小手就挺巧的，跟着大人学绣花，贴补家用，还学会了补袜子。

李瑞琴是一个要强的女人，不愿看到家里的生活落在别人后面，如何填饱肚子，如何让家人过着尽可能体面的生活，是她心里的头等大事。但左思右想，除了养猪和种植，没有别的路子，就这样还不能明目张胆地干，只能半遮半掩、不声不响地干，低调一点，尽量不刺激别人的神经，别人就会睁一只眼、闭一只眼。

猪养肥了，就轮到老邹上场了，挑个日子，偷偷地弄到市场上去卖。“走一晚上的夜路，第二天才能到城里，就是为了不让那些查‘资本主义尾巴’的人发现。”李瑞琴说。

那时猪肉几毛钱一斤，卖一头肥猪可得小100元钱，对一个农民家庭来说，能顶大用呢！

其实，到了20世纪70年代，国家政策已渐渐宽松，在农村种个菜、养个猪都不成问题，只不过离市场远的地方，种菜很难变现，养猪按规定第一个要卖给国家，收购价比市场价低，第二个才可以自由处理。有的社员"觉悟低"，不愿卖给国家，偷偷拿到市场上卖，多挣十几元差价，一般抓不到，抓到了会有麻烦，也没什么大不了的。

既是这样，为什么李瑞琴敢养猪别人却不敢呢？一方面，李瑞琴毕竟是从"大地方"来的人，读书也比一般社员多一点，对政策的嗅觉灵敏多了；一方面，大家不敢养猪，不光是怕政策，主要是怕苦怕累怕风险。在粮食没有富余的情况下，怎样将猪喂饱喂肥是一道难题，靠蔬菜或挖野菜喂猪，营养不行，猪一时半会长不大，费时费力，效益不高，风险还不小，养着养着，猪得瘟病死掉了，那损失就大得叫人欲哭无泪。这是一般人家不敢养猪的真正原因，说国家不让养只是一个托词，用来掩饰心里的一个"怕"字。今天国家的政策相当宽松了，可许多"怀才不遇"者还在抱怨"体制不好"，将半生平庸、一事无成的责任推卸给政府，那不过是为自己的懒惰无能扯块遮羞布罢了！

奶奶学着用玉米叶做手工品，精巧的手工品还可以卖给供销社换钱。

李瑞琴带着家人种菜喂猪搞副业，这就有了一个比较稳定的收入来源；她在持家方面也很用心，再劳累也要将家里拾掇得干干净净、整整齐齐，人家一看，她家吃得比人家好，穿得比人家好，居住环境比人家好，可她家吃饭的人不比人家少，干活的人不比人家多，日子怎么过得这样滋润呢？分析原因，没有别的，只因这个家里有一个聪明能干的女主人。

于是，大家都不得不高看李瑞琴一眼。

李瑞琴很喜欢被人高看的感觉，这不仅仅是出于女人的虚荣。

最重要的是，这个看似不起眼的成功，使她悟到了人的潜力可大可小，不逼一下，要能力没能力，要胆魄没胆魄，逼到一定份上，什么都有了。

一个机会

时间到了1975年，李瑞琴出嫁三年了，终于遇上一个好机会：五大队财务组要招一个会打算盘、会记账的会计，考虑到男劳力少，决定招一个女会计。大队干部拿眼一瞅，女社员们一个个识字不多，像带崽的母鸡似的，光会在土里刨食，哪干得了要脑瓜子的活计呀！惟独李瑞琴文化高、人能干，这个位置她最合适了！

面对这个难得的机会，李瑞琴心里又高兴又紧张，她担心自己从未学过财务，不会打算盘，万一把事情办砸了，叫人笑话，就不好了！

但她转念一想：五大队这么多大姑娘、小媳妇，谁学过会计？谁会打算盘？我要不行，别人也不行；我不敢上，谁敢上？不如我先干了再说！

她下定决心，接过了会计工作。这样，她就从普通社员变成大队干部了。

后来她说，她不是想当干部，主要是想摆脱繁重的体力劳动。大队会计半脱产，工分不少拿，又不用天天下地干活，相比当社员轻松多了！

奶奶说，虽然她从小就没有了妈妈，但舅母给她的爱，胜似妈妈。

李瑞琴一辈子都没喜欢过又苦又累又脏的田间劳动，但她从来没有逃避过，除非有百分之百的理由，她才会欣然离开田间。一直到今天，她身为董事长且年过六旬，有百分之九十九的理由不用下田了，但她还是经常去田间劳动。这是她一个非常了不起的地方！按需要而不是凭喜好做事，是成功创业的第一个基本素质。她有这个素质。

大队的往来账不多，有经验的人加几个夜班就弄妥了，凭李瑞琴的聪明，边干边学，时间不长就胜任了，这一干就是13年。

当会计的经历对李瑞琴非常重要，她的交往范围扩大了，有机会接触到公社、县上的干部，有机会接触银行、财税等单位的人员，她的信息来源广了，眼界、见识、思考方式都发生了质的变化。后来她当了老板，常以"农民"自称，媒体也给她贴上一个标签——"从农妇到企业家"。但这种表述未必准确，读万卷书，行万里路，交八方友，是人生三条学习途径，李瑞琴虽未读万卷书，但她行万里路、交八方友，她的胸襟见识、人脉资源等各方面，跟一个成天劳作于田野、一辈子生活在一小片地方的农妇怎么可能一样呢？

全村第一个"万元户"

时间到了20世纪80年代，改革开放了，农村包田到户，大队、小队改成村、组，从此，农民们开始各凭本事勤力安排自家的日子。

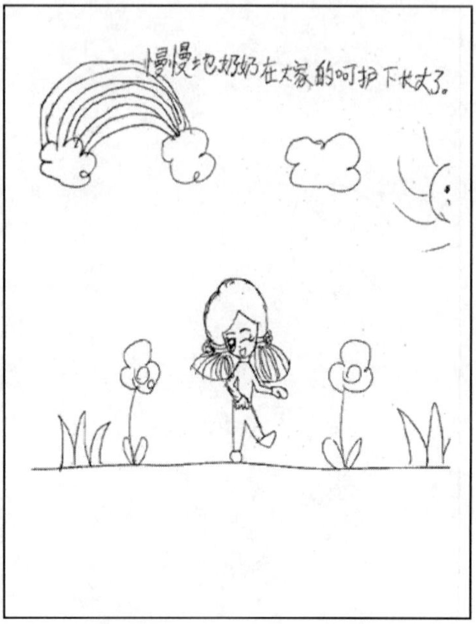

在奶奶舅母的呵护下，奶奶一天天长大了，长成一个婷婷玉立的大姑娘。

当时李瑞琴的父亲和两个兄弟因不习惯新疆的生活，已返回山东老家，她和老邹又相继生了一子一女——次子邹积赟和小女邹晓丽。

社会发生了变革，农村生活却没有发生立竿见影的变化，对农民来说，集体劳动也好，包田到户也好，单靠从土地上刨生活，改善仍是很难。真正可喜的变化是"解放生产力"，农民可以大胆"搞副业"，甩开膀子奔小康，再也不用担心被扣上"富农"帽子了。

当村民们对政策变化还心存疑惑或者不知道该把"生产力"释放在哪儿时，李瑞琴一家再次走在了前面。当时她家还没有找到别的财路，借着政策的春风，多种菜、多养猪，几年时间，攒了不少钱，成了本村第一个"万元户"。那时"万元户"就是富甲一方的"土豪"了，让多少人羡慕啊！

李瑞琴很喜欢这种被羡慕的感觉。

村、乡干部对她很重视，希望她起带头作用，领着村民们一起走上富裕路。

李瑞琴也很喜欢这种被重视的感觉，她也乐意成为全村的致富带头人。

不过，她的“野心”已不再局限于养猪种菜，她的目光投向一个更大的创富空间：投资办企业。

结语：幸福生活靠双手创造

幸福生活不是靠金钱简单堆积起来的，要靠自己亲手创造。

俗话说“富日易过，穷日难熬”，这句话道出了许多人的心声，但它只看到表象，没有抓住本质。“富日易过”却不一定过得幸福，没有创造人生必然流于空虚贫乏；“穷日难熬”也不是没有希望，用心熬也能熬出幸福的“心灵鸡汤”——没有席上珍，难道不可以做出几碟精致的小菜？没有千金裘，难道不可以衣着干净得体、用笑声为自己美容？没有黄金屋，难道不可以让家里变得整洁素净、用和乐装满屋子？没有豪华车，难道不可以“安步以当车”、让心情自由飞翔？只要热爱生活有创造力，“穷日”也能营造出幸福体面的生活。

而且，从“穷日”到“富日”的转化，更是离不开勤力创造。

奶奶到了谈婚论嫁的年纪了，亲戚、朋友、邻居们都来给奶奶说媒。

人生最重要的一课

“改革的春风阵阵吹”，撩得最本分的农民心里都不安分起来，一大批“农民企业家”脱颖而出，成为中国的先富群体。

许多人感到困惑:论文化素质、技术能力、商品意识、市场眼光、经营能力、管理水平,农民都无优势可言,凭什么成为领先者?

其实,农民企业家的冒尖,符合一条创业原理:成功属于最渴望它的人。

改革开放之初,大凡个人素质较高的人,都手捧一只“铁饭碗”,对成功的渴望远远达不到渴者思水、饥者思食、寒者思衣的等级,很难下定舍弃一切独立创业的决心;农民就不同了,长期贫困的生活刺激着他们致富的渴望,他们手上也没有什么难以割舍的东西,于是他们率先冲出去了,成为中国最早的一批民营企业家。

世间一切充满了辩证法,你拥有很多,你拥有的东西反倒成为束缚你的绳索;你一无所有,意味着你获得了某种形式的自由。

奶奶说一辈子不嫁人,她要给舅母养老送终,将妹妹养大成人……

李瑞琴一家通过努力,成了“万元户”,有了一定的创业资本,同时也是继续创业的一个障碍。那个时代诞生了一大批“万元户”,绝大多数“万元户”小富即安,失去了更上一层楼的动力,自然被时代淘汰,李瑞琴为什么能克服人性弱点、再上征途呢?因为她遇到了一个“人生导师”,一个引导她上路又逼得她不敢停步的“大导师”。

合作办砖厂

1985年,新疆建设兵团的一位朋友来找李瑞琴,提议合作创办一家砖厂。朋友认为,现在公家、私人盖房子的很多,砖供不应求,只要生产出来了,不愁赚不到钱!朋友还说,他懂技术、有设备,可惜没钱没人脉,办不下执照、贷不到款,租场子、招员工也有困难,不然早就自己干了。

李瑞琴想,凭自己的信用和人脉,办执照、贷款、租场地都不是难事,请员工更不用说,安排村民就业,等于为地方做了一件好事。她惟一缺少的是设备和技术，现在人家正好都有，双方优势互补，砖厂一定可以办起来。

她说干就干，很快办下了执照。因为这是当地第一家私营企业，对搞活本地经济有积极作用，因此得到了地方领导的大力支持，她顺利办下7万元银行贷款，还从亲戚朋友手上借了不少钱，自家的积蓄也搭进去了，总算凑齐了启动资金。朋友将设备运到，技术人员和工人也全部到位，砖厂就正式开业了。

乡亲们眼看她不费吹灰之力，就办起一家工厂，当上了老板。

但她毕竟没经验，忘了最关键的一条：办厂容易，赚钱却不容易。

她信了朋友的话：砖只要生产出来了，不愁销路和赚钱。

其实，赚钱是天下难事。多年后，李瑞琴深有感触地说："那个时候什么都不懂，凭的只是哥们义气。"她的个性还保留着山东人的豪爽大气，又嫁接了几分焉耆人的憨厚质朴，与人交往，以诚以拙，敢于相信别人，哪想到人心善变江湖有风险！

当然，她不是一点风险意识都没有，但她左瞧右看，前思后想，看不到任何风险。凭经验判断，砖是常销产品，养猪还担心死掉，砖不烂不臭，只要生产出来了，今天卖不掉明天卖，今年卖不掉明年卖，终究能赚到钱。

不料，砖生产出来后，一敲就碎，比土砖强不了多少。原来那哥们的技术不过关。

质量不好，销售就难了。砖卖不出去，资金回不来，欠人家的租金、利息、工资、税收等却一分不能少，怎么维持？

奶奶说一辈子不嫁人，就为这，她的舅母气得三天不吃饭。

李瑞琴原来的想法是，大胆用人，将砖厂的事务全交给朋友打理，现在一看，情况不妙，只好亲自出马跑推销。她人缘好，搞销售有优势，可产品不行，一连奔波多日，一块砖都卖不出去。

一次次的徒劳往返，李瑞琴的自尊心一次次受伤。

惨痛的教训

砖厂举步维艰，煤款拖欠了很久还不上，员工工资也不能按时发下，到了这种地步，李瑞琴还想坚持，她认为只要合伙人突破技术关，解决质量问题，一切都会好转。实际上她的砖厂不仅仅存在质量问题，信用、管理、员工士气、成本控制、营销方式、合作关系等各方面都不健全，像个患了多种综合症的病人，不是一帖药就能治好的。但李瑞琴当时没经验，用她的话说，"过程当中懵懵懂懂的"，问题在哪儿都没看明白，更别说改进了！

1988年，国家实行宏观调控，市场对砖的需求锐减，李瑞琴的砖厂再也撑不下去了，被迫宣布倒闭。清算时库存砖还有100多万块，2分钱一块抛售都没人买！最后一算总账，自身投资加上银行贷款、私人借款，再加上拖欠的煤款、员工工资等，净亏20多万元，总负债19万多元。

"谁要是能让我带上舅母和妹妹一起出嫁，我就嫁给谁。"奶奶想出了一条"妙计"。

那时候一个普通员工年收入才几百元钱，农民的收入更低，如果靠做工、种田还钱，几百年不吃不喝才还得清这笔"阎王债"。

合伙人一看形势不妙，两脚抹油"跑路"了，债务全落在李瑞琴一人身上。

从情理上说，李瑞琴可以推掉部分债务，因为合伙是大家公认的事实，砖厂主要由合伙人经营管理，官司有得打，至少可以暂时缓解追债的压力。

面对重大利益的得失，李瑞琴再次显示了"女强人"的本色，将全部债务揽了下来。

她并不喜欢表现这种豪气，她只是觉得，事已至此，总该有人负责任，既然那个人不肯分担，她只好负全责。

沉重的债务，压得李瑞琴几乎喘不过气来，整整一年时间，她心里交织各种情绪——无辜、无助、恨，还有恐慌。无辜的是不知自己做错了什么，却赔了这么多钱；无助的是关心她的人虽多，谁都帮不上忙；恨的不仅是那个人，还有自己：什么都不懂，何必趟这浑水！恐慌的是欠下巨额债务，怎么还？何年何月才能还清？

一年后，李瑞琴终于缓过劲来，开始以还债为目标重新规划自己的人生，同时深刻反省了这次创业失败的教训——砖不是一种高成本投入的产品，一家小砖厂，每年的运营成本不过三五万，四年时间竟然净亏20多万，必定是该有的不该有的毛病全有了，才会输得这样彻底！

通过认真总结，李瑞琴学到了许多，她认为最大的收获是学会了"认清人"和"不能感情用事"。

然而，面对如此惨痛的失败，李瑞琴能否东山再起？

结语：伤害你的人可能是你最好的老师

佛陀有一个终生对头　提婆达多。二人是表兄弟，年轻时因意见冲突，几乎拔剑格斗。后来提婆达多一直扰乱他、危害他，甚至想谋杀他。大家都说这个人很坏，佛陀却说："提婆达多是我最初发心向道的老师。他引导我，怕我道心退转，所以无休无止地折磨我。"

伤害你的人可能是你最好的老师，是你的"魔鬼教练"。有人伤害你，如果你只是得到伤害，那是你自己的错，你原本可以得到更多。

失败也是一个很好的老师，假设你从中得到的只是负面，很遗憾，因为你错过了一堂让你终生难忘的大课。

漫画/杨琪

第二章

失败了可以再来

拼搏努力　永不放弃

身负巨额债务的李瑞琴，不甘心从此沉沦，不甘心让全家人挣扎在贫困的泥沼中，她的心里涌动着再创业的激情。终于，机会来了！她没有让机会悄然溜走……

“没有事业我就没有办法活下去”

砖厂失败后，李瑞琴“冬眠”了一段时间，很快便振作起来，开始寻找新的事业机会。

“没有事业我就没有办法活下去。”李瑞琴这样解释她重新创业的原因。

熟悉她的老部下也说：“她的事业心强，对她来说没有事业是绝对不可能的。因为事业就是她的生活。她可以每天一刻不停地为事业奔走，并一直保持着旺盛的精力。”

从心情上说，李瑞琴“风光”过几年时间，在当地是人人称羡的角色，哪甘心从此沉寂而沦为大家眼中的失败者？从处境上说，她身负巨债，必须重新创业，不然真会活不下去，被人天天追债的日子怎么过？内外交互的力量，激活了她的潜能，她的斗志前所未有地旺盛。

也许天可怜她们一家三口，也许奶奶的行为感动了上帝，就这样，奶奶遇到了爷爷。

“东土取经”

焉耆相对于东部沿海地区来说，经济落后，民营企业起步较晚，李瑞琴那家粗放式经营的砖厂，在焉耆称得上知名企业了，平时没少得到县、乡领导的关照。

砖厂倒闭不仅是李瑞琴人生中最黑暗的一页，在本县也是一个轰动性事件，若非县委领导出面斡旋，李瑞琴的处境会更艰难。

心有不甘的李瑞琴回了一趟山东老家，探亲、散心兼取经。此行她的心情非常复杂，当她衣着体面地出现在亲友们面前时，大家都对她投以欣羡的目光，谁又了解她的苦衷呢？但她不会向任何人哭穷、诉苦，她暗暗发誓：一定要重新站起来，不让大家失望！

山东的民营企业发展得如火如荼，张瑞敏和他的海尔最让李瑞琴瞩目。张瑞敏仅用了几年时间，就将一家濒临倒闭的乡镇企业做成行业龙头。对这位比她大不了几岁的同乡，李瑞琴由衷敬佩，而海尔也绝对是一家值得她学习的企业。后来，她提出的乡都“起步晚，起点高”的战略构想，跟海尔早期“起步晚，起点高”的“名牌战略”如出一辙；她的“我要做就做第一”的誓言也有张瑞敏当年“要么不干，要干就干第一”的豪情。

含笑的眼泪

1988的冬天，在李瑞琴的记忆中是最幸福的一个冬天。

塔里木盆地发现了石油，钻进队纷纷开进来，“大会战”即将展开。李瑞琴敏锐地意识到：商机来了！

塔里木油田总部设在巴州首府库尔勒市，离焉耆不过50多公里；油田基地分布在塔里木盆地周边地区，陆续开来了上万石油工人。有人就有消费，有消费就有市场，有市场就有商机，李瑞琴马不停蹄地奔走于焉耆、库尔勒等各地，寻找市场切入点。几经努力，她终于拿到了一份200件皮大衣的订单。塔里木的冬天十分寒冷，最低气温可达零下30多摄氏度，野外作业人员急需皮大衣御寒。

石油局不差钱，签了合同就预付50%的订金，对特别差钱的李瑞琴来说真是雪中送炭！

我的爷爷叫邹本新，也是山东人，将近1.8米的个子，一表人才，很英俊。

李瑞琴从未接触过皮大衣业务，没经验、没技术，换了平时不一定敢接单，现在被债务逼急了，只要有钱可赚，别说制作皮大衣，造飞机她都敢接单。

她买了三台缝纫机，聘请三个熟练裁缝，按购方提供的图样，马上动手干起来。

办砖厂时她在质量问题上吃了大亏，现在她决不会在同一块石头上绊倒两次，为了确保质量，她全程跟踪生产进度，对任何瑕疵都不轻易放过。

200件皮大衣如期交货，件件做工精细又结实，购方十分满意，爽快结清了余款。

这笔生意对方给的价格不低，扣除开销，利润可观，李瑞琴捧着赚到手的一大笔钱，激动得不知所措，砖厂倒闭时她没有掉泪，现在泪水反倒哗哗地直淌，在最黑暗的日子里，她看到了一束璀灿的亮光……

结语：世上只有不想做的事，没有不会做的事

许多创业者被“不会做”三个字障住了。

你知道吗？全球最大的飞机制造公司——波音公司的创始人威廉·波音，木材商人出身，从未学过飞机制造；他的第一批生产工人都是打家具的木匠，没有任何相关工作经验，在设计师的指导下，他们竟然造出了最棒的飞机。

世上只有不想做的事，没有不会做的事。打破了“不会做”的魔咒，你会发现机会无所不在，各行各业“任我行”。

爷爷他们家，在那个时代富农分子是黑五类。爷爷的爸爸每次开会都要陪斗。

“仪尔”，意思是独一无二

第一单皮衣生意让李瑞琴看到了事业新契机：数量庞大的勘探和开采人员对皮衣的需求急增，新疆原有的国营皮衣厂生产规模较小，远远不能满足市场需求。市场供不应求的时候，岂不是最佳切入时机？

新疆的羊皮、牛皮丰富，加工成品皮和制作裘皮衣的工人也不难找，李瑞琴决定，火速采取行动，创办皮衣制造厂。

新的事业

1989年初，李瑞琴创办兴兴皮毛制品厂，生产“仪尔牌”皮装。“兴兴”取意为事业兴旺、家业兴旺、芝麻开花节节高；“仪尔”取谐音，“仪”即一，“尔”即二，意为独一无二，体现了她“要做就做第一”的思路。

兴兴皮毛厂成立后，李瑞琴自任厂长，同时兼管财务、采购、营销等多种事务，凡她做得来的事都亲力亲为，实在忙不过来了才交托给别人。她每天忙进忙出，几乎没有空闲的时候。那时二儿子邹积赟刚念初中，留在他心里的最深刻印象是，“我妈忙得一天到晚见不着面”。

李瑞琴一方面是从成本考虑，她的资金不足，自己多做点，少请几个人，资金压力小多了，省下来的全是利润；另一方面，上次失败的教训告诉她，“请人哭，没眼泪”，采购、销售、业务洽谈等核心事务必须抓在自己手上才放心。她每天的工作量大得令人咋舌，奇怪的是她很少有疲惫不堪的感觉，累是累，晚上睡几小时，第二天照样精神抖擞。后来她渐渐认识到，人的潜能无限，逼一逼永远有潜力可挖，这一认识成了她后来推行“一人多用”式管理的基础。

1965年的冬天特别冷。一天放学，爷爷的爸爸被拉出去批斗，爷爷也被拉出去陪斗了。

“关键在于你要坚持……”

兴兴皮毛厂的主要竞争对手是国营皮衣厂，双方一开始就不在同一起跑线上。“1989年正是国家的计划经济时期，乡镇企业本身就受歧视。在进货的时候，国营企业有计划指标，乡镇企业没有指标，我们进货的价格要比国营企业高出一倍。”李瑞琴介绍说，“但是你还要搞好质量，降低成本，不是容易的事。”

不容易怎么办？她说：“关键在于你要坚持，自己想办法解决问题。”

李瑞琴想了不少办法：

一是提高用人效率。国营企业原材料、辅料的采购成本较低，用水、用电也相对便宜，但普遍存在人浮于事的现象，生产效率较低，人力成本较高，李瑞琴就在提高生产效率上下功夫，节省人力成本。

二是加强产品创新。国营企业技术力量雄厚、生产管理成熟，但产品单调、创新不足，李瑞琴就求新求创，推出一款款新颖漂亮的时装，在市场上“眼球指数”比国营产品高多了！

三是提升服务质量。国营企业牌子老、名气大，但市场开拓意识不强，基本上还是“皇帝的女儿不愁嫁”的调调，签了合同交货不及时是常有的事。李瑞琴从不摆这种派头，见了客户即使不像见了上帝一样，也像见了远道而来的亲戚一样，敬字当先。最重要的是，她严守信用，说到做到，“约定今天交货决不拖到明天”。客户渐渐发现，与其去国营企业跪求“皇帝的女儿”，不如来李瑞琴这儿“走亲戚”。

爷爷的爸爸挨斗回来，坐在家里发呆。

凭此三招，兴兴皮毛厂在跟国营大厂的竞争中渐渐占得上风。

除了应付外部竞争外，内部的棘手问题也要一一克服。有一件事最能反映兴兴皮毛厂当时的状况：李瑞琴为了确保产品质量，托关系从江苏高薪请来一位技师，厂里的学徒全靠他带。他的技术一流，脾气也怪，高兴了能把活给你干得漂漂亮亮，不高兴了机器一停，先上一边抽支烟再说。他一停后面的工序全得跟着停，多耽误事啊！他不管这些，也不怕你炒鱿鱼，你工厂离了他就玩不转。遇到这样一位“大爷”，有什么办法？着急上火没用，“换人”的话提都不敢提，一方面同级别的技师难找，一方面时间不等人，再恼火也得忍着，用好话哄着，顺着他的性子来。

从这件事，李瑞琴学到了一个教训：只有将核心技术掌握在自己手上，才不会受制于人。后来她创办乡都酒业前，先派儿子去法国学酿酒技术，就是为了避免类似的情况发生。

不管里里外外的困难有多大，李瑞琴还是撑下来了，生产经营渐渐上了正轨，市场也打开了。“仪尔牌”皮装因质量好、花色品种多、款式新颖时尚，受到消费者的热捧，开业第一年销量就达到一万多件，赢得了“开门红”！

乡都副总经理江英是李瑞琴的老朋友，她还记得当年购买“仪尔”皮衣的情景，她说：“初识李瑞琴大概在1989年春天，当时她的兴兴皮毛厂正办得红火，朋友带我去她的厂里订做了一套皮裙。当时慕名前去订购皮衣的人络绎不绝，匆匆打过招呼，她就忙别的事去了。那套皮裙曾让我风光了好一阵子。几十年过去，我买过无数套衣服，但这套皮裙仍是我最珍爱的衣服，至今还完好地保留在我的衣柜中。”

爷爷的爸爸回家后，做了一个惊人的决定：一个人出去闯天下。这一年，爷爷才21岁。

事业上的一个小高峰

1992年，在深圳举办的“乡镇街道之星”产品博览会上，“仪尔牌”皮装以独特的风姿赢得金奖，成了知名产品，一时间，来自全国各地的客户在厂门口排起长队，工厂加班加点生产仍是供不应求，年销售额高达2000多万元，对一个乡镇企业而言，在当时可以说是一个天文数字。

同年，李瑞琴荣获自治区“乡镇企业家”的称号，成为地方知名人士。

这一年，李瑞琴40岁，风华正茂，雄心勃勃。

几年前欠下的债务早就还清了，账上还有大笔存款。以前向她催收债款的银行现在将她列为优质客户。总之，她要钱有钱、要名有名、要事业有事业，一切似乎无不称心如意。

现在她面临一个选择：维持现状，还是锐意进取，实现事业新突破？

经过几年发展，兴兴皮毛厂的运营基本上稳定了，处于“躺着也赚钱”的状态；与此同时，随着竞争对手的不断介入，皮衣市场已趋于饱和，“价格战”使利润不断摊薄，再难有大的起色。李瑞琴不喜欢这种“温吞水”式的状况，她需要一个挑战性的新目标，她想风风火火地做些轰轰烈烈的事。

老邹出于对妻子的关心，建议她悠着点；儿女们出于对母亲的关心，也不赞成她没日没夜地拼命苦干。

但李瑞琴发现，自己已经停不下来了，不这么干，生活就没了滋味。她理解的“事业”不是找到一种持续稳定赚大钱的方式，而是每天都能做一些想做又能显示自身独特价值的事，只有这样，她才过得充实有成就感。

很快，她就找到了一个新目标……

结语：心灵的高度决定事业的高度

一位老师对弟子说：人生高度首先取决于自我期许，一个人到达的高度不会超过自己想要到达的高度。好比跳高，你将目标定在二米，可能跳过一米五；你将目标定在一米五，决不会跳过二米。古人说“志当存高远”，就是这个意思。

但是，立志有真打实干和真想假干的区别，阿Q也有“志向”——做个“想要什么就有什么，想谁就是谁”的土豪，且不说他的追求是否健康，他思而不行，不过是幻想。

真正的立志是“长效投资”，今天的努力预示着明天的收获，今天的收获也能从昨天的努力中找到合理逻辑。

爷爷离开生长了21年的家，想去甘肃玉门找他姐姐。在潍坊火车站，爷爷买了一个站票，溜到了火车上。

库尔勒边贸的“大姐大”

1991年底，前苏联解体，中亚五国的商人来新疆考察市场，急于寻找供货商。由于前苏联片面发展重工业，轻工业相对滞后，中亚五国独立后，面临轻工产品紧缺的困境，中国的白砂糖、酒精、毛巾等很普通的东西，在中亚各国都是急需品。中亚商人急于打开进口通道，为中国商人带来了重大商机。

巴州第一个走出国门的民营企业家

中亚商人考察了李瑞琴的兴兴皮毛制厂，发现这里品种多、质量好；而兴兴皮毛厂需要的羊皮，中亚地区量多价廉，双方的优势资源正好可以互补。

中亚商人对合作非常感兴趣，邀请李瑞琴去中亚考察。

李瑞琴怦然心动，马上请了一位翻译兼向导，随自己一起去中亚。那是位50多岁的大姐，精通俄语，去过中亚国家，熟悉当地的风土人情。

在火车上，像爷爷一样往外地跑的人很多。从这个时候，爷爷知道了一个词：盲流。

当时巴州受到邀请而动心的企业主不少，但大家普遍心存顾忌，一方面改革开放才搞了几年，形势变化较大，大家吃不透政策，不敢轻易涉险；一方面没有跟外国人打交道的经验，环境不熟，语言不通，交流不便。因此，面对重大机会，大家都左顾右盼，犹豫不决，迟迟不敢行动。

李瑞琴也有同样的担心、犹疑，但她毕竟经历过人生的大起大落，看破了很多事情，胆识过于常人，于是，她成了巴州第一个闯出国门的民营企业家。

李瑞琴和翻译大姐乘长途列车，马不停蹄地奔走于中亚五国。为了赶时间，她们基本上是在车上睡觉，下了车就抓紧时间办事。李瑞琴精力旺盛，没觉得怎样劳累，翻译大姐可被折腾惨了，感叹道：“从没见过像你这么拼命的人！”

李瑞琴考察了一圈，发现中亚地区“遍地是钱”，国内紧俏的东西，如钢材、棉花、羊绒、羊皮等，那里便宜得难以想象，新疆一张生羊皮的价格是20

元，那里只需要5毛钱，价格相差40倍；而国内并不稀罕制成品，在那边却价格昂贵，例如兴兴皮毛厂的一件皮衣，可以换回两吨半钢材。

李瑞琴当机立断，跟中亚商人签订了合作协议，在哈萨克斯坦投资兴建了一家皮革厂，大量收购生羊皮，加工成半成品，运回兴兴皮毛厂，做成皮衣后，再返销到中亚赚外汇。一往一返，5毛钱一张的羊皮变成几千元钱一件的皮衣，赚了个盆满钵满。

别人看见李瑞琴搞边贸赚了钱，纷纷跟风而上。此时李瑞琴早就做得熟门熟路，有领先优势，在竞争中占尽上风，于是，她成了大家公认的库尔勒边贸的“大姐大”。

比赚钱更开心的事

有的人劝爷爷不要去甘肃，说新疆是个好地方，人少地多有活干，粮食随便吃……

“一个好汉三个帮”，李瑞琴的事业越做越大，急需帮手。先是老公加入到她的事业中，接着，她又动员长子李卫加入了进来。

此时，她有了创办家族式企业的全套设想：以亲缘为核心纽带，辅之以友情、乡情，结成牢固的企业关系网络；用人以德为先，再量才器使。

李瑞琴从自身经历中得出了一个观念：只要一个人德行好、肯负责、肯上进，即使一开始不胜任，假以时日，终究能当重任。

自创办皮革厂始，她一直在实践这个用人观念，到目前为止，已有多个成功案例，她手下的多数管理人员，从基层到高层，起初都没有从业经验，也没有受过专业训练，在工作中边干边学边提高，到最后都成长为独当一面的人才。

虽然李瑞琴没上过大学，没有学过MBA，她的管理主要靠“摸着石头过河”，边实践边总结边改进。但她从未放弃学习和借鉴他人的经验，从未放弃

“以我为主”的特点。

李卫进入兴兴皮毛厂时只有20岁，很快被李瑞琴派到哈萨克斯坦挑大梁，打理边贸生意。李卫做得很不错，除了经营兴兴皮毛厂正常的边贸业务，还将国内的白砂糖、毛巾等商品倒腾到哈萨克斯坦赚差价。

1996年，老二邹积赟从新疆大学经济管理专业毕业，也被李瑞琴“抓壮丁”，拉到兴兴皮毛厂来帮忙，先是在市场上“练摊”，卖库存积压的皮衣，三个月后转为正式推销员，做门店生意。让李瑞琴惊喜的是，他一上手就显示了出色的营销天赋。

采访时，邹积赟不无得意地给我们讲了他“练摊”的经历：“市场上位置都满了，我找管事的人，临时加了一个摊位，就一钢丝床，打开一摆就行了。第一天去，两边的人都不跟我说话，嫌我占了他们的地嘛！第二天大家争着说：‘到我这来！’为啥？因为我会吆喝，我的摊子前面人最多最热闹，两边的东西就好卖了嘛！而且，顾客从远处一来，我一看就知道你愿不愿意买，买不买得起。不想买眼光是飘的，想买会盯着东西瞧……”

终于爷爷一咬牙，不去甘肃了，去新疆！

邹积赟的销售业绩相当好，创造过日销12万的纪录。他还总结了一条销售经验——“戴高乐”，给顾客戴戴高帽，把顾客哄乐了，成交的可能性就大了。

最让李瑞琴欣喜的是，老二不仅口才好，而且学习能力、行动能力都很强。为了提升工厂的制皮工艺，李瑞琴曾派他去河北“偷师学艺”。他二话不说，拎包就走。到了河北，找家旅馆住下，就去人家的厂子转悠。看见谁家的皮子做得好，先来一套“戴高乐”：“你的皮子为什么这么好？像意大利产品一样。”人家一高兴，也就不吝赐教了。邹积赟将要点牢记在心，回旅馆后写在本子上，没几天时间，就将全套工艺学到手了。

看到两个儿子相继加入到自己的事业中，并且很快就能独当一面，李瑞琴倍感欣慰，这是一件比赚钱更让她开心的事。她再也不用担心自己的事业后继无人了！

结语：最合适的就是最好的

飞机的轮胎再好，不能装在汽车上，最合适的才是最好的。对企业经营者来说，他人成功的管理模式不是“万能钥匙”，不能简单套用，只能依据企业实情，摸索适合的管理模式。

当然，借鉴他人的优秀经验也很重要，取人之长，为我所用，是完善管理的有效方法。这不是一蹴而就的事，没有捷径可求，西方企业建制先后花了200多年时间，仍未到达尽善尽美的境地，至今还在不断颠覆、不断改进。

那么，新企业如何尽快走上管理规范化、科学化的道路呢？王永庆提供了一条经验：点点滴滴求其合理化。从组织架构到作业流程，从日常管理到绩效考核，从生产技术到服务方法，凡是发现不合理的地方就改，发现一点改进一点，改进一点完善一点，到最后，就会形成一套最适合企业特点的经营管理模式。

就这样，爷爷和同来的八个人被分配到七个星公社五大队二队。

敏锐的转身

时间进入20世纪90年代末，库尔勒地区的边贸业务非常火爆，企业也好，个人也好，都想去中亚国家“淘宝”，有合法手续的乘火车堂而皇之地过去，没有合法手续的就将东西偷运过去，再将那边的东西偷运回来。据说在阿拉山口带偷渡者出入国境的向导，一天1000元的工钱都瞧不上眼，愿出更大价钱的人太多了！可以想象，非法的边贸生意做到了何等疯狂的程度。

当大家蜂拥而上时，李瑞琴突然做出一个惊人决定：关闭兴兴皮毛厂，退出边贸生意。

促使她作出这一决定的主要原因一方面，长期操劳体力透支严重，另一方面，边贸恶劣的经营环境也促使她下决心转行。

体力透支的压力

李瑞琴有足够强的神经，身体却没那么强，长期超负荷工作，终于吃不消了。兴兴皮毛厂虽然有老公帮着她，一些重要业务还得她亲自打理；哈萨克斯坦的边贸业务虽有李卫主管，但李卫毕竟年轻，经验上欠点火候，有些事她也需要亲自出马。当时去中亚有一辆直通车，早上从新疆发车，下午到达哈萨克斯坦，一天行驶1000多公里，下了车赶紧办事，办妥了马上赶回来处理这边的业务。这样来回奔波，休闲几乎是不敢奢望的事。有时遇到恶劣天气，暴风雪使铁路交通中断，人回不来，家里的事又等着办，真能把人急死！

爷爷坐着公共汽车一直坐到了焉耆县，在焉耆收容站。

弦绷得太紧，身体就容易出问题，从1992年起，她患上了心脏病，接着，慢性关节炎又长期折磨着她。

惊险事件

随着边贸生意的红火，中亚国家的商人都变聪明了，学会了囤积居奇，学会了随行就市要高价，再想从他们手上买5毛钱一张的羊皮，不可能了！

中国商人之间的恶性竞争也很厉害，相互拆台的事太多了！

金钱聚散之地，最容易滋生罪恶，哈萨克斯坦的边贸活跃地区，吸引了众多不法之徒，或行骗、或偷窃、或打劫，恶性杀人事件也时有发生，治安急剧恶化。

一天晚上，李卫和几个客户住在一家旅馆，晚上门关得严严实实，孰料第二天早上起来一看，几个人的包都不翼而飞，衣服、护照也不见了，奇怪的是财物被洗劫一空，几个人竟然丝毫没有察觉，可见贼匪的手段多么高强。

别的东西丢了还不打紧，护照没了可不行。

几个人一番商量，决定去报警。走到外面，只见一个老太太，手上拿着几本护照，问是不是他们的。原来贼匪将护照扔在外面，老太太捡到后，料定会有人来找，就坐在那里等。

李卫等人到警局报了警。

警察说："你们不必对破案抱太多希望。比这大的案子太多了，警察就这几个，做不了什么。你们真幸运，贼人偷东西时你们睡得很香，假设有一人惊醒了，可能你们都被灭口了！"

李卫等人一听，连道"万幸"，丢东西反倒不算一回事了！

李瑞琴听说这件事，惊出一身冷汗，很快下定了从哈萨克斯坦撤出的决心。

1972年，爷爷经过亲戚的介绍，将奶奶领到了新疆。

跟着政策走

1996年，中央电视台《焦点访谈》栏目曝光了河北、山东等地查"五小企业"的情况，"五小企业"即小炼油、小化工、小造纸、小制革、小水泥，全是重污染企业。时至1998年，国家制定了相关政策，对不能上规模、不能有效解决污水处理问题的"五小企业"进行全面清理和严厉禁止。

兴兴皮毛厂有皮革加工业务，也属于"五小企业"，李瑞琴看了《焦点访谈》的报道，马上意识到国家可能对该类企业大力整顿。多年的经验告诉她，做企业必须紧跟国家政策走。因此，在国家政策出台前，她就开始逐步回撤；当国家政策正式出台后，她早就全部撤出了。在巴州，主动关闭污染企业的人不多，李瑞琴是其中之一。

“当时我已经意识到皮革对环境的污染，我不愿第二故乡因为企业的发展受到破坏。”李瑞琴说出了自己的心理动机。

胜利大盘点

李瑞琴创业10年，赚了“几辈子都花不完”的钱，账上有数百万存款，还拥有一支豪华车队和多套房产。

从她的业务规模和较高的毛利率来判断，她赚的钱少则数千万，多则过亿，但实际上，她的家底远没有想象的那么厚实。

这是因为：一、20世纪90年代的通胀率较高，最高的一年，人民币贬值超20%，赚的时候是金子，花的时候变银子了，富裕阶层的财富蒸发很快。

二、李瑞琴花钱的能力不如赚钱的能力高明。当时李瑞琴虽被冠以“乡镇企业家”的称号，其实更准确的定义是“商人”，因为她的经营行为有较强的投机逐利性，没有长远经营一项核心业务的思路，事业不具可持续性。一般来说，企业太好赚钱的时候，经营管理的弊端被快速成长的业绩掩盖了，创新热情也被淹没在趋利冲动中，在这种情况下，只能产生逐利的商人，不太可能产生真正的企业家。真正的企业家都是将企业当成人生来经营的人。

奶奶结婚后就把波奶奶和奶奶的舅母也接到了新疆。

但李瑞琴也不是一个纯粹的商人，她对利润、金钱的态度，跟一般商人不同——在商人眼里，“利润是最高的道德”，在李瑞琴眼里，道德是最高的利润，所以她没有商人唯利是图的特点。

那时候改革开放刚起步不久，西风东渐，西方的商业文化与中国的农业文化开始交汇、碰撞，多数中国商人不纯粹，都是用传统的农业文化理念指导商业实践，形成了明显的“中国特色”。李瑞琴也是如此。

对商业文化与农业文化的区别，亚当·斯密在《国富论》中有详尽的论述：农业文化的基本特点是乐于分享，因为农民的收获物不利于长期储存，在商业不发达的时候，农作物难以变现，因此倾向于与亲族、友邻分享；商业文化的基本特点是储蓄和投资，因为商人赚取的金钱易于保存和投资。简单说，农民更慷慨，商人更吝啬。

当然，世上没有纯粹的农业文化或商业文化，西方的商业文化是从农耕文化、农牧文化中慢慢培育出来的，必然带有农牧文化的基因。西方商人平时将金钱当成上帝，斤斤计较于每一分钱的得失，临死前又舍得一切分享做慈善。中国的农耕文化、农牧文化经历千百年的商业演变，投资储蓄的风气日益浓郁，分享的积极性降低，分享时也带有“人情投资”的色彩。但是，文化传统具有滞后性，早先形成的核心价值观不易改变，中国商人在经营活动中会表现出更多的人情味和重义轻利的特点，不会像西方商人那样将利益当作唯一法则。

李瑞琴长期生活的新疆，深处中国内陆，农业文化色彩更浓，且融合了少数民族的游牧文化，游牧文化比农业文化更乐于分享，在这样的环境中，缁铢必较，必遭鄙弃，有舍有得才能办成大事。新疆有一句俗话，生动地说明了分享文化的特点，它也是李瑞琴的口头禅——“钱么，纸么，花么；酒么，水么，喝么；朋友，人么，交么。”

李瑞琴乐于分享，赚的钱多，撒出去的也多，从做人的角度看，她的豪爽大度为她加分不少，“不惜钱者有人爱”嘛！从创业的角度看，在做个中国特色“好人”的同时提高花钱能力，是她需要着力解决的问题。

结语：不要跟业务谈恋爱

华人首富李嘉诚说：“不要跟业务谈恋爱。”所以，当房地产市场风向不对时，李嘉诚在上海黄金地段拥有的物业说抛就抛，决不留恋。

对多数人来说，如果在某件事上投入了成本、倾注了心血，就有敝帚自珍、患得患失的心理。因此，在决定取舍时，最好将视线从当前的情景中移开，一眼看到终点：最好的结果是什么？最坏的结果是什么？结局看清了，做决定就相对容易了！

漫画/杨琪

第三章
二次创业

只因不肯平庸

“没有事业我就没有办法活下去”，李瑞琴的所谓“事业”，不仅仅是做事赚钱。她的梦想是在常人不敢涉足的地方，留下自己的脚印，实现人生的独特价值。于是，她冒着失去一切的风险，踏入荒漠，开始了一项前途莫测的事业……

“爱折腾”的女人

李瑞琴关闭兴兴皮毛厂那年，45岁，在这个年龄，国营企事业单位的不少女性已经办了“内退”，准备过退休生活了，老邹也希望妻子消停下来，好好调养一下多病的身体。

但李瑞琴决定：投资农业。

这意味着她将启动更艰苦的创业人生。

她的决定，不仅外人不理解，家人也不理解：这不是有福不会享嘛！

“她太能折腾了！”老邹说，“她做边贸生意的时候，家里经济条件挺好，家人生活上都够用了，不像办砖厂的时候赔了20多万，那时还存了一笔钱，我对她说，咱们什么都不干了，就在家里踏踏实实过日子。她不听，说吃饱就睡的生活没意思。”

对李瑞琴来说，没有事业的生活难以想象：守着家业，每天无所事事，“享受生活”，这样的生活有何意义？这样的享受有何滋味？

李瑞琴开始思考金钱之外的追求，她要潜下心来，经营一项世代传承的事业。

奶奶到了新疆后就和爷爷拼命维持着这个新家。

寻找新目标

1995年，李瑞琴关闭皮毛厂后，在哈萨克斯坦的边贸业务也基本停了，一些收尾工作留交李卫处理。

接下来做什么好呢？李瑞琴暂时还没想好，凭着直觉，她注册成立了新疆焉耆仪尔高新农业开发有限公司，基本上决定从事现代农业。

为什么要选择农业？李瑞琴发现，大批农民离开土地，去城市打工赚钱，继续留在土地上的人越来越少。国家再怎么发展，农业都不会过时。跟土地打了半辈子交道的李瑞琴深知土地的特性，但是，按传统的精耕细作的方法搞农业没有多大前途，她的着眼点是“高新农业”，用新的方式经营传统产业。

她选择“高新农业”，还有一个动机：当时国家倡导和扶持高新农业，她想借助国家政策的东风，“跟着政策走”，这是她打拼多年总结的一条经验。

“跟着政策走”，不等于靠政府养活。她说：“有人以为，支持就是政府给你多少钱。我说，给钱算支持吗？给政策，给空间，给宽松的环境，给政策优惠，那才叫支持呢！”

新的梦想

爷爷特别能干，并且将奶奶的舅母和波奶奶当作自己的亲人一样对待。

像上次创业一样，李瑞琴再次去山东老家找灵感。沿海地区的发展比新疆快，李瑞琴经常借探亲之便吸收沿海企业的新观念、新方法，这是她跟上时代步伐的方法之一。

李瑞琴走访了山东的一些企业，她发现，烟台地区的葡萄酒业正在迅速崛起，葡萄种植也很兴旺。她想：咱新疆也有葡萄啊！“吐鲁番的葡萄熟了”，年轻时谁不会唱？新疆也有葡萄酒厂，假设跟葡萄酒厂合作种葡萄，一个产业链不就形成了吗？从可持续性来说，葡萄酒厂可能倒闭，但葡萄酒厂倒闭了还会冒出新的葡萄酒厂，葡萄园会倒闭吗？种葡萄可以一辈子、一代代做下去，做成一个长久的事业。

当时她还不知道，种酿酒葡萄比侍候月子还难，且需要特殊技术，幸亏不知道！否则可能当时念头一闪就过去了，正因为不清楚后面的变化，才能把梦做下去，把梦做圆了。

在哪儿种葡萄比较好呢？凭李瑞琴的财力，在吐鲁番包块好地种葡萄，不是难事，但她想：吐鲁番有多年葡萄种植的历史，会种的人很多，何必去凑热闹？要种就在七个星种，在一片从来没有葡萄记忆的土地上种出葡萄，那才叫“仪尔”呢！

当然，作为备选方案，李瑞琴也考虑过吐鲁番。据说吐鲁番的葡萄天然色素不够，作为酿制红葡萄酒的原料，不太理想，所以她很快打消了在吐鲁番种葡萄的念头。

李瑞琴进而产生了一个天才构想：在戈壁滩上种葡萄，在发展葡萄产业的同时绿化沙漠。高新农业和绿化沙漠都是国家政策扶持的项目，将两者结合起来，岂不是两全齐美？焉耆七个星镇的西戈壁是一个荒漠世界，废而不用的土地太多了！在戈壁滩上种葡萄，不仅焉耆没有人做过，全巴州都没有做过，假设自己做成了，那真是“仪尔”——数一数二了。

她被自己这个想法感动得热泪盈眶，回来后就跟家人商量：要做这件南疆史上从未有过的事业。她憧憬着，一个奇迹将在她手中诞生！

奶奶说，那个年代干一天活只能挣两角钱。

结语：两种活法

做人有两种生活态度：消费式和投资式。

消费式人生以享受过什么衡量人生价值——想吃的吃过，想玩的玩过，想去的地方去过，于是觉得“这辈子值了”，知足了，没白活了！而投资式人生则以创造过什么衡量人生价值——将聪明才智释放出来了，想做的事一一做好了，目标一一实现了，辛苦创造的成果被大家欣喜接纳，在人间留下了自己清晰的印记，在他人心里树立了独特的形象，才觉得活出了价值，才觉得没白活。投资式人生是追求自我实现的活法，是圣贤的人生境界。

揣着梦想往前走

在戈壁滩上种葡萄，李瑞琴的“疯狂”想法，引来质疑声一片。

家人说：消停点吧！别变着法子折腾自己了！

朋友们说：你脑子进水了吗？想点现实的好不好？

政府领导说：啥？开玩笑吧！戈壁上从来没有种葡萄的先例。

乡亲们说：把钱砸在水里还能听个响，砸在戈壁滩上算白瞎了！

不是说戈壁滩上绝对种不出葡萄，以色列人在沙漠上什么都能种出来，只要肯花钱，将葡萄种到月球上都有可能。关键是投资要考虑回报，考虑“值不值”的问题，以色列人没办法了，想吃饭不得不向沙漠宣战，李瑞琴活得挺滋润，有必要给自己找难题吗？

有一天，奶奶问爷爷：为什么每天都低着头？爷爷说：我在想下一顿饭从哪里来？

老邹的矛盾心理

“别瞎折腾了！”老邹第一个发表反对意见。

老邹并不害怕因为她的失败而使家庭生活再度陷入困境，他是个吃惯了苦、做惯了事惟独不太会享福的人，万一她把事情搞砸了，大不了“一夜回到改革开放前”，大不了再吃点苦、受点累，怕什么！再者孩子们都大了，有独立生活能力，怕什么！

但他知道，李瑞琴是一个特别要强又爱面子的人，现在事业已经做得很高了，要钱有钱、要名望有名望，当地谁人不钦敬？万一失败了，“啪达”一声从高处摔下来，沦为众人的笑柄，她如何受得了？所以他必须表明反对态度。不过，当她真的下定决心想上的时候，他又换了一种心情，一步不落地跟着上。

一般人不理解老邹的矛盾心情，但李瑞琴懂。她一辈子感恩他对她的宽容和深爱。

信念的力量

从投资角度看，在戈壁滩种葡萄，不是一个精明的选择：戈壁滩缺水缺土缺肥料，惟独不缺石头砂砾，种葡萄的成本投入很大。且不说能不能种成功，就算成功了，戈壁上种出来的葡萄还是葡萄，不会因为投入大、难度高而身价百倍。那么，与其选择戈壁滩，不如寻一块好地，用投入较小、风险较小的方式种葡萄。

但李瑞琴另有一套算账法，她说："以前办企业是为了让家人过上好日子，现在决心种葡萄的一个重要出发点是回报第二故乡，让戈壁绿起来，让乡亲们富起来！"

听了她的话，有的人会鼓掌叫好，有的人却会心存疑惑：她有这么好吗？

对事物的不同认识，不仅取决于各人的学识修养，跟性格也有很大关系。

李瑞琴的性格以"力量型"为主色，一位性格学家说："力量型"的优点是正直、是非观强、有责任感、有公益心、行动积极，在各种性格类型中，是最有领导天赋、最乐意为国家和他人做事的一类人。

李瑞琴想为地方做一件大好事，本自真心，勇气也自然而生。

爷爷特别能干，冬天，爷爷早早地套上毛驴车到湖里去，湖面结冰了，可以跑汽车。

科学论证

当大家终于明白了李瑞琴的决心，乐助其成的人一下子多起来。

地方领导谁不愿看到绿化工作取得突破性进展、同时又找到一条发展地方经济的新路？焉耆的戈壁滩多达数百平方公里，李瑞琴敢为人先，向戈壁要财富，值得鼓励！于是，土地很快审批下来，相关优惠政策也先后出台。

地方群众谁不愿看到单调的戈壁滩增添一片绿色、同时多一个打工赚钱的机会？

家人眼看拦不住她，只好甩开膀子陪她“赌一把”。二儿子，邹积赟的一句：“妈，没什么大不了的。即使失败了，一分钱都没了，也没关系，咱去开个饭店，卖饺子，照样生活。”让李瑞琴热泪盈眶。

戈壁滩能不能种出葡萄？在这个关键问题上，李瑞琴不会仅凭理想主观蛮干，大胆假设还要小心求证。她多方奔走，向专家们征询意见，先后拜访了北京农科院、自治区农科院、巴州及焉耆县农业局、水利局、林业局、国土局、地质局、气象局、地震局等多个单位，最后，由政府牵头，在新疆农科院葡萄研究所所长杨承时的主导下，研究人员开进七个星镇西戈壁，论证开发葡萄基地项目的可行性。

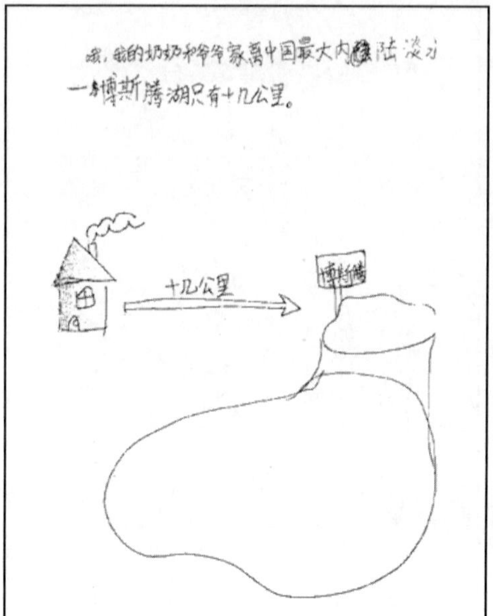

在湖面上打个洞，冰下的鱼自动往上跳，天黑了，爷爷拉着一麻袋鱼胜利而归。

历时半年多，结果终于出来了。专家们惊喜地发现，西戈壁的土壤通透性好、氧化性强；地下水资源丰富，水质极佳；且该地区位于中纬度温带地区，日照时间长，热量丰富，昼夜温差大，是出产优质葡萄和顶级葡萄酒的地方。

于是，李瑞琴的梦想有了现实的可能性。不过，为了论证这一结果，她花的代价可不小，先后砸进去280多万元。

葡萄还没开始种就花了这么多钱，李瑞琴隐隐感觉到，前面等待她的必将是难以想象的艰难坎坷！

结语：奇迹源于梦想

一件百分百可以成功的事，不会诞生奇迹。那只是一件人人会做的寻常事。奇迹往往源于一个看上去不切实际的梦想。一件各方面的条件都不充足，成功希望渺茫的事，你做成了，就创造了奇迹。

创造奇迹需要“一个不切实际的梦想”，更需要超乎寻常的勇气。

赌注：决定了就一定要做下去

当李瑞琴二次创业成功后，许多人仍是觉得不可思议，问她：你种葡萄时想过没有，你那是赌博啊！你敢保证一定赢吗？输了你就彻底完了！

李瑞琴淡淡地回答：“我要是嫁了一个有钱人，养尊处优的，就不会有这个葡萄园，不会有乡都，也不会有现在的我了。一步一步全是摸着石头过的河。任何事情都可以重头再来。凭我对这块土地的了解，我特别有信心。只要坚持住，有愚公移山的精神，就会有回报。”

短短的一段话，反映了多层意思：

她需要奋斗！

她不怕失败！

她有成功的信念！

她庆幸曾经的艰苦奋斗！

一个人有此四种心态，创业家的心理品质全具备了。

那时买一头驴，只要5元钱，全家可以吃一个冬天。

“我想做一个百年品牌”

七个星的西戈壁适于种葡萄，究竟种鲜食葡萄还是种酿酒葡萄呢？这是决定事业方向的大事。鲜食葡萄消费群体广，但产品没有特色；酿酒葡萄的经济价值高，但销路比较窄，万一找不到买主，麻烦就大了！

从心情上，李瑞琴倾向于种酿酒葡萄，因为她隐隐有一个想法：将来时机成熟，就沿着葡萄种植进军下游的葡萄酒酿造，开拓一条完整的产业链！但这个想法是否可行，她吃不准，决定请专家把把脉。

李瑞琴来到北京，拜访了国家农科院的晁无疾研究员。晁无疾是中国农学会葡萄分会会长、著名的葡萄种植专家。

晁会长直言不讳地说："你想赚钱呢还是做一个百年企业？你要是想赚钱，回去弄百十亩地，建一个葡萄酒厂，开两个罐，从国外或其他厂家进购原酒勾兑，然后弄个品牌，贴个商标，拿到市场上卖就行了。中国葡萄酒现在正处于井喷爆发阶段，你可以卖8年，也许可以卖10年，这10年你可以大赚其钱。10年后你把厂子转卖给别人，还可以卖出个好价钱，从此你就可以过上富裕生活了。你要想做百年企业，就回去安心种葡萄。你要知道，中国的葡萄酒，10年后是原料的竞争，谁掌握了优质原料，谁就可以做出好葡萄酒，那个时候，就是品牌说话的时候了，不再是加工酒的天下了！"

奶奶来到新疆后，就和爷爷撑起了这个家。

当时勾兑酒在市场上占主流，赚钱很容易，却不是李瑞琴想去的方向。她还是对独一无二情有独钟。所以她说："我想做一个百年品牌。"

晁会长说："那你回去吧！3年之内，只问耕耘，不问收获。等葡萄结果了，你做出来的酒一定是最好的。"

李瑞琴听了，顿时眼明心亮，马上明白自己该干什么了！晁会长指出的发展路径跟她的思路不谋而合，只不过刚开始她对自己的想法没有信心，经晁会长一番点拨，等于吃了一颗"定心丸"，她终于下定了最后决心。

现在，再也没有人能让她改变主意了，即使前面布满了荆棘，她也会坚持走下去，决不会退缩！

向戈壁进军

李瑞琴计划，首期种5000亩葡萄，同时种500多亩防护林，防风固沙，保持水土。工程这么大，具体如何实施，需要规划一下；二期、三期工程何时实施、如何实施，也要规划一下。晁无疾研究员说10年后葡萄酒业是原料的竞争，那就做个10年规划吧！

规划谁来做呢？李瑞琴发现，请专家贵得要命，花钱如流水。为了省钱，她顺手抓了一个"壮丁"——长媳李晓云。李晓云是李卫的新婚妻子，在大学学过绘图专业，做规划没有一点实务经验，不免有畏难情绪。

"没学过该干都得干，怕什么？"婆婆斩钉截铁地说，"干吧！别犹豫了。"

李晓云在"辣婆婆"的"鞭策"下，只好"赶鸭子上架"，没想到硬着头皮一试，还真行！李瑞琴提出大的思路，大家集思广益，10年规划图做得相当不错，日后葡萄基地的发展基本上都是按规划图走。

农田的活，奶奶都会干，而且奶奶还背过麻袋，一麻袋粮食有200斤。

葡萄基地于1998年秋天正式动工，李卫带领着打井队，按规划图选址打井。第一口井打下几十米，见水了，水质不错，但不够理想。又继续往下打，打到100多米，水质极好。前后一共打了14眼井，口口见水，运气还真不错！

与此同时，多台大型推土机开进戈壁，半年时间垦出5000亩地。

戈壁滩的地下水资源极其珍贵，为了节约用水，李瑞琴引进以色列的滴灌技术，在开垦荒地的同时，100多万米节水灌溉毛管也铺设到位。

由于安排合理，整个工程效率高、进度快，不过钱花得也快，打井用去了200多万元，滴灌设施投进去了300多万元，还有垦荒、平整土地等大笔开销，不仅将家里的积蓄全搭进去了，还变卖了房、车等固定资产。

事情干到这个份上，李瑞琴开始意识到，当初大家的反对不无道理：她正在做一件远超自身财力的事，成了会被拖得筋疲力尽，败了后果不堪设想，她立马就会从地方“首富”变成“首负”。但事已至此，没有退路了。

仪尔副总江英那时是县里的干部，至今还记得李瑞琴率领家人挥汗苦干的情景。她回忆说：“我常常感慨李瑞琴大姐的胆魄，是什么力量让这个中年女子放着丰衣足食的日子不过，跑到戈壁滩上种葡萄，吃尽了一个男人都扛不住的苦头？1999年我恰好在七个星镇蹲点，初夏的一天，我陪同上级领导检查工作，来到哈拉木墩村西戈壁，远远看见李瑞琴带着两个儿子，在骄阳下挥汗如雨、扶苗锄草，这一幕深深印入我的脑海，至今难忘。我现在终于明白，抉择时刻，亲人的理解和不顾一切的跟随给了李瑞琴最足的底气……”

李瑞琴有心脏病，不宜过于劳累，儿女们都为她的健康担心，最揪心的人是老邹。后来他对记者说：“项目论证就花了200多万。如果论证失败，这200多万就打水漂了。好在论证结果是这里适合种葡萄。随后她就开始往戈壁上平整土地，把家里的钱都折腾进去了。那时她心脏不好，看着她从清晨到太阳下山一直在地里干活，很心疼！”

但这仅仅是考验的开始，更大的考验还在后面呢！

每天干活只能挣几角钱，一年下来全家分不上十元钱。

“贵人”相助

仪尔葡萄基地的一切工作准备就序，接下来就是种葡萄了。

1999年春，葡萄栽种季节到了，李瑞琴怀揣东拼西凑的30多万元钱，前往河北某地购买葡萄苗。之前双方约定：先付一半款，余款限期偿付。谁知提货时对方忽然变卦了，要求全款提货。

季节不等人，耽误一春就会耽误一年，李瑞琴谈判未果，心急如焚地连夜给家里打电话：能卖的卖，能借的借，能抵贷的抵贷，无论想什么办法，赶紧弄钱过来。

为保险起见，她又给县里的领导打电话，请求支援。

搁下电话，她陷入焦虑中，担心货款不能及时到位，一夜之间，她嘴上起满了水泡。

所幸，第二天上午，县委领导出面商借的一笔钱打了过来，李瑞琴如释重负，有一种起死回生的感觉——以后她还会一次次体验这种感觉。她说她是一个死过许多回、活过许多回的人，这绝不是夸张！

葡萄苗买回来后，又面临一个挑战：一期栽种葡萄苗200万株、树苗28万株，工作量之大，超乎想象。从3月初开始，李瑞琴亲率公司百余员工，加上承包务工人员、社会用工，共200余人，不分昼夜地劳作，在新开垦的条田里种下葡萄苗，在主水渠道边、大路边种下杨树苗和沙枣树苗。她没有钱请太多的临时工人，只能充分利用现有人力。苦干两个月，眼看栽种季节将过，栽种任务刚刚过半，她急得脸都绿了！

在这关键时刻，县委领导再次伸出援手，调集4000义工，一个星期就帮她把葡萄苗、树苗种下去了。

李瑞琴感动得一塌糊涂，一方面是感恩，一方面是庆幸自己运气好，紧要关头总有“贵人”相助。

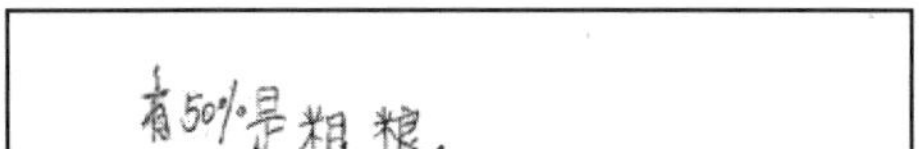

那时候粮食按年龄分配，能干活的劳力每月可分40斤粮食，有50%是粗粮。

结语：创业是一个勇敢者的游戏

机会的一面是利益，一面是风险，成功与失败如影相随，有时利益向你露出笑脸，有时风险向你露出獠牙，到底得到哪一面，取决于很多东西，没有人敢说一定成功。所以，创业是一个勇敢者的游戏，敢于豁出去才敢谈成功。

绿色的期待

李瑞琴耗尽家财，还欠下不少债务，好不容易把葡萄种下去了。接下来又要面对一件分外揪心的事：葡萄能不能成活？

专家们从理论上论证了种植葡萄的可行性，但理论遇到客观实际，有没有“此路不通”的可能呢？比如从理论上说，人的寿命可以活过200岁，谁又见过200岁的人呢？葡萄成活与否，是李瑞琴一家最担心的事，准确地说，是害怕。假设失败了，一家人又要回到10余年前，在巨额债务中生活。那时的李瑞琴还年轻，冲劲十足；现在她47岁了，精力大不如前，还能扛住这惨痛的打击吗？

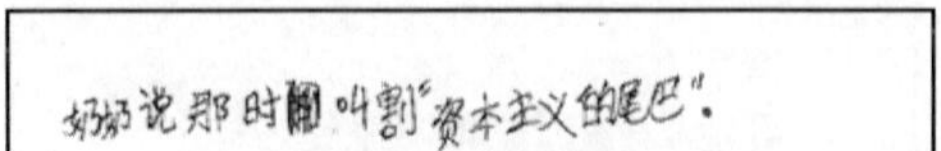

那时候还不准农民自己出去挣钱，奶奶说那叫“割资本主义尾巴”。

当头一棒

葡萄刚栽下去没几天，就发生了一个灾害性事件：第2-4条田里的葡萄苗因为缺水，大部分旱死了，成活率不到40%。原来，当初设计的用水来源有两个，一是用公司挖的井水滴灌，二是用政府水管部门计划内调拨的渠水浇灌。不巧的是，某筑路公司正在修建218公路（国道）焉耆路段，渠水刚好和国道交汇，为了保证国道施工，渠水暂停使用。水源一断，旱灾即至，面对这个意外情况，不仅李瑞琴心焦，整个仪尔公司上下都愁云一片。

时间已是5月初，栽种季节即将过去，李瑞琴没时间哀声叹气，当机立断，派人火速赶往山东，抢运葡萄苗。仅用了一个星期，葡萄苗运到，李瑞琴又领着大伙儿废寝忘食地补苗，一天要干十几个小时。这真是一场“难忘的战斗”。当时参加过补苗的老员工李明明说：“5月的天气已经非常炎热，有的人干得汗流浃背也顾不得擦一把汗，有的人嘴上起了泡也不吭一声，有的人感冒了，有的人轻微中暑，但轻伤不下火线，都咬牙坚持住。经过7天的补栽，终于将缺失的葡萄苗补上了。5月下旬，国道修好，渠水畅通了，在果农的辛勤耕耘下，管理、施肥、浇水，葡萄苗成活率到达95%以上。”

艰难的守候

葡萄种下去一周，长出了新芽，但这不是真活，必须经过冬季酷寒的考验才算过了关。

接下来是漫长的等候，在等候中，李瑞琴每天率领家人和员工，做一些必要的培护工作，灌溉、施肥、修剪……

冬季渐渐来临，李瑞琴已经没钱买御寒的蒙古包了，家里的多套房产都卖了，只好在机井口盖了一间简陋的井房，作为栖身之所。井房不大，刚好放下两张床，中间拉一道布帘，老两口睡这张床，二儿子邹积赟睡那张床。长子李卫和儿媳李晓云在城里住，每天打车来回跑。

除了过年，奶奶和爷爷能和全家人吃顿饺子，平常只能用粗粮填饱肚子。

家里的车也卖掉了，李瑞琴进城办事或参加会议时，只好让邹积赟骑摩托送她到离葡萄基地十几公里的车站搭公交，办完事搭车到车站，再由邹积赟骑摩托接回来。那时她的身体不太好，风一吹就头疼，冷天坐一回摩托就要受一回罪。但是没办法，该受的罪只能受着。幸好有孝顺儿子不辞辛苦骑摩托接送她，比长途奔波已经好很多了，所以她心里没有怨，只有感恩，命运对她毕竟还不错，再没钱她都觉得拥有很多！

最难熬的是数九寒冬时，晚上气温低达零下20多摄氏度，井房里取暖全靠一个火炉子，放在两张床之间，头朝着火炉睡吧，头烤得慌，脚又冻得冰凉冰凉；掉个头睡，脚烤暖和了，头又冻得发木，一晚上要调过来调过去好几回。

家里的伙食也比较差，为了买肥料，大家宁可省下吃肉的钱。

这样难熬的日子，全家人紧紧抱成一团，同舟共济。

李瑞琴无心考虑生活过得咋样，她惟一担心的是葡萄能不能安全越冬。过度的忧虑和期待使她经常失眠。半夜睡不着觉的时候，有时会拉着儿子来到地里，查看葡萄苗是否活着。为了防止葡萄冻死，入冬前已将根茎剪成30厘米长，用土深埋保温。她拿着钢筋做的小抓钩，刨开冻土层，看见葡萄根是绿的，心里就欢喜，可以安心回去睡半宿好觉。有时她还会向县里的领导报喜：葡萄根是绿的，活着呢！

县里的领导为她的贷款担了保，假设她种葡萄失败，自己破产不说，领导也会受些牵连，她报喜是为了让领导安心。

有懂行的领导私下议论说：葡萄根是绿的，说死活还早着呢！因为葡萄根储有水分、养料，死了也不会很快变色，来年春天才能看得出结果。

不过，谁都不忍心将这个事实告诉李瑞琴。她都快愁死了，何必给她心里添堵！大家说的都是安慰的话，“真的吗？太好了！葡萄根是绿的，成活就大有希望了！”

在这样的条件下，我的爸爸出生了！

绿色的希望

一天晚上，李瑞琴又拉着邹积赟去看葡萄苗，终于忍不住说出了埋藏于心的担忧：如果葡萄苗都冻死了，咋办？

邹积赟满不在乎地说：“真到了那一步，全家人就开家小食店卖饺子，天底下饿不死爱干活的人，没什么大不了的！”

李瑞琴听了，心里一开，有一种云开日出的感觉。

以前她认为一切都靠自己来扛，孩子们还是她保护的对象，所以她的心理压力特别大，现在她意识到，孩子们已经长大成人了，都能扛事了，不仅不是她的负担，还是她有力的依傍；她的希望不仅在葡萄上，更在孩子们身上。从此，她的心情开朗多了！

2000年的春天来得比以往早一点，这天李瑞琴吃完早饭，迫不及待地来到葡萄园查看苗情，她蹲下身子，在苗垄上扒了几下，发现葡萄根上长出了绿油油的小芽，心里又惊又喜，情不自禁地欢叫起来。她扒呀扒，每看见一点嫩绿，都会欣喜地叫出声来。这样反复扒了好多块地，终于确认，大多数苗木安全越冬了，活过来了。

不仅葡萄活过来了，她也活过来了！

结语：追求最好的结果，做好最坏的打算

创业是投资而不是赌博。索罗斯是全球著名投机家，"赌"了大半辈子，他的经验却是：我从不冒可能毁灭我的风险。

成了就上天堂，输了就下地狱；成了就一步登天，输了就跳楼、跑路，这不是理性创业者喜欢的选择。创业之前，最好先想到：输了最坏的结果是什么？输了还有继续前行的能力吗？如果答案是肯定的，就可以勇敢上路了，遇到问题也会处之泰然，不慌不乱。

奶奶说，生爸爸的时候差点要了她的命。4月29日上午，奶奶还在地里劳动，腿肿得老粗，肚子老是疼，一算时间，要生了。奶奶找人将我爷爷从湖里叫了回来，去医院，一检查，医生埋怨说："胎位不正！为啥不早点儿来？"

携手追梦的乡都人

葡萄顺利过冬了，还不等于大功告成，一个个考验接踵而来，干旱、霜冻、洪灾……戈壁滩的自然环境太恶劣了，生命力不强的葡萄像婴儿一样脆弱，一时照料不周，就可能毁于一旦。李瑞琴经常担心，某一个早上醒来，她的绿色梦瞬间化为噩梦。

为了呵护这个美丽的梦，靠她一人的力量是不够的，在她的感召下，众多亲友、员工、乡邻一起加入了追梦之旅。

老邹像以往一样，是妻子最忠实的拥趸和最有力的支持者，出任葡萄基地总经理，手下的正式员工起初只有几个人，后来陆续增至100多人，他们负责葡萄园的日常维护和管理，都是这个“绿色王国”的“功臣”。农忙时节，还要雇用适量的季节性临时工，仪尔公司的其他员工也会加入到葡萄园的工作中来，他们也是建设葡萄园的一支生力军。大家齐心协力，克服了一道道难关……

让法国人咋舌的“土办法”

“保大人还是保小孩？”“大人孩子都保！”医生狠狠地训了爷爷一顿，说：“不可能！早干什么去了？”爷爷被训得愣在了那里，眼泪哗哗向外流，最后爷爷无奈地说：“保大人！”
我爸爸还真是命大，奶奶住院的第二天，爸爸就出生了，母子平安。

葡萄苗不仅怕冷，也怕热，仪尔公司的办法是：冬天将葡萄根深埋；春天再挖出来。埋多深，挖出来露出多高，都有讲究，不合规范就会影响葡萄的成活率。

2000年春，葡萄苗度过了第一个冬天，时间刚进入4月，气温骤然上升，最高气温达到摄氏20摄氏度以上。深埋土中的葡萄根很容易捂死，李瑞琴的心又悬起来了，立即组织员工清沟浇水，帮助葡萄苗出土。

老员工李明明回忆说：“葡萄基地的员工们早早下了地，抓紧时间把葡萄苗从土地里挖出来。一个上午很快过去了，大家都累得够呛，有的员工开始松懈起来，干活没那么认真了。带班长来检查劳动情况，发现有的地段干得不符合质量要求，一些葡萄苗没有挖出来，要求返工。有的员工不乐意，认为少数葡萄苗没挖出来，没什么大不了。带班长及时召开了地头现场会，重述了技术要领，还讲述了董事长带领大家种葡萄的经历，从打井、开荒、栽种、养护，付出了多少代价，每一株葡萄苗都十分珍贵，如果因为工作不细致，被捂死了，不是太可惜了吗？

“经过带班长的教育，大家对这项工作有了新的认识。大家回到自己的葡萄沟前，认真清理不合格的地方，虽然人人都累得腰酸背痛的，但没有一个人停下来。几经努力，终于高效高质地完成了工作，看到一个个嫩嫩的小芽露出头来，每个人脸上都露出了欣慰的笑容。”

李瑞琴不可能时时盯着员工的劳动，但她手下不乏忠诚的管理者，这是她的一大成就，也是她最感安心的地方。

后来，李瑞琴给法方的合作者介绍冬、春季保养葡萄的方法时，法方人员咋舌不已，数百万株葡萄，一埋一挖，多么大的工作量啊！在法国完全不可想象。只有中国农民才会采用这种笨拙“土办法”，同时又是让葡萄在恶劣环境下生存的惟一办法。

怎样保护脆弱的滴灌系统？

仪尔是巴州最早采用以色列滴灌技术的农业企业之一，方法是先将水引入地下主管道，再分到地面的支管道。支管道俗称毛管，直径约10mm的塑料管上均匀分布着许多小孔，小孔浸出水滴，持续缓慢地给葡萄苗供水。此法不仅有效地利用了水资源，还使浇在葡萄苗上的水温与地面温度相差无几，减少了冰凉的地下水对葡萄苗的刺激。

奶奶说那时虽生活不太好，但奶奶身体好，爸爸生下来7.3斤。

建成这套滴灌系统耗资巨大，据李瑞琴介绍，起初一亩地的投入是2000元，现在已经涨到每亩数万元了。1999年首次铺设滴灌管道时，因经验不足，出了一次大事故：当时因公司人手不足，雇请了大量临时工，他们没有相关经验，不懂技术要领，毛管铺设完成后，启用时发现存在毛管与主管道连接不紧密、部分毛管中间有打结不通水等问题，导致无法供水。当时是5月份，气温较高，大批葡萄苗面临着缺水枯死的危险。

怎么办？李瑞琴和老邹紧急商议，最后决定：基地员工放弃所有休假，全部下地，采用地毯式搜索方式查漏补缺，使滴灌系统恢复正常，确保供水。

乡都老员工李明明回忆说：“我和基地的同事们将葡萄园按面积分块，每人包干一块。大家每天带好午饭，天一亮就开始巡查葡萄基地每一沟葡萄苗的毛管，按技术要求，‘遇结解结，遇断重接，遇草拔草’，三天时间，艰苦奋战57个小时，每人至少负责105公里葡萄沟的长度，以每人1双胶鞋、5双线手套的代价，我和公司葡萄基地的8位员工在当年5月第一波高温浪潮来临之前完成了地毯式毛管铺设检查，确保了葡萄苗的供水畅通。”

滴灌系统铺设妥当后，不等于一劳永逸，新疆的气候恶劣，冬季暴冷，夏季暴热，毛管老化较快，每年检修，都要投入大量人力，只有这样，才能确保葡萄的灌溉。

爸爸出生后，身体很好，从小不得病。

跟洪水作斗争

没去过新疆的人很难想象，这个降水量极少的地区竟然也会发生洪灾。焉耆的年平均降水量只有几十毫米，却时不时地来一场洪水，仪尔葡萄基地也多次受到山洪的威胁，最惨重的一次，冲毁葡萄千亩，李瑞琴心里那个痛啊，实难用语言形容。想象一下自家的房子被洪水冲毁的情景，大略可以感受她当时的心情，何况千亩葡萄的价值岂止是一座房子，谁又为自家的房子耗费过那么多的精力和心血呢！

为了跟洪水作斗争，基地员工真是豁出去了！

滴灌部主管曹金林回忆了一次抗洪经历：“2004年4月中旬，霍拉山上的雪水开始融化，对我们的万亩葡萄园来说是喜忧参半，为什么这么说呢？如果洪水过大，冲破防洪堤，带来的将是一场水灾；如果洪灾未酿成，那我们就可以充分利用老天爷的恩赐，引水浇灌我们的葡萄园。为了避免前一种情况，每次洪水来临，就是我们葡萄基地全体员工最紧张、最忙碌的时刻，我们昼夜坚守工作岗位，哪里发现险情，我们就冲向哪里。

“我们一个班8个人，分为4个小组，每小组2人，负责分区设防浇灌。洪水流到哪里，浇灌人员就要跟到哪里，务必分分秒秒保持警惕，否则一不小心，洪水就会肆虐，冲坏田埂，淹没葡萄幼苗，带来损失。我们天蒙蒙亮就来到地里，全身心地投入工作，渴了喝口凉水，饿了啃几口干粮，累了就地喘几口气。白天忙忙碌碌地度过了，夜降临了，我们更是睁大警惕地双眼，一旦发现险情，立刻扑上去……在我们团队的紧密配合下，我们终于战胜了洪水，保护了我们的家园。”

寒流的威胁

深埋法基本解决了葡萄过冬的问题，最令人无奈的是“倒春寒”，此时葡萄已挖出了土，全裸露在外面，没有防护能力，如果气温骤降，带来的将是成片死亡。

老员工李明明说：“2001年4月10日，霜冻突然降临，气温骤然降低10摄氏度以上，仅仅两天，所有新种的葡萄苗全部遭受冻害，叶片全部掉光。望着自己的劳动成果毁于一旦，许多人难过得掉下了眼泪。”

怎么办？董事长李瑞琴是一个从来不服输的坚强女人，她和葡萄基地各区负责人商量后，立即安排布置了战胜霜冻的具体措施：在每块地的四周，准备好一堆堆杂草和锯末，每块地四周要堆放二三十堆，凌晨5∶00至早晨9∶00是霜冻最严重的时刻，这时点燃杂草堆，化霜冻提高地温。

1975年，奶奶当上了生产队的会计。为了学会计，每天连做饭也不忘了把书放在锅台上，一边做饭，一边学习。晚上在油灯下学习。

“入夜，气温骤降到0摄氏度以下，葡萄基地的全体员工冒着严寒，坚守着阵地。在霜冻的极点来临之际，点燃一堆堆杂草。就这样，连续几天的坚守，许多人冻病了，感冒、咳嗽不断，但终于驱走了严寒，保住了葡萄苗，大伙都说：值了！”

“倒春寒”的发生率较高，不是每次都能将损失降到最低，有时损失也会大到让人欲哭无泪。2010年5月16日，一场前所未有的霜冻突然降临，寒流所过之处，新长出的葡萄嫩叶和花穗如同被开水烫过一遍，全部搭下了脑袋。

那一年，被寒流侵袭的葡萄园几乎颗粒无收。这是自葡萄基地创办以来最严重的一场冻灾。葡萄基地的员工们哭了！李瑞琴想哭，但没有哭，因为她知道，现在最需要的不是眼泪而是干劲。她带领葡萄基地的员工，拔掉冻死的葡萄，补栽了新苗，葡园又恢复了往日的生气。

结语：领导力即吸引追随者的能力

管理大师德鲁克说：领导力即吸引追随者的能力。

优秀的领导者都具备这种能力：激励他人为了一个共同目标齐心协力地工作。领导者抱着必胜的信念和强烈的使命感，不避艰阻地奔向某个引人入胜的目标，在过程中他的杰出行动会将信念、目标自然而然地传导给每一位员工，从而吸引大家忠诚追随。当大家的信念汇成洪流，就没有任何困难能够阻挡了！

当会计不用干重活还能拿全年365天的工分，奶奶可高兴啦。那时候一个工日只有两元多，全家到了年底扣除粮食、肉、油等，一年只能分到现金100多元，奶奶说分得最多的一年是134元钱。

荒漠上诞生了一个人类奇迹

“西戈壁很适合栽种优质酿酒葡萄”的传说，吸引了一个个雄心勃勃的开发者，他们带着雄厚的资金，跟在李瑞琴后面，在戈壁滩上种起了葡萄。三五年下来，李瑞琴的种植基地绿荫成片，他们的种植基地戈壁依旧。那么，西戈壁究竟适不适合种葡萄呢？他们没有勇气继续探寻答案，有的落荒而逃，有的转手卖地。曾有一家公司，种植基地离李瑞琴的葡萄园不远，自然条件差不多，开荒种了2000亩葡萄，苦苦支撑数年后，到2003年全军覆没。

西戈壁真的适合种葡萄吗？失败率咋这么高呢？

“不是有钱就能把这个事情做起来。”李瑞琴道出了答案，“做这个产业要耐得住贫穷、寂寞、诱惑。”

“给兔子开会”的趣话

在戈壁滩种绿化树，最大敌人不是寒冷干旱，而是兔子，兔子找不到东西吃，将绿化树当成了美味，一到晚上就出来啃树皮。别人种的树都被兔子糟蹋得没办法，惟独李瑞琴种的树可免于兔灾，别人看了都觉得奇怪，猜想她一定有秘诀。

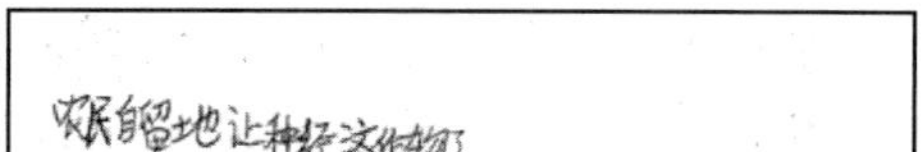

改革开放了，农民不用“大锅饭”了，土地可以承包了，农民自留地让种经济作物了，农民让养猪、养鸡、养羊了，1980年，奶奶他们分了60多亩地，养了26头猪、100多只羊。

一位朋友来向李瑞琴“取经”：“我们种的树都给兔子咬了，你们种了这么多树，成活率为什么这么好呀？”

李瑞琴开玩笑说：“因为我每年冬天要给兔子开个会。”

朋友问：“啊！你怎么给兔子开会呀？”

李瑞琴说：“我把兔子召集到一块，说，你看我们开发多不容易呀，吃草可以，吃树不行。兔子体谅我们的不容易，就不来吃了。”

玩笑归玩笑，李瑞琴真正的秘诀是什么呢？她说：“你要舍得投入，种树前三年，要一棵一棵保护起来，三年后树皮老了，兔子咬不动，就不啃了。你不管，兔子能不咬吗？一晚上能咬一大片。人活脸树活皮，树没皮了，还怎么能活呢？”

“一棵一棵保护起来”，说得轻巧，做起来可不轻巧。李瑞琴首期种了28

万株树苗，一棵一棵保护起来，这工作量得有多大！就算有钱能请到人，如果自己不精心，不带头干，别人能做得合乎你的预期吗？别人也有钱，也能请到人，为什么效果不理想？说到底，还是自己投入的时间心力太少啊！

“当代愚公”，用心血浇灌的传奇

西戈壁到底适不适合种葡萄呢？专家用科学数据得出了结论，李瑞琴也用事实做出了回答，但至今还有人怀疑专家结论的可靠性。我们采访时，跟当地的老乡谈到这个话题，一位看上去很精明的老乡说：“嗨！西戈壁哪适合种葡萄，那是专家忽悠人的，他们只管大把拿走论证费，哪管你是死是活！”

我们说：李瑞琴不是种出了葡萄吗？可见专家的结论是正确的。

老乡没有回答，露出不屑的笑容。

在专家的论证书上，得出的结论是西戈壁的光、热、水、土等自然条件很好，适于种植优质葡萄，这纯粹是理论上的推理，没有考虑成本投入的合理分寸。从李瑞琴种葡萄的实践看，她和伙伴们付出太多了！前期垦荒、打井、安装滴灌设备等固定投入不说，还要付出难以胜数的经常性投入，每年葡萄过冬埋土、入春开挖就是一项令人生畏的浩大工程。葡萄再怎样精心培护，成活率都达不到100%，补苗的活计年年有，死了再补，再死再补，直到最终存活。在一死一补的过程中，除了考验资金链，对人的心理承受力是多么大的考验啊！投入这么大，回报却遥遥无期，没有强大的心理承受力是坚持不下去的。

奶奶是我们那个地方的第一家万元户，奶奶说：“苦了几十年，突然过上银行有存款、圈里有猪、栏里有羊的日子，真好！”

李瑞琴凭借其坚定的信念、超人的毅力和过人的胆魄，带领追随者们，克服了常人无法想象的困难。从1998年至2002年，开种葡萄的头5年，李瑞琴全家都驻扎在葡萄基地，带领工人们打井、修路、拉高压线、开沟、种葡萄苗、栽防风林、灌溉、施肥、修剪……年复一年，将身心全扑在这片土地上，拓荒、劳动、四处筹集资金，几乎构成了他们生活的全部。

4年后，李瑞琴创办乡都酒业，时间和精力主要投入到新的产业，但葡萄基地仍是她关注的重点，持续不断地投入，仍是年复一年。

十几年过去了，葡萄园从5000亩开始，一直种到了40000亩，面积与澳门相当。为了建设和保护葡萄园，她还完成了多项令人咋舌的配套工程——修建道路120公里，架设高压线路28公里，栽种防风林带300多万株，打机井36眼，铺设节水灌溉毛管700多万米……李瑞琴做的每一件事，看上去都像是“奇迹”，别人无论有没有能力做到，都不会像她那样去做，因为世上多的是“智叟”，“愚公”却很少。

“不是有钱就能把这个产业做起来的。”李瑞琴再次申明这个观点。谈到葡萄园，她的脸上洋溢着难以言说的幸福和自豪感，像一个母亲谈论她最优秀的儿子一样，“现在站在葡萄园看我们的业绩，可能外人会很震撼，但是我每天看到它时，都觉得特别平淡，可内心还是会被感动。我觉得，每天看到它们、想到它们，心里就是一种安慰……”

好日子过了没几天，用奶奶自己的话说，她又开始瞎折腾了。

企业效益和社会效益

任何一件事做到极致都会产生特殊的价值，有的人吃鱼能吃出完整的骨架，于是成了标本制作专家；有的人磨玻璃片磨到顶尖，于是成了首位发现微生物的功勋科学家。李瑞琴在戈壁滩上种葡萄，可以说做到极致了，价值自然而生。

当葡萄园结出累累硕果，李瑞琴按既定思路，创办了乡都葡萄酒厂，用优质葡萄酿造出了优质葡萄酒，接着，以葡萄园为轴，打造出了一个集种植、养殖、加工、销售、包装、贮藏、特色生态旅游等项目为一体的绿色葡萄庄园，多年的持续投入，终于带来了企业效益。

不仅如此，大面积的葡萄种植可以涵养水源，改良土壤，防风固沙，改良农区小气候；在抵御自然灾害方面，基地的建成形成了抗击风沙、减缓洪水冲刷的坚强阵地，为七个星绿洲边缘增加了一道绿色屏障。葡萄基地的建设将不可耕的荒漠改造成绿洲、良田，使生态向着良性循环方向发展，其社会效益十分明显。

一项事业做到了企业效益和社会效益兼顾，才可以实现可持续发展，才能做成百年企业，而乐在其中的李瑞琴，也真正实现了从商人向企业家的华丽蜕变。

开始和别人一起办厂了。办过砖瓦厂，办过皮革厂……

结语："愚公"的成功逻辑

世上的"奇迹"往往是"愚公"们创造出来的，这是为什么呢？因为一件意义很大的事，只要有人启动，"神仙"一定会伸出援手。

然而，"愚公"真正的成功不是成功本身，而是：他将目标、信念传递给了"子子孙孙"，他已经预见了未来的美好愿景，他每天都在向愿景一步步接近。也许他终生不能大功告成，但他享受了愿景。当你追求梦想，最大的幸福不是好梦成真，而是在过程中让梦想一点点沁入心扉。

一句良心话："党的政策是关键"

2013年春，李瑞琴的一位老朋友来访。他是中国葡萄酒监督检验所的老专家。10多年前，他曾来七个星西戈壁考察，参与过葡萄基地开发项目的可行性论证。他还记得当年西戈壁的荒凉，现在来葡萄基地一看，不禁惊呆了！只见万亩葡园成片、千亩林带成行，郁郁葱葱，满眼胜景。老专家激动不已，说，当初论证时，只是提出了一个可能性，没想到李瑞琴将可能性变成了美丽的现实，种植规模之大，更是超出了当初的想象。

老专家问：你是怎么做到的？

李瑞琴不假思索地说：党的政策是关键。

老专家以为这是一句套话，经李瑞琴解释，终于同意了她的结论，于是即兴赋诗一首：昔日一片戈壁滩，今朝绿色连成片，问君何故有奇变，党的政策是关键。

李瑞琴将这首诗挂在了乡都葡萄酒文化馆的墙壁上。

四路神仙比不上一路神仙

奶奶还是我们焉耆县第一个走出国门做生意的人。第一个把羊皮和羊毛进口到中国来的人，从那以后，奶奶还有好多个“第一”呢！

寸草不生的千年戈壁诞生了一片绿色生命，创造绿色生命的李瑞琴成了大家眼里的奇人。有人对李瑞琴说：焉耆是你的福地，有水神（博斯腾湖）、山神（霍拉山）、地神、财神四路神仙保佑着你，所以你能征服戈壁滩，你的梦想也可以一直延续下去。

李瑞琴感叹说：这四路神仙比不上一路神仙——共产党的政府和共产党的方针政策。

李瑞琴创业多年，坚持跟着国家政策走，关键时刻，政府的扶持每每帮助她渡过难关。她说：“我从办砖厂，到办皮革厂，到做边贸，一直到现在，是政策推着我走到今天的局面，我觉得，从自治区，到我们巴州、焉耆县，没有哪一届政府不支持我的。”

李瑞琴说的是由衷之言。

政府给予了她很多优惠政策，包括土地使用权50年不变，可以继承和依法有偿转让，50年内免交各种土地使用税费，同时前4年免交水费，第5年至第8年水费减半，光是这几项，可以让她的资金压力减轻不少。

如果没有政府的支持，凭她一己之力，要种出数万亩葡萄、创办一个年产万吨的酒厂并做成新疆葡萄酒业的第一品牌，那是不可想象的。

此外，开发葡萄基地的前几年，只有投入，没有产出，李瑞琴种下第一期5000亩葡萄就耗光了家里的资产，假设政府不为她出面担保，她从银行贷不到款，怎么将二期、三期葡萄种下去？日常支出从哪里来？政府还为葡萄产业项目提供了一定的扶持资金，在开展人员培训、信息咨询等方面也提供了一定的支持。

所以，她对共产党，对各级政府是真心感恩。

我一边画，一边想：现在的我们好幸福呀……

4000个义工

“我永远记得，2009年4月7日，我永远忘不了！”李瑞琴对我们说，“我们焉耆县的全部公务员，在我们这儿出义务工，县委书记、县长都来了，干了整整一个礼拜。所以说，我们的事业做到现在，都是大家的功劳。”

这件事不仅刻印在李瑞琴心里，也记在每一位乡都人心里。

李瑞琴说：“一年之计在于春。耽误了一春，就错过了一年。当时公司的人力、物力、财力都非常紧张，况且浩大的工程不仅仅是资金能够解决的，劳力去哪儿找呢？”

“火烧眉毛之时，县委书记黎明辉立即发动县、镇各相关部门4000余名干部职工，义务帮助企业完成葡萄栽植工作。戈壁滩上红旗飘飘的景象蔚为壮观，迄今为止也属罕见。这是当地党政坚定支持仪尔创业的非凡一笔，为仪尔葡萄产业日后的发展奠定了良好的基础。”

书记、县长亲自带头，各级公务员出义工，对仪尔公司的影响不仅仅是雪中送炭地解决了眼前的实际问题，还产生了持久的心理正能量。被领导这么“瞧得起”，李瑞琴觉得要不把这件事干成了，打的不仅是自己的脸，心里一辈子都会过意不去，因此她的信念更坚定了！领导这么重视葡萄园，对员工的士气也产生了难以估量的影响。

企业的发展需要政府的支持

在葡萄园的建设过程中，困难重重，当李瑞琴向政府求援时，往往能得到有力的援助，使问题迎刃而解。

曹金林回忆说：“2004年4月，天气忽冷忽热，最高温度竟然达到25摄氏度，恰在此时，我们主产区1区、2区的两口井同时报废，葡萄苗已经长了嫩嫩的小芽，由于水供应不上，在火一样的太阳的灼烤下，刚露头的小芽已经奄奄一息了。公司领导和董事长商量后，决定立即向上级主管部门求援。

“接到企业的求援报告，上级主管部门高度重视，立即召开了专题会议，主管领导在会议中特别指出，仪尔公司是我们县上企业的一面旗帜，每年按时上交税收，吸纳农村富余劳动力，帮助政府解决了一些就业难题，为县域经济的发展做出了贡献。现在企业有了困难，各相关部门要特事特办，以最快的速度解决用水的问题。

“第二天，渠水沿着主渠道流进我们的葡萄园，葡萄苗有救了！我们喜悦的心情难以抑制，只有用更加饱满的工作热情来表达我们对政府的感谢。我们放弃了所有的休息时间，分成几个组，采用24小时倒班制，连续浇灌作业。虽然很辛苦，但看到葡萄苗一天天在成长，我们的心里比喝了蜜还甜。”

结语：做善事业，才能赢得多方相助

做事业有善事业与恶事业之分，区别的标准在于利害二字。

对大众有利的都是善事业。《小窗幽记》云：“明犯国法，罪累岂能幸逃；白得人财，赔偿还要加倍。”做恶事业没有好结果，“清算”的时候“利息”还要加倍奉还。做善事业必能赢得多方相助，成功的希望很大，失败了也能赢人心，为未来保留机会。

漫画/杨琪

第四章

锁定目标

让中国人喝上最好的葡萄酒

李瑞琴创办中法合资的乡都酒业有限公司，一开始就提出一个雄心勃勃的目标——“做中国最好的葡萄酒”。我们无法预料乡都的未来远景，却不得不钦佩李瑞琴可敬的志向以及为之付出的努力。

开启南疆史上没有先例的事业

李瑞琴专心种葡萄时，有一个梦想：用自己的葡萄酿造最好的葡萄酒。

不过，酿酒需要资金、人才、技术、厂房、设备，这些她都没有。她坚信将来该有的一切都会有，但现实的问题是，葡萄三年成熟，收获后卖给谁呢？无奈，她只好折叠起自己的梦想，暂时搁置一旁，决定先找一家有实力的葡萄酒厂长期合作。

求人不如求己：自办酒厂

当时新疆葡萄酒行业的“龙头老大”是新天酒业有限公司，新天是一家上市公司，在新疆名气大、招牌亮、实力强，成为李瑞琴的首选对象。

刚开始双方谈得很顺利，一拍即合。新天老总来仪尔葡萄基地考察后，又产生了新的兴趣，计划在当地投资兴建一家分厂。这样，葡萄销售合作项目变成了一个招商引资项目，不仅李瑞琴高兴，县里的领导也喜出望外——如果新天在焉耆建起一家酒厂，势必带动当地葡萄产业的发展，对全县经济成长可能起到推动作用。

不料，在后续的洽谈中，一些关键条件总是谈不拢。

双方谈了一年多，合作仍是未成，眼看葡萄将熟，李瑞琴快失去耐心了，县委书记也着急了。

终于，李瑞琴拿定主意：求人不如求己，跟新天合作，不如自办酒厂。

南疆从来没有酿造葡萄酒的先例，以前只有一些散种的鲜食葡萄，现在李瑞琴掌握了充足的酿酒原料，她决心开创南疆史上没有先例的事业，创办一家葡萄酒厂。

时过境迁，就在李瑞琴创办的酒厂风声水起时，新天公司却被别的公司收购，不复存在。

对新天公司，李瑞琴不愿多谈，她的儿媳李晓云颇有感慨地说：“别看我们是‘小米加步枪’，但我们坚持下来了！”

天赐良机

俗话说“吉人天相”，这句话用到李瑞琴身上再合适不过了。当她萌生创办酒厂的计划时，正赶上中央提出“西部大开发”的绝好时机，国家对地方产业有政策上的扶持，从巴州到焉耆的领导，对她的酒厂计划也加倍重视起来。

不过，政策扶持和领导重视，只是一个有利条件，资金、人才、技术、设备等不可或缺的条件，李瑞琴必须自己去解决。

李瑞琴创业，追求“独一无二”，她对未来酒厂的战略定位是：“起步晚，起点高”、“要做就做第一”。

这在一般人看来简直是天方夜谭——你手上什么都没有，能把酒厂勉强办起来就不错了，还讲什么“起点高”、“独一无二”！

但是，对李瑞琴来说，如果不能做到“独一无二”，就没有做的必要了，这是她与众不同的地方。

怎样做到“独一无二”呢？向国内的先进水平看齐，最多是随大流，她比较属意法国的酿造技术。法国葡萄酒是全球高端葡萄酒的代表，用法国技术酿造高端葡萄酒，岂不是一下子就跨入了国内前列？

怎样将未来酒厂跟法国技术联结起来呢？很快，李瑞琴找到了一个“贵人”——王忠国。

王先生当时在中国驻法使馆工作，是科技部驻法一等秘书，平时他对法国的酒文化、城堡文化很感兴趣，走访过法国很多知名的葡萄酒产地，跟不少酒堡老板和企业界人士交上了朋友，对引进法国酿造技术来说，他是一个理想的联结人。

李瑞琴不认识王忠国，但她认识许多认识王忠国的人。一个是新疆计委的张永明先生，他是中国遥感协会会员，而王忠国是遥感协会的理事，张永明受李瑞琴之托，请王忠国帮忙寻求法国方面的合作。还有一个是新疆农科院葡萄研究所所长杨承时，以前主持过仪尔葡萄基地的项目论证。杨所长起初也不认识王忠国，不过他的朋友圈子里有不少认识王忠国的人，双方很快搭上了关系。

时任科技部驻法一等秘书的王忠国（右一），听李瑞琴讲述了自己的创业经历，非常感动，决心帮助她引进法国技术。图为王忠国向法国人介绍乡都葡萄酒梦想。

王忠国应邀来到仪尔葡萄基地参观，听李瑞琴讲述了自己的创业经历，非常感动，决心帮助她实现引进法国技术、生产高端葡萄酒的梦想。

王忠国在法国找到了一些有意合作的投资者，如酒堡主多米尼克·华、欧立荣和建筑师伊夫·卡特拉等。为了加深双方的了解，王先生安排了一个互访计划。2000年底，李瑞琴随巴州副州长、焉耆县委书记等地方领导组成的代表团，来到法国，参观了一些著名酒堡，跟伊夫·卡特拉等法方代表见了面，双方表示了初步的合作意向。

在法国，李瑞琴看到有上百年历史的葡萄庄园如何悉心经营这个产业，看到他们为了让一棵上百年的葡萄树保持品质，每年小心翼翼地限量生产几瓶葡萄酒。尤其是，她看到法国人借助高超的技术，将人生领悟表达在葡萄酒中，使葡萄酒变成一种艺术品，她被感动了，被震撼了，几乎是在心底呐喊：这正是我想要的！

像是有某种心灵感应，她很快就接受了“葡萄酒是艺术而不是技术”的法式理念，并且决定，她的未来酒厂，将把葡萄酒当成艺术品来经营。

有人感到奇怪：李瑞琴出身农家，对文化艺术却表现出异乎寻常的热衷，难道她懂艺术吗？或者只是附庸风雅？

其实，人类对艺术的爱好发乎天性，农民的艺术感悟力跟文人学者没有级差。我们今天奉为经典的《诗经》，多数是农夫、渔夫、樵夫信口吟出的作品，任何艺术都诞生于劳动过程中，诗词，歌赋，舞蹈，音乐，哪门艺术是文人学者在书房里创造出来的？李瑞琴没有学习过用艺术表现技术，不会用画笔、琴弦抒发心底的美好情愫，那并不妨碍她感受艺术之美。

新疆访法代表团回来后，2001年初，由法国葡萄酒庄园主及酿酒专家、建筑师、园艺师、土壤专家等组成的考察团来焉耆盆地实地考察。谈到这次访问，伊夫·卡特拉先生对我们说："第一次到新疆，就被新疆的美景和新疆人的热情所震撼。"他和同伴们也被李瑞琴不可思议的创业经历所震撼。

法方人员考察各方面的情况后，写了一份详实的可行性研究报告，并且通过了法国权威机构的论证。接下来，双方经过多轮谈判，终于敲定了合作计划。

采访时我们有幸鉴赏了伊夫·卡特拉先生珍藏的这份可行性研究报告，不禁为它融艺术与技术于一体的独特风姿所感动、所震撼：一份商业报告竟然有如此高的艺术含量！其装帧之精美，设计之净雅，摆到西单图书大厦，可以让绝大多数图书黯然失色；放到国家艺术博物馆，也不显寒酸。单凭这份报告，就能得出结论：这是一群能把事情做得很漂亮的人。

邹积赟的留学生活

中法合作项目敲定后，李瑞琴马上作出了深谋远虑的一招：派老二邹积赟赴法国留学，在法国著名的CFPPA国际葡萄酒学院学习葡萄种植、葡萄酒酿造及葡萄酒的品鉴。

邹积赟此行，由王忠国居中介绍，委托一位法国朋友帮忙照顾。

邹积赟刚到法国，就见识了中法文化的差异：他生长在一个强调"做人"的家庭，热情好客是邹家的老传统，对朋友那是真真的，帮忙一定帮到底。不料那哥们开车将他送到一家旅馆后，留下一句话：有事可以来找我，便开车走人了。

邹积赟马上意识到，无论别人怎么照顾，在法国立足，只能靠自己。他从小也接受过自立教育，对法式风格虽然稍感不适，理解上并没有障碍。

这是一家中档旅馆，他一问价格，吓了一跳，心里不由得暗暗叫苦。他带的钱不多，哪住得起这么贵的地方！按他以往的风格，为了面子也要先住一晚再说，但他转念一想，现在不是考虑面子的时候，如果钱花光了呆不住了，那才真没面子呢！于是，他马上换了一家便宜旅馆住下来。

邹积赟的计划是勤工俭学，尽量不给家里添负担，家里的钱都砸进了葡萄园，他在外面省一分是一分。

但是，初来乍到，人生地不熟，工作怎么找？而且他此行的目的是学习酿酒技术，最好去葡萄酒庄现场实习，这样的工作更难找了。他筹思无计，只好腆着脸皮，去找那位朋友帮忙。朋友倒没推辞，打了个电话，替他找了份整修草坪的工作。他干得十分卖力，一个顶俩，他想凭努力赢得老板的信赖，换取更多工作的机会。不料，干了一周，老板给他结清工钱，告诉他工作已结束。他不禁直发愣：这就完了？难道我干得不好吗？

原来，法国流行短雇，老板就那么多活计，干完就完了。他的工作效率高，反倒让自己少赚一两天钱。

邹积赟无奈，只好再去请那位朋友帮忙。这回的工作干了整一个月，帮助他渡过了最艰难的适应期。后来他全靠自己找工作，学费、生活费都赚出来了。法国留学五年，他不仅顺利从CFPPA国际葡萄酒学院毕业，还在多家著名酒堡打工，实地考察和学习了法国波艮第地区葡萄种植及葡萄酒酿造技术。当他回国时，不仅取回了“真经”，还给父母带回了一位聪慧能干的儿媳妇，不过，这已是后话了。

好事多磨

中法合资项目在法国通过了论证，李瑞琴这边却出了一点麻烦。从自治区到县政府都很支持，计划作为“西部大开发”的重点项目来推进。不料在国内某权威机构论证时被卡住了。专家说：那个地方怎么能种酿酒葡萄？在巴州的历史上，没有大面积葡萄种植的历史。

李瑞琴听了哭笑不得：我的葡萄已经种到1万多亩，还在继续扩大种植面积，怎么能说这地方不适合种酿酒葡萄呢？

可惜这个理由对专家没有说服力。葡萄的生长周期较长，挂果还早着呢！现在你的葡萄长势良好，顶多说明你绿化搞得好，究竟能不能结出葡萄，葡萄的产量、质量如何，还是未定之数，作为上葡萄酒项目的理由尚不充分。

专家的意见不无道理，“出水才见两腿泥”，没看见结果，就存在变数。

从另一角度看，李瑞琴种葡萄，种得连专家都不敢置信，可见开拓意义多么大！

时间到了2002年4月，中法合资项目终于通过了论证，各项手续全部办妥；同年，仪尔葡萄基地扩大到2万亩，并被评为全国“三八绿色工程”。

万事俱备，东风劲吹，李瑞琴可以甩开膀子大干了！

当时，国家对葡萄酒还没有统一的质量标准，“三精一水”的勾兑葡萄酒还是市场主流，李瑞琴将用法国的技术酿造原汁原味的葡萄酒，自信满满的她放出了一句“大话”：“我要让不会喝葡萄酒的中国人学会喝葡萄酒，填补中国高端葡萄酒的空白！”

这句话，预示着她的梦想进入了一个全新的轨道。

结语：最重要的是资源整合能力

创业需要一定条件，却不能囿于条件。“有条件要上，没有条件创造条件也要上”，这是干大事气魄。如果等条件足备了再去做，可能什么都做不成。

怎样创造条件？最重要的是资源整合能力，你没有的别人有，只要巧妙联结，将内外资源整合在一起，原先不具备的条件也就具备了。

牵手战略投资者

2002年4月30日，由新疆巴音国有资产经营有限公司、新疆焉耆仪尔高新农业开发有限公司及法国蓝熊猫发展有限公司三方组建的中法合资新疆乡都酒业有限公司正式成立，李瑞琴出任董事长；伊夫·卡特拉作为法方首席代表，任副董事长。

中法合作，第一大难题是文化冲突。法国人有自身的思维模式、价值观念和行为方式，李瑞琴则希望新公司能够融入中国的文化和理念。最初在开会时，双方总是争论不休，拍桌子的场景经常上演。在相互磨合中，李瑞琴的强大意志和灵活的沟通能力发挥了关键作用，最终双方达成了共识，实现了友好合作。

怎样种出优质葡萄?

法国人做事认真，该吃苦时也能吃苦，这跟李瑞琴的风格很接近，双方在核心价值观上没有明显冲突。

酿造高端葡萄酒，对葡萄品质的要求很高。在葡萄管理方面，李瑞琴很快接受了法国先进的理念与办法，例如，葡萄种植的前4年不允许挂果，挂果一律摘掉；4年后，葡萄采摘时机也有讲究，早了晚了都不行；每亩的产量严格限制，一般控制在400–600公斤。

在葡萄酒酿造方面，完全按照法国传统工艺，保证在摘果4小时内进罐发酵。

在不懂的问题上，李瑞琴很虚心，全然接纳法方的技术。法方先后派了3个葡萄种植专家来指导葡萄园的管理，呆得最长的是本杰明，他是个20多岁的小伙子，嘴上没毛，办事却不含糊，技术好，能吃苦。刚起步的乡都，条件还很简陋，只能将建在戈壁上的一座简易棚屋作为本杰明的临时住所，没有洗澡间，更没有热水供应，一两个星期都洗不上一次澡，生活条件别说跟法国比，跟本地人家比还要差不少。但小伙子从不叫苦，卖力地干了近两年，将法国传统的栽培工艺一点点嫁接到了仪尔的葡萄园，确保了葡萄的生产品质。

法国技术在融合过程中也有“水土不服”的地方，遇到李瑞琴懂的问题，她从不谦让，坚决贯彻自己的主张。

例如在设计葡萄的行距、株距、立架方式等方面，法方专家要求完全按法国传统工艺设计，行距为1米，最多不超过1.5米；株距为30~50厘米，李瑞琴认为，行距应该根据实际情况设定，株距不能低于75厘米，因为当地采用的架式是扇形法，与法国不同，如果葡萄太密，通风不良，透光不好，就不能存活。在这些技术问题上，双方各执己见，互不让步。最后李瑞琴想出一个变通办法：划出一块试验田，检验法方的标准是否行得通。试验结果正如李瑞琴所

2002年4月30日，中法合资新疆乡都酒业有限公司正式成立，伊夫·卡特拉（左一）作为法方首席代表，任副董事长。图为王忠国（右一）指着“乡都·安东尼”的酒瓶说：“这个标识就是法国艺术家尼古拉·安东尼·卢奇（中）设计的具有中法元素的标识。”

说，葡萄种不活。于是，争议结束，李瑞琴的意见成为正式标准。

对这片土地，李瑞琴毕竟比初来乍到的法方专家熟悉，而且几年来她也学习研究了不少专业资料，这就是她在专家面前坚持己见的底气。

酒堡设计的争议

乡都酒业决定在葡萄基地附近兴建酒堡。酒堡的设计由法方负责，但在一些细节如车库和公寓的设计上，双方发生了争议。

双方几经争执，有些方面李瑞琴做了让步，有些方面在李瑞琴的坚持下，法方也同意做出调整。最后，按李瑞琴的意见修改过的酒堡方案，落成后不仅李瑞琴本人满意，连法方设计师也叫好：整个建筑群坐西朝东，正门、两侧及酒窖屋顶均为大跨度弧线形，外墙基色为红砖建筑原色，门窗为黑色，酒堡正门立有酒神像，左侧与右侧为对称的酒吧和葡萄酒文化馆，内部设计风格为典型的法国乡村酒堡形式，所有装饰材料均采用橡木原色，古色古香。正面的广场由典雅、庄重的高大罗马柱构成，酒窖由几十个巨大的贮藏罐和橡木桶制作车间组成。整个建筑典雅、大方、美观，堪称建筑艺术精品。

生产规模的争议

酒堡究竟上多大的生产规模？这是中法双方争议的最大问题。

法方最初的设计是上4个发酵罐，年产量200多吨。

李瑞琴一听，说：开什么玩笑！200多吨酒怎么可能养活一家酒厂？

法方人员一听，一脸的不可思议：什么？200多吨酒还养不活一家酒厂？

法国酒堡的产量一般不大，也不愁销路，酒没出来就被客户抢订一空。例如多米尼克·华在法国的酒庄，提前两年、三年就预订出去了。法国酒庄真正是走高端路线，不仅酒的品质高端，价格也高端，一瓶酒几千、上万欧元不是奇事，年销200吨就足够发大财了！

但中国不行，酒可以高端，价格不能高端，上万元一瓶的酒，几个人愿买？所以必须讲规模效应，靠大产量、大销量盈利。

造成这种差异的主要原因不是富裕程度而是文化观念，中国富豪的总量远大于法国，但中国消费不了那么多昂贵的葡萄酒。

法国人喝酒喝的是艺术，喝的是情调，中国人喝酒喝的是生活，喝的是气氛。欣赏艺术值得花大价钱，品味生活靠的不是钱，“仁义好，水也甜”，关键要把人情味做足。

法国人很难理解中国人喝高端酒只肯花那么点钱，中国人也很难理解法国人喝高端酒竟肯花那么多钱。不过经过沟通，法方终于明白了中国的国情不同，将产量调整为10个罐。李瑞琴仍不满意，干脆自作主张，将设计规模改为40个罐，年产3000吨。

法国人一听，急了：你做这么多酒，卖给谁呀？

李瑞琴说：我还怕到时候不够卖呢！

法国的土地面积只比巴州大一点，人口才6500万，全欧洲的人口才中国一半多，根本无法想象我们中国的市场多么大。李瑞琴生在大中国，眼光比法国人阔大多了，野心也大多了，她设计事业格局时，宁可相信自己，也不会跟法国人的思路走。

坚持的同时吸纳，吸纳的同时坚持，李瑞琴谨慎的变通和适度的固执，为中法合作定下了基调，为有效融合、实现中法合璧奠定了基础。

结语：处理好一个“我”字

为人处世做事业，最难处理的是心里那个“我”——“我”放得太大，必然僵化固执；“我”收得太小，一切不敢主张，失去了自我，那就很难找到存在感、价值感。

古人介绍过一种处理“我”的方法——无我。孔子讲“毋我”，佛陀讲“无我相”，老子讲“无为”，都是这个意思。心里没有我，与人相处、合作共事的障碍也少多了。

法国人说：不可思议

法国的葡萄酒文化和酿造技术“远嫁”乡都，很快就和乡都的地方文化完美地融为一体，产生了崭新的变化。

双方缘何能很快克服彼此的差异？为了寻找答案，2014年7月的一天，我们在北京梅地亚宾馆采访了时任法方首席代表的伊夫·卡特拉先生和双方的联结人王忠国先生。

伊夫·卡特拉是法国著名建筑师、城市规划师，毕生钟爱葡萄酒。采访中，伊夫·卡特拉一再强调“信念”，强调精神的力量。

“尽管有些文化上的不同，遇到了意见上的分歧，最后都和李董事长达成了共识。双方都有互相合作的信念，都付出了相当大的精力和努力，彼此尊重对方的人格，尽管我们有争吵，有时甚至讨论不下去，但当时合作的意愿非常强烈。中方为何请法国人来，就是想打造高品质的葡萄酒，双方信念一致。”伊夫·卡特拉说，“李董事长有非常强烈的意愿，了解真正的法国的酿酒技术，有强烈的工作动力和获得高品质葡萄酒的信念。”

王忠国先生补充说：“信念很重要，当时不管遇到多少困难，再大的分歧，双方在这点上是统一的，李董事长以非常开放的姿态接受法国的栽培和酿造技术，双方确立了一个目标，酿造高品质的葡萄酒，而不是酿造大众的消费品。”

当双方目标一致、信念如一，意见上的分歧就不难克服了。而双方最终得以顺利合作，还有一个重要原因：法方合作者被中国人惊人的表现所折服。

伊夫·卡特拉的三个惊喜

在戈壁滩种葡萄、办酒厂，不仅让中国人惊奇，法国人更是不可思议，因为这里的一切，跟他们观念上的葡萄酒世界，完全是两个天地。伊夫·卡特拉先生说，他与李董事长合作，很快就收获了三个惊喜：

第一个惊喜是，法方的葡萄种植专家考察仪尔基地时认为，该地的土壤贫瘠，不利于葡萄种植。当伊夫·卡特拉听到这个消息时，心里一凉，担心双方的合作因此夭折。但中国农民用非常聪明的办法解决了这个问题，一个办法是凿井灌溉，1000亩地一口井，浅井有100多米，深井有500多米，井里的水是天山纯净的雪水，取井水滴灌，使盐分渗向下层，降低了土壤中的盐分；另一个方法是大量施用牛、羊及家禽粪便，人为地改变了土壤的结构，使这里变得非常适合种植优质葡萄。而且，施用生物肥，不用化肥，对保持葡萄的天然品质十分有利，所以伊夫·卡特拉感到惊喜。

第二个惊喜是，新疆的冬天，气温低达零下十几摄氏度、二十几摄氏度，法方技术人员认为，在这样的低温条件下，葡萄无法成活。但是，令人震惊的是，葡萄基地的员工在入冬前，用土将葡萄埋起来，开春了，再挖出来。有效地解决了葡萄过冬的难题。在法国，气温适宜，葡萄可以安然过冬，中国葡萄基地员工的做法让他们大开眼界。

第三个惊喜是，法国的气候温暖湿润，葡萄枝叶上容易长菌子，影响葡萄的品质，一年至少要喷洒六七次农药。而新疆严寒的冬天使各种病虫害绝迹，不需要打农药，不仅节约了大量成本，还保持了葡萄的纯天然绿色品质，这是最让伊夫·卡特拉惊喜的地方。

乡都速度

乡都酒堡的设计完成后，法方计划的建成时间是两年。

李瑞琴一听，倒吸一口凉气：啥？两年？建个酒堡要花两年，那咱们干脆别干了！就算一半人磨洋工，一半人真干活，也用不着两年啊！

法国人问：那您说多长时间？难道一年可以建成吗？

李瑞琴说：一年肯定不行，我要的是6个月。

法国人瞪圆了眼珠，觉得跟这个“外行”无法交流，干脆什么都不说了。

一个说两年，一个说6个月，对工程进度的判断为何差距这么大？李晓云是这样解释的：“人家发达国家优越、悠闲，干什么事都不紧不慢，他们觉得这样就很好了，很满意了。我们要的是拼劲，抢的是时间，追求的是成长速度，他们却觉得我们太冒进了、太急功近利了。”

对李瑞琴提出的6个月，伊夫·卡特拉和其他法国人都持怀疑态度。

2002年5月18日，李瑞琴主持了乡都酒堡一期工程的开工奠基仪式，提出一个目标：当年完工，当年投产。

开工两个星期后，伊夫·卡特拉接到在现场监工的法方工程师打来的电话，工程师抑制不住兴奋的声音报告说：6个月完成是可能的。因为有300多个工人不分白天黑夜地工作，他们的效率非常高，进度超乎想象。

结果，实际进度还是超出了法国工程师的预想，不到6个月就完成了。

乡都的高效快速不全是靠“人海战术”实现的，还要靠高效组织、高效激励。李晓云说：“时间紧，任务重。施工方、监理方；使用方、供应方；中方、法方，各方关系都要最高效率地协调，一切以当年建成投产为目标。工程队的工作栏上写着倒计时，董事长和相关人员天天往工地跑，每一天都在和时间赛跑。仅仅不足4个月的工夫，一期3000吨规模的法式酒堡的主体工程全部完工，相关设备全部安装到位，这不能不说，乡都又创造了一个奇迹。”

如此惊人的速度，法国人连说“不可思议”，除此之外，他们已经找不到更合适的词语来表达自己的惊诧了！

永远的朋友

2002年8月28日，是乡都酒堡落成的大喜日子，举行了一个盛大的庆祝活动。乡都的形象大使——“巴黎小姐”奥荷雷娜在罗马柱广场即兴表演，各民族的姑娘小伙载歌载舞，场面非常热闹。

9月8日，乡都酒堡正式投入生产，李瑞琴在追梦路上又踏出了坚实的一步。

随着乡都酒业越做越大、路越走越宽，李瑞琴的“野心”也进一步发醇，将生产规模扩大到1万吨，惊得法国人坐立不安。他们无法想象，李瑞琴究竟要将他们、将公司带到什么地方？正当他们内心忐忑时，出了一个意外：伊夫·卡特拉先生视察工地时不幸失足跌落，入院疗治半年多，身体大不如前，因此萌生了激流勇退的念头。

李瑞琴决定将法方的股权回购。法方取得了可观的效益，相当满意。中方也对合作的成果十分满意。从法国留学归来的邹积赟说：“跟法国人合作最大的好处，是给我们带来了酿造技术。”

法方撤资后，伊夫·卡特拉仍和李氏家族保持着良好的私人关系，伊夫·卡特拉说：“我因为受伤，远离了乡都酒业一段时间。只是身体上的远离，精神上一直跟乡都以及李董事长的整个家庭很接近。从两年前开始，同乡都的合作项目重新展开，通过多种形式的活动，建立了非常密切的联系。”

事实上，不管法国合作者在与不在，乡都葡萄酒的“法国血统”是不会改变了！

结语：保持突击能力，提升持久能力

一篇文章介绍说，外国人对我们中国人的基本判断是：突击能力强，持久能力不足。也就是说，中国人可以在极短的时间内完成令人惊叹的艰难任务，却可能一曝十寒。

突击能力是一种能量聚焦的能力，将团队的力量高效组合在一起，将大家的精神信念集中在一个目标上，使团队潜能核裂变般爆发，可能创造奇迹。

持久能力是一种由内在动力驱动、对事物保持长久关注的能力。这需要将工作当成责任、当成爱好、当成事业来经营。

假设我们理解工作的意义，真正喜欢自己的工作，那么，我们不仅会拥有突击能力，也能具备持久能力。

野心与梦想：做中国最好的葡萄酒

乡都酒业成立之初，几位法国朋友来访，因酒堡还没有投产，李瑞琴就让人买来当地某知名企业的葡萄酒来招待法国朋友。谁知一位法国人尝了一口，

马上“哇”地吐出来，毫不客气地说：“简直像尿！”

李瑞琴听了，觉得这句话不仅是打在她脸上，整个中国葡萄酒业都受了侮辱，她心里暗暗发誓：一定要做出最好的葡萄酒！

很快，她将这个梦想具体化了，确立了两大追梦途径：

一是从原料上下功夫，“利用新疆独特的优势，‘种’出中国最好的葡萄酒”。

二是在技术上下功夫。用法国顶尖技术酿造高品质的葡萄酒。

李瑞琴进而提出一个响亮的目标：做中国最好的葡萄酒。

拉菲是法国同时也是全球第一葡萄酒庄，与拉菲比肩，“做中国最好的葡萄酒”，可见李瑞琴的勃勃雄心。

她的底气从哪里来？除了永不放弃的信念外，还有两个依靠，一靠自己绝对诚实的努力，二靠整合外部先进力量。

绝对诚实的努力

什么是绝对诚实的努力？

一是绝对诚实地对待当地的自然条件。从种葡萄那一天起，乡都每天有专门人员测量早、中、晚的气象情况，天气、气温、降雨量都有详细记录。为什么要记录？邹积赟说：“独特的产区限定了品种，也限定了栽培模式、修剪方法和酿造方式。”产区的独持性，不是凭经验和想象，要靠科学的数据分析。从乡都成立至今，十几年的手工气象记录成为宝贵的一手资料，通过这些历史曲线，乡都摸索出了与环境友好相处的方式。

二是绝对诚实地对待葡萄管理。一位专家说：“葡萄压榨后便由水果变成了动物，成酒后，葡萄便有了生命。”乡都的观念更进一步，在没有压榨前已经给葡萄赋予了高贵生命。李瑞琴说，“要像对待人一样对待每棵植株，饿了给吃的，渴了给水喝，困了就让他好好睡觉，这样才能延长他的生命”。

为了呵护葡萄健康的生命，乡都坚决不施用化肥、喷洒农药，灌溉水源来自最纯净的天山冰川融水，日常管理科学规范，有可靠的数据支持。例如，通常一眼井可以灌溉1000亩地，1000亩地又分4个轮区轮流灌溉，每一区域15天灌溉一次，每次灌溉两天两夜……做到这一步，李瑞琴仍不满意，她的下一步计划是，当条件成熟后，将实行每一行葡萄做编码、每一株苗木做监测的精细化管理。

三是绝对诚实地做好采摘和酿造工作，像对待新生婴儿一样全程呵护，使葡萄的鲜嫩生命完美地化入酒中。

乡都采用人工采摘方式，此法费力耗时，却能有效保证葡萄的质量。为了避免日照对葡萄质量的影响，工人要赶在天亮前入园采摘，并保证4小时内将优选的葡萄入罐，这样可以“让葡萄的生命更长久”。

葡萄发酵工艺的每个细微环节都会对酒的质量产生不可逆转的影响，因此乡都坚持“随身随性”的酿造理念，完全尊重每批葡萄的特殊个性，而不是刻板地照搬法国的酿造工艺。比如，早晨与中午采摘的葡萄在发酵时间上不尽相同，酿酒师会根据变化来调整各项工艺，帮助葡萄实现真正的自我。

对“随身随性”，李瑞琴打了一个形象的比方：“我们做酒也像抚养孩子一样，他适合往什么方向培养，我们就把他培养成什么人才。有了好的原料、好的技术，我们的酒就有了成长性，这就是重要的品牌基因。”

两个顶级外援（1）：总园艺师丹尼尔·菲什尔

对自己能做好的事，力争做到最好，对自己做不好的事，就请“外援”，这是李瑞琴的创业风格，也是乡都的基本发展模式。

丹尼尔·菲什尔是乡都的顶级外援之一，他是澳大利亚裔的葡萄园管理专家、专业酿酒师和农学家，曾为美国多家知名酒庄提供过葡萄栽培服务和葡萄园的经营策划，受聘为乡都总园艺师后，一个月一次的指导，帮助仪尔基地实现了精细化的科学管理。

乡都原旅游部部长陈欣回忆了她初见丹尼尔的情景：“记得去年第一次去机场接丹尼尔，我拉开车门，比比划划请他上车，他却彬彬有礼地请我先上车，并为我关好车门。”

“丹尼尔是一个很有礼貌的老外，也是一个爱‘认死理’的老外，技术管理上从不模棱两可。每一株葡萄的长势，他一看就分析得头头是道。对葡萄生长的每一个现象，他都会寻求严谨的科学依据。他的管理理念和科学精神，与乡都一以贯之的‘随身随性’酿造理念惊人的吻合。

“丹尼尔来乡都的一年多时间，解决了葡园管理上曾经屡试难解的一些技术问题。更为乡都带来了一股尊重科学、顺应植物生长规律的管理清风。在丹尼尔和乡都人的心里有一个共同的梦想——让乡都的每一粒葡萄都传递出最真实的、最健康的生命信息！”

两个顶级外援（2）：首席酿酒师多米尼克·华

多米尼克·华是来自法国勃艮第波玛酒庄的庄主、CFPPA国际葡萄酒学院教授、法国葡萄酒专家委员会成员，担任乡都酒业的技术总顾问、首席酿酒师，使得乡都葡萄酒诞生伊始就受惠于法国一流的传统酿造理念和工艺。

多米尼克·华对葡萄酒艺术有着狂热的爱，每年数次往返于法国和乡都酒堡之间。他说：“我在哪里工作不取决于酬劳的多少，而是葡萄酒的成长性，乡都的葡萄酒具有法国列级酒庄的潜质。”

在乡都的内刊上，有一篇署名“雨花石”的文章，以散文的笔调，介绍了多米尼克·华可贵的敬业精神和出色的工作：

“自从2003年担任乡都酒业首席酿酒师，他每年都会在乡都酒堡有近两个月的逗留时间，他把对葡萄酒的热爱和最美好的感觉都浸润在葡萄酒中，虽是法国CFPPA葡萄酒学院的著名教授，他酿制的酒早已声名显赫，但他从未停止过与酒的对话，他与酿酒师邹积赟常常是把每个桶里的酒当成了最亲密的朋友，只有他们知道相互间的倾诉。

“可是难免会有一些思乡的情绪缠绕着远离法国家乡的多米尼克·华，因为他的娇妻也在深深地思念着他。他向爱妻承诺：在乡都，一定要用清晨采下的最好的葡萄做一款酒，来代表他的思恋之情，取名就叫‘维多利亚’，象征他们的爱情如这款酒充满着青春的朝气。他还想带着美丽的爱妻来中国，来乡都酒堡亲自品尝他酿造的‘维多利亚’。

“经过近3年的酿制，几款葡萄酒中的一款最符合他的要求，口感清新，入口后充盈着爱的味道——默契、自然、醇厚。他深知，已经到了带爱妻来中国的时候。

“2006年，多米尼克·华带着心爱的妻子一同来到乡都酒堡。当酒从那只他精心呵护的橡木桶中提出来的时候，一阵久违的香气扑鼻而来，他满怀期待地等待着爱妻的评价。

“身为著名品酒师的爱妻将杯中的酒看了又看，闻了又闻，最后慢慢抿入口中，缓缓咽下：‘维多利亚，哦，亲爱的，你成功了！’”

结语：思路决定出路

梦想代表你想要达到的高度。思路是你选择的通往梦想的方式。“条条道路通罗马”，梦想之路有千条万条，你的思路是真正属于你的路，决定了你独特的人生旅程。

思路不清晰的时候，不等于你的梦想不切实际，那只能说明你尚处于摸索阶段——每个追梦者都会经历这一阶段。当你的思路变得清晰、合乎逻辑并切实可行，你就可以愉快地、充满自信地上路了！

乡都葡萄酒——“上帝的礼物”

“中国有真正意义上的葡萄酒吗？”当国际葡萄与葡萄酒组织主席费·德里科·卡斯特卢琪第一次访问中国新疆时，头脑中还带着欧洲人传统的、固有的偏见。

当他应邀来到天山南麓戈壁葡园中的乡都酒堡，他挑剔的专业眼光，在乡都极为讲究的工艺面前变得柔和起来。在乡都的地下酒窖，他细品那红宝石般的酒液后，他的偏见变成了欣赏，连呼“想不到！想不到……”相对于法国酒庄百年以上的种植与酿造历史来说，乡都的一切都太年轻了，没想到如此年轻的酒，品质如此优异。在赞叹声中，他激动地在橡木桶上签上了自己的名字。

他意犹未尽，又走进乡都“享受乡都好时光”酒吧，遍品酒堡里的各种佳酿，感慨更多。“谁能想到这里‘种’出了这么好的葡萄酒，法国风味如此浓厚，真是神的旨意，上帝的礼物啊！”他说：“乡都让我重新认识了中国葡萄酒。”

一个被“上帝”祝福的地方

法语中有一个词——“terroir”，意为区域独特性，法国人说，葡萄的

“terroir” 就像DNA一样，世界上决不会有 “terroir” 一模一样的地区。乡都所处的西戈壁，水土稀缺，自然环境恶劣，连一棵草都难以生长，在许多人眼里这里是一个被上帝遗弃的地方。但上帝从来不会遗弃任何地方，每一种自然特征都能开发出独特的价值。相对于葡萄种植来说，西戈壁是一个 “terroir” 极佳的地区，有 “水土光热气” 五大优势。

乡都葡萄基地位于天山南麓霍拉山洪水冲积扇缘地带，属于典型的中温带荒漠气候，年降水稀少，空气炎热干燥，但热量丰富，拥有超过3000小时的全国最长年平均日照，无霜期高达180天，昼夜温差大，这样的气候使乡都的葡萄具有良好的酸度和甜度。此外，附近的博斯腾湖，为乡都葡萄基地带来了一个较为稳定的微气候，更有利于葡萄的生长。

灌溉方面，乡都葡萄园的水源来自海拔5000米以上的天山冰川融水，水源纯净、远离污染，富含丰富的矿化物。

最难得的是，西戈壁经数亿年沉淀，天然地将质地分为粗沙、细沙和砾石，质地由粗变细、土层由薄变厚，恰恰迎合了喜弱酸但耐盐碱的葡萄作物，土壤的通透性不仅利于葡萄根系向下生长，同时砾石还可以帮助快速吸热和散热，充分均衡土壤昼夜温差，为葡萄生长提供了绝佳的土壤环境。在法国葡萄种植区，没有这样的天然土壤条件，只能把鹅卵石铺在土层下面，人为制造一个具有通透性的土壤环境，此法费时费力，效果也不如自然形成的粗沙、细沙、砾石三层通透结构好。

当地看似恶劣的气候和地理环境，赐予了乡都 “有机葡萄” 的独特品质。严寒的气候和贫瘠的土地是最好的病虫害净化器，乡都葡萄园年降水量64.7mn，蒸发量高达1194.7mn，并且沙砾质地的土壤，使病虫害在这里完全没有生存的条件，不需要施加任何农药；而且当地大气纯净，无工业污染，确保了葡萄的纯净无污染，在崇尚 “绿色” 的今天，乡都葡萄酒作为 “上帝” 的 “娇子”，自然会赢得消费者的钟爱。

“一亩地一桶酒、一株葡萄一瓶酒”

世上没有白吃的午餐，上帝钟爱的地方，不是轻松成功、“睡觉捡钱” 的地方。西戈壁的不毛之地，如果没有长达10多年的辛勤努力，怎么可能变成万亩葡萄园？从葡萄到葡萄酒，是一个万里长征，假设没有长期不懈的追求，又怎能在这个从来没有葡萄酒记忆的地方，成就“高端葡萄酒”梦？正是凭借艰苦卓绝的努力，乡都人将上帝的恩赐真正变成了幸运。

“农业企业每天都要碰到大大小小的问题，关键在于坚持，认准了就去做。”李瑞琴说。平平常常的一句话，包含多少酸甜苦辣，只有身临其境的人，才能体会个中滋味。从1998年开始，李瑞琴坚守“七分原料三分工艺”的信念，为葡萄园不惜代价地投入。她聘请顶级葡萄种植专家，将管理萄园的几十位农民工培训成了娴熟的技术工；她带领她的团队，以敬畏之心，小心翼翼地侍奉着每一株葡萄，像侍奉一个个新生婴儿一样，不辞辛苦，不畏劳烦，不分白天黑夜。他们像选择婴儿奶粉一样，严格按照有机标准选择肥料，除了企业自有牛羊养殖基地的肥料，还大量收购牛羊圈肥，从源头保证葡萄酒的纯粹品质。

为了利用上乘葡萄，酿成“中国最好的酒”，乡都人付出的努力更多：在员工管理方面，推崇“做事先做人，努力无止境”的企业信条，长期不懈地对员工进行质量管理培训、企业文化培训和葡萄酒文化培训，将“品质”二字深植员工心中；在技术管理方面，不惜重金外聘专家，手把手传授种植和酿造技术，每年还花重金派员出疆、出国学习培训，不断汲取葡萄酒世界的酿酒新经验，不断提升自身工艺水平。在品质管理方面，恪守“一亩地一桶酒、一株葡萄一瓶酒”的信条，坚持“随身随性”的酿造理念，尊崇葡萄生长的自然规律，从剪枝、疏枝、抹芽、定蔓、采收到发酵、浸皮、调制、窖藏、灌装，每个环节都讲究适度、适时，从而赋予乡都葡萄酒独特的气质和丰富的文化内涵——一支有生命的葡萄酒。

正是长期不懈的努力，乡都葡萄酒才真正变成了“上帝的礼物”，独一无二的佳品。从乡都葡萄酒上市以来，市场随机抽检合格率保持在100%。国家葡萄酒质量监督检验中心对乡都系列葡萄酒做了54项指标检验，结果表明：乡都葡萄酒富含对人体有益的18种氨基酸和大量的维生素以及微量元素、白黎芦醇、原花青素、番茄红素等。通常葡萄酒中能检出的白黎芦醇含量仅为1mg/L，而乡都葡萄酒中白黎芦醇含量高达4.7mg/L左右，2014年最近的一次检测，白黎芦醇含量达到了5.4mg/L。

从2004年起，乡都葡萄酒系列产品通过了国家质量、食品安全等多项认证，被列为“国家食品安全示范单位”，还夺得国内外同类产品大赛奖项60项次，先后成为新疆50年大庆指定用酒，首届、二届亚欧博览会首席战略合作伙伴及唯一指定用葡萄酒，新疆“两会”唯一指定用葡萄酒、新疆人民会堂专供酒。

显然，乡都人已经找到了赢得上帝宠爱的逻辑，那就是：凭十分努力，做百年事业。

结语：“上帝”宠爱信念坚定、顽强不屈的人

在《圣经》中，摩西是一个被上帝祝福的人，等待他的生活是什么呢？颠沛流离，受尽屈辱，吃尽苦头，但他以坚定的信念和不屈的意志，经受住了各种考验，最终成为以色列人中最伟大的英雄。

上帝宠爱的是信念坚定、顽强不屈的人，宠爱的方式是层出不穷的困难，一道道高难度的人生考题，只有答卷漂亮的人，才能成为上帝的“优秀选民”而创造奇迹。

市场突围：凭实力打开局面

乡都葡萄酒上市时，新疆已有大大小小的同类品牌十几家，对市场完成了分割。乡都作为一支新军，没名气、没渠道，价格还比同类产品高，这都是竞争的不利因素，要在众多对手的夹击下成功突围，难上加难！

种葡萄、酿酒、卖酒，是李瑞琴通往梦想的三大难关，前两关都突破了，现在只差最后一关，“临门一脚”，最重要也最困难。

种葡萄和酿酒时，乡都的技术难题一般靠“外援”解决；卖酒时，营销高手都是自己培养，第一批业务员都没有卖酒经验，李瑞琴用了极大的耐心，领着他们、扶着他们、逼着他们慢慢成长，一步步变强。

李瑞琴可能不懂很多东西，但她对成败要点有着敏锐的洞察力。销售是核心业务中的核心业务，她一定要打造一支忠诚而高效执行的营销队伍，牢牢掌握营销主动权。

“养在深闺人未识”

有着“法国血统”的乡都葡萄酒，刚上市时 “养在深闺人未识”的“大家闺秀”，不为“求聘者”所知。

李瑞琴不主张大把撒钱搞“广告轰炸”，再说从种葡萄开始，好几年时间，只有投入，没有产出，她的资金链一直绷得很紧，哪有钱打广告！后来，随着各方投资者的加盟，资金状况大有改观，她选择了一些投入较小但传播速度缓慢的宣传方式，例如在机场建路牌，在城市建酒窖等，但从不在电视广告上“烧钱”。

有专家向她介绍了一个时下流行的营销观念：好产品是卖出来的。

李瑞琴不以为然，她坚信，“好葡萄酒是种出来的”。她说：“销售毕竟要以质量为基础。现在时兴硬往广告上撒钱，把市场撒出来，把好产品卖出来。靠卖出来，能卖出一世的信誉吗？能卖出好品牌吗？我不信！”

李瑞琴多次谈到，她的梦想，“做中国最好的葡萄酒”，不是一辈子的事，要靠几代人完成，她希望乡都酒堡像法国酒堡一样，代代相传100年、200年。她不想采用急功近利的方式，风风火火地做起来，一下子赚到很多钱，她宁可用缓慢而持久的方式，让乡都品牌一点点渗透到消费者心里，让消费者真正了解和接受乡都人、乡都酒。

一个出色的“先锋官”

新疆市场取得全面突破是从乌鲁木齐开始的，在乌鲁木齐担任“先锋官”的是李瑞琴的长媳李晓云。

李晓云说：“那时候，一切条件都不成熟，最早拉起的销售团队，还是由我早期做化妆品的同事们合力组建的。人们都说：隔行如隔山。对我们而言，葡萄酒、酒市场、新产品、新品牌、新领域，这一切完全从零开始，绝对压力山大。那时候，产品的一切背书都是苍白；那时候，销售的一切手段都是原始，我们有的是坚定的信念和不怕输不想输的干劲儿。从终端的质疑和拒绝开始，一点点攻克，一点点渗透。也曾有专业机构建议我们招经销商来做市场，但为了保证产品形象，还是咬牙坚持自建渠道、自立品牌。

“几经努力，我们在乌市成功进入部分有影响力的星级酒店、高端餐饮，并让产品真正产生来自市场的销量。经过数年打拼，今天的乡都葡萄酒已成为新疆的第一品牌，销量也成为第一。

“我的体会是，不是所有的问题都可以用钱来解决。人们常说：世上无难事，只怕有心人。我们说，隔行不是山，愚公能移山，面对行业的隔阂，我们趟过了；面对难啃的市场，我们应战了。不怕不会，就怕不干。付诸努力行动了，必然会有好的回报。”

李晓云在乌鲁木齐带出一个营销团队、成功打开市场后，继续担任“先锋官”，相继在北京、上海拉起了营销队伍，建立了“桥头堡”，使乡都葡萄酒成功走出了新疆。

“很土鳖的一些做法”

谈到乡都的营销，仪尔现任总经理邹积赟说：“我们做的是一个产业，一个品牌，不能靠小聪明做营销，以前叫‘出八招’，现在叫‘创意’，靠这点小聪明肯定是不行的，一定要靠大智慧，一定要有一个体系工程。以前说得难听一点，都是很土鳖的一些做法，想到哪就做到哪，有时候歪打正着了，也走了一些弯路，现在通过我们最新的一些思维方式，通过不断学习和摸索，体系才慢慢建起来了。”

我们很奇怪，乡都用“很土鳖的一些方法”，在新疆“攻城掠地”，占领了75%的高端葡萄酒市场，成为行业龙头，近几年还成功楔入北京、上海、西安等大市场。

这是怎么做到的呢？

采访乡都的营销人员时，我们听到了许多营销小故事，原来他们那些“很土鳖”的做法，在特殊时期，都是一个个深化客户关系、拓展业务“小妙方”。

一、诚心与客户交朋友。

业务员李红说：“我刚接手塔里木酒店的业务时，前任提醒我：酒店采购部的慈姐是个关键人物，订货、结账都绕不开她，她是个难打交道的人，其他公司的供应商经常在她面前碰钉子。我听了心里直打鼓。为了搞好关系，我有事没事常去酒店拜访慈姐，但慈姐对我的态度总是不冷不热。

“一次，我听说慈姐生病住院了，马上赶到医院探视。慈姐很意外也很感激，对我的态度大为好转。从这以后，我再去拜访时，慈姐的态度热情多了，办事也顺利多了！”

二、用心为客户服务。

业务员韩丽丽说：“七夕节来了，我们打算给重要客户送上一份特殊的礼物。经过一番商量，最终决定送我们的‘乡都桃红’和‘乡都甜白’各一支，恰好这两支酒充满了浪漫气息，跟中国‘情人节’的气氛很吻合。为了让礼物更赏心悦目，我们买来了彩色丝带，为两支酒打上了领带，穿上了新衣，两支酒瞬间变成了一对甜蜜的恋人。每一个收到礼物的客户都很高兴，纷纷短信致谢，不仅感谢我们的美酒，也感谢我们的‘有心’。”

三、真心为客户解决问题。

北京公司总经理邹晓丽说：“日赫新疆特产店是我们的潜在客户。2010年春节将至，我公司员工许冰去日赫店进行日常维护时，发现店里的工作人员非常辛苦，大家都忙不过来，于是她就悄悄地留下来，像日赫店员一样，为客人解答问题、售货。

“后来，每逢周末，许冰都会主动去日赫店当‘义工’，嘴上说是‘路过’，其实是专程赶过去帮忙。日赫店的负责人被许冰的举动所打动，开始顺便销售乡都葡萄酒。现在，日赫店已经成为乡都的大客户之一。”

四、虔心对待每一笔业务。

上海公司副总经理刘长寿说：“2013年1月29日，外省一位老客户给我打电话订货：‘孩子春节结婚，想定制些婚庆酒……’放下电话，我立刻与同事们商量：这笔单接不接？定制酒要专门设计酒标，贴标前先要清洗原装酒标，比较费时，这批酒的数量不少，物流将在1月31日停止发货，时间太紧了！万一不能按时到货，误了客户的事，问题就严重了！但是，放弃一笔业务又太可惜了！经过再三斟酌，我们最终决定接单。

“上海的1月特别冷，大家双手冻得通红，站久了脚也冻麻了。由于时间紧迫，大家咬着牙忍受着，没有一个人抱怨退缩。为了活跃气氛，我们每个人轮流讲一段笑话，在欢声笑语中，我们胜利完成了这次‘战斗’，于1月30日下午顺利将货发出。”

与经销商亲密合作、达成共赢

乡都葡萄酒作为新疆第一个高端产品，切入市场的难度较大，起步之初，很大程度上依靠政府采购。但李瑞琴明白，做百年品牌，必须走市场路线，尽快搭建正常的营销网络。

乡都设计的销售渠道以3星级以上酒店和相关的娱乐场所为主，跟一些专营店也有合作，基本上没有进入大卖场。经过几年努力，全疆已有近700家酒店、餐饮店、专卖店销售乡都系列产品。目前公司的销售网络已扩大至华北、东北地区和上海、福建、广东、江苏、浙江等省，均有固定的总经销商。

我们没有看到乡都采取了什么特别的营销手段，打开市场主要依靠销售人员的敬业和勤劳。有两件事却值得介绍一下：

第一件事，组织经销商集中培训，学习葡萄酒文化和营销技巧，以提高经销商的综合素质，同时加强与经销商的互动。

第二件事，与经销商相互立誓。2012年，在乡都举办的经销商大会上，各经销商共同宣誓：一、永不窜货；二、如果发现窜货，甘愿接受公司任何处罚；三、互相监督，一致对外，坚决维护公司利益。

而李瑞琴董事长带领乡都全体人员也当众宣誓：一、保证产品质量，不合格产品坚决不出厂；二、保证对窜货问题的处理不超过一周；三、保证建立信用制度；四、保证建立市场管理机制，用制度管理市场。

总的来说，乡都的营销理念是：亲密合作，资源共享，合作共赢，共同成长。

“合作共赢”和“共同成长”的说法并不新鲜，“亲密合作”、“资源共享”才是点睛之笔，做好这八个字，实现合作共赢、共同成长就有保障了！

结语：该做就去做，先行动后思考

日本“经营之神”松下幸之助有一条成功秘诀，值得创业者们牢记在心——“世界上的事情似乎是依循类似的模式在前进：起先即使无法收到预期的效果，但只要继续努力，不久即能改变环境，收到意外的成果。”

不懂不要紧，没学过怕什么！该做的事不必思考太多，先一头扎进去，做了再说。在陌生的道路上，必然遇到不少困难和障碍，但是，“山重水复疑无路，柳暗花明又一村”，只要你不动摇、不放弃，最后总能找到出路。

“我投资了未来中国的世界级酒庄”

“我现在不是第一，将来要做中国第一。”李瑞琴对我们说，“我有4万亩地，70年产权，我不是一个复制品。”

她的话是什么意思呢？我们听不出前言与后语之间的逻辑关系，试着一问，原来，再次创业的头几年，她的资金非常紧张，债务压力大，多家企业前来游说，劝她接受兼并或贴牌。假设她选择“是”，资金难题马上就会消失，“钱途”一片光明。但她顶住了压力，挡住了诱惑，坚持独立自主做品牌，几经努力，终于迎来了盈利，熬过了难关。

李瑞琴可敬的志向，我们表示赞赏。一面是诱惑，一面是压力，一般人在这种情况下早就“向现实投降”了，她能立定脚跟，坚持做自己，不容易！

李瑞琴的精神很富有。我们无法预言她的成败，无法预言她的梦想能否大功告成，却可以预言，无论成败，人们都会记得她和她的葡萄园，记得她为之付出的不懈奋斗。

“小巴菲特”的选择

李瑞琴坚持独立自主，不等于谢绝合作，她欢迎有诚意、有实力的投资人跟她一起追梦。让她感到欣慰的是，一个个志同道合者加入到了她的阵营。

有“小巴菲特”之称的王海波是上海著名投资人，他成为仪尔公司的股东，称得上一件奇事。那是2008的一天，李瑞琴去上海出差，偶尔跟王海波同桌吃了一顿饭，讲了一下自己的创业经历，王海波当场决定投资，甚至没有去新疆调研，1000万就打到了仪尔公司的账上。在他的投资史上，还是第一次做出如此“草率”的决定。他说：“我就凭着直觉，凭董事长这样的执着，这事一定能做成，我就把它当公益来做，成不成我都要投。”

“公益”的意思是，李氏家族投入那么多钱、那么多时间、那么多心血，将20多平方公里的一片戈壁滩变成了绿洲，这不仅是一份家族事业，也是一项公益事业，为这项事业投入1000万，成不成就当做公益了，他乐意！

王海波的“草率”为他带来的是惊喜，后来他说，这几年他做了不少项目，看得最准的是乡都。在接受《富世》杂志采访时，他预言：“我投资了未来中国的世界级酒庄。”

谈到他和李瑞琴的初识，他对《富世》的记者说：“现在葡萄酒太多了，超市里葡萄酒的种类不下50种，如果我再做一个葡萄酒企业就没有意思了。但是，晚上我和她吃饭时，知道她用自己种的葡萄酿酒，我对这件事感到惊讶，她跟我说种葡萄非常辛苦，新疆大片都是荒漠，你不可能在已经有农作物的地方种上葡萄，这个不现实。她说她在那边垦荒，就在沙漠地里面种，几万亩葡萄就是这么种出来的，连续搞了5年。我当时听了以后，就把她定为企业家。她做了一般人做不了的事情，一般人干不了的事情。她能干，说明她能成为一个企业家。”

王海波不仅投钱，也投智，作为仪尔公司的董事，他每个月几乎都要到库尔勒一两次，献计献策，给乡都带去了许多全新的思路。李瑞琴非常重视他的意见，凡是新的生产投资计划、项目开发计划、新的股东融资计划等，都要和他一起商量决策。

王海波积极参与李瑞琴的事业，还有一个动因，他说：“我去过新疆，见过那里的县级、市级、自治区领导，所有人对她的认同度都非常高。唯一的原因就是认定她，认为她行。当时在新疆做葡萄产业的不止她一个人，但真正做成的只有她。现在你还能在路边看到当时人工开采的稀稀拉拉的沟壑痕迹，她对我说，这些都是当时和她同时开发的人留下的。但是他们都没有开发起来，而李总却坚持下来了。只要坚持，当地政府就会对你有很大的支持和认同……”

王海波本人对李瑞琴的认同度也很高，对她坚持走高端路线的市场定位，对她以酒店和娱乐场所为主的渠道选择等，都持肯定态度，乃至对她的家族企业体制，也表示赞赏。当《富世》记者问到李瑞琴的儿子、儿媳都在公司中担任关键职位，后期规模化发展会不会出现问题时，他说：“我现在认定这种模式不会产生问题。你比如说美国模式，即职业经理人当家，股东靠边。但现在这个模式爆发出越来越多的问题，因为职业经理人的操守并不如人们想象中的高，他们对企业的认同度可能只有一个3年的规划而不是10年的规划，只要经理人的品牌树立了，就会跳到另一个薪水更高的地方。这种美国模式，现在看来并不是完美型的，有非常大的漏洞。”

但是，王海波跟李瑞琴也会有意见分歧，例如，王海波不主张吸纳大股东进来，不赞成乡都的“三年上市计划”，最后李瑞琴都接受了王海波的观点，将一些野心勃勃的投资人拒之门外，上市计划也无限期地后延。可以说，王海波不仅是李瑞琴的合作伙伴，也是一个重要的智囊人物。

挑选投资人的条件：把项目当孩子

继王海波加盟后，汉能陈宏等实力派投资人也相继成为乡都的股东。

乡都地处偏僻，工作和生活环境的相对艰苦，对吸引外来投资者不太有利。李晓云说：“我在盛景学院培训时，有一个投资人对我说，太不敢想象了，现在你们的产业做了十几年了，眼睁睁地看着你们的荒漠变绿洲了，眼睁睁地看着你们的葡萄酒获得各种奖励，但是，你要让我到你们那个地方去呆一年，干你们那样的活，我还是不敢去，更不要说倒回十几年前，完全看不到葡萄园和葡萄酒的前景，真是太佩服你们的勇气和决心了！你现在一年给我一两百万，我都呆不下去，更别说让我掏钱在那个地方投资了！”

的确，不是所有投资人都对乡都感兴趣，李瑞琴在选择投资人时也有自己的趣向，从不盲目。曾经有一家大型食品集团，非常看好乡都酒业，计划投资亿元以上，取得第一股东的地位。面对如此诱惑，李瑞琴思之再三，还是说了“不”。因为她想做百年企业，她像一个热爱航海的船长，最大的爱好是驾驶自己的船扬帆远航，不希望这条船脱离自己的控制。

对那些投机型的所谓投资者，李瑞琴更是一概拒绝。

李晓云说：“别人给我们介绍了很多投资公司，我们都没有轻易去合作。比较牛的一上来就要玩对赌，我给你钱，你三年内要完成利润多少，否则把股权输给我，好多企业对赌死了。董事长说，慢慢成长可以，短期不行，不要着急。董事长判断这些事情眼光很独到，总能坚持自己的一些东西。”

那么，李瑞琴选择投资人的独到经验是什么？李晓云说：“关键是对项目负责任的态度，把项目当孩子，现在要托管给别人，不光看人家钱多不多，关键看是否真心对我的孩子好，不光是吃好穿好，更重要的是真心好。做百年企业，又好比结婚过日子，养儿育女，代代相传，可不敢轻易选择。理念不合的肯定不行；理念吻合，志趣相符，才能做一家人。”

像对待孩子一样对待自己的事业，像结婚过日子一样选择投资人，看似简单的道理，不正好道出了创业与合作的真谛吗？

结语：创业的过程就是追寻梦想的过程

从某种意义上来说，追寻梦想才是真正的“蓝海竞争”。当你完成了出色的工作，一步步接近梦想，该你的收获一切都会来。目标越高远，成熟期越长。种庄稼半年一熟，种人参十年小收，根据目标设定合理的预期时间，不焦不躁，路就会走得从容不迫。

悬念：多元化经营的尝试

乡都酒业走上正轨后，李瑞琴又推出一个新的战略：拉长产业链，开发与葡萄相关的系列产品。

在李瑞琴的案头上摆着一揽子计划，有的已实施，有的将要实施。

“打工鹅”

仪尔葡萄基地分片包工给员工管理，有的员工吃住在基地，顺便饲养了一些鹅，鹅是草食动物，可以清除葡萄园中的杂草，鹅粪还能为土壤提供肥力，一举两得。李瑞琴发现鹅的这些优点后，支持以公司形式大量喂养，目前饲养了4000多只“打工鹅”，让它们担任除草和施肥的“工作”。李瑞琴还计划进一步拓展养殖产业链，向蛋类、肉食、毛绒等领域延伸。

葡萄浑身是宝

乡都葡萄的叶、皮、籽中含有大量对人体有益的微量元素，尤其是白黎芦醇和原花青素、番茄红素等的含量更高，例如乡都干红葡萄酒中白黎芦醇的含量是国内平均水平的4.7倍。这些丰富的营养物质能有效预防癌症、心脑血管等疾病，还有延缓衰老、美容养颜、杀菌、健全和滋补内脏机能等作用，适量食用对人体益处多多，因此，从2006年开始，乡都加大资金投入，把葡萄“吃干榨尽”，从葡萄籽、葡萄皮渣、葡萄酒泥等副产物中科学萃取，利用原花青素的特效功能成分与特性，生产出葡萄籽精油、葡萄籽油、原花青素胶囊、葡萄酒泥浴膏等系列产品，最后剩下来的皮渣也变废为宝，作为有机饲料施在葡萄地里，真是一点没浪费，体现了绿色循环经济的理念。

以点带面，特色旅游

当年栽种葡萄和建设法式酒堡时，李瑞琴就很有预见性地提出了以观光农业和工业旅游带动葡萄产业发展的思路，结合法国历史悠久的葡萄酒文化及新疆浓郁的西域风情，乡都酒业目前已形成了观光旅游的特色，除了满足正常的生产建设外，乡都庄园与乡都酒堡已经成了度假休闲的好去处。

目前乡都还没有将旅游作为公司创收项目，主要是作为企业的一个窗口，对外展示乡都的形象，扩大乡都的“无形资产”，为塑造乡都品牌做贡献。

结语：多元化要量力而行

一般来说，做企业弦不能绷得太紧，太紧了不折断也会失去弹性，太紧了扛得住也会让工作变成一份苦差事。王永庆提出过一个“水坝理论”：对资金、设备、人力、技术诸要素，不要用到十分，最多用到80%，留有一定余地，就不惧怕市场的“冬天”和意外的变故了！

漫画/杨琪

第五章

乡都个性

用独特形象赢得尊敬

李瑞琴率领乡都人，走上了别具一格的品牌建设之路：从原料、酿造工艺、包装、形象宣传、营销模式，都刻意标示自身独有的特点，全力打造高端品牌。

攀登行业高峰，是充满希望之路，同时也是艰难曲折之路，乡都能走多远？面对质疑声，“乡都铁娘子”的回答是：努力无止境。

葡萄酒喝的是文化

在中国传统文化中，葡萄酒是小资情调的代言，因其清雅柔和的气质，为文人墨客所钟爱，古诗词中多有反映，王翰的“葡萄美酒夜光杯，欲饮琵琶马上催”最为脍炙人口。陆放翁的“浅倾西国葡萄酒，小嚼南州豆蔻花；更拂乌丝写新句，此翁可惜老天涯”，将悠闲的生活、不宁静的内心并陈于葡萄酒杯中。任昱的“朝朝寒食笙歌奏，百年间有限风流。玳瑁筵，葡萄酒；殷勤红袖，莫惜捧金瓯”，就有几分及时行乐的率性。

“葡萄酒喝的是文化”，是乡都推崇的又一个企业理念。但“乡都文化”不是传统的中式小资，而是豪爽的大漠文化糅合法式浪漫的一种独特文化。

优秀文化的核心是一套健康的普适价值观。

“做文化”要从研究消费心理入手，对有的人来说，“葡萄酒喝的是文化”；对有的人来说，葡萄酒喝的是心情；对有的人来说，葡萄酒喝的是“面子”……乡都人非常注重跟消费者的互动。

种在葡萄园的“乡都文化”

葡萄园是李瑞琴追梦生涯最自豪的成果之一，现在已成为乡都特色旅游项目的一个景点，欢迎远近游客前来参观。乡都运用了一种对比强烈的展示方式，向游客们介绍葡萄园苍海桑田般的巨变：在乡都酒堡有一组照片，告诉人们，过去这里是个寸草不生的地方，现在却变成了一片“绿湖”。

事实上，即使游客没有看见葡萄园的过去，在一片荒漠中突兀地出现了一片绿洲，也足够让人震撼了，人们完全可以想象，乡都人付出多大代价才能在大自然的伟力面前留下这个光荣印记，每一株葡萄都不是普通植物，而是精神的产物，葡萄园的诞生，不仅是李瑞琴及其创业团队的胜利，也是人类改造大自然的一个伟大胜利。来过这里的人，无不为乡都人顽强的创业精神所感动。

装在酒瓶里的“乡都文化”

你遇到的每一个乡都人，几乎都能告诉你一些先锋理念——“好葡萄酒是种出来的"，"葡萄酒是艺术而不是技术"，"每一瓶酒都是一个全新的生命"，这不只是新鲜的说词，它们已经渗入乡都人的灵魂深处，变成了行为指导原则。

葡萄酒的品质，目前还无法通过检测仪器来鉴定，国际流行做法是通过权威品酒机构和专业人士感官品鉴来做判断。目前常见的专业评判标准是欧洲WineSpectator（WS）20分制和美国WineAdvocator（WA）100分制，高品质葡萄酒是指WS 17分以上或WA 90分以上的产品。乡都采用的是法国最高级别的酿造标准。

对消费者而言，好酒就是能令你愉悦甚至感动，而无所谓酒的出身及价格贵贱。无论是专业标准还是消费者的自我感受，高品质的葡萄酒基本的前提是该产品的缺陷微小，各种感官指标达到专家及大众心目中的高标准。

"七分葡萄，三分酿造"，优质的葡萄酒对葡萄品质的依赖度较高，但是，有了优质的葡萄，要酿造出上佳的葡萄酒，也要依靠优秀酿酒大师的高超技术和敬业精神，那是一种排除世俗利益的干扰，将思想、汗水、真诚、智慧和技艺凝聚在作品中的求道精神，所以说，一瓶优异的葡萄酒，不仅是技术、艺术的产物，也是思想的结晶。

从荒漠中崛起的乡都不乏求道精神，无论是种植工、操作工还是酿酒师，都有一个共同的信念：将最好的葡萄酒奉献给世人。他们的信念就凝聚在每一瓶精心酿造的葡萄酒中。

盛在酒瓶里的"乡都文化"

2004年6月，国际葡萄与葡萄酒组织（OIV）主席费德里科•卡斯特卢琪、日本著名葡萄酒博士滨野吉秀及法国CFPPA酿酒学院专家联袂造访乡都，对乡都系列葡萄酒品评后给予了高度赞赏，认为如此年轻的酒，品质如此优异，同时具有独特、个性化的乡都风格，不仅可以成为国内最优异的葡萄酒，亦可以进军国际葡萄酒的高端市场。

乡都系列葡萄酒正是凭借优良的品质，先后通过ISO9001质量管理体系认证、HACCP国际食品安全质量体系认证，并率先通过有机食品认证。

乡都还先后被评为全国农产品加工业示范企业、全国经济林产业化龙头企业、全国工农业旅游示范点、全国农产品加工业示范企业、全国诚信守法乡镇企业、全国乡镇企业创名牌重点企业、国家级AAA旅游景区，并荣获十一届中国食品博览会金奖、亚洲葡萄酒质量大赛银奖、烟台国际葡萄酒节大奖、中国酒界最高奖项仪狄奖之“环境友好奖”等多种荣誉称号。

写在酒瓶上的“乡都文化”

酒标被称为葡萄的“身份证”，它通常会涵盖酒庄名、葡萄品种、产地、年份、酒精度等基本信息，出产人还会根据自身的喜好在酒标上添加一些内容。设计精美的瓶标还会成为人们趋之若鹜的收藏品。

乡都的瓶标精致、素雅，不事张扬却自有风韵。尤其是乡都的安东尼瓶标，出自知名法国先锋艺术家尼古拉·安东尼之手，堪称上乘之作。

乡都原旅游部部长陈欣说：“那是2002年，尼古拉·安东尼应邀来到乡都酒堡，品尝了乡都建堡后酿造的第一支新酒，酷爱葡萄酒的尼古拉·安东尼从这支年轻而青涩的酒中，品味出了‘阳光的味道，法式葡萄酒的气息’，艺术家的浪漫与创作激情被酒的芬芳和产地环境的独特所激发，灵感一发而不可收，欣然为乡都绘制作品，表达他对中法友谊传承的感悟与对乡都的喜爱。

“画中色彩与线条有着吉祥的寓意：酒杯之上，随风轻扬的法国国旗和祥云烘托中的lesChampsD' or（中文‘乡都’之意），幻化成两个醉心的恋人，优雅喜悦，翩翩起舞，让人感受到浓浓的浪漫爱意，杯中摇曳着乡都美酒，红色‘心’形酒体及其上的五颗星让人自然想起我们中国的国旗——五星红旗，而杯托则代表着霍拉山下绵延的千年戈壁，所有的一切都承载在这片心爱的土地上。重复出现的‘心’和贯穿上下的‘红’色，表达了知音对葡萄酒的热爱，也表达了中法合作酿制美酒、共同传承中法友谊的美好愿景。

“画中折射出的情感与寓意让在场的人无不着迷，创始人李瑞琴更是激动不已。先锋艺术家的品位与激情，画作流淌的浪漫与友谊，汇聚了葡萄酒的时尚与经典，精益求精与生命灵犀，与乡都的企业愿景高度融合在一起，那就是‘让所有的关系者体验愉悦’。董事长当即决定用这幅画制作酒标，酒品的名字就叫‘安东尼’。

“转眼，10多年过去了，乡都人用爱用情把这款赋予了美好愿望的美酒，用各种方式传了出去……”

流在笔端的葡萄酒文化

乡都不乏“才子”、“才女”，经常会用新鲜出炉的文字、诗意的笔触，介绍乡都人、乡都事、乡都酒以及饮酒文化。

乡都的“诗人们”自然都懂酒，像音乐家能听懂音符的语言、画家能读懂色彩的信息一样，他们也能品出酒中独特的含义，并且对乡都每一款葡萄酒的特点都有颇具匠心的描写：

“乡都典藏——大师之作，需要多年的岁月洗礼，才可酝酿出这一举世醇香……

“乡都安东尼——带有艺术气息的绅士……此款瓶贴由法国先锋艺术家尼古拉·安东尼亲手绘制，并以他的名字命名，贵乎稀有，值得珍藏。

“乡都拉菲特——酒庄之光，借鉴法国顶级酒庄的传统酿酒工艺，采用赤霞珠、蛇龙珠等名贵酿酒葡萄精心酿制……具有法国顶级庄园葡萄酒的高贵气质。

“乡都甜白——纯真年代……当连绵的香气扑入，似乎闻得到年少的自己嬉戏在槐花林的春日，与少年伙伴分享沾着少许蜂蜜的果仁气息，口中留有余味，清新纯洁的香气久久不愿散去。

“乡都干红——尽诉情怀的浪漫之选，如异域少女，让你的触觉在她温热柔滑的肌肤上流连忘返，异香萦绕、回味不绝……

“乡都干白——清新的女子，就像一位刚出浴的女子。乡都干白均衡的口感还在于选取了霞多丽、莎斯拉两个葡萄品种，采用干白低温发酵工艺精酿而成。酒体晶莹透亮，纯净中透出淡淡的禾杆黄色，果香浓郁而极富个性，口感均衡协调，余味长而优雅。

“乡都金贝纳——优雅的贵妇，拥有无与伦比的高贵气质，如同一位丰满成熟的女子，虽沉静不语，但每一回眸的婉转都值得你细细品味……”

在文学市场不太繁荣的今天，文学消费的主体是青少年，但他们不是葡萄酒的消费主体；喝得起高端葡萄酒的人通常不是满脑子文学的人，这跟李白、陆游的时代不一样。因此“乡都文学”的宣传效应可能赶不上一句广告语，不过从中可以看到乡都人的才情、努力和对事业的虔敬心，或许这正是他们真正想表达的。

盛在杯里的乡都文化

在产品宣传方面，乡都没有大打广告，而是通过许多有针对性的活动推广自己的产品与文化。邹积赟说："我们定期举办各种有关葡萄酒的宴会讲座以及高端葡萄酒的品赏活动，让参与的人切身体会到葡萄酒带给人们的乐趣与享受，同时，我们还印发有关葡萄酒文化的宣传品，在网络等媒体进行葡萄酒文化知识的宣传。每年乡都会组织爱酒人士参观酒堡、葡园，让更多的人了解葡萄酒文化。总的来说，乡都在生产高端葡萄酒的同时不放过任何葡萄酒文化传播的机会，为中国纯正葡萄酒文化的发展贡献力量。"

品鉴会的嘉宾一般是来自各行业的高端人士，他们也是高端葡萄酒的潜在客户。品鉴会不同于一般的宴请，每次活动都有主题，办得专业而不粗糙，气氛活跃而不低俗，而宗旨是让从未接触过葡萄酒的人，学会品鉴葡萄酒，改变对葡萄酒原有的认知，在接受葡萄酒新理念的同时对乡都葡萄酒产生好感和兴趣。

例如，2013年在石河子沙诺西餐厅的一场"红酒养生品鉴会"上，聚集了当地银行、房地产等各行业的80余位嘉宾，活动共分为三个部分，首先由来自石河子大学食品学院的专业营养师为大家介绍红酒与健康方面的知识；其次由乡都酒业专业品酒师对乡都红酒以及乡都酒业进行系统介绍；最后一个部分是专业品酒师带领所有嘉宾一起品酒互动，从一看、二闻、三品、四回味这四个方面来体验乡都各款葡萄酒的优异品质和美妙口感。活动中还穿插了演艺节目和葡萄酒知识有奖问答，每位答对问题的嘉宾均获得了精美礼品。

举办品鉴会、名流聚会等活动，是一种"精准营销"的方法：采用循序渐进、潜移默化的方式，吸引潜在客户，通过他们影响更多的潜在客户，从做口碑开始，追求一传十、十传百的效应。

藏在酒窖的乡都文化

"城市酒窖"是乡都宣传葡萄酒文化、推广公司产品的一种新方式，其策略也和举办品鉴会等活动一样，只是形式不同。邹积赟说："为了传播纯正的葡萄酒文化知识，我们在一部分一线城市开创崭新的连锁酒窖会所模式，为爱酒人士提供专业服务的同时，让来宾有一个相互交流的平台，通过他们再去影响更多的人成为葡萄酒爱好者和推广者。"

被邹积赟称为"全中国最专业"的乡都城市酒窖，目前已在新疆、北京、上海、西安等地开了五六家。邹积赟雄心勃勃，计划在每个大城市开一家。为了建城市酒窖，邹积赟可谓殚精竭虑。他说："这个东西我想了四五年时间，每个关键点都有多种设想，然后去选，例如酒窖放在城市最繁华的地方好呢，还是放在城乡接合部好呢？光选地就用了三年。图纸都是我画出来的，桌子多宽，怎么布置，等等，都精心设计，弄得比法国的酒窖还要好。作为一个宣传场所，内容要多，所以我整个墙面都做了酒文化。酒窖不能太小，客人来了要有地方坐，来了喝个茶，喝个酒，三五十个人聚在一起，可以搞一个很隆重的活动。"

乡都的城市酒窖是非营业性质的，主要面向大型企业、跨国公司的高端人士或社会上的知名人士，为目标客户提供一个亲身体验葡萄酒文化的场所。邹积赟说："讲效益是亏本的，主要用于宣传，第一宣传酒文化，第二宣传新疆文化，第三宣传企业文化。这是一个长效的事情，不能急功近利。人家一看搞得很专业，很漂亮，认为乡都酒是个有文化的酒，是个有生命的酒，口碑就有了，销售自然也有了。好多大客户到这里来，下个单就是几十万。"

在企业界普遍追求短期效益的今天，乡都本着做"百年企业"的思路，亏本也要做一些"长效的事情"！

结语：做文化宁静才能致远

大家都说要"做文化"，但做成功了的企业并不多。究其原因，是没弄懂"文化"的内涵是什么，甚至遇到文化冲突时，面对受众的认知与接受障碍时，又缺乏耐心，将文化丢到一边，专干"没文化"的事。

"做文化"是一件知易行难的事，关键不在于将文化做得多高、多有特色，关键是要克服浮躁心理，静下心去做，宁静才能致远。

诚信理念：有问题的酒一滴都不卖

葡萄酒被形容为“娇嫩的少女”，生产时工艺要求很高；成品运输和库存过程中，保养要求也很高，因主客观原因，导致质量下降的事时有发生，这时该怎么办呢？

答案是简单的，张瑞敏砸冰箱的故事流传了20多年，谁都知道处理质量问题的正确做法；但是，张瑞敏砸冰箱的故事之所以流传20多年还新鲜，是因为按正确答案去做的风气还没有形成，义利之际，许多人无法坚守内心的底线。

张瑞敏是李瑞琴最崇拜的人，在许多问题上她和这位同乡的观念惊人一致，她也有足够的气魄做自己认为正确的事。

一个痛心的决定

乡都老员工雷栩还记得2003年那个令人痛心的日子，当时乡都酒业刚成立一年多，还没有盈利，每月按时发放员工的工资都很困难，可就在这时候，出了一件大事故。雷栩回忆说：“公司聘请的法国酿酒师本·杰明是一个年轻、有活力的小伙子，对待工作严谨、认真，在公司一年多，兢兢业业地履行着自己的职责。还有一个月就是元旦了，按约定是他回国的日子，就在这时，公司突然接到一份紧急订单，要求本·杰明回国前必须完成这批酒的调制加工。为了不耽误他回国的行程，酒厂员工加班加点地工作，眼看即将大功告成，酿酒设备突然发生故障，本·杰明带领员工突击两天两夜，终于排除了故障。不幸的是，由于耽误了最佳出罐时间，这批酒的酸度较高，口感达不到质量要求。

“本·杰明决定，将这批酒全部报废，重新生产。员工们听说这个消息，都非常痛心，纷纷发出反对的声音：‘这是大家的劳动成果啊’！‘价值几十万呢，可否降级或调配时掺到其他酒里面’？‘发给员工喝也行啊，不就是口感稍差一点吗，又不影响健康’……

“董事长知道后，斩钉截铁地说：‘这个牺牲要做，为了乡都的明天，我们不能只顾眼前，没有过硬的质量，还怎么讲良心、做企业？听本·杰明的！’。

“大伙儿眼看着阀门打开，20多吨酒排入了污水处理站，心里那个痛啊！

但是，在董事长和总经理的劝慰下，大伙很快摆脱了不良情绪，又热火朝天地投入到生产中，在本·杰明的指导下，按时完成了紧急订单的生产任务，大家也受到了一次深刻的诚信教育。”

质量有问题的葡萄酒一瓶不卖

北京公司销售副总经理张振宇说：“2011年，乡都桃红刚刚在北京及周边地区上市，为了丰富产品线，天津库房也发了20箱桃红过来，包括干型和半甜两款，桃红是很娇气的葡萄酒，而天津库房达不到储存桃红的苛刻条件，酒体出现了沉淀浑浊的现象。

“销还是不销？公司总经理邹晓丽听到汇报后，当即决定：这样的货不能销售给客户，决不能因小失大，影响公司和品牌的声誉。如果还可以饮用的话，员工可以自己饮用，也可以送给家人朋友饮用，但要讲清原委。

“那批酒最终没有流入市场，公司因此损失了差不多3万元，我们都觉得非常可惜。

“公司的理念就是做事先做人，诚信为先，一时的损失，换来的是消费者的认可，最终，在天津市场上没有出现一瓶因为质量原因退货的酒。”

客户的利益永远要放在第一位

上海公司员工李继能说：“2013年，我们接到一个南方客户的投诉电话，客户反映，从上海公司进的葡萄酒有98箱在储存中出现质量问题，希望退货。

“研究处理办法时，李晓云经理做出决定：把98箱葡萄酒无条件退回。销售人员听了很不理解，葡萄酒从上海公司发出时是好的，因客户在存储过程中温湿度控制不当，才出现了小小的问题，又不影响饮用，凭什么退货？况且路途较远，往返费用较大。李晓云说：‘这个客户是乡都的忠实客户，葡萄酒出现问题，说明我们的工作做得不够细致，对客户葡萄酒知识培训和售后服务工作没有做到位，所以必须收回来。’

“结果，98箱葡萄酒全部运回。我们遭受了经济损失，但维护了客户利益和长远关系。从此，乡都将客户利益放在第一位的故事就在业内传开了。”

结语：知道没啥了不起，做到才是真英雄

讲信用跟事业成败有何关系？怎样维持信用？

华人首富李嘉诚说：“一时的损失，将来可以赚回来，但损失了信誉，就什么事情也不能做了。”

日本著名作家池田大作说：“信用具有难以建立而易于崩溃的性质。花费十年才树起的信用，有时会因为微不足道的言行一下子失去。”

八佰伴创业史和田良平：“要守信就要不惜付出任何代价。”

自古“知易行难”，懂得办事的逻辑没啥了不起，能做到才是真英雄。在诚信的问题上，真正考验的是勇气，就看你敢不敢下壮士断腕的决心。

“新疆的名片”：经营区域性强势品牌

一天，乡都员工李宏刚出差到喀什，办完事返回库尔勒时，发现忘了带身份证，无法进站购票。眼看就要错过自己想坐的那趟火车，他情急之下，掏出名片，对板着脸拦住他的站台警察说：“我是乡都酒业的一名销售代表，负责喀什区域的销售工作，经常往返喀什，这次忘带身份证了，名片上有我公司的信息，您可以打电话确认我的身份，能否通融一下，让我进站买票？”

没想到，警察的态度忽然好转，高兴地说：“乡都，我知道！也经常喝，很好的。”

警察欣然接受李宏刚的名片，为他进站买票开了“绿灯”。

李宏刚不禁感叹：企业形象好，员工都会有面子！

乡都不仅是新疆葡萄酒业的第一品牌，而且口碑好、形象好，为社会公众所称颂，有“新疆的名片”之誉。这得益于乡都人多年来对企业形象的维护和品牌的推广和建设，因为乡都人清醒地认识到，高科技用钱可以买来，但企业文化和品牌是用钱买不来的，必须靠长时间培育，不断积累和沉淀。

乡都的"三高"战略

乡都成立之初，中国葡萄酒生产企业普遍把产品定位于中低端消费市场，价格大战此起彼伏，竞争趋于白热化。乡都谨慎地避开"红海"，坚持打"三高牌"——高起点、高投入、高品质，市场定位于高端消费群体。

"三高"也意味着高价格，一个新产品，高价登场，自然会招来质疑的目光。对此，第一批力推乡都酒的业务员们最知个中辛酸滋味。

乡都老员工马晓荣说："2003年，乡都销售公司在乌鲁木齐成立，大家都很努力，但产品推进工作进展缓慢，很多酒店不认可。

"销售人员到终端谈进场时，一些星级酒店的管理人员说：'你们的酒这么贵，怎么卖得动？又没名气，不如某品牌的酒，便宜，好卖。'

"第一个月，一瓶酒都没有卖出去，销售人员有些灰心，对公司产品的定位及价格也有了困惑，甚至提议公司降低价格，跟某品牌的葡萄酒价格一致。

"这事反映上去，董事长态度坚决地说：'我们的产品有自有基地，有得天独厚的自然条件赋予的有机品质，乡都的定位就是中高端！'

"公司还组织大家到葡萄基地及酒堡参观，大家听了董事长创业经历，都为董事长的激情及付出而深受感动，心想只要拿出董事长一半的拼搏精神，什么困难不能克服呢？

"大家重新审视了眼前的状况，发现困难主要是自己想象出来的，一个月没有成果就泄气了，那怎么行呢！

"大家重拾信心，以饱满的热情投入工作，每天去拜访终端。6月的一天，一位销售员高兴地回到公司，报告了一个喜讯：'重庆酒家卖出了一瓶乡都酒，我们开张了！'全公司人员都激动得跳起来，发出欢呼声。那兴奋劲儿，不亚于国足打进世界杯。

"卖出第一瓶后，终端不断有好消息传来，而且销售数据每天都在增长……现在，乡都产品在酒店已成为主打产品，销售业绩名列前茅，大家对卖出第一瓶的情景却记忆犹新。"

经过几年努力，乡都的高端品牌终于确立，新疆三星级以上酒店和高档餐厅、酒吧都成了乡都系列酒的消费场所，喝乡都酒成了都市中高端消费人群身份、地位和品位的象征。

公司的“三高”战略在新疆取得成功后，再接再厉，向北京、上海、南京、温州、深圳、广州等城市推进，尽管面对更激烈的竞争，乡都品牌仍像钉子一样，在当地市场扎下了根。

坚持高端路线，提质不降价

2013年，中国经济面临下行压力，众多企业经营困难，乡都也面临有史以来最严峻的考验。有人提出：为了提升乡都葡萄酒的市场竞争力，是不是要调低销售价格？

李瑞琴的回答是：不可以！

她知道，如果一遇困难就退缩，砸的一定是自家的牌子。当然，对现实问题，也需要找到有效解决途径，李瑞琴最终作出决定：提质不降价。

于是，公司对库存产品进行了仔细的分析和研究，同时对基酒进行重新调配，使质量水平相比同等价位的产品提升了不止一个档次。

通过这次战略和技术调整，乡都产品价格不变，但性价比提高了，赢得了更多的口碑和市场份额，公司的战略达到了预期的效果。

维权行动：与假酒作斗争

“山寨”产品是正牌企业最头疼的问题之一，大凡知名产品，都会受到冲击。乡都成立10余年，收获金奖、银奖及各类荣誉无数，成为新疆第一葡萄酒品牌，受“山寨”产品的侵害也最深，为了维护品牌形象和企业权益，乡都投入大量人力、财力打假，取得了不小的成果。在乡都，经常能听到有趣的打假故事：

乌鲁木齐公司综合办员工王龙说：“2012年夏日的一天，一位老顾客在自家宴请贵宾，为了图方便，在住宅楼下的小烟酒店买了两瓶乡都‘金贝纳’，兴冲冲地打开后，向客人们吹嘘说：‘这是我常喝的一款酒，很不错哦！大家来尝尝。’没想到，刚喝了一口，就脸色大变？味道不对啊！

“顾客去那家商店交涉，店主一口咬定没卖过他酒。无奈，顾客一个电话打到我们综合办，我们的4位猛将马上驱车赶过去，说明原因后，店主还是那句话：“这酒不是我卖给他的！”顾客买酒时忘了索要发票，没有证据，怎么说得清？

“‘您好！我是打假办的，例行检查。’我一边递上工作证，一边走到前面，在柜台上察看。只见布满灰尘的陈列酒柜上有一个圆圈的印记，很明显这里放过一瓶酒；在暖气包上的一个暗格柜子里，又发现了一箱多假乡都‘金贝纳’，经检查，酒瓶上的编码日期、防伪标志和顾客手里买到的假酒一模一样。

“铁证如山，店主无可抵赖，只好承认这酒是一个年轻人送上门卖给他的，年轻人的姓名、地址、电话等一概不知。

“难道大家都是受害者？还是商主谎言狡辩呢？我们难以判断，仅仅将假酒没收，不做处罚。店主退还了顾客买酒的现金，公司还免费为顾客提供了一箱‘金贝纳’，作为举报的奖励，顾客对这次投诉的处理非常满意。”

乌鲁木齐公司综合办员工王小永说：“一天早上，我们综合办接到一个顾客的举报，声称在一家烟酒商行买了一瓶乡都金贝纳，喝了口感不对，怀疑是假酒，要求我们过去鉴定。我们赶过去后，一眼就认出这是一瓶假酒，同时发现，那家烟酒行有过前科，上次卖假酒被我们查处过，面对这种老手，取证很难，于是我们和这位顾客商量，由他去烟酒商行买酒，我们再跟进查收。顾客爽快地答应了。当他以顾客身份再次购酒时，我们及时出现，向店主表明了身份。店主一番狡辩，终究自知理亏，乖乖退还了顾客买酒的钱。收缴了假冒伪劣产品之后，我们对这位顾客表示了感谢，还向公司申请，给顾客奖励了6瓶金贝纳！”

在当前市场形势下，假酒不可能一打就绝，不法之徒在利益驱动下，总会伺隙而入。

对此，李瑞琴达观地说：“对假冒产品，要从两面看，我们的产品被不断仿冒，说明我们的产品确实好。”

不过，从另一面来说，打假是一场不能放松的战争，只能将“持久战”打下去，在维护权益的同时，也保护了自己的品牌。

结语：好品牌虚实兼备

一个好的品牌有虚实两面，虚的一面是它独树一帜的、赏心悦目的形象，以及由此产生的光环效应；实的一面是承载它的产品与服务质量，以及健全畅通的销售渠道。

品牌建设要虚实兼备，追求均衡。虚的太多了，品牌就成了献给美人的鲜花，毕竟，质量才是最深刻的卖点。而实的太多了，形象展示做得不够，也难以成长为一个广受大众喜爱的畅销品牌。

乡都的三张“时尚牌”

2013年2月，多米尼克·华先生偕同夫人，再次造访乡都酒堡，品鉴了乡都各款葡萄酒。来自巴州各界的嘉宾和多家媒体的记者参与了品鉴活动。

多米尼克·华是世界著名葡萄酒专家和品酒大师，尝一尝就知道这款葡萄酒生产于哪一年，闻一闻就能从葡萄酒中嗅出各种花和水果的香气，还能从各种风味的葡萄酒中，辨别出浪漫、热烈、柔美等不同的情调，真是神乎其技！

大家心里都想解开一个悬念：乡都葡萄酒在中国及世界同业中究竟处于什么位置？以前，多米尼克·华不止一次被问到这个问题，他总是以外交辞令作答：乡都一直在成长，是中国国内最好的葡萄酒之一。

这一次，一个记者决心盘根究底，得到明确答案，他问：“乡都与国际品牌、特别是与法国品牌相比，能占到什么位置，还有哪些差距？”

多米尼克·华反问：“你和朋友喝白酒，气氛很好时，你会倒满了用大杯喝吗？”

“当然会！”记者毫不犹豫地回答。

“那么，同样的气氛，当你和朋友品尝好茶时，你会不会用大杯倒上一杯烫烫的茶，一口喝干呢？”

“当然不会！”记者觉得好笑，这算什么问题？

多米尼克·华面露几分狡黠的笑容，说：“法国和欧洲诸国喝了几千年葡萄酒，已经形成了自己的文化。而中国老百姓对葡萄酒的了解才刚刚开始。很多人喝葡萄酒时要加冰块、加可乐，这在法国、在欧洲是不可思议的事，就像你们看到有人用大杯喝滚烫的茶一样。”

记者恍然一笑，原来这个傻傻的问题后面有不傻的引申。

多米尼克·华继续说：“许多中国人拿到法国波尔多地区的葡萄酒后，觉得是世界上最好的葡萄酒了，结果一喝感到很涩，觉得很不好喝，这是因为地区间人的口味不同，由此形成了不同的品酒文化。应该说，乡都在国际上也是一款很好的葡萄酒，不过很多中国人不知道，法国波艮第地区的葡萄酒更适合中国人的口味。”

多米尼克·华看似答非所问，看似在为法国酒打广告，实际上隐隐透露了一个信息：一个十几年历史的新酒，暂时还不太可能跟有着几千年文化底蕴的法国葡萄酒相提并论。

李瑞琴并不讳言这一点，所以她将实现梦想的时间定为几代人。

乡都葡萄酒的历史、文化、品质、市场环境等各方面都有别于法国葡萄酒，在走向市场时，自然也不能像法国酒庄那样，坐等顾客上门求购。为了增强市场粘度，乡都不断创新，最近几年，连打三张“时尚牌”。

第一张“时尚牌”：个性定制

中国葡萄酒企业21世纪初才陆续推出定制服务，而乡都酒业以法国酒庄为坐标，成为少数几家提供个性化整桶定制的企业之一。

乡都提供的定制酒服务，包括橡木桶装私藏和私属酒个性定制两方面。买家在定下整桶葡萄酒之后，可以立即饮用，也可以继续储藏在乡都的酒窖中，由专人负责管理，在需要的时候，再灌装成瓶，并按买家的要求，设计个性化酒标。乡都私属酒个性定制还能针对爱酒人士的不同需求，提供婚宴定制酒、企业定制酒、私人定制酒、家族定制酒和庆功定制酒。

世界上的橡木有400多种，适合制作橡木桶的仅有很少的几种，乡都酒堡使用的橡木桶均是法国厂商生产的顶级橡木桶。制桶的所有木材均来自法国的五大林区，树龄在100年以上。拥有大量优质橡木桶，不仅是提升葡萄酒品质的保障，也为整桶定制提供了必要条件。

第二张“时尚牌”：打造收藏新时尚

近年来，收藏葡萄酒在中国已成为新时尚，不过中国大部分新富阶层只是把葡萄酒作为一种装饰品或纪念物来收藏，而忽略了葡萄酒本身的经济价值。

事实上，葡萄酒是目前世界上回报率最高的收藏品之一，其原因有二：首先，在保存环境良好的情况下，一瓶好的红葡萄酒可饮用寿命在30—80年之间，使它具备了一般食品不具备的升值空间；其次，葡萄酒是消耗品，据统计资料显示，每年仅美国人就要喝掉近70万箱极具收藏价值的葡萄酒，这样，随着时间推移，高年份的葡萄酒将会越来越稀少，幸存下来的葡萄酒自然会产生物以稀为贵的价值。

第三张"时尚牌"：开启低碳之门

进入2010年，全社会掀起了一股追求低碳生活的热潮，给乡都酒业提供了一个大打"低碳经济"牌的契机。

2010年4月，乡都酒业荣膺中国酒界最高奖项仪狄奖之环境友好奖。仪狄是夏禹时代司掌造酒的官员，相传是我国酒业的鼻祖，女性。自上古三皇五帝的时候，就有各种各样造酒的方法流行于民间，仪狄对各种酿造酒方法归纳整理，使之流传于后世。仪狄奖集荣誉、发展、责任、品质于一体，是行业的国家品牌奖项。

2010年5月4日，由联合国工业发展组织国际太阳能中心、2010年世博会联合国馆论坛活动组委会、中国民营企业家协会等联合主办的"2010低碳经济论坛——上海行动峰会"在世博会联合国馆隆重举行。乡都酒业成为此次论坛"低碳经济新锐奖"的得主。

乡都酒业连获殊荣，有一部分"运气"因素，独特的自然环境加上绿色种植理念，使乡都的葡萄种植远离了农药、化肥，在世界同行企业中可以说是独一份，这使它在"低碳经济"兴起时占得先机。此外，乡都采用能耗少的设备和工艺进行酿造和生产，对酿造过程中产生的副产物循环利用，没有浪费也不造成环境污染，做到了真正的绿色低碳。

随着全球经济一体化的发展，国际市场的融合，谁站在"绿色经济"的前沿，谁就抓住了未来。乡都打绿色低碳牌，具有同行企业无法模仿的优势，预示了未来的美好前景。

结语：克服三大难关，创新才会真正产生

企业为什么创新不足？其一，创新的成本投入较大；其二，创新是一件很艰苦的工作；其三，创新可能面临失败的风险，能够顶住这三方面的压力，创新才

会真正产生。

而更重要的是，创新首先从领导人开始，自上而下的创新，企业就能保持不竭的创新动力。

乡都酒堡：最佳休闲酒庄

企业是一个很物质的地方，将企业打造成优美的旅游景区，这样的思路，一定出自一个爱生活、爱美的人。在中国企业家中，有这样的思路并付诸实施的人不多，李瑞琴是其中一个。她率领乡都人，花了十几年时间，依托葡萄基地，将乡都酒堡打造成了一个集葡萄酒文化、休闲、观光、餐饮、娱乐为一体的生态旅游区。

2005年，乡都酒堡生态旅游景区获得全国工业旅游示范景点的称号；2010年2月，被授予“全国AAA级旅游景区”，2010年10月，在南京汤山举办的第三届中国（国际）休闲发展论坛上，乡都酒堡被评为“2010年度最佳休闲酒庄”。

乡都生态旅游景区自2002年开始接待游客，知名度、美誉度不断提升，目前年接待中外游客达数万人，在提高企业及产品知名度的同时，对本地的旅游业也产生了拉动效应。

乡都员工眼里的乡都酒堡

乡都酒堡是全体乡都人共同的“作品”，她也是乡都员工的游赏胜地，每天工作于乡都酒堡的员工自不待言，对身在外地工作的乡都员工来说，乡都酒堡也是他们心神向往的地方，尤其是第一次来到这里的新员工，看见这里的一切，自豪感和集体荣誉感油然而生。

乌鲁木齐公司丁志红在日记中写道：“踏上焉耆这片纯净的土地，开始幻想那神秘而遥远的‘乡都酒堡’，她会是什么样子的呢？放眼望去，这里没有楼房，没有污染空气的源头，一切是那么自然，虽比不上城里的繁华热闹，却比城市更清新更纯净。来到焉耆风很大，但天空是蔚蓝色的，晴空万里，太阳暖暖地照在每个人的身上，仿佛是为了迎接我们的到来，刚才沙尘漫天的天气在短短十几分钟内就变成了艳阳高照，还有泥土的清香扑鼻而来。

“一棵玉葡萄树深深吸引了我们的眼球，舒展的枝叶下挂着晶莹剔透的葡萄果实，那葡萄鲜艳欲滴，清澈透明，一串串有灵气的葡萄真的很生动。还有博物馆收藏的其他文物，如：古代酒杯、酒坛、酒具。这些文物太令我们惊奇了！

“来到地下酒窖，一进门就闻到了清香幽郁、醇和浓厚的和着橡木桶香的酒香味。张总和我们在橡木桶前留影拍照，还说：‘你们把橡木桶里的葡萄酒姑娘都唤醒了！’张总这句话让我真正感觉到乡都葡萄酒的生命所在。”

一位不知名姓的乡都新员工说：“在经历十几个小时的火车旅行后，我们一行终于见到了这座孕育乡都美酒的城市——库尔勒，她是个让人一见到便会爱上的城市——干净、整洁。城市的人民很热情，我们一到就得到了他们热情的款待。

“我们一行坐上了前往乡都酒堡的大巴。虽是在路上，我们还是领略到了孔雀河在金色斜阳下的宁静，美得让人为之陶醉。一路伴随着欢声笑语，我们到达了焉耆七个星镇西戈壁，春风迎面吹来，带着乡都酒堡醉人的气息，让我们在车上便迫不及待地想一探酒堡的风采。

“酒堡里陈列着乡都自2002年至今的荣誉和奖杯。在讲解员的介绍下，我们从心底里升起一股作为乡都人的骄傲。酒堡里有许多董事长收藏的出土文物：唐、明、清等各个时代的葡萄酒器皿，充分体现了乡都文化在古朴的外表下所隐藏的丰富的内涵。

“紧接着我们一行参观了生产线，看到了葡萄酒是怎样被一双双勤劳的手酿造出来。一进入地下酒窖，香气扑鼻而来。一桶桶安东尼、典藏被橡木桶储藏着，像队伍一样有序地排列。红酒伴随着浓郁的橡木味，让人深深陶醉其中。

“丰盛晚宴在歌舞的陪伴下，快乐地进行。欢歌笑语，袅袅佳人，轩昂才子，乡都生活如此之美妙，乡都之夜如此之美丽！”

游人眼里的乡都酒堡

当我们应邀来到乡都酒堡，不禁为这里的美景所震撼，我们曾畅览世界各地的无数美景，很少产生震撼的感觉，因为那本该是美景荟萃的地方。当我们经历了数千里行程，早就习惯了大西北的荒凉，在戈壁环绕中乍见美景，巨大的反差在内心产生了强烈的激荡。下面，我们不妨以游人的笔触，将我们看见的、听见的写下来：

乡都酒堡生态旅游景区毗邻218国道，距库尔勒市近30公里，距焉耆县城28公里，交通便利。

坐落于天山南麓七个星镇西戈壁的乡都酒堡，是一座绿树掩映的建筑，在周围朴素农宅和丛丛葡萄的衬托下，异国风格的它显得优雅而高贵。

乡都酒堡由两大部分组成：3.3万亩绿色生态葡萄园和乡都酒堡特色建筑群。酒堡处于葡萄园林的环绕中，7公里的葡萄长廊像一条绿色丝缎随风起伏，宽阔的绿草坪，宏伟的罗马柱，曲径通幽的葡萄甬道，错落有致的林带点缀在田园间，构成一幅幅美丽的画面。

漫步走进乡都酒堡，最先映入眼帘的是一个张开怀抱迎接四方来客的罗马柱广场，16根擎天的罗马柱，犹如酒堡的守护神，在它身后，是一座风格古朴、造型简约的长弧形建筑——酿酒发酵车间，犹如一位美女，静卧在霍拉山下，聆听着远古农耕文化与现代文明的喁喁私语。

宽敞的罗马广场正北方，同样是一座法式弧形建筑——乡都葡萄酒文化馆，这里以大量的图文、实物和古董，向人们展示着葡萄酒的前世今生。文化馆的设计可谓独具匠心，浪漫的欧式墙壁地砖，优雅的水晶吊灯映射出柔和昏黄的光，让这个葡萄酒博物馆透着一股神秘与高贵。酒架上林立着乡都的各色产品，墙壁上悬挂着有关葡萄酒文化的壁画作品，长廊的墙壁上悬挂着乡都葡萄基地以及厂房的昔日与今朝，在对比强烈视觉冲击下，让人们不禁油然感慨乡都人一路走来的艰辛与付出的巨大努力。

进入乡都休闲酒吧，柔和的灯光映衬着吧台的一片温馨，在美妙的音乐中，微醺的人们陶醉其中。我们端起美酒，一看、二闻、三品、四回味，酒的香气缓缓通过鼻腔进入身体，柔滑的酒体也顺着舌尖慢慢流入，体验到的是沁人心扉的快感。

神秘的酒窖是乡都酒堡的灵魂。乡都共有两座风格迥异的地下酒窖，一期地下酒窖需要走一段楼梯才能到达窖底，窖内沉睡着成排的法国橡木酒桶，就像一个个睡美人，成为这里亮丽的风景线。二期地下酒窖浩然大气，醇厚的酒香令人迷醉。窖顶的环围式别墅建筑风格，与酒堡外3万亩葡萄园共同诠释着乡都葡萄酒从出生、成长到升华、轮回的全部意义。

乡都酿酒车间与酒窖同在一座建筑里，乡都执行严格的卫生监管，酿酒车间不允许闲杂人员进入，连到此采访的记者、摄影师都要统统拒之门外，但是，我们都能理解乡都人在质量问题上的认真执着，自觉地止步于酿酒车间之前。

畅游了乡都酒堡，处处意想不到的景致凝聚成我们的一个感慨：不虚此行！

结语：做企业的四种境界

做企业的一层境界是创造产品，满足人们最低层次的物质需求；

做企业的二层境界是创造美，愉悦消费者的心灵；

做企业的三层境界是创造艺术，通过思想、灵感和激情的展示，潜移默化地作用于消费者的心灵，陶冶消费者的性灵；

做企业的最高境界是创造生命和爱，将灵魂倾注于产品中，倾注于围绕产品展开的服务中，与消费者的灵魂对接，实现彼此精神的交汇与共振。

“共赢在乡都”

乡都每年举办一次经销商及乡都员工大会，旨在联络感情、激励士气，从效果看还不错，但李瑞琴却不甚满意，她认为经销商大会还应该办得更好一点，办出乡都的特色。

2010年8月的一天，李瑞琴在乌鲁木齐出差，对陪同的乡都原旅游部部长陈欣和原乌鲁木齐公司总经理张永丽说：经销商大会马上就要召开了，关键要开出新意。我们可以引进盛景网联的模式，多一些互动活动，还要想出一个好的主题。

设计互动活动不难，什么主题比较好呢？大家动起了脑筋。忽然，李瑞琴一拍大腿说：“就叫‘共赢在乡都’！”

“共赢在乡都”，太好了！大家都觉得这个主题简练、大气，又能代表经销商大会的宗旨。从此，乡都每年都会举办一次为期三天的“共赢在乡都”大型活动，邀请全国各地的合作伙伴一同参与，共同享受乡都人自己的节日。

年年有新意

“共赢在乡都”活动有时在乡都酒堡举行，有时选择某家宾馆，每届活动的内容都不尽相同，一届比一届有新意，将乡都人的热情友善和绵绵创意展示无遗。

营销总监兼上海公司总经理李晓云说：“第一届‘共赢在乡都’活动是在董事长的亲自带领下完成的，当时凭借的大多是灵感和热情，并没有系统的策划和设计。第二届要延续并超越，必须要有系统的策划和落地执行的能力。对于200人规模的大型活动，不用外部专业公司，完全靠自己的团队来实施，的确是个不小的挑战。我们采用的办法是头脑风暴、集思广益。活动筹备组快速组建并投入紧锣密鼓的工作中，几个关键岗位的同事明确分工、协调配合，把相关事项、人、物料等各项工作逐一落实，再对应时间推进表，最终圆满完成了活动，同时充分锻炼了团队的策划和执行能力。”

员工与经销商互动的盛会

乡都销售员常伟红说：“2012年第三届‘共赢在乡都’活动在康城大酒店举行，在此期间，活动筹备处提前将所有与会人员编成多个小组，全程统计记录各组参加各类活动的成绩，以激励团队精神。

“我们组的人起初都互不相识，活动报名第一天，我们发现，来自伊犁的经销商张雅丽特别活跃，她的活泼、开朗、热情、大方，给大家留下了深刻印象，我们就一致推选她当队长。

“活动中有一项节目——每组用不同的方式来宣传乡都的产品。我们全组人员献计献策，编排了一个小广告‘今年过年不收礼，收礼只收安东尼’。从排练到上场只有半天时间，我们利用晚上的时间，一边策划，一边编排，忙到半夜1点多才回家。我的任务是做道具‘草裙’，以前从未做过，只能边想边干，做完后已是凌晨2点半了。

“第二天一早，我早早来到会场，与小组人员组织排练，别的小组也在紧张地排练着，我们队长说，一定要好好练，超过他们。

“上场后，我们都打起十二分精神，表演得很认真，虽然我们的表演水平很一般，但我们的服装很特别，让人眼前一亮，赢得了一片掌声，全组人都感到很自豪。”

乡都员工马萍说：“每年的‘共赢在乡都’活动，都会设置很多有趣的活动及游戏，让大家分组PK。2013年的《绝地反击》活动，要求‘全员在规定的5分钟内完成共赢的讲述和展示，道具自备’。分组结束后，我们组就开始讨论这个节目的编排与设计，但因为组员来自不同区域，相互缺少默契，意见难以达成一致，所以节目编排一直未敲定。

“前两天的活动飞驰而过，第三天，我们组的节目还没有落实，组员们都很着急。这时组长灵机一动，建议说：我们就表演《葡萄开会》吧！大家一致通过了这个主题，接着开始讨论如何表演。因时间紧，每个人各领一份任务，谁演哪个角色，谁就负责那个角色的台词和化妆。

“性格外向的我，负责演新疆吐鲁番的一种鲜食葡萄，我借来一条哈达当头巾，找了一条花裙子裹在裤子外面，饰成一位维吾尔族大妈，而且我的语言、语气都要有地域特色。有了这些定义，我便开始回忆平日和邻居大妈的对话，她们的幽默方式，她们的口音等等。

“我们组的人都写好了台词，来不及排练，已到了抽签确定上场顺序的时间，老天好像故意捉弄我们这些临阵磨枪的人，组长恰巧抽到了‘1’，我们连彩排的时间都没有了！大家都很紧张，为了团队的荣誉，只好拼了！我以维吾尔族大妈的形象出场，说完第一句话，现场200多位观众都捧腹大笑。我信心大振，在‘葡萄开会’中争抢着说话，时不时带出一句新疆幽默……

“5分钟的表演很快结束，我们组的表演获得了暴风骤雨般的掌声。之后很多外地的同事都认识了我，我也交了很多朋友，大家亲切地称我为仪尔的‘马奶子葡萄’。”

一年一场盛会，一年一个进步

“共赢在乡都”不仅是一个交流与娱乐的盛会，也是一个学习的盛会，活动期间会针对性地安排学习与培训活动，使每个参与的经销商、员工都能从中收获一些新观念、新资讯、新方法，这对逐步提高团队整体素质很有帮助。

例如，第二届“共赢在乡都”活动，特邀汉能投资集团刘昊飞、法务总监刘银、新疆中企股权投资公司董事长王辉为与会人员授课。公司董事长、总经理、营销总监、北疆营销总经理、财务主管也纷纷通过不同的课题、不同的视角进行授课，并通过分组讨论、团队PK的形式，使全体与会人员在学习和活动中受益匪浅。

第三届“共赢在乡都”活动旨在增强团队凝聚力、提振企业精神，进一步提升参会人员的企业文化意识和营销水平，论坛讲座由新疆中企股权投资管理有限公司董事长王辉讲授《赢的思维》；由汉能投资集团副总裁刘昊飞讲授《投资者如何选择企业》。本届论坛的特邀讲师还有心理训练专家王启明，他深入浅出地用心理学原理讲授了如何处理好个人与环境、个人与企业、个人与领导的关系。

公司花钱为经销商和员工培训，体现的是长续发展的战略思路，对经销商和员工的士气也有好的影响。

乌鲁木齐公司葛明说：“在培训课堂上，大家都没感觉到无聊，因为老师不是单纯地讲解一些理论知识，而是结合一些案例将课程变得生动具体，偶尔老师也会提一些问题让我们回答。老师还讲了很多营销实例，从中我学到了很多。”

阿克苏优秀经销商刘俊说：“作为一名乡都葡萄酒代理商，我真的感到非常自豪。因为我们经营的是一个有着优质品牌、优质管理和优质服务的产品。尽管现在竞争激烈，市场的机遇稍纵即逝，但是，我对公司始终充满了信心。我坚信：我们能够成为称雄市场的智者和强者，为‘乡都’这个驰名商标增光添彩，迎来乡都和我们自己的更加美好的明天！”

留在员工日记中的精彩片断

北京公司郑连梅说：“早上起床，我穿上了公司发给我们的后背印有‘共赢在乡都’字样的统一文化衫，这反映了公司的初衷：无论是经销商还是公司的员工，我们每一个参与者都是乡都的一分子，我们有一个共同的名字：乡都人！”

公司总部池雅婷说：“乡都酒堡法式宴会厅现场，别开生面的小组PK活动正在举行。突然间，音乐声戛然而止，空气仿佛凝固了一般。室内的光线暗了下来。伴奏曲《在路上》悠然响起，大屏幕投影了乡都人和经销商们熟悉而热切的面孔。所有人都安静地注视着这些不断变换着的照片，有的人潸然泪下，有的人在小声啜泣。这3天的酸甜苦辣，在此时浓缩成这4分钟的幻灯片展示。

“乡都酒堡的古罗马广场上，几只‘雄鹰’咄咄逼人、展翅欲飞。‘小鸡’们紧张得瑟瑟发抖。突然，一只‘老鹰’俯冲过来，勇敢的‘鸡妈妈’挺身而出，张开双臂将‘老鹰’反扑……在37摄氏度艳阳下，重温‘老鹰捉小鸡’的游戏，每一位参与者都乐此不疲。”

乌鲁木齐公司李宗骏说：“最出人意料的事情是经销商全程参与，他们当中的许多有钱老板纷纷放下身架，积极参与其中，还玩得不亦乐乎。”

乌鲁木齐公司杨旭燕说：“我对于职业化的5项训练印象颇深：要有职业化的工作态度，要有职业化的工作道德，要有职业化的工作技能，要有职业化的团队意识，要有职业化的工作形象。这5点初听时觉得很熟悉，因为平时公司的培训中经常强调工作态度、工作道德、工作技能、团队意识、工作形象，却没有从职业化的角度去看待这些问题。现在我终于明白了，没有‘职业化’就没有优质化，我们的努力方向就是向职业化的标准看齐。”

乌鲁木齐公司李红说：“7月22日凌晨6点半我们踏上了回乌市的班车，一路上我的脑海中不断地浮现着这几天活动的片段，所有人员的辛苦与忙碌，正是这种付出，才有了本次经销商会议的圆满成功，正是这种付出，才有了企业的繁荣和发展。”

结语：生意要做得既诚实又热闹

“红顶商人”胡雪岩有一条生意经：生意要做得既诚实又热闹。

“诚实”是信用之本，信用是企业之基，重要性自不待言。生意做得“热闹”，有什么好处呢？心灵的快乐、精神的愉悦，都是人性中最本质的需求，人们做生意赚钱，或掏钱购买产品，有一个基本的心理驱动：寻求快乐。经营者将生意做得热热闹闹，让顾客在购买过程中感受到快乐，让员工及其他参与者感受到快乐，那么，对每个人来说都有超越简单买卖关系的双重收获，亦可藉此建立超越物质利益的深层关系，从而实现真正的共赢共利。

漫画/杨琪

第六章

李式管理风格之

视员工为家人

“人与人相处，要交心”，这是李瑞琴的理念；“有什么事情我会保护你们的”，这是李瑞琴对员工的承诺。李瑞琴无意扮演一个肤浅的“好人”，她看重的是彼此的缘分，她像母鸡带小鸡一样关爱着员工，在经营事业的同时，也体验着彼此相依的情感。

特殊的劳动训练

在乡都，有一堂特殊的培训课：去葡萄基地劳动。

李瑞琴规定，每年的4月8日至5月10日，是乡都的“劳动季”，在此期间，包括总经理邹积赟在内，任何人都不得外出和请假，都要下地劳动。

为什么让员工离开本职去干农活？

一方面是现实需要：春天是葡萄基地的农忙季节，补苗栽新、除草施肥、修补设施等任务繁重，基地的员工忙不过来，请临时工也不容易，只好从内部调剂人力。

另一方面，李瑞琴有一个管理构想：均苦乐。让工作相对轻松的文职人员尝尝稼穑之苦，对心理、身体都是极好的锻炼，有利于建立公司与员工的一体感。

总经理邹积赟说：“员工们有的时候觉得自己很辛苦，下去感受一下，看一看人家，找一找平衡，苦的感觉就不那么强烈了！”

劳动培训的效果如何呢？多数员工认为，过程又苦又累，但奇怪的是，事后的回忆却不是苦而是乐趣，还有前所未有的心灵体验。

从“想不通”到心领神会

乡都老员工常伟红说：“2006年春天，公司组织全体员工到葡萄基地干活。当时好多人心里都不乐意：我们是卖葡萄酒的，为什么让我们去干农民的活？这对卖酒有什么帮助吗？带着不解和疑问，大家来到地里。

“大部分人从来没有干过农活，拿起铁楸，干了不一会儿就喊累，只好干一阵歇一阵，还不时看看手上磨起的泡。有些干得快的同事会主动来帮助干得慢的同事，就这样大家耐着性子完成了一天的任务。

“后来我想，这样的活儿葡萄基地员工们天天都要干，他们也很辛苦，同样是一个公司的员工，只是分工不同。我们乡都的理念是，‘好葡萄酒是种出来的’，去基地劳动是为了让我们深刻体会到好葡萄是怎样种出来的，这是董事长的良苦用心呀！只有经历了，我们做销售时才有底气对客户说，我们把理念变成了实际行动，变成了上乘的葡萄酒。不知道自己的实力在哪，如何去给消费者推销？

“从这次开始，我们每年都会去基地劳动，我们这些坐办公室的人不仅得到了锻炼，还加深了对乡都葡萄酒的认识，有利于结合实际解决工作中碰到的问题，从而提高业绩。”

让员工感悟创业的艰难

有诗曰：创业艰难百战多。每一项开拓性事业，都是血泪汗水的结晶，不容易！后来者只见眼前盛况，哪知创业艰辛！乡都的劳动训练，恰好找到了一条传承创业精神的途径。

乡都老员工马玉霞说：“记得第一次去基地劳动的情景：我们的任务是给防护林修剪枝叶，每人一副手套、一把剪刀，由董事长和基地何经理亲自给大家示范。

“这活看似简单，干起来真不简单！树木有粗有细，细的当然好剪点，粗的可费劲了，再大一点的只能用锯子锯。起初大家干得挺起劲，可干着干着，拿剪刀的手软了，没力气了，进度越来越慢。有的人手上磨出了水泡，痛得直掉泪。还有人中暑晕倒了呢！一天的活干下来，人都软了，手连水杯都抓不住。

“但是，看到被我们修剪过的笔直的杨树在路边摇摆着枝叶，像是在向我们道谢，看着周围望不到边的葡萄地，心里就想，让这些树长得好好的，把我们的葡萄宝贝们保护好，我们再辛苦也是值得的！”

2011年7月，上海公司员工马俐千里迢迢地赶回总部参加“共赢在乡都”活动，为期三天的活动中，有一个节目：去葡萄园体验种植葡萄的过程。谈到这次劳动，她说：“我们的工作是把葡萄苗固定在葡萄架上，把葡萄沟里的杂草拔掉，这应该是葡萄基地最简单的劳动了。不料，当我们顶着烈日、弯着腰在葡萄田里忙活时，一个个累得满头大汗，区区两小时的劳动，我们中途休息了三四次，假设让我们干苦活、脏活、累活，还不知道会被折腾成什么样呢！

“劳动时，我们可以清楚地看到葡萄沟里的砂石已经开始土壤化了，这让我这个从小在新疆长大的人很震惊，戈壁土壤化，意味着荒漠真的变成了良田，这是多么了不起的成果呀！取得这样的成果，没有捷径可求，靠的是年复一年的辛勤耕耘。

“经过这次劳动，大家知道了乡都葡萄酒的来之不易，同时也真切地感受到，董事长不只是种葡萄、做企业，而是在做一件造福子孙后代的大事业。她率领乡都人，在我们无法想象的艰苦条件下，用超常的毅力战胜了戈壁滩，用汗水和信念浇灌出了葡萄树，我终于领会到乡都理念的一条真义：付出总有回报，努力无止境！”

劳动消除职业疲劳

生命在于运动。现代职场人普遍缺少运动，职业病流行于职场，换一个角度看乡都的劳动训练，它未尝不是一项户外有氧运动，对调节员工身心大有裨益。

乡都员工郑芳说：“2013年4月，是我入职乡都后第一次参加葡萄基地劳动，此前偶尔听同事们谈起过历次劳动的趣事儿，看到行政部下发的劳动通知时，我心里还有些许兴奋，长这么大头一次有机会近距离接触葡萄树和了解葡萄种植知识，心里充满期待。

“第二天一早，我们浩浩荡荡地出现在葡萄基地，我顿时被眼前一望无际的葡萄地震惊了，四川长大的我，有生以来头一次见识这么广阔的土地，一条葡萄沟长好几百米，一块葡萄地可以望不到边，忙碌的人们看起来就像一只只小蚂蚁……这样的场景，非‘壮观’二字不足以形容。

“短暂的分配任务后，大家各自行动，开始干起来了。以前参加过劳动的同事们，都是平时看上去娇弱的淑女和文雅的绅士，干起活来却干净利索，让我大开眼界。此次我们的任务是将葡萄地里断掉的、有漏洞的滴灌毛管带重新接起铺好，公司的领导们也带头融进了我们的劳动队伍，跟员工们打成一片，我们越干越起劲儿。

“短短两天的劳动很快结束了。这两天，虽然有身体的疲惫，同时也收获了心灵的慰藉，平时郁积的压力和不良情绪仿佛得到了一次倾情释放，身心倍感轻松，那是一种前所未有的快乐。我由此想到，原来，真正的快乐需要汗水浇灌。”

劳动培养团队精神

在任何团队，因价值观、个性、知识结构、思维模式、工作性质等方面的差异，必然造成团队成员间彼此的生疏与隔阂，管理者与员工之间，老员工与新员工之间，不同工种的员工之间，乃至男女员工之间，仿佛有一堵堵看不见的墙，它们都是团队凝聚力的分散剂。

怎样化鸿沟为坦途？最简明有效的方法是让大家在同一空间从事相同的活动。乡都的劳动训练正有此效，有利于打破各种隐形的界线，增强团队精神和企业凝聚力。

老员工张晨讲述了一次葡萄基地劳动的经历："当早晨的第一缕阳光照出地平线时，我们一行人到达了万亩葡萄园的地头，葡萄园负责人把我们带到了鱼塘边的葡萄地里。'哇！这是草地还是葡萄地！'不知是谁发出了喊叫声。顺着声音望去，长长的葡萄沟里长满了芨芨草、骆驼刺、芦苇等各种杂草，而我们的任务就是除草。

"带工头发给我们每人一付手套和一把镰刀，一人一条葡萄沟，每条葡萄沟都有几百米长，领好自己的任务后，劳动开始了。小草不在话下，一镰刀挥过去，能割倒一大片，前进了不到100米，到了芨芨草丛生之地，芨芨草看上去很细，但很有韧性，不易割取，劳动速度慢了下来。随着汗水不停落下，茂密的芨芨草群终于被我征服了。我擦了一把汗，回头一望，将别的同事拉下了一小段距离，心里有点小得意。接下来，我开始对付最惹人厌的骆驼刺，骆驼刺虽然好砍，但满身的刺，不好下手，费了好一番手脚才将它砍完。眼看任务完成了一半，我坐下来，暂时休息。

"不是每个员工都干得像我这么轻松，吃午饭的时候，我听说有的女员工在地头累哭了，是啊，从小娇生惯养，哪吃过这种苦！我怀着万分理解的心情，找到那位女员工，'别哭，有我在！'我豪爽地拍拍她的肩膀。作为老员工，我有一种责任感，我认为，在行动上、精神上给新员工以支持是我的义务。

"我下午的工作是大战芦苇，那芦苇长得比人还高，我猛挥镰刀一阵砍，芦苇倒下一片。太阳快落山时，我领的劳动任务提前完成了。稍作休息，又去帮邻近的员工接头；其他干得快的员工也像我一样，主动帮助干得慢的员工。大家齐心协力，向着一个目标前进，那股团结的精神凝聚着所有'乡都家人'，在大家互相帮助下，早上还杂草丛生的葡萄地，现在望过去，只看见葡萄树了。看着地上一堆堆被割下的草，大家露出了欣慰的笑容！"

销售人员孙海恒对乡都的团队精神又是另一番感受，他说："2011年入冬的一天，公司全体员工去仪尔基地埋葡萄树，大家四人一组，负责一条葡萄沟，给葡萄盖上厚厚的过冬‘棉被’。有的地段布满了大小不一的鹅卵石，铁锹铲下去，碰得‘镲镲’直响，铲起来的大部分是石头，盖不住葡萄苗；有的石头太大，把葡萄苗压断了。这可怎么办？大家只有反复铲土，继续埋，两个小时过去，才埋了不到10米，手心已隐隐作痛，望着漫长的葡萄沟，我几乎失去了信心。

“我看看跟我们一起干活的邹总，他脸上却没有一丝一毫畏难情绪，干得是那样专注、投入。偶尔，他铲起的大石头也会压断葡萄苗，每逢此时，他都会心疼地说：‘哎呦，对不起，弄伤你了！’那神态犹如慈母不小心碰伤了小孩。他用温柔的双手捧起细沙，小心翼翼地埋好断处，犹如给孩子裹上厚厚的纱布，这样寒风才不会将葡萄苗中的水分抽走。这一刻，我看在眼里，感怀在心上，蔓蔓绿洲仿佛变成了有情天地，一株株葡萄苗仿佛有了生命，对葡萄苗的护理也就有了特殊的含义。因为心里有爱，辛苦也就变得不那么辛苦了！”

在艰苦劳动中升华境界

人有贫富贤愚，精神境界与贫富贤愚却没有必然关系，往往，在名利权势的泥沼中陷得越深，精神境界愈见低下；以干净的心直面真实的世界，更容易读懂宇宙自然的真相，实现精神境界的升华，人因此变得更有爱心和责任感，更乐意贡献他人、贡献集体、贡献社会。

怎样洁净心灵？最简单有效的方法是体力劳动。李瑞琴深知此理，让体力劳动成为每个员工必不可少的训练，通过劳动训练，乡都培养了一批批有爱心、有觉悟的员工。

老员工王建国说：“2008年4月，乡都葡萄基地临时工人的缺口很大，董事长要求我们酒厂每天派10人去葡萄基地工作，任务是开挖放置滴灌带主管道的管沟。

“我们这组10个人都出身农村，干农活不在话下，但基地的农活真不一般，当我们举起十字镐，用力刨下去，只听得金属撞击石头的闷响声，细一看，挖下去不到10厘米。照这么干，何时能完成任务啊！大家都泄气了。

“我擦去流进眼角的汗水，对眼前9位朝夕相处的同事说：‘今天我们看起来是为了公司在这里埋头修地球，但想想看，如果没有公司，我们将永远地生活在这片毫无生机、毫无希望的戈壁上，所以就算是为了自己，为了我们的孩子们能有一个更好的自然环境，哪怕是用手刨，也应该刨出一片葡萄绿洲，一片希望绿洲！'

"大家听完我的话，你看看我，我看看你，都不约而同地攥紧了手中的工具，似乎瞬间拥有了用不完的力气，工程进度也明显加快。公司给我们规定的任务是一天挖80米，在我们的努力下，不到半天就完成了，我们又主动申请了100米的任务。

"当一天的工作结束，望着彼此那被太阳晒得黑红的脸，看着因为挖石头卷曲了的铁锹与刨断了杆子的十字镐，我忽然觉得我们才是世界上最美丽的人。"

结语：人才要在自家的自留地上培养

企业需要一批忠诚不悔、任劳任怨的员工，但好员工不是找来的，是培养出来的。马来西亚企业家、"糖王"郭鹤年创办了一家全球顶级家族企业，他有一条重要的用人理念：人才应该从自己的"后院"物色。我们认为，"物色"还不足以尽其意，更贴切的说法是：人才只能在自家的"自留地"上培养。对企业来说，在"自留地"上培养的人才，比任何高等学府培养的人才更适应、更铁心。而艰苦的考验，是培养人才的有效方法。

以身示范，亲临一线

"在工作上，她以身作则，用行动代替语言。"这是部下对李瑞琴的评价。

李瑞琴则笑称："有时候我一天同时胜任三个角色：农民、工人、董事长。"

在葡萄园，她给"支农"的员工当"教练"，手把手地教他们技术；来到酒厂，她和工人们一起工作，生产线上的活儿她全会。她称得上一个"全能选手”，也是全公司最忙碌的人，横跨农工商三界，种葡萄、抓基建、跑项目、忙销售，凡事冲在最前面，练就了一身软硬功夫。

以前她年富力强，多干点没啥；现在年过六旬，事业也进入稳定期，好像不需要那么拼命了，她却自认“劳碌命”，非得这么拼命干不可。

她拼得太厉害，家人很心疼，也不赞成。一次，她不无得意地说：“我跟你们年轻人走戈壁，走三天不掉队。”

邹积赟马上顶撞说：“什么年龄就该干什么样的活，走戈壁用得着你去吗？”

李瑞琴说：“体力上的辛苦，是对意志的一个锻炼。”

对儿子的孝心，她很欣慰，但她没觉得体力劳动不是她该干的活，不管晚辈们如何劝阻，她还是经常亲临一线，跟工人、农民们一起劳动。

李瑞琴的风格，对员工产生了什么影响呢？

用榜样的力量端正员工的工作态度

李瑞琴通过自己的身体力行，用无声的语言宣示了自己的主张：劳动光荣，劳动幸福，劳动是生命力旺盛的标志。她的表率作用，对员工产生了深远的影响。

2011年7月初，王玉清刚进乡都不到一个月，就接到去基地劳动的任务：给绿化树剪枝。当时正是盛夏时节，想到天上毒毒的太阳，她直叹“运气差”。

早上7点多，天刚放亮，大家就出发了。到了葡萄基地，董事长亲自给大家做动员：“树要修剪掉多余的枝条，主干枝条才能吸收更多养分，才能茁壮成长，人也一样，需要不断地修剪，才能不断地完善自己……”

任务分派已定。没干过重活的王玉清，干了不多一会儿，手就酸痛了。防风林树木，质地非常坚硬，大拇指粗的枝条都难以对付，更别说手臂粗的枝干了。很快，她的手被磨得通红，关节开始疼痛，更要命的是悬挂天上的骄阳，将戈壁滩烤成了蒸笼，躲在小树的阴影下，仍挡不住热浪，感觉快要被蒸熟了。

王玉清感觉时间过得超慢，两个小时像一个世纪那么长！劳累加闷热，非常影响心情，她心里怨尤滋生。这时，她抬头望去，看见了董事长，正在不停地忙碌着，动作娴熟，神情投入，一看就是个老手。

那一刻，王玉清很是震惊，后来她用笔写下了当时的心情：“董事长不是高高在上的啊？居然和大家一起劳动，那我还有什么可抱怨的呢！”

60多岁的董事长都不辞辛苦，一个年轻员工岂能怕苦怕累？什么也别说了，甩开膀子干吧！尽管天上的太阳还是那么毒，身体还是很累，由于抛除了杂念，感觉轻松多了。

乡都几乎每一个员工都有过类似的经历和心灵体验，李瑞琴的表率作用，可能瞬间改变员工的观念。

乡都新员工唐华晶说：“2014年4月9日早上，阴有小雨，东北风5-6级，寒潮来了，早上8点，我们还是准时坐上了去西戈壁葡萄基地的车，到达目的地后，一阵寒风席卷着沙土向我袭来，天呐，这也太冷了，冷风刺骨，这么恶劣的气候，还能干活吗？对长这么大都没有下地干过活的我来说，太有挑战性了，我心里不免犯起了嘀咕。

“正在我思想抛锚之时，突然看到董事长拿着坎土曼在地里劳作的身影，顿时惭愧不已，董事长这么大的领导，而且已经60多岁，还亲自下地，干得这么热火朝天，我还有什么理由杵在原地发牢骚呢？于是，我扛起坎土曼向地里奔去，奇怪，我居然忘记了寒冷……一天刨下来，腰酸背痛腿发抖，手腕肿了好高，手掌还磨了好几个大水泡。但是，在董事长的带领下，员工们没有一个偷懒的，出色完成了预定任务。”

用行动教员工怎样做人做事

“做事先做人，努力无止境”是乡都的核心文化理念。

怎样做事，怎样做人？

李瑞琴的拿手好戏正是“做给员工看”。

乡都老员工侯保萍说：“2009年7月中旬，正是基地繁忙时候，董事长决定利用双休日，带领大家去基地除草、剪枝。

“天气很热，树木再茂盛也挡不住烈日，大家干了不多一会儿，一个个晒得汗流浃背、脸蛋通红。董事长边干边和大家随意地说笑着，别看她的年纪比我大一倍有余，干起活来真不含糊，又快又潇洒，颇有‘胜似闲庭散步’的风采。

“劳动结束了，大家坐在地头歇息，一面喝着董事长派司机给我们买来的水，一面欣赏自己的劳动成果。只见修剪过的胡杨树，全都换了一个模样，整齐又漂亮。董事长说：‘树要随时修剪，人也要不断改造，不能随心所欲地疯长。’大家听了，都陷入了思考。我想到的是，做人要有规矩，不能由着性子任意发挥，只有根据社会、公司的要求不断学习、不断改进，才能很好地融入社会、融入公司、融入团队，才能真正发挥自己的价值，实现个人的健康成长。”

与员工同苦共欢乐

在老员工贺小萍心里，2008年7月10日是一个值得特别记忆的日子，她说：

“那天，董事长亲自带领全体员工体验田园生活，去万亩葡萄地割草。对从未干过体力活的我来说，这个活计并不轻松，针尖一样的骆驼刺，柔韧性极好的芨芨草，都让我觉得难以对付。

“临近中午，我接到老公一个电话：‘祝你生日快乐！’我蓦然想起，今天是我的生日。可惜，工作任务未完，赶不上老公为我准备的生日宴了。我揉揉酸疼的胳膊，看看一眼望不到头的葡萄地，委屈得快要哭了。

“终于到了午饭时间，我坐在凉爽的餐厅里，面对餐桌上的食物，没有一点胃口。忽听董事长说：‘今天是小贺的生日，我让小雷去镇上买蛋糕，但没买上，我已经交代厨房给她单做长寿面了，我们先祝她生日快乐，我起个头，大家一起唱生日歌吧！’在大家的歌声里，幸福的泪水迷糊了我的双眼，第一次过这么大声势的生日，虽然简单，却有董事长和同事们的真心祝福，好幸福！”

假设李瑞琴只是身先士卒、率领员工拼命干活而无视员工内心的感受，那么她在员工心目中就会成为一个“恐龙型”人物。事实上，李瑞琴时刻关心着员工的苦乐。

乡都“才女”陈欣说：“每年公司都要组织员工在葡萄基地劳动，2009年4月9日始，种植工作持续了三天，员工吃住都在酒堡。第一天的劳动最考验人，尤其是女员工，都累得叫苦连天，有的已经开始面露难色，抱怨声叠起。

“董事长早料到了这一情况，劳动开始前就请李晓云和张永丽两位总经理策划一场活动，让大家在晚上既能解除疲劳，又能凝聚团队精神。

"李晓云和张永丽只用了一天的时间，便设计出一整套游戏方案，当晚开展，包括董事长在内，全员参与。李晓云当主持人，张永丽任裁判，年纪较大的隋工主动当记分员，其他人都被编到了组里。几轮游戏下来，大家兴趣盎然，玩得很开心，每个人脸上都洋溢着笑容，一天的劳累也在笑声中烟消云散了！"

结语：我若不为，谁替我为

《五灯会元》记载：一天，佛陀正在踏泥，打算修补僧舍的墙壁。一个弟子看见了，很奇怪地问："您为什么亲自做这件事呢？"

佛陀笑答："我若不为，谁为我为？"

事情别人可以代办，但善业的修行，精神的展示，无人可以替代。对领导者来说，亲临一线，与员工一起劳动，其价值不在于做事本身，最大的意义是表达某种精神信念。

进了乡都全是自家人

李瑞琴从不讳言，乡都是家族企业。在某些人眼里，家族企业可以跟管理落伍画等号，其实不然，全球500强企业，超四成是家族企业，可口可乐、迪斯尼、杜邦、福布斯、IBM、福特，都是闻名遐迩的家族企业。

在中国，成功的家族企业往往有一个特征：家庭式的氛围，家人般的情感。

乡都是否具有这样的特征？

乡都就是一个大家庭

当我们采访一位新员工时，他笑了，说：没错！乡都就是一个大家庭。然后，他谈了自己刚入职时的感受："进入公司，首先温暖我的是公司的人情味。公司的人情味很浓，整体气氛很好，互相之间的交流就好像和家人聊天一样，没有职位的高低之分，没有工作的贵贱之嫌。在这个大家庭里，董事长就是我们最最尊敬的长辈，我们都是她的孩子，每一个孩子都在自己的岗位上兢兢业业、尽忠职守，为了我们这个大家庭美好的未来贡献自己的微薄之力。即使在工作中有所分歧，亦不会产生摩擦。在这样一种氛围里，每一位员工在不断吸收营养的同时也都在努力地释放出自己的激情与活力。”

员工视工作如家务

家族企业的最高境界是：老板待员工如家人，员工视工作如家务。

乡都是这样吗？当我们采访一位乡都主管时，她不假思索地说：没错！乡都就是这样，老板待员工如家人，员工视工作如家务。

我们问：老板是怎样待员工如家人的？

她想了一下，拿出一份乡都内刊，指着一篇文章，说：“您瞧！这里面讲的真实事例，可否说明老板待员工如家人？”

文章出自乡都北京苏园会所服务员唐华晶，内容是介绍她接待董事长的一次经历：

“2013年5月11日下午5点多的时候，我们接到通知说，明天董事长要在北京苏园会所接待几位贵宾，上午10点到，要求我们提前做好准备。我们听了，心情一下子‘乌云密布’：这么晚才通知我们，人手又不够，买菜、打扫卫生、布置接待室，多少工作要干，时间哪来得及啊！

“第二天，将近10点，我们站在苏园门口迎接董事长及各位贵宾的到来，本以为领导嘛，都不会守时的，没想到董事长的车子准时停在了苏园门口。片刻，董事长自己打开车门，拎着包走下车，没有一点老板的架子。董事长面带微笑，向我们走来，我的心一下子提到了嗓子眼，紧张兮兮地想，该怎样跟董事长打招呼？董事长会不会批评我们的工作没做到位？正想着，激动人心的一幕就这样开始了，董事长笑吟吟地向我张开双臂，给了我一个大大的、幸福得让我终生难忘的拥抱，嘴里还说：‘亲爱的家人，你们辛苦了！’顿时，我热泪盈眶，之前的紧张、劳累、不愉快都随之烟消云散了，激动之情难以言表……”

文章真实感人，可惜没有我们想要的答案。我们对主管说：“从逻辑上说，这件事可以证明，董事长有时可能表现出待员工如家人的姿态，但不能证明她真的待员工如家人。”

主管顿时胀红了脸，有些生气地说："我们董事长是个很真诚的人，从来不会作假。"

我们感到，刚才的话可能伤了这位老员工的感情，于是换了一个话题："员工视工作如家务，有没有事例可以证明？"

主管说："比方说，前年冬天的一天晚上，我们新疆分部库房连接暖气片的水管突然爆裂，滚热的水哗哗直冒。库房管理是年轻的女孩梅丽，她通知物业后，原本已经尽到了责任，但是，为了保护公司的产品不被水浸坏，她不顾烫伤的危险，用尼龙带将水管破裂处缠上，不让水喷溅得过远；接着，她迅速挪移储存的物品，一箱箱开瓶器、一袋袋手提袋，对她来说重量不轻，但她凭着毅力，把所有东西都转移到了安全地方。物业的维修人员赶来后，修好了水管，这时，梅丽才意识到自己的双手已被热水烫伤，但她却很高兴，因为通过她的努力，使公司的财物得到了最大程度的保全。"

我们说："梅丽的确很敬业，不过，乡都员工都这么敬业吗？"

"当然！"主管说，"在那样的情况，绝大多数乡都人都会作出相同的选择。"

我们终于相信，乡都员工确实可以做到"视工作如家务"。事实上，乡都作为葡萄酒业的后起之秀，短短10余年时间，便迅速崛起为新疆最大的葡萄酒品牌，没有一大群敬业的员工辛勤奋斗，取得如此巨大的成果是不可想象的。

老板待员工如家人

世上没有天生的好员工，员工的态度往往取决于老板的态度，但我们还没有找到"老板待员工如家人"的答案。当我们采访乡都的"老臣"贺小萍后，答案终于浮现出来。

贺小萍刚入职时任公司出纳，10余年来，她心里已贮满了一个个她和老板之间的感人故事。她说：

"2002年12月，年底该结账了，按照财务制度，要求所有人员的票据当年报销，不能跨年报账。企业刚成立，事务繁多，董事长每天忙里忙外，平日的差旅费票据都没时间报销。这天董事长约陈冬梅（时任会计）和我去她家办公，我俩整理票据差不多花了两个小时，董事长也没闲着，一会儿整理文件，一会儿打扫房间，还为我们做了午饭。午饭很简单，一个菜，一碗面条，一瓶乡都原浆酒。当时我刚参加工作没多久，还是第一次和董事长这么长时间近距离接触，心情好复杂，只觉得饭好香，董事长好能干，爱干净又很会做饭，还拥有这么大的事业，心里很崇拜。奇怪的是她又这样平易近人，我心里更多了几分感慨。

“之后不久，春节到了，父母在哈密，我是随男朋友一起来库尔勒闯荡的，在外一年了，该回家看看父母了。领导特批了两天假，让我提前回家。快下班时，李晓云总经理叫住我说，‘要回家了，不给父母带点酒回家吗？’我笑了笑，心想：酒还没上市呢，再说那么贵，我也买不起呀！李总一笑说：‘董事长给你父母准备了两件酒，赶紧拿上吧！已经给你打包好了。’我一时愣住了，真的很感动！从来只听说下属给领导送礼，做梦都没想到老板还会给我这个普通员工送礼。带着董事长的这份情意，我踏上了回家的旅程，幸福伴随了我一路。

“时间到了2004年2月，我已经算一个老员工了。公司刚成立两年，资金紧缺，人员较少，当时在库尔勒总部上班的除了董事长的家人外，就只有陈冬梅、李宏刚和我三个人。年关将近，董事长为了酬谢大家的辛劳，特地设宴犒劳大家。

“席间董事长关切地询问了我们每个人的个人情况，又讲了自己的一生坎坷和创业经历：因为她母亲去世的早，刚成年便携带着年幼的妹妹及年迈的父亲和舅母来闯新疆，没有浪漫的爱情，也没有豪华的婚礼，只因对方一句承诺，‘可以照顾老父亲、舅母及抚养幼妹’，就嫁给了素不相识的老公。开始时在大队当会计，不甘如此生活的她和丈夫一起办砖厂，开皮革厂，做边贸生意，为了创业，经常早出晚归；为了打开销路，经常满杯（茶杯）饮酒。辛勤的付出换得了人生第一桶金，最后又种起了葡萄，开办了酒厂，也就有了如今的事业……

“我听了好感动。董事长以自身经历教导了我们如何做人，让我们懂得了做人一定要孝敬父母公婆、爱亲人，要有博爱之心、感恩之心；凡事从小做起，有长远的眼光，边工作、边学习，只有付出，才会有回报，才能在家庭上、事业上乃至社会上取得一席之地。

“当时我们都很年轻，社会阅历几乎没有，一次聚餐受到的教育，改变了我做人的态度和方式，从膜拜上升到付诸实际行动，以后的事实证明，这种改变，让我受益无穷！

“2006年10月10日，我的宝宝即将降生人世。刚被家人送进医院，董事长的二儿媳、公司秘书窦乐乐就将电话打到了医院，向我的主治医生询问情况，当时她也有孕在身，快到待产期了。我的情况不太好，最后决定进行剖腹产手术。毕竟是第一回做妈妈，我当时非常害怕紧张。进手术室前，李总专门赶来鼓励我，让我放松了很多。

“手术很顺利，女儿呱呱来到人间。窦乐乐挺着大肚子给我送来了自家煲的鸡汤，让我感到好温暖。

“不料，我又遇到了问题：重男轻女的公婆正在外地旅游，得知我生了个女儿，决定再玩半个月回来。听说这个消息，我委屈得哭了。

“幸好，我有乡都家人！由于我没有育儿经验，之前准备的婴儿用品不够用，董事长知道后，连夜赶制了两个薄抱被、两个棉尿垫，还有宝宝服，亲自送到了医院。同事冬梅姐知道我要剖腹产，赶到医院给我送钱，在她们的关心下，我平安地走过了一个女人一生中最辛苦的一段心路，是她们用行动告诉了我，我们是一家人，乡都大家庭的成员个个充满了爱心，有她们同行，还有什么事闯不过去！”

听了贺小萍的讲述，我们认为，答案已经够了！在乡都，在李瑞琴这里，待员工如家人绝对不是一句空话。于是，我们也知道了乡都员工为什么“视工作如家务”。

结语：真诚不必证明

真诚不必证明，只需要感动。老板待员工如亲人，员工自然能感受到老板的情谊。

《孟子》里有一句话，体现了老板与员工之间的相互感应：“君之视臣如手足，则臣视君如腹心；君之视臣如犬马，则臣视君如国人；君之视臣如土芥，则臣视君如寇雠。”老板将员工看成自己不可割舍的一部分，员工自然将老板看成自己不可离弃的主心骨。所以说，怎样做人，是值得老板们研究一生的最大课题。

心里有别人，才能一路往前走

“心里有别人，才能一路往前走”，自称“农民“的李瑞琴，竟能随时说出如此精辟、隽永的话语。

多年的采访经验告诉我们，我们听到的有时并不是别人想说的。所以，尽管我们觉得“心里有别人”的含意非常明了，还是谨慎地问：心里有别人是什么意思？

李瑞琴说，“别人”主要指公司的员工。她说：“从一开始种葡萄他们就跟着我，我没钱发给他们工资的时候也没人走。就是为了他们，也不能说退却就退却，有什么困难，也得硬着头皮往前闯。”

听她这么一解释，我们反倒觉得“心里有别人”不那么好理解了。“责任意识”？好像是，又不尽然。假设肩上只有责任的包袱，怎能走得像李瑞琴这样洒脱自在？“老板替员工打工”？“上级为下属服务”？这些流行观念似乎也不能概括“心里有别人”的真意。

我们决定丢开咬文嚼字的探究，去看看“别人”是怎样走进李瑞琴心里。

世上竟有这样的员工！

乡都“元老”卢静谈了她在乡都的成长经历：

“我2003年进公司，当时正值建厂初期，工资低，活又杂，这就意味着公司不好招人。那时酒厂还在沿用古老而又费力的手工灌装，纯人工操作。首先是洗瓶，在寒冷的冬天，冰水刺骨，即使戴着胶皮手套也挡不住寒冷。再说胶皮手套3个月才发一次，我们都小心翼翼地使用，像宝贝一样生怕它弄坏了。还有那个冰水啊，像被施了魔法似的，再怎么小心还是会溅到衣服上，每次胸前都会湿上一大片，衣服上都结了碎碎的小冰碴，碰到皮肤特难受，调皮的同事还打趣说：怎么像小孩子似的，天天尿裤子呢！

“即使在这样简陋、艰苦的环境下，同事们还是相信公司的美好明天，在不断坚持着。但公司在创业初期,资金是最大的问题,连续7个月都无法支付大家的工资。日复一日,员工们终于坚持不下去了,同事们默契得像商量好了似的,一下子走了一半多工人,剩下的人多数已经找好了工作。

"公司领导非常理解员工的苦衷,把已经离职的员工挨个打电话叫回来,并请来专家为我们培训专业技能,又为我们增加了很多福利,还涨了工资。酒厂李盘生厂长更是用心跟员工交流,体谅员工的难处,并许诺谁有困难都可以找他……员工们纷纷向李厂长伸去'魔掌',你300我500地借钱,李厂长也乐此不疲地帮助着……帮助着……有这样好的厂领导关心支持我们,我们的干劲又回来了,累并快乐着。

"10年过去了,我已成为乡都酒厂的一名骨干,工资、福利待遇都提升了数倍;最重要的是,在乡都的平台上,我收获了更多无形的财富:接受了很多培训后,知识和技能在不断成长;受企业文化的影响,我的世界观、价值观都有很大的变化:眼界、思想更开阔;心态更乐观……"

同样是"元老级"员工、乌鲁木齐公司的马晓荣说:"从2003年到2011年,我们乌市公司所有的进货、出货都是由内部人员装卸。

"开始时,每次装卸货只有300多件酒,搬货时有4人,后来销售好了,每次来货600件,一周一次,公司人员也多了,每次大概有5-6人搬货。再后来都是整车货,一车2200件,每周2-3车,那时队伍已有十几人,包括总经理、所有销售人员及内勤、财务在内,每次都是全体装卸货物。

"算一算自已有8年的搬货历史,也通过这一过程见证了乡都业绩的年年攀升,而我最大的收获是真正懂得了只有艰苦付出才能获得成果。

"2011年之后,装卸货开始租用搬运工,对后来没有经历过这一段的员工,我想说'且行且珍惜',现在的所有市场销售基础都是过去用汗水换来的,我们要继续努力取得更好成绩才对得起过去曾经的汗水。"

听了马晓荣的讲述,我们不由得心生感慨:世上竟有这样的员工!工作劳累不说,工资有时还不能按时发下,他们竟然不离不弃,忠诚相随10年之久!他们究竟是傻还是可爱?

作家魏巍写过一篇著名散文——《谁是最可爱的人》,在战争年代,最可爱的人是舍生忘死、杀敌报国的勇士,在和平年代,最可爱的人是不辞劳苦、乐于奉献的劳动者。

但是，世上没有无缘无故的爱，也没有无缘无故的可爱，一切都有前提。前提改变了，最可爱的人也会变得不再可爱。

乡都为什么拥有这么多可爱的员工？答案是：员工们有可爱的老板和可爱的各位领导。

"一定想办法解决'乡都家人'的问题"

乡都老员工马玉霞说："我家女儿2013年小学毕业，到了升初中的阶段。根据学区的划分，女儿应该就读巴州第一中学，但我看到别的家长都在找关系，为自己的孩子安排更好的学校，我也不能安心等待。

"眼看离开学没有多少时间了，我托找的关系还没有音讯，急得我像热锅上的蚂蚁，却无可奈何。又过了些日子，学校开始报名了，我也绝望了，心想就这么着吧，这是孩子的命！

"这时，我忽然接到邹晓丽的电话，询问我孩子上学的问题，还说：'别太着急，我们再想想办法，我会和我哥（邹积赟）联系，别灰心！'她的话又让我心里升起了希望。

"两天后，我的电话响起，看到电话上的显示是'邹总'，我心里一阵紧张，预感到它一定跟我女儿入学的情况有关。'记个电话，去找他，他是××单位的。'邹总说，'董事长非常关心你家小姑娘，在外地学习的她专门打电话，让我们一定想办法解决乡都家人的问题，要当自己家的事办。事情已经安排好了，放心去办吧！'听到这个消息，多日来压在我心上的一块石头突然消失，整个人都轻松了，心里也踏实了，那份感激啊，非语言可以形容。

"现在，我的孩子已经在理想的学校就读。通过这件事，我更加理解我们平时常说的'乡都家人'的含意，什么是家人？就是家里的任何人、任何事都是自己的事，都要用心去办、去解决、去帮助。乡都真正是一个能让我们安心的家。"

小惊喜让团队更有凝聚力

老员工朱照军说："2008年3月9日12点，我家的儿子出生，一个8斤重的胖小子，很是喜人，家里人都乐不可支。午后接到公司的电话，询问我爱人分娩的情况。放下电话不一会儿，公司的领导们都来了，来看望我爱人和孩子。我心里有一种被重视的感觉，在家人面前也觉得有面子。

“领导们走后，家人对我说：‘你们公司不错，你可要好好干呀！’为了回报公司这份情意，我工作至今，从来不敢有半点松懈，跟公司的领导同事相处，也非常融洽，像家人一样。

“2013年7月15日，一大早，打卡上班，在楼道接到一个电话，同事宋沛说：‘朱哥，李经理找你。’我推开办公室的门，只见李宏刚双手端着一个大大的生日蛋糕，大家一起拍着手，唱起了《生日歌》。我有点莫名其妙，心想这是为谁过生日？无暇细问，我也随大家一起拍起手，大声唱《生日歌》。唱完后，看大伙都冲我笑，我才恍然大悟，原来是给我过生日呀！刹那间，心里似有暖流淌过，好温暖好温暖。我想，这就是董事长常说的家人呀！”

感动常在

乡都“老臣”宋殿新说：“董事长好厉害，把没有人样的人都弄成人样了！”

什么意思呢？原来，乡都葡萄基地的萄农和酒厂的基层员工都出身农村，文化素质普遍不高，加上平时干的是粗活累活，讲究不了那么多，几天不洗澡是常事，身上的衣服是“脏乱差”，每次开会，一排排往台下一坐，嗬！真够瞧的！

再者，他们平日闲散惯了，没有纪律意识，办事常常是我行我素，进了公司，还没有脱离农民的特性。但董事长从不嫌弃他们，总是耐心地（有时也会像家长训小孩一样怒形于色）指点、引导他们，帮助一点点往好里学。许多年过去了，现在，他们真正蜕变成了公司的职员，办事中规中矩，每次开会，像过年一样，新衣服穿上，注意形象。

看乡都的现在，很难想象她的过去。枝繁叶茂的葡萄园，原本是寸草不生的戈壁滩；举止文明的员工，原来是邋遢随便的农民。变化不是随便发生的，倾注了李瑞琴多少心血啊！

乡都是李瑞琴的一幅作品，在这幅呕心之作中，体现了她对工作、对生活、对自己、对他人认真的态度。员工们也自然而然地被她的作品、被她的人格魅力所感动、所吸引。

同样，员工们也感动着李瑞琴。她说：“没有员工们的共同努力，决没有乡都的今天！”

邹积赟也说：“感动常在！同事们感动着我。公司需要，就是他们冲锋陷阵的冲锋号。他们都特别努力，我觉得特别愧对他们。”怎样表达对员工的感激之情？他跟董事长的想法一样，加倍努力，为大家创造一个美好的明天！

珍视过往的缘分

采访有一个小经验：听听正反两方面的意见。我们采访的对象主要是乡都的职员，他们认同乡都才会留下来，否则也许早就离开了。为了听听反面意见，我们费了一番工夫，找到了一些乡都的离职员工。这可真不容易！外地员工去向难寻，我们找的都是焉耆本地人。问他们为何离职，有的说，工作太累，受不了！有的说，当时公司正处于艰难的发展期，经常不能按时发下工资。对李瑞琴个人的评价，有的认为她是一个“好人”，待人接物，叫人无话可说；有的觉得她很“另类”，让人看不懂、想不通、吃不透。

这样的答案对我们来说毫无新意，倒是离职员工老李随口说出的一句话，引起了我们的兴趣：“上次去参加乡都的聚会，感觉乡都的变化真大。”

老李已离职多年，乡都的员工聚会，关他什么事？一打听，原来，在李瑞琴这里，离职不等于恩断义绝，员工聚会时，只要联系得上的本地离职员工，都会邀请参加。

为什么要邀请离职员工？当我们提出这个问题时，她用奇怪的目光看着我们，似乎在说：为什么不呢？然后淡淡地说：在一起共过事，也是一种缘分，人离开了，缘分未断啊！

结语：传统文化滋养的独特魅力

孔子说：“礼失求诸野。”传统文化，只能从农民身上找，从知识分子那儿一定找不到。李瑞琴自称“农民”，当我们近距离接触了传统韵味十足的乡都文化，对这个“农民”的定义是：一个尊重传统并懂得开发传统文化价值的人。正是传统文化的滋养，使她具备了有别于其他企业家的独特魅力。

用爱撑起一片蓝天

2013年4月的一天，乌鲁木齐公司司机兼送货员曾庆春在下班途中突发脑溢血，经抢救脱离了生命危险，却落下左半身瘫痪的后遗症，生活不能自理，家里的顶梁柱倒下了，高昂的医药费使家境本不宽裕的三口之家陷入困境。

营销公司总经理张永丽将这一情况告诉了李瑞琴。李瑞琴当即表态："不管是谁，都是我们乡都的一分子，我们是一家人，有什么困难我们要一起解决。"由她带头，总部及其他子公司的干部职工都自发捐款，前后共募得爱心捐款37000余元，给这个家庭带去了力量和温暖。新疆网记者就此事写了一篇报道，标题是——《用爱撑起一片蓝天》。

"我从小受家人影响，人和人之间是互相感动的，不管聋子也好，瞎子也好，都要带上家人。"谈到这件事时，李瑞琴对我们说。她认为，每个员工就是她的家人，家人之间本应急难相扶、互不相弃。

张国军："大病一场让我感受到乡都胜似亲人的大爱和温暖"

张国军是乡都酒厂的门卫，2011年9月的一天，突发心肌梗塞，命悬一线。送到县人民医院，15名医护人员抢救了6天5夜，动了5次大手术，仍未脱离生命危险。终于，筋疲力尽的医生说：不行了！

但张国军的家人坚持继续抢救，酒厂领导也坚持继续抢救。从张国军入院起，厂领导就派员工张晖驻守医院，协助处理各种事情，随时了解救治情况。

张国军的运气真不错，刚好河北对口支援的专家余主任从州医院回来，路过手术室，进来看了一眼，咦了一声："这不是乡都门卫那个小伙子吗？"

原来，乡都广结善缘，余主任曾应邀来乡都酒堡参观，当时是周末，张国军参与了接待活动，给余主任留下了好印象，难怪余主任一眼认出了他。

因这缘分，余主任主动参与抢救。手术进行了7个半小时，昏迷了7天的张国军终于苏醒过来。

张国军的家人来不及欣喜，马上面临一道难题：医药费花了7万多元，后续治疗还要花不少钱，虽然公司为张国军办了医保卡，可以报销大部分，该自己承担的部分对这个不富裕的家庭来说也是个沉重负担啊！

关键时刻，李瑞琴说："张国军是我们乡都的员工，我们乡都不管谁来管？社会上素不相识的朋友遇到困难我们都会伸出援手，何况是我们自己的员工呢！"她当即自掏5000元作为捐款，一场捐助行动迅速展开……大家的慷慨解囊，助这个家庭渡过了难关。

康复后的张国军谈到自己的死里逃生，感慨道："大病一场让我感受到乡都胜似亲人的大爱和温暖，在这个温暖的大家庭里我感到无比幸福。我的生命来之不易，我要对得起大家，对得起企业，我要全力以赴做好工作来报答对我有恩的企业和亲人们。"

让爱无限延伸

人在世上行走，谁都有犯难的时候，都需要别人的帮助。但帮助不是施钱舍物那么简单，有时精神的援助更能度人苦厄。

在乡都采访时，我们经常听到一个词：乡都家人。

刚开始我们以为这是一个形容词，经过接触了解后，才意识到原来这是一个名词，它像我们通常所说的"家人"、"亲戚"、"朋友"一样，都有着特殊含义。

什么是"家人"？撇开血缘的纽带不论，家人是在物质上、精神上、人际关系上广泛对接的人，而乡都人正是如此，彼此的关爱甚至延伸到了企业之外，延伸到了彼此的亲人。

乡都员工李宏刚说："2012年，我父亲不幸遭遇车祸，接到电话我迅速赶往医院，面对躺在病床上满脸是血的父亲，我脑子里一片空白，好半天才回过神来。我想，最好暂时将这个不幸的消息瞒下来，不能告诉母亲，也不要请假和告诉同事。不料，第三天，我的同事们突然出现在病床前。我茫然地问：'你们怎么来了？'同事说：'过来看看有什么需要我们做的。'我说：'没什么大问题，你们去上班吧，我自己可以的。'同事说：'别跟我们客气，你一个人不行的！有什么需要我们做的，尽管直说！'面对同事们贴心的问候、坦诚的表达，我感动得一塌糊涂，眼泪都快掉下来了。那一刻，我比任何时候更清楚彼此的关系：我们不只是同事，还是一家人。”

财务部女员工杨静也有类似的心得，她说：“2012年9月，我妈妈去做胃镜，医生说胃部有阴影，进一步检查，情况比想象的严重得多，需要全胃割除，当时我听了觉得整个世界都有坍塌的感觉。就在这时，同事李宏刚给我打来电话，问我情况，我控制不住自己的情绪，放声痛哭起来。他不断地安慰我，让我放宽心。手术结束后，我们部门的所有同事都来到医院看望我妈妈，还帮我分担了一部分工作。

“出差在外的董事长听到消息后，第一时间给我打来电话，我就像个孩子一样在电话这头哭泣，她像个妈妈一样耐心安慰我。董事长回库尔勒后，马上和她的女儿、儿媳一起来看望我的妈妈，还带来了很多的补品，直到现在，董事长每年还会给我妈妈送来很多的补品和问候。我只是一个普通员工，在我精神最脆弱的时候，大家的关怀给了我温暖和希望。我也因此学会了感恩，学会了团结，学会了付出，我也会用一颗真心对待所有的人。”

结语：慈善从自己的身边人开始

做慈善绝不是捐助金钱那么简单，佛家归纳出三种行善方式：财施、法施、无畏施。即资助财物、指点迷津、解决难题。有时候人们最缺的不是钱，最缺的是努力的方向和方法，最缺的是自信和心灵的慰藉，财施的帮助在于一时，帮助一个人改善心灵和行为方式，作用力影响一生。

对企业管理者来说，员工是除亲人之外的第一慈善对象。关注员工的喜怒哀乐，随时给予支持和帮助，能做到这一点，不是亲人也胜似亲人了！

乡都的“宝贝计划”

“你要让一个员工对企业有忠诚度，对你产生依赖感，可能不光看一个月给的工资多少，要看综合性的，例如对个人的提升和这个平台对他的意义，”李瑞琴说，“如果他觉得生活事业是在往前走，他就会产生一个想法：我非要加入这个企业。”

员工要过日子，必然考虑薪酬待遇，乡都有过“落魄”的时候，连续数月开不出工资。但亏欠员工不是李瑞琴的风格，她更乐意与员工分享企业的成果。当乡都好不容易“喘过气来”，拖欠工资的现象就没有了，员工的薪酬水涨船高，“五险一金”等福利待遇都齐全了。

不过，李瑞琴阅尽世事，知道物质激励的局限性和时效性，钱能解决很多问题却不能解决所有问题，钱能激励员工一时却不能让员工永葆激情，最好的激励是融物质与精神于一体，对员工进行全方位激励。

李瑞琴根据自己的经验，推出了一系列“家人式”的员工福利计划，公司设立了多个基金，一个“健康基金”，免费为员工做健康检查；一个“快乐基金”，从违纪员工的罚款中提取一部分，用于集体活动的开销，交过罚款的员工可以在活动中找平衡，其他员工也能从活动中找快乐。最有特色的是“宝贝基金”，将福利延伸到了乡都人的下一代。

深谋远虑的一步棋

据财务主管陈冬梅介绍，乡都“宝贝计划”的诞生跟她有很大关系。她说：“2007年3月，我家女儿2岁8个月，该上幼儿园了，于是，送到了条件简陋的库尔勒市第三幼儿园，这里的费用比较便宜。”

“但是，我的孩子比较娇气，每天一到学校就哭个不停，甚至周末放假的时候，我偶尔带她路过幼儿园，她也会哭个不停，生怕送她去幼儿园。作为家长，我看在眼里、疼在心里，却不知如何是好。董事长看到我焦急的样子，说：‘乡都这么多年轻员工，孩子都要入托入园上学，不能因为费用问题耽误了孩子们的成长，听说库尔勒有个民营的‘红黄蓝幼儿园’，条件不错，让孩子们去那里吧！’我们以为董事长就那么一说，没想到董事长马上行动起来，亲自去‘红黄蓝幼儿园’考察，发现那里的环境设施非常好，一个班只有15–20个孩子，却配有4位老师，都很专业，孩子送到那里，必能得到很好的培养和照顾。

“一个周五的下午，下班后董事长给我打了一个电话，通知我周一送我家女儿去‘红黄蓝’办入园手续，学费公司承担一半，个人承担一半。双休日一过，周一上午，董事长又让我们起草了一个文件——《关于实行乡都宝贝计划的通知》，内容是：凡是在公司工作三年以上的员工，孩子自幼儿园到大学的费用均享受公司60%的福利。

“家长每日忙碌，一半是为了孩子；家长的烦恼压力，也有很大一部分来自对孩子未来的担忧。自从‘宝贝计划’出台后，我们乡都员工在孩子入学的问题上再无后顾之忧。当时‘红黄篮幼儿园’每月的学费是1000元，属于‘贵族学校’，大家都为孩子能上‘红黄蓝幼儿园’而骄傲。孩子念小学、中学，公司也协助找当地最好的学校，这让公司以外的人非常羡慕，也让我们身为乡都的员工感到非常骄傲，更坚定了我们跟企业同甘共苦的决心。”

乡都的“宝贝计划”不仅是员工的一项福利，也是培养未来人才的一个远景规划，李瑞琴的梦想是用几代人的努力打下百年基业，创造一个顶级品牌，那就需要一代代热爱这项事业的人才不断参与进来。怎样找到人才？最靠谱的方法是培养下一代对乡都的热爱。

我们很难预测李瑞琴的战略构想能否实现，但不得不承认，这的确是很有魄力、很有远见的一步棋。

乡都迎来第一个“宝贝”

2011年，“乡都宝贝”尚晓亮大学毕业后，回到家乡，成为乡都酒业的一名员工。

作为乡都的新生代，他被寄予厚望，同时受到“特殊照顾”，照顾的方式是给他一份最苦最累的工作：酒厂搬运工。

李瑞琴认为，一个吃不起苦的人不可能担当大任，她更相信孟子的训诫——“天将降大任于斯人也，必先劳其筋骨”。“饿其体肤”就免了，但“行拂乱其所为”，别一上来就保持优越感，睥睨着眼，看不惯这，看不惯那，好像自己天生就该做大事。先在艰苦的环境里磨练磨练，把心态放平，把气性调顺，才堪重用。

那些日子，尚晓亮被磨得火星直溅，真想甩手不干了。但最后，他终于被“打磨成型”，可以重用了！他说：

“当时工作忙，任务重，公司缺人手，诺大的车间只有三个男员工。所以公司领导对我说：‘最近几天，人手不够，这边可能会比较忙，你暂时在这里帮他们搬搬酒箱子，可以吗？’我想也就几天，爽快地答应了。就这样，刚刚迈出校门的我，踏上了漫长的搬运工之路。一个箱子8公斤，一天要搬3000个箱子，而且要码整齐。一天连续10个小时干下来，胳膊都抬不起来，手上的泡磨破了都结成了茧。有时候同事看我实在太累，还会主动过来帮我搬上几箱，让我休息几分钟喘口气。

“坚持了20天，我有点熬不住了。加上身边的同事跟我开玩笑地说：‘你看，你上个大学有什么用，还不是和我们初中生干一样的活。’我越想越觉得委屈，我一个大学生随便找个工作都不至于累成这样啊！可我转念一想，公司这段时间是特殊时期，以后也不会每天都这样，再坚持一下就会好的，再说了，我是‘乡都宝贝’啊，我的学费都是乡都提供的，没有乡都，就没有我的大学生活，人要懂得知恩图报。

“就这样，我在矛盾中坚持，在坚持中矛盾，度过了一个又一个20天。每次我想一走了之，却总有理由说服自己留下来。

“吃得苦中苦，成就了今天的我——乡都的一名业务骨干，还担任了工会主席。”

李瑞琴对待“乡都宝贝”的态度像对待自己的儿女一样：相信孩子潜力无限，逼着孩子接受身与心的“魔鬼训练”。这当然不是寻常女人教子育人的方式，一般的妈妈只要孩子“过得幸福”就心满意足，李瑞琴的要求不同：幸福就是有出息，没出息我岂不白养了你！所以她会逼着孩子上进，不容许有半分懈怠；对“乡都宝贝”们，她也同样寄予着期望。

结语：仰望星空，脚踏实地

“不谋万世者，不足以谋一时。”李瑞琴身居偏远的西域，目光却投向几代人的将来，正如李嘉诚所言：领导人最重要的是要有远见。

英国人家凯瑟林·罗甘讲得更精彩：“远见告诉我们可能会得到什么东西，远见召唤我们去行动。心中有了一幅宏图，我们就从一个成就走向另一个成就，把身边的物质条件作为跳板，跳向更高、更好、更令人快慰的境界，这样，我们就拥有了无可衡量的永恒价值。”

对企业家来说，仰望星空又脚踏实地，或许是追求企业永续发展的理念。

漫画/杨琪

第七章 李式管理风格之

把人才逼出来

李瑞琴创业之初就在乡都的员工手册致辞中郑重宣布：员工是公司最宝贵的资源；乡都肩负两大责任，创造利润和培养人才。李瑞琴训练人才的方式是高标准、严要求。每一个被她“魔鬼训练”的员工起初都不适应，但最后却发现：只有经历极限的考验，才能引爆潜能，实现自我超越。

一人多用：大内总管和八不管部长

现代劳动分工越来越精细，据说，美国的清洁工分为九级，最低一级只需负责擦楼梯的扶手，傻子都会干。

但也有反其道而行之、使分工模糊化的企业家。例如日本来岛集团创始人、被誉为“重建大王”的坪内寿夫，曾经化腐朽为神奇，拯救了180家濒临破产的大企业。他重建的秘诀是“以最少的人员换取最大的经济效益”，在用人上推崇“少数精锐主义”，对员工的基本要求是“一才三用”，因为人的潜力巨大，任何人经过训练都可以同时胜任三种以上的工作。

“一才多用”对员工的脑力、体力都提出了严峻挑战，因此员工们背地里送了坪内寿夫一个绰号：笑脸的暴君。叫人不得不服气的是，坪内寿夫以身作则，身兼多职，达到了“一人六用”甚至“一人九用”的水准。

在乡都，李瑞琴可能也是员工心目中“笑脸的暴君”，对人好的时候真好，要求高的时候真高，因为她一直致力于建立一个精干、团结、高效的管理团队，“一人多用”是乡都的基本特色。其中也有不得不提的因素：乡都创业前期，人才难得，该招的人一时招不到，该做的事一点不能拉下，怎么办？只好每个人多分担一点，后来随着乡都的逐步壮大，对人才的吸引力强了，乡都的用人政策有所变化，但乡都最终将走向分工精细化还是继续“一人多用”，尚不得而知，我们看到的只是乡都的现在和过去。

“八不管部长”陈欣：给你平台，看你能翻多少个斤斗

“乡都才女”陈欣原先在一家国营棉纺厂办公室工作，2007年，经人介绍来乡都应聘，接待她的是李晓云，双方谈了半小时，约定第二天跟董事长面谈。

第二天，陈欣带上精心准备的简历，来到董事长的办公室。刚见面，董事长就问：“你什么时候能来上班啊？”

陈欣一愣，说：“随时都可以，明天上班都行。”

董事长说：“你明天就来吧！”

陈欣心里直犯嘀咕：这就算录取我了吗？简历还没看呢！

应聘过程轻描淡写，不表明李瑞琴不重视这个人才，相反，她听了李晓云的介绍，很看好陈欣，一来就压上品牌部副部长的重担，接着，一项项重要工作压在陈欣肩头。奇怪的是，陈欣不觉得委屈，反倒感激董事长的栽培，她感慨地说："董事长这个人啊，对人才是真爱、真珍惜，你是孙悟空，她给你平台，让你把本事全使出来，看你能翻多少个斤斗。"

几年过去，陈欣腾云驾雾，一个个斤斗翻下来，成了全乡都无人不晓的"八不管部长"。

"八不管部长"是什么意思？陈欣解释说："一天，公司来了客户，董事长邀请我与几位同事前往陪同，席间，介绍到我时，董事长一口气说了我的N个能干之后说：这位是我们除了财务、销售、采购不管的'八不管部'的部长。当时听了有点飘，又感觉责任重大，我知道这番话的背后是一份沉甸甸的信任，也有一份期望。

"进公司以来，已经为我个人设了三个岗位，一开始是品牌推广部副部长，公共事务部部长，这会儿是工会主席、综合部部长兼董事长秘书，工作涉及行政、人力资源、企业文化和品牌文化建设、广告宣传、项目策划、商标设计、旅游、党务、工会、妇联等工作。

"随着公司发展壮大，员工队伍也不断壮大，很多工作从我的工作中分解出去，我便有了更多精力把工作做细做实。"

陈欣还说，她在国营企业时，做过团的工作、办公室工作，任务不多每天还觉得忙，进了乡都才明白什么叫忙，以前做梦都不敢想象自己有这么大的能量，现在她真正认清了自己，信心十足。

"兼职司机"赵锋：要给他更多空间

十几年来，乡都一直在发展壮大中，不断产生新工作、新任务，而公司人手紧，不可能采用一人一岗的"竖井"模式，相反，"打破竖井"的管理文化一直畅行于公司。一般的情况是：给每个职员设一个岗，但这个岗位的外延非常大，会被不断赋予新的职责。

乡都人人都是"多面手"，一人顶几个人用。例如窦乐乐，人送外号"大内总管"，凡是董事长管不到的事，都要他去做；邹积赟外号"邹大拿"，里里外外的事他都“门儿清”；李晓云，外号“空中飞人”，人们对她的评价是“瘦弱的身体，强大的内心”，公司的几个主要销售市场，新疆、北京、上海，都是她领头打下来的，现在身兼营销总监和上海公司总经理两项要职，经常在总部、分部两头跑，里里外外的事都要她操一份心。

在采访中，我们发现了一个典型人物：兼职司机赵锋。从他身上我们可以看到乡都是怎样将人才变成“多面手”。

赵锋今年30岁，军人出身，复员后出国留学，学了俄语和电脑编程，踱完金回来就是个“海归”了，还娶回了一个洋媳妇。让人意外的是，他来乡都应聘的竟是司机岗，“海归”司机可不多见啊！

一次同事的电脑坏了，赵锋帮忙鼓捣一下，弄好了。董事长见了，私下交待秘书说：“赵锋这个小伙子特有眼色，干啥都有始有终，要给他更多空间。”

很快，赵锋被安排了一份兼职工作：网络维护。

平时赵锋主要给邹总开车，网络维护的工作顺带就做了。

平时邹总接待客户时也让赵锋陪同，一次邹总忙不过来，让赵锋单独接待，没想到他做得很好。从此邹总对他另眼相看，经常派给他做接待，并授予一个新职务：品牌部推广专员。

现在，赵锋主要从事网络维护和品牌推广，司机反倒成兼职了！

乡都的用人方法非常罕见，究竟是“特色”还是“不专业”？目前还难下定论，只能看结果。斯大林说：胜利者是不受指责的。假设李瑞琴将来大功告成，那么她的用人法很可能作为一个成功案例走进大学的管理课堂。

结语：员工成就企业，企业成就员工

无论中外，一家企业发展壮大后，很容易陷入官僚主义的藩篱，此时，精细化的劳动分工无助于提升效率，反倒会带来机构臃肿、人浮于事和办事繁文缛节、重形式轻实绩的弊病。

怎样防止官僚主义？精简机构，使人员配置永远少于事务需要，是一个有效方法。人没有吃不了的苦，只有享不了的福，太轻松了，身体和精神都会生锈；相反，在压力之下，苦点累点反倒活力四射。员工有活力，企业自然有活力。

企业奉行“少数精锐主义”，对员工提出更高要求，赋予挑战性目标，提供展现平台，可以更好地激活员工的潜能，还可能形成最理想的局面：员工成就企业，企业成就员工。

直线风格：做得好就夸，做不好就“骂”

乡都的管理人员，没挨过李瑞琴骂的人可能没有。她像一个有几分霸道的家长，对员工像对家人一样，做得好就夸、做不好就骂。

管理的一般原则是：多表扬少批评，对员工多用正面激励，少用负面激励。不过，管理无定则，关键在于效果而不是形式。我们发现，在李瑞琴的严格要求下，许多员工被“骂”出来了，发生了丑小鸭变白天鹅式的蜕变。

眼泪让她成长：管事越多的人，挨骂越多

在乡都，挨骂最多的人不是最无能、最没出息的人，相反，越能干越挨骂，成长也越快。假设董事长懒得骂你了，你反倒要当心，说明你一点培养价值都没有了。

“八不管部长”陈欣身任要职，管事多，业绩好，入职7年，没少挨骂，没少掉眼泪。对此，邹总戏称：“眼泪让她成长。”

陈欣说：“一次董事长这么说我：‘她是被我骂得最多的人了，‘猫尿’流得最多了，管事管得越多的人，挨骂越多。’她是发自肺腑说的。董事长对我发火，其实她心里也不好受。越重视的人，越纠结，越难受。那几年，挨骂的机会、哭的机会非常多。

“印象最深的一次，三八妇女节100周年，公司邀请巴州的女领导、知名女企业家，总共上百人，在乡都酒堡举办活动。我是主要对接人，从整个筹备到落实，会后安排聚餐，事务非常烦琐，忙得我晕头转向。

“为了标示嘉宾们的身份，我买了两套台卡，楼上会议室一套，楼下餐厅一套。其实这是画蛇添足，楼上摆一套就够了，楼下餐厅让客人随意就坐，气氛更轻松活跃，摆上彩卡，反倒生分了。董事长看后，很不满意，揪到我就狂骂了一顿。当时，我并没意识到错在哪里，眼泪哗地流了下来。董事长一点不

心软，说：‘把你的猫尿抹掉，把鼻涕洗掉。这事要罚款，100元！’没想到真罚了，财务真给我记上了。我委屈得呀！心想我累成这样，没功劳也有苦劳吧！谁知董事长只认功劳，不认苦劳。那天晚上，大家在一起吃饭，董事长对我说：好好总结这件事！她一说，我眼泪又哗地下来了。回去告诉老公，老公说：‘乡都给你多少钱，命都卖给乡都了！’

“可委屈归委屈，心里还是明白，真做错了。这两年我犯错少了，挨骂少了，再没哭过了，也想明白了，她就是这个风格，你怎么办？再说她批评你，说明她心里有你；你犯了错她都不闻不问，你就好受了？现在回头想想，经过她的历练，我好像懂了好多。”

董事长的领导风格：眼里没有“小错”

乡都办公室主任谢继强，原来是巴州技工学校的老师，兼学校行政办主任，从斯文的地方来的一个斯文人，平时说句重话都慎之又慎，更别说骂人了。在学校那叫“讲文明”，没想到来到企业就成了“心理素质不行”，刚来就吃了一记“杀威棒”。

谢继强说：“2013年春节前夕，那时我刚入职才不到一个月，一天下午，我有事出门，县妇联发来一个传真，通知董事长明天上午去开会。传真是文员小陈接的，因传真机故障，接到一半卡住了，关键内容看不到。联系对方发来电子邮件，又打不开。刚好小陈有事要出去一下，将这事暂时放下，后来就忘了。我回办公室后听说有份传真没收上，也没太在意。

“第二天刚上班，董事长的电话就打过来了，‘你们办公室是干什么的？一个下午连一个传真都接收不上！’那愤怒的吼声震痛了我的耳膜，办公室每个人都听得清清楚楚。董事长说完，‘啪’地挂断了电话。原来，上级部门将电话直接打给董事长，通知她去开会，还说别人都到齐了，就等她一个。董事长一向守时，现在出了这档子事，难怪会发火。

“我刚来不了解董事长的风格，听了电话，当时懵在了那里，好半天才缓过神来，委屈、自责、愤懑等情绪交织在一起，几乎喊了出来：‘完全是我们的错吗？一点小事就训人，太不尊重人了！我有退休金，来乡都是为了充实自己，不是找气受，大不了不干了！’

“春节期间，我每天都在郁闷中度过。节后一上班，我就打了辞职报告，主管行政的副总经理江英找我深谈了几次，苦口婆心地说：‘董事长这个人刀子嘴豆腐心，你不能因为这么一件事就离开，否则太草率了，她创下这个企业容易吗，你了解她吗？’对董事长的传奇经历，我耳闻不少，心里还真有点割舍不下，最后总算暂时打消了离职的念头。

“不料，过了两天，公司开高管会，董事长当众点名说：‘谢主任你那行政部连个电话都接不上，我看这个部门要不要两可，不要也行！’我觉得无地自容，真想找个地缝钻进去算了。会后大家一起聚餐，我推说胃疼，不去了。这回我下定决心：辞职！

“下午5点多，江总来看我，问我的胃疼好点没有。我说胃不是问题，心里难受，企业跟学校两个天地，我确实不适合，不干对双方都好。江总说：‘你的承受能力太差了，几句重话都受不了，我看你这几十年是过得太顺了！’我一想，是啊，太顺了！学校风平浪静，太安逸了，从另一个角度说，孤陋寡闻，没见过世面。那么好吧！我留下来，挑战一下。

“心里的疙瘩一解开，我马上意识到，一下午收不到一个开会通知，错得很离谱。传真、邮件收不上，打个电话问清细节不难吧？开车去上级部门取来原件也费不了多少时间吧？我们行政部经常向员工宣导‘执行无借口’，自己的借口却很多，如果不立即改进，正像董事长说的，这样的行政部‘要也行，不要也行’。

“我的怨尤情绪顿消。从此，面对繁杂、琐碎、随机性强的行政工作，办公室人员从细节入手，有条不紊地做好各项工作，差错率少多了！”

柔软的另一面

李瑞琴管理员工，不是一味刚性，也有柔软的一面。好比教育孩子，对皮糙肉厚挨得起骂的孩子就多骂几句，对娇气点的孩子就少骂多哄。

财务部老员工汪燕说：“2004年，我进乡都时公司刚成立两年，还没有设行政部，大小事务都是董事长、总经理和财务部的三个人承担，经常是白天晚上忙得团团转。财务部事务非常多，财务科长又休了产假，我业务不太熟，常挨董事长的训，我就去找总经理李晓云，说财务科长一上班我就辞职不干了。

“李总问我为什么辞职，我说：‘董事长老训我，我受不了！’李总和我谈了很长时间，鼓励我好好学习业务，耐心细致工作，不要计较领导的脸色。其实从内心讲我也挺舍不得离开乡都的，但我觉得老挨训又没面子又窝心，还是想走。

“董事长知道了我要辞职的事，找到我，诚恳地说：‘汪燕，听说你因为我老骂你要辞职，我脾气不好，我给你道歉！’我当时非常感动，一个掌管这么大公司的领导亲自给我道歉，难道我就十全十美没有错吗。我就告诉董事长：‘我不走了，我不会离开乡都的。’”

结果，汪燕一直兢兢业业干到现在。

但是，不是每个员工都挨得起骂，被李瑞琴骂走的员工也不在少数，所以李瑞琴也在反思自己，调整管理风格。“我现在不太骂了，这两年好多了。”她说。当员工犯错时，有时她也能心平气和地对待。

年轻员工高云说：“2011年4月，乡都将在北京饭店金色大厅举办‘国投信托葡萄酒基金’成立发布会，发布会上将拍卖一支乡都‘阿耆尼’葡萄酒，届时会邀请许多业界知名人士和各级领导参加。公司上下都很重视此次活动。发布会临近的日子里，公司高层领导如数来到北京公司检查活动筹备情况。当时我还是一个刚入职没多久的小行政，不知重要工作事项必须由主管领导审定，自作主张设计打印了活动邀请函，而且没有预留机动邀请函夹页。

“董事长、副董事长、总经理、董事会秘书都围在我跟前，认真审查邀请函，脸上露出不满意的神情。我紧张兮兮地想：‘完了！肯定要被骂。第一次见董事长就留下不好的印象，真糟糕！’没想到，董事长轻描淡写地说：‘虽然是个邀请函，也代表着我们公司的形象，我觉得这个款式不太理想，夹页的纸张也不太好，重新设计一款吧！’这样一来，没有主管审批签字、没有预留机动邀请函夹页等失误全抹平了，无关紧要了。

“那次失误给了我一个教训：做工作不仅要有热情，还要时时处处考虑细节，不能马虎大意。假设那次董事长骂了我一顿，以我当时脆弱的神经，可能不会在公司待下去了。但董事长给了我这个新人一个台阶，也给我树立了信心，这成了我服务乡都的动力。”

从这件事看，“骂”的管理方式，不是必须，仅仅是一种个人风格，用宽容大度、不揪小过的方式对待员工的失误，同样能收到防微杜渐的效果。

结语:"爱兵如子"是前提

管理的前提是爱。风格上宽一点、严一点都不要紧,有爱就是合理化管理。

《亮剑》里的李云龙,张嘴就骂、不留情面,因为他爱兵如子,结果带出了一支"嗷嗷叫的部队";毕业于西点军校的巴顿,以脾气粗暴出名,脏话不离嘴,因为他爱兵如子,结果带出了一支所向披靡的部队。

松下幸之助有一条经验:小错必揪,大错不问。为什么?员工犯了大错,心里自责不已,那就不必再施加责备了;犯了小错,最负责任的员工都可能掉以轻心。员工不当回事,假设管理者不闻不问,员工还可能重复犯错而忽略"千里之堤,溃于蚁穴"的风险,所以必须严加责备,反复申诫,以加深其印象。

"人才升级三部曲":一逼二拉三放手

乡都地处偏僻,初创时实力一般,一般招不到90分以上的尖子人才,只能招到七八十分的普通人才;而乡都立志做高端品牌,要求将工作做到90分以上。让七八十分的人才做90分的事,有可能吗?

有可能!李瑞琴深信,人的潜能无限,逼一逼永远有上升空间。她自己过去只是一个农家女子,哪学过管理、营销、计划、决策?逼到份上了,该会的全会了!那么,员工逼一逼,七八十分的人才也可以升级到90分人才。方法是:高标准严要求,逼着员工引爆潜能。在她的"逼迫"下,一批批企业精英成长起来,挑起了大梁。

下面我们不妨通过一个典型人物——"乡都首席员工"王建国的成长经历,看看李瑞琴的"人才升级三部曲"。

一逼——给员工赋予挑战性的任务

王建国是七个星镇本地人,2002年中专毕业回到家乡,应聘到乡都酒厂当员工。他以前没见过李瑞琴,进厂后才知道面试官竟是董事长本人。他只是一个普通工人,没想到竟蒙董事长接见,这让他有一种被重视的感觉。在许多公司，基层员工难得见上董事长一面，而李瑞琴随时可能出现在现场，还会跟工人们一起忙活，这又让王建国觉得很特别。

当时乡都酒堡刚完成一期车间的主体工程建设，连门窗都没有安装，四处透风，地面也没有硬化，全是踩一脚能沾半裤腿的虚土。见此情景，王建国心里发凉，感觉第一份工作跟当初的设想有很大的差距。但是，令人惊叹的“乡都速度”打消了他的疑虑——仅仅半个月，一期车间便完成了门窗的安装及内部装修，葡萄酒灌装线也同时运抵，这是一套全不锈钢的意大利进口设备，一看就是世界顶级。王建国意识到，在乡都干，有奔头！

灌装设备到厂后，由法国技术专家指导调试安装。王建国在中专学的是机械加工专业，领导派他跟专家现场学习操作。实际上他对这套设备一无所知，不过，既然领导认为他行，他只好硬着头皮上。

法国专家指导两天就要返程，加之双方语言不通，两天能学到多少？如果学不会的话，等专家走了，就得抓瞎。压力之下，王建国只好“拼了”，他带着笔记本，不停的写呀、画呀，通过翻译，将专家讲的每个要点都记在本子上，再自己慢慢琢磨，不懂又继续请教。那几天由于太过投入，晚上做梦都在调试设备呢！

法国技术专家走后，王建国边干边摸索，终于吃透了这套设备，熟练掌握了操作与维护技术。于是，领导提拔他当了灌装班班长。两个月后，由于他表现突出，又提拔为总班长。

王建国从未学过管理，也没有相关经验，但领导认为他行，他也只好上。他的方法是苦活累活带头干，将自己掌握的技术无私地传授给工友们，带领大家整体提高。结果，他的班组生产成绩突出，受到公司领导的表彰。

王建国并不满足，又对酿酒技术产生了兴趣。他买来不少酿酒方面的专业书籍，利用业余时间自学，遇到技术难题就请教专家。凭着执着的精神和几年的持续努力，他逐渐掌握了法国酿酒技术，即使酿酒师不在车间，他也能独自解决现场发生的一些问题，对品酒他也很在行，工人们都亲切地称他为酒厂培养的“土专家”。

领导认为，王建国具备承担更大责任的能力，提拔他当了车间主任。王建国还是有些不自信，但他没有推辞，再次勇敢地接下了重担。

二拉——为可造之才修复“短板”

王建国有技术天赋，管理方面也不弱，却有一个“短板”：沟通能力不强。这个“短板”无疑会限制他职业生涯的发展。

为了帮王建国补上“短板”，领导可没少费心，他自己也很用心，终于将“短板”变成了强项。那他是怎么做到的呢？

王建国说：“我从小心理素质就差，上课也不敢回答问题，与陌生人说话就脸红，到公司后也不爱说话，参加学习从不主动与别人交流，会上也不主动发言。

“邹总发现了我的弱点，找我谈话说：‘身为管理人员，话都不敢说，怎么能行。’于是，每次参加学习，只要邹总在场，他都要求我第一个分享，刚开始我特别紧张，站起来脑子就一片空白，什么话都说不出来。领导就提示我、鼓励我；开会时，领导也会用眼神与我交流，引导我发言。

“为了应对各种场合的发言，我渐渐养成了好习惯，学习时认真记笔记，发言前先列提纲。刚开始发言还会紧张，将逻辑顺序弄乱，但表现一次比一次好。每次发完言，领导都会带头鼓掌。锻炼多了，慢慢学会了克服怯场的方法，表达也越来越流畅。

“随着公司业务的发展，我经常需要给参观人员讲解工艺流程，熟能生巧，嘴巴越练越灵巧了，讲话也越来越自信了。现在，我随时随地敢发言、敢分享，再也不紧张了！”

三放手：授予独当一面的权力

2010年1月，仪尔集团投资创建了又一个公司——“新疆海瑞盛生物工程股份有限公司”。谁去负责这个新厂呢？领导们的目光都投向了王建国。

总经理邹积赟找王建国谈话，问：“你是否有信心去建设、领导一个新厂？”

王建国不假思索地回答：“有信心！”

此刻，不仅领导认为他能行，他自己也认为“我能行”。

海瑞盛公司是以开发葡萄副产业为主的企业，对王建国来说是一个新的领域。万事开头难，刚上任就遇到一个棘手问题：设备故障率高，且维修难度大，还有一定危险性，操作工人不会修理，打电话请厂方的技术人员，常常是远水解不了近渴。

王建国暗下决心：一定要“啃”下这块“硬骨头”！他全身心投入，反复查阅资料，亲自演练操作，夜深了还在车间里忙碌着。凭着这股子钻劲，现在一般的技术故障都难不倒他。在工人们眼里，他既是厂长，又是操作工、维修工，哪里有困难，哪里就会出现他的身影，他忘我的工作精神时刻激励着身边每一个人。

王建国对自己的表现也比较满意，他说：“在海瑞盛，我似乎又看到了8年前的自己，与8年前不同的是，现在我只有成功的信念却没有退缩的疑虑。2013年，海瑞盛公司完成了建设，我也从一名普通农村男孩成长为一名经得住时间考验、领导考验和困难考验的合格管理者。”

结语：让平凡的员工做出不平凡的事

每个人都有向上的动力，同时又有向下的堕性。

在企业管理中，成功与否，关键要看启动了多少员工向上的动机，关键要看帮助多少员工克服了向下的堕性。为此管理者们施出浑身解数，想出各种办法，其中一逼一拉是比较有效的方法。当员工具备了自我教育、自我管理的能力，就可以放手任用了！

人人都是葡萄酒讲解员

在乌鲁木齐乡都绿城百合城市酒窖举办的一场小型葡萄酒品鉴会上，应邀而来的客人济济一堂。品鉴会开始之前，客人们三三两两地聚在一起闲谈。一位客人大声对同伴说：“酒，谁不会喝？还用得着培训？而且红酒我只喝进口葡萄酒……”

乡都的讲解员刚巧听见了客人的话，微微一笑，自信地走上讲台，侃侃而谈，从全球葡萄酒的产区、种植条件、酿造理念、葡萄品种讲到葡萄酒的香气、品质、储藏和最佳的饮用温度。那位客人听了，眼神里没有了刚才的自信。

讲解员继续讲解乡都如何将万亩戈壁变成有机葡萄种植基地、乡都葡萄酒的酿造和橡木桶的培养过程。讲毕，请客人们走进专业的品酒室，指导他们如何握杯、如何认识和正确品鉴葡萄酒……

品鉴会结束后，那位客人特意走上前，对讲解员说："你讲得太好了!，我喝了这么多年酒，今天才知道，我对葡萄酒知道得太少了!"随后，他又向乡都的业务人员询问价格等问题，还拿走了企业宣传资料。不久后，他成了乡都的客户。

乡都每年举办大大小小的、形式多样的品酒会，在宣传酒文化的同时塑造乡都的品牌形象。据说乡都全员普及葡萄酒知识，每一个乡都人都要求是讲解员，可以在任何场合随时演讲葡萄酒知识和乡都的企业文化。

在乡都采访时，我们留下了一个很深的印象：接待我们的乡都人，从领导到员工都能说会道，讷于言者很少。他们的口才是怎样练出来的呢?

卖酒怎能不懂酒?

营销人员直接面对客户，他们是"讲解促销"的主力，最能切身体会到掌握葡萄酒知识的重要，卖酒不懂酒，市场就会给他们教训。

乡都营销员李洪亮说："一次我和经销商霍丽一起去焉耆县跑市场，在车上霍姐对我说：'小李，你应该多学习葡萄酒知识，了解乡都的企业文化，走店聊天时要多给客户讲一下乡都产品的信息，比如什么是绿色有机食品，金贝纳和安东尼的区别是什么。'

"我不以为然地说：'霍姐，做销售的，了解那么多干什么?我觉得只要腿勤一点、手勤一点、嘴甜一点，再有点眼力就行了。'

"霍姐说：'小李，你以前卖过白酒，但卖红酒和卖白酒不一样，卖中高端红酒更不一样。'我心里不服，一直憋着，没跟霍姐争。

"来到焉耆县，前几家客户拜访很顺利，该补的货也补了。到了腾信商行，麻烦来了。客户赵姐拿了瓶金贝纳，问我：'你看这酒是咋回事，这么多沉淀。'我说：'姐，没事，我过几天给你换一瓶。'赵姐说：'这是朋友年前拿的酒没喝，前段时间拿出来一看，好几瓶有沉淀了。'我一听问题酒有几瓶，那我可做不了主，赶快把霍姐叫了过来。

“霍姐拿起瓶子看了一下，说：‘酒里有沉淀并不是质量问题，而是没有保存好，酒体受冻而产生的沉淀，既然我们的小伙子说给你换，就给你调换。’当时我听了恨不得找个老鼠洞钻进去，这么简单的红酒知识都不知道！从那以后，我认真学习葡萄酒知识，了解掌握乡都文化，遇到类似的问题再也难不倒我了！”

现在，乡都对营销人员有经常性的葡萄酒知识培训。例如，乌鲁木齐公司，每周二至周三员工内部轮流做培训，员工经过多次锻炼，真的“人人都是葡萄酒讲解员”了！

品鉴会上来“练兵”

乡都葡萄酒品鉴会的讲解员一般接受过专业培训，熟练掌握了葡萄酒知识、培训方法和控场能力。但也有一些“生驹子”，因临时需要，被推上去“现场练兵”，结果也有上佳表现，因为他们平时在这个重视宣讲的环境里耳濡目染，不知不觉长了功力。

北疆外阜部主管马晓荣说：“2012年11月29日，我们协助克拉玛依经销商在当地酒店举办了一场100人的品鉴活动，不巧讲解员临时有事去不了，我只好赶鸭子上架，自己上场。

“一路奔波赶到克拉玛依，来不及看培训材料就进了活动现场，当时真是紧张极了，生怕把事情搞砸。在公司微信圈的汇报中，公司同事及董事长都鼓励我：相信自己，不要怕！我让自己冷静下来，回顾以往品鉴会的情景，思考培训的要点、重点，总算有了一点底气。上场一直讲到下台，感觉像梦游一样，不知道自己说了些什么。品鉴活动结束后，同事们的评价都不错。原以为自己做不了现场培训，此时才发现，原来我也可以做到！我想，每一个人都有潜力，逼到一定份上，潜力自然喷发出来了！”

上海公司高贤华说：“2014年2月的一天，领导要求我们办公室人员都能在一些品酒会上给来宾做葡萄酒知识的分享，领导还点名要求我在周四下午的分享会上‘练兵’，先给同事做一次葡萄酒知识的分享。接到这个任务，我紧张极了，因为从来没有给大家分享的经历。我暗暗给自己鼓劲：一定要顺利地完成这次分享。

“距分享会还有3天时间，我努力搜集平时公司领导给我们培训的一些资料，并且在网上查找了大量关于葡萄酒知识的信息，白天照常工作，晚上下班回家什么事都不做，就看资料，进行模拟练习。

“3天很快过去了，我怀着忐忑不安的心，硬着头皮，站在同事们面前，把3天来努力的成果一一展示了出来。开始还有点紧张，讲着讲着，进入状态了，一口气讲了一个多小时。当我听到大家热烈的掌声时，一颗悬着的心终于放下来了，紧绷的脸也露出了灿烂的微笑。那时候，我自信地想，当我出现在品鉴会上，出现在客人们面前，我也能讲得一样好！”

公司年会练口才

当众宣讲离不开好口才，乡都会给每个员工练习口才的机会，而公司的年会就是练习口才的大舞台，许多员工通过年会突破了心理障碍，把口才练出来了。

乌鲁木齐公司张欢说：“2012年，我刚进公司不久，一年一度的迎新元旦晚会就要到来了。同事们都推荐我做主持人，领导也信任地交给我两项重要任务，一、准备主持词；二、准备晚会的流程。

“接到任务我很紧张，怀疑自己到底行不行。但行不行我也不能打退堂鼓啊！于是，我开始搜集活动流程，向有经验的同事请教，经过几天不分昼夜的努力，我写出了活动主持词，并做出了一份活动方案，得到同事们的认可。

“活动开始时，心跳得很厉害。上场前同事们教我如何调整呼吸、缓解紧张心理。上场后，我刚说了几句话，同事们就送给我热烈的掌声和口哨声，让我紧张的心情放松下来了，渐渐地我进入了角色，轻松愉快地完成了主持任务。”

乌鲁木齐公司杜洁也有类似的主持经历，在2013年的年终总结会上，她被推荐为主持人之一。她难免担心：平生第一次当主持人，万一不胜任怎么办？所幸，总部领导安排了培训，陈欣部长召集四位主持人进行练习，指导他们如何将主持词说得抑扬顿挫、富有感情，还教了他们一个“小偏方”：回忆平时听到的播音员、主持人说话的语气。大家依方练习，效果非常不错。

晚会开始后，他们都出色地完成了主持任务。第一次上场的杜洁赢得了大家的高度赞赏，她说：“很多同事都主动过来跟我说话，我听到的最多的一句话就是：‘杜洁，你知道吗？你今天表现真的特别棒！’听到大家的认可，我的内心抑制不住的感动和喜悦，几次都差点落泪。啊！太幸福了。那种美好的感觉，让我终生难忘！”

结语：口才等于一半能力

有人说：美国有三大竞争利器，原子弹、美元和口才。

将口才与原子弹、美元并列，或有夸张成分，但在生活中、在公司的经营活动中，口才的确有特殊的重要性。搞公关、营销固然离不开口才，即使专业性极强的工作，也需要时常与他人沟通、分享才能专精，一个人的奋斗必然导致落伍。几乎可以说，口才等于一半能力。

很少有公司像乡都一样，将员工的口才摆到战略高度来认识，但员工的口才确实有必要摆到战略高度来认识。

乡都的晨会培训

个人的知识、经验、智慧跟另一个人分享，会变成两份；跟十个人分享，会增值十份。分享是提升团队的整体素质的快捷途径，现在许多公司采用了晨会分享的方式，乡都也是这样，晨会搞得有声有色，而且形成了自己的文化特色。

乡都标准——“站起来会说，坐下来会写，走起来能协调”

怎样才是一名合格的销售人员？乡都的标准是：站起来会说，坐下来会写，走起来能协调。怎样让新员工“达标”？每日的晨会是培训方式之一。

业务员张欢说：“2012年，我成了乡都的一员，公司每天都开晨会，大家先一起唱‘乡都之歌’，接下来，由一位同事和大家分享有关销售的经验及案例。当然，也会轮到我。

“为了在晨会上表现得不至于太难看，我开始从书本上、电脑上搜集相关知识，因为要第一次站在最前面和同事分享，生怕自己讲得不够新颖，生怕自己会讲错，在将要分享的前两晚，我都在努力准备演讲稿，并多次演练，几乎没怎么睡觉。

“第二天，同事们对我的第一次分享给予了很高的评价，也给了我很大的自信。以前，我的性格相当腼腆，见了客户不知道该怎么沟通，慢慢的，通过同事的热心指导和工作中点滴积累，我在一点点的改变，跟客户打交道越来越得心应手，大家都觉得我这小女孩不错，愿意跟我交往，我的业务也越做越好。

“我的性格也发生了转变，变得积极热情。我身边的朋友及家人看到了我的变化，都说我像换了一个人似的。我认为，我的最大变化来自内心，因为我从乡都学到了一个基本理念：坚持不放弃，每天进步一点点，梦想就会一步步向自己靠近！”

分享的主角是员工

乡都的晨会分享不同于一般的开早会。开会的主角是领导，分享的主角是员工。领导再能干、再博学，也有倒空的时候，天天“炒冷饭”就无趣了！员工每天在市场跑，经常可以获得新鲜资讯，使分享更有价值。

其实，乡都晨会的主角原先也是领导，后来才变为员工，可以说是一个创新。

乡都总部业务员刘宇浩说：“我2008年8月进入乡都，上班第一天就参加了销售部的晨会。刚开始什么都不懂，参加晨会觉得新鲜，还能学到知识。随着时间推移，对晨会就有了厌烦感，感兴趣的听一下，不感兴趣的就开始神游了！

“后来，领导要求我们每个人站到台上给大家讲。没上台之前，我觉得听了这么多次，早就听会了，可没想到，上台后脑子里空空的，以前学过的东西全想不起来了。看着台下同事们的目光，我心里紧张、发虚，讲话结结巴巴。好不容易讲完了，一身冷汗走下来，当时就想，面对同事都不敢讲，面对客户怎么办？

“通过这次的教训，我认识到，平时培训吊儿郎当，关键时刻肯定掉链子。这以后，每次培训我都认真听讲，见谁讲得好我就用心模仿，轮到我讲，我事前反复练习，不打无准备之仗。通过一次次晨会培训，我终于掌握了销售员必备的基本技能。”

分享的目标是共同提高

乡都的“晨会分享”，关键词是“分享”而不是“晨会”，乡都的分享并不局限于早上，但分享的目标是一致的：共同提高。

乌鲁木齐公司设有夜场部，夜场部的员工分享跟日班人员自然不一样。

一天，夜场部召开分享会，总经理张永丽旁听，会议的主题是：部门人员相互对自己和其他同事的优点、缺点进行一次真实的交流，促进大家共同进步。

会上，大家直言不讳、畅所欲言，每个人的优点、缺点都被“悬挂”出来了。员工赫龙飞的语言表达能力较差，说话时吞吞吐吐，“就是说”、“然后呢”等口头禅很多，他自己没意识到，没想到在会上遭到大家的一致“炮轰”：“赫龙飞，我觉得你说话太啰嗦，让人听起来很累，建议你以后说话简明一点”；“你说话老说一个口头禅：就是说。说一句带五六个‘就是说’，你不嫌累听的人可着急了”……

大家放完了炮，张总说：“针对赫龙飞的这个问题呢，我有几个建议：一、说话不要急，想清楚再说；二、谈比较复杂的事情时，可以将重点划分为一、二、三等进行阐述；三、多记一些会议词汇，让自己说话更加有内容。这样一来呢，你说话就会慢慢地形成自己的气场，心里也不紧张，‘就是说’、‘然后呢’之类就会少多了！”

大家的直言不讳，使赫龙飞真正认识到了自己的不足，也知道了改进方法，他诚恳地承诺：“我会努力改变，请大家帮忙监督！”

通过有意识的训练和大家善意的提醒，他现在说话简明多了。

结语：同事是最好的“陪练”

内部分享是效率最高的培训方式之一，同事不仅是好老师也是最好的陪练，因为同事最能看清彼此的优点和缺点，也能提供切合实际的改进方案。

员工培训：“送出去”和“请进来”

在一篇乡都的工作报告中，我们看到了一段文字：“公司董事长李瑞琴是企业培训工作第一责任人，五名高管负责人，分管各自部门培训计划的制定和贯彻，各部门负责具体组织实施培训……几年来，公司通过送出去、请进来，专家授课与企业技术骨干讲课相结合；参加对口部门业务培训与岗位技术交流培训相结合；请国内外专家一对一培训与大面积综合培训相结合；部门组织学习和自学相结合，晨会培训和电教远程培训相结合，对葡萄园的农工、酒厂一线工人、公司财务人员、各部门文员、营销员以及公司高管、中层管理人员和技术员进行了全覆盖培训……"

两个关键词：一是"全覆盖培训"，二是"送出去，请进来"。

"全覆盖培训"的好处自不待言，那乡都是怎样"送出去，请进来"的呢？实际效果如何呢？为此，我们对乡都的有关人员进行了专访，发现仅2011年高管和中层管理人员的培训就达6期45人次，员工培训达52期2600人次、基地种植人员培训共11期2500人次。

2012年组织了20期职工全员法律法规、企业文化培训，80期6400人次葡萄酒文化和营销技巧培训，还安排了葡萄管理、酿酒工艺等内容的培训。

2013年，不算经常性的内部培训，单是"送出去，请进来"，即对全员进行了20余期培训，内容涉及法律法规、企业文化、生产技术、经营销售、接待礼仪和心理健康培训。

这些数据解答了我们一个疑问：乡都员工中有不少识字不多的农民和不会说一句汉语的少数民族员工，为什么进了乡都后，短时间内便能表现得训练有素、完成较高的工作水准？答案是：因为乡都舍得花钱花时间精力对员工进行持续不断的培训。

送出去，拓宽视野

李瑞琴先把自己"送出去"，参加中欧商学院、盛景网联等培训机构的学习，然后把公司高管、部门主管一一送出去，接受针对性培训，时至今日，公司业务主管的对口培训率已达80%以上，高管培训率达90%以上，目前公司尚有两名高管正在中欧商学院进修。

培训不是为了"镀金"而是为了完善观念或技术、素质等方面的"短板"，有时能产生立竿见影的效果。例如乡都高级酿酒师杨华峰，原先偏爱技术，对管理和营销兴趣不大，李瑞琴希望他担纲生产管理，同时认为，生产必须跟营销挂钩，了解市场才能真正搞好生产。

怎么让杨华峰转变观念？方法是送出去"洗脑"。

杨华峰说："我加盟乡都，本想做自己擅长的生产技术，轻松愉快地为乡都的发展贡献自己的力量。但初来乍到，董事长就希望我介入更多的工作，并给我提供了很好的再教育平台去充电。董事长还经常让我采取遥控方式管理生产，用更多的时间和精力参与公司的市场活动，这让我很纠结。我认为，生产具有一环扣一环的特性，离开生产一线遥控生产会造成管理缺位，很可能出现执行失控这一我最不愿意面对的结果。

"但是，2013年12月，董事长安排我在北京参加的一次《商业模式的力量》的培训课让我的观念发生了很大的转变，让我感受到了时代的进步，感受到了自己专业能力的局限，人生中还有太多的知识领域和实践原野让自己去成长，还有更多的人脉圈子需要去搭建。加上董事长身体力行的学习精神和不断尝试的闯劲，让我感觉到自己不能安于现状，开始把兴趣向生产技术之外延伸……

"从此，我开始系统地参与企业管理理论的培训课程，积极参与公司的一些市场活动。我深刻地认识到，作为一名技术高管很容易因为专长而产生惰性，只有通过不断地再教育，接受专业之外的新知识、新观念，才会发现自己个人的不足，同时更全面地发展自己，从而锁定更高更远的目标。"

请进来，带来新观念、新技术

将老师"请进来"交流和授课，相对于"送出去"，可以让更多员工受益。乡都请进来的老师，涉及各行各业，培训的目标不尽相同。例如，方圆认证、新疆内外企业与上面各合并团队合并，开阔了乡都管理层的思维视野。

"请进来"的不只是国内的专家，国外的葡萄酒专家也是乡都经常邀请的对象。2013年2月，法国著名葡萄酒专家、法国波艮第地区波玛葡萄园庄园主、法国CFPPA葡萄酒培训学院教授多米尼克·华先生携夫人玛嘉丽女士，来乡都酒业进行了为期半个月的培训、交流和座谈。在总经理邹积赟和董事会秘书窦乐乐的陪同下，多米尼克·华夫妇分别奔赴库尔勒、喀什、乌鲁木齐、阿勒泰和哈密等5个重要城市，进行了11场葡萄酒品鉴巡讲，地方领导、知名企业家、商界名流及葡萄酒界友人应邀参加了活动，取得了非常好的效果，不仅提升了人们对葡萄酒文化的理解，对推动当地的销售也产生了良好影响。

学以致用是关键

乡都培训不是搞形式，追求的是消化吸收，追求的是学以致用。

2013年11月，乡都南疆销售部全体人员参加了“时代光华”培训机构的培训课程《关键时刻——以服务促销售》，培训结束后，南疆销售部李宏刚总经理亲自主持，对培训内容进行了总结。在总结会上，员工们纷纷贡献自己的学习心得：

朱照军说：“我认为把握好‘关键时刻’最重要的是第一次见面给对方留下的‘瞬间感受’。老师讲授的定律‘1=25=250’，出自美国著名推销员乔·吉拉德的‘250定律’。他认为每一位顾客身后，大体有250名亲朋好友，如果您赢得了一位顾客的好感，就意味着赢得了250个人的好感。反之，如果你得罪了一名顾客，也就意味着得罪了250名顾客。所以善待一个人，就像拨亮一盏灯，照亮一大片。学习和理解了这个定律后，我觉得口碑特别重要。”

谢春森说：“事没办好、别人态度差等问题都应该先找自己的原因。这次学习了很多的案例，使我明白要积极主动想办法，真诚、善意的去跟客户沟通，才能让客户心情愉悦的帮助你。”

张晓玟说：“以服务促销售，在听课时我就联想到自己的工作，我的服务对象是：客户和自己的同事，我也在不断的思索怎样改变方式方法、立场等，这些培训内容对我帮助很大。”

孙海恒说：“学习了有关人的性格的分析后，我一直在想，自己的性格不能强加于别人，做服务要因人而异、因地制宜，要改变自己，更好地适应你的服务对象。”

陈子文说：“尽管我接触销售的时间短，很多问题不了解，拜访客户时也常常胆怯，但通过此次培训，我学习了‘全面认识客户服务’和‘客户服务关键时刻的行为模式’，才真正的意识到服务的重要性，所以在平时工作中我会认真学习，抓好每一个关键时间。”

宋沛说：“因为我也是刚接触销售，所以此次培训，我非常用心在听并且记录了很多东西，努力让这些知识都渗透到我的工作中。第一天，我一个人去拜访客户的时候很紧张，在店外徘徊好长时间才进去，进去后也不知道怎样与客户沟通。通过培训，我分析了自己的不足，再次拜访客户时我注意提高声音、变化表情、让自己自信起来，回访效果明显不一样。”

王玉青：“企业内部营销需要我们每个人有120%的执行力。要有团队合作的精神，要多站在客户和身边同事的角度考虑问题，多沟通、多追踪。”

大家你一言、我一语，不仅将培训内容的要点复习了一遍，还结合工作实际，有举一反三的发挥，使培训的价值变得更大了！

结语：培训是回报率最大的投资

“任何人只有经过训练才能成为优秀人才”；

“所谓运用适当人选，就意味着不断地给予职工全面性的训练”，这都是成功企业家从实践中总结出来的心得。但最能体现经营之道的一句话是：对员工培训是回报率最高的投资。

别开生面的活动培训

乡都的活动除每年举办融总结、表彰、培训、娱乐为一体的大型“共赢在乡都”活动，“春节联欢”、“三八”妇女节、“五一”劳动节和“五四”青年节等节日主题纪念活动外，还举行不定期的、形式不一的各种活动，联谊活动、军训、文娱体育活动等，最近两年就组织了公司内部及公司内外的联谊会15场、运动会1场。可以想象，乡都每年的活动投入不少。

为什么花大量人力、财力举办各种活动？

邹总说：我们的想法是以活动为载体，凝聚人心，提升职工综合文化素质。通过并不枯燥的活动，让乡都“做事先做人”的文化理念和“艰苦创业、追求卓越、包容和谐”的企业精神深入人心。

乡都活跃的学习和交流氛围，冲淡了她的商业色彩，她更像一所融学校与工厂于一体的大学。那么，乡都的企业活动，效果如何呢？

员工内部交流活动

一年一度的员工联谊会，是乡都的一项传统活动，它不同于一般的公司年终总结大会，更像是一场春节联欢晚会，每个人都是嘉宾和演员。

乡都“才女”刘娟有声有色地记述了一场员工联谊会：“2010年3月13日，代表着乡都南北大融合的‘放飞梦想、彰显青春联谊会’千呼万唤始出来，美丽的乡都酒堡在这个夜晚被装点得格外灿烂。

“穿着盛装、伴随着优雅的音乐，在主持人热情洋溢的介绍中，辛勤工作在各个岗位上的乡都员工们缓缓地步入了宴会厅，庄严地在乡都签字版上留下了自己的名字。时间是最好的证人，每一个人的付出，都会被时间记录，都会被乡都记住。今天是乡都之夜，今天的主人翁是乡都人。

“品尝着乡都美酒，品味着乡都带给我的时尚生活，欣赏着大家精彩编排的节目，整个晚会其乐融融。虽然有些乡都人是第一次见面，但乡都文化把我们融在了一起。一个个精彩的节目，一张张灿烂的笑脸，一句句暖心的话语，我们真实地感受到亲情般的乡都情和作为一个乡都人的自豪。

“在这个夜晚，我们发现了不一样的自己，原来我们是这样的多才多艺，还有这么大的提升空间。乡都培养了我们，乡都人承载了乡都的梦想，让每一个乡都人携手共进放飞梦想，让乡都展翅飞翔。”

除员工联谊会之外，平时各公司员工也会应邀到总部参观、学习，公司之间也会举行不定期的员工交流活动。作为一种培训手段，活动之后一般会有活动总结，使学习成果得到提炼和推广。例如2011年，南疆、北疆的销售人员齐赴乌鲁木齐，与乌市营销公司的员工开展了一次交流活动，回来后，经理李宏刚马上组织了一场活动总结会，大家纷纷晒出了自己的心得体会：

李宏刚说：“打造一支任何困难都能顶住、任何工作都能做好、任何压力都不惧怕的团队，不是需要一两个英雄，而是需要人人都能够严格服从，执行公司下达的各项任务、有共同的目标、同心协力为了公司的发展而努力奋斗的一个集体。”

业务员刘宇浩说：“这次乌市之行感受颇多受益匪浅，乌市营销公司培训的形式方法新颖，内容不拘一格，能够调动大家的积极情绪。所有人都踊跃发言，积极表达自己的观点。这样的培训不仅提高了个人能力，同时也增加了团队的凝聚力。营销公司对于市场的把控分析做得很好，收集信息、分析信息、做出决策，专事专人专责环环相扣，对于市场、活动方案提前规划部署，先知先觉，提高了工作效率。”

业务员陈保新说："我在这交流的4天里，学到了很多，从团队建设到销售技巧，从同事们的挖空心思做每一个店，每一款产品，每一个展示，谈一个合同，做一个活动，都给了我很大的启发。"

……

文娱体育活动，丰富员工的精神生活

为了丰富员工的精神生活，乡都每年都会利用传统节日举行形式不一的文娱体育活动，李瑞琴一般会全程参与，有时还会亲自登台表演。

2012年，乡都成立十周年，5月4日，乡都总部结合十年庆典，在乡都酒堡举办了"五一国际劳动节"和"五四青年节"纪念活动。葡萄基地、酒厂、海瑞盛公司和销售、财务、行政等各岗位上的各族员工都参加了活动，活动内容分会议与文化娱乐两个板块。

在会议部分，除了给先进集体、先进个人颁奖外，还有一项别出心裁的内容：公司团委书记李松泽带领全体团员庄严肃穆地重温了入团誓词。

在活动部分，有多项文化娱乐趣味竞赛：分四队集体参演的情景小剧，展现了乡都创业十年艰辛与喜悦。还有反映工作劳动场面的橡木桶接力赛，乡都酒文化知识抢答和品酒、斟酒接力赛等活动，在欢乐的气氛中，让员工感受了在乡都大集体中的阳光、激情、向上的精神，增强了员工的集体荣誉感，促进了员工之间的友谊。

除文娱趣味活动外，乡都还举行过羽毛球比赛、跳绳比赛等多种体育活动，在活动中寓教于乐，给员工提供多方面的正能量。例如上海公司在世纪公园开展了"激情飞扬五月、青春奉献乡都"的室外趣味文娱体育活动，活动结束后，员工们兴尽之余，纷纷发表感想，畅谈自己的收获：

上海公司副总经理刘长寿说："通过今天这个活动，让我感觉自己又年轻了许多！以更好的精神状态投入工作！入则恳恳以尽忠，出则谦谦以自悔。"

客服人员胡双说："第一次与同事们走出办公室，感受到每个人都充满了青春活力，享受着大自然所赋予的一切，让我知道五四青年节是属于每一个人的，我会以今天的状态投入到每一天的工作中。"

出纳员马俐说："虽然我不是那么年轻，但今天的活动感染了我，希望我能保持一颗永远年轻的心，富有激情、创造力，朝气蓬勃地投入到每一天的工作中。”

会计员王奕说：“今天的活动让我更加感受到了乡都是一个充满激情活力的团队，记得有两句台词：‘一幅画不是众多物件简单拼凑而成的。牛只是一头牛，草地也只有青草和鲜花，而穿过树枝的阳光也仅仅只是一束光，但如果将它们放到一起，就会产生魔一般的魅力’，‘我们有些人是高光的，有些人亚光，有些人丝光，但偶尔你能发现有些人有虹彩！’我们的团队就是这样，每个人都散发着不一样的光、带着‘彩虹’走到了一起，我们爱这个活力四射的团队！”

“情感工程”：润物无声的献爱心活动

李瑞琴对慈善活动的理解是尽心，而不是像那些豪门企业一样，一次捐出一大笔钱，在电视上露一回脸。她主张持续不断的、量力而行的慈善活动。有意思的是，她做慈善主要不是做给外人看，而是做给自己人看，它也是员工培训的一部分，目的是培养员工的爱心和责任感。她认为，有爱心和社会责任感的员工才可能为企业热心奉献。

多年来，乡都有一个由党群组织主导的“情感工程”，除了组织为内部困难员工的慈善捐献外，还经常组织外部捐助活动。例如，2012年6月30日，在伊犁州新源县、巴州和静县交界地区发生了6.6级地震，当地人民蒙受了很大的损失。乡都酒业被自治州安排为巩乃斯村的对口帮扶单位。李瑞琴二话不说，马上派人给该村送去10万元助困资金，以解燃眉之急。同时让人了解当地的情况，看看还有什么帮得上忙。

李瑞琴得知巩乃斯小学文教用品等物资缺口很大，决定将该校列为帮扶重点。

2013年8月20日至8月27日，乡都酒业联合京东商城举办了一场爱心助学活动，由乡都提供义酒，京东提供网购平台，所有卖酒收入都将用于捐助巩乃斯小学。活动一开始，就得到不少人的响应，共筹得资金3万多元，为巩乃斯小学的孩子们购买了崭新的教材、书包、文具，两季全新校服以及床上用品等。

跟那些捐款大户相比，乡都的捐款有些“寒酸”，但钱不在多少，爱心最可贵。最重要的是，培养了每个人的慈善精神和参与意识。

结语：培训的要诀是肯为员工尽心尽力

狭义的培训像老师教导学生一样，一方教，一方学。

广义的培训像家长培育孩子一样，一方面关心孩子的身心健康，一方面重视孩子的全面成长。

有的企业肯为员工培训花钱，用心却不够，这会使培训效果大打折扣。好比教育孩子，将孩子往寄宿名校一扔，平时不管不问，孩子能学好吗？

特色年会，欢聚在乡都

每年春节前夕的乡都年会，是乡都员工的盛大节日，届时，除留守员工外，全体人员都齐集库尔勒总部，参加隆重又热闹的盛会。

多数公司都有年会，但很少有哪家公司像乡都那样，将年会办得好看又喜庆，办出节日联欢和大家庭团聚的氛围。

2011年被李瑞琴称之为“新制度元年”，乡都将面临战略转型，是年1月18日，公司召开了自成立以来最隆重的年会，给每个与会者都留下了难忘的印象。

会前的温暖

乌鲁木齐公司会员部李琴说：“伴着傍晚柔和的小雪，我们乘坐的火车慢慢地驶出了站台，朝着2010年公司年会的举办地——库尔勒前进了。这虽是我再次去库尔勒，但心里仍有着掩饰不住的兴奋。尤其记得刚下火车，总部的同事已安排车辆来接我们去酒厂，并准备了营养的分装早餐，让我倍感亲切与温暖。”

乌鲁木齐公司酒店部李兵说：“1月18日，天还未亮，我们就来到了酒厂。虽然是第N次来到这里，但每次来到广场前，那份植入心底的自豪感便油然而生，第一次来的同事更是如此，即使清晨光线不好还是要留影纪念。”

乌鲁木齐公司经理李宗骏说：“进入公司已是第二个年头，但是去总部开年会还是第一次。经过一夜奔波，火车顺利准点到达。简单洗漱，还没换好正装，就被安排去做会议服务了，原以为参加会议只是带上耳朵来听听完事，完全一副出门做客人的心态，未曾想还要参与会议服务，也对啊！我们不就是乡都的主人嘛！到总部不就等于到家了呀！”

县委领导讲话：不一样的说服力

乡都作为巴州的龙头企业，一直受到地方领导的关心，县领导在公司年会上讲话，对老员工来说不稀罕，却给新员工留下了不一样的感受。

乌鲁木齐公司商超部马媛说：“会上邀请到了焉耆县政府副县长郑书平，他的讲话非常精彩，尤其是对我们乡都历史的了解，我心中不由得暗喜，原来在我们背后还有强有力的领导在关注着我们、支持并帮助着我们。县领导还谈了今后县里对葡萄产业的规划，以及对乡都的发展看好，这都让我对乡都充满了信心！就在这时，台下响起了雷鸣般的掌声，那句‘好，很好，非常好,上市更好’的口号，顿时响彻整个会议室。”

乌鲁木齐公司外阜部苗争光说：“从县领导的讲话中，我知道了我们企业不仅是当地的税收大户，还带动当地农民大量种植葡萄，拉动了当地经济。我作为乡都大家庭的一分子，为乡都的成就感到由衷的高兴和自豪。”

董事长讲话：“新制度元年”的战前动员

乌鲁木齐公司酒店部李兵说：“董事长在年会上首先提到：让所有乡都产品的关系者感受愉悦。以前只想着手头的工作如何去完成，却未曾总结过，董事长的这句话既简明扼要，又对我们以后的工作指明了道路，提出了要求，完善了我们的工作理念。接下来，董事长谈了沟通与理解的关系，沟通胜理解，先沟通后理解的次序关系，这句话强调，我们应该加强内部沟通，加强部门的综合战斗力，只有聚沙成塔、形成拳头才能相互依赖、相互信任，在面对困难及逆境中才能不抛弃也不放弃，化压力为动力，积极而从容地面对未来、面对竞争对手，那么，我们就会成为一支攻无不克、战无不胜的铁血之师。也许今天很残酷，明天很残酷，请相信后天会很美好！

“董事长要求全体员工在繁重的工作面前、在各种困难矛盾面前，不气馁、不退缩、不言败，能以一种韧劲、冲劲、干劲，顽强拼搏、攻坚克难；在任务目标面前，在重点工作面前，头脑要清晰，思路要明晰、重点要突出、方法要得当，要有创新争优意识，要有干一番事业的雄心壮志，要有无私无畏的勇气和顽强的意志，视困难和阻力为工作的兴奋点，在攻坚阶段和关键时刻能挺身而上，在重大关头和紧要当口能奋斗有为。”

公司高管讲话：分享和展望

乌鲁木齐公司酒店部李刚说：“从公司各领导的讲话中，我了解到2010年的销售工作情况以及2011年的工作规划。公司准备推出新的期酒业务、电子商务、城市酒窖、海瑞盛生物工程股份有限公司，这些都能把乡都产品的销量推到一个新的高度，让更多的人了解到乡都。”

乌鲁木齐公司商超部马媛说：“销售总监的讲话真是鼓舞人心，让我记忆深刻的是2010年销售取得的战果，以及对乡都后期的规划。2010年我们销售公司超额完成任务，酒店部占比最大，而当我看到我们商超部的数据时，心中‘咯噔’一下，怎么才占那么点儿？顿时我心里有了压力，我细想了一下，乌市大中小型商超就那么多，我们扩展不了，那么要做一个怎样的深挖，我想起了天百超市，那里主要是老顾客和一些天百的团购来保证我们的销量，我们能否对老顾客采取送赠品或积分的形式呢？”

乌鲁木齐公司外阜部苗争光说：“看酒厂领导和基地领导的工作总结报告。从他们的工作报告中我们知道了基地和酒厂同事工作的辛苦，平时我们觉得自己搬货很累，可是和他们比，我们这点累就不算什么了！”

开心的一幕：颁奖和发红包

乌鲁木齐公司会员部李琴说：“讲话之后是领导对上一年优秀员工颁发奖品：奖金及一瓶3L珍藏版橡木典藏，之后是优秀员工代表讲话，最后以集体发放红包形式结束。此次年会让我明白自己还需要继续努力，从中也让我学到了很多新的知识和理念，同时也让我体会到公司领导们对我们的良苦用心。”

乌鲁木齐公司酒店部李刚说：“会后公司给每位员工发了红包，连我这个来公司一个多月的新人也有红包，这体现了乡都对员工的关心，这是好多企业都没有的。”

联欢晚会——“让我们欢乐的唱吧、跳吧”！

乌鲁木齐公司会员部李琴说：“联欢晚会的节目精彩纷呈，热闹非凡。最让我感动的是公司细心的为兔年的员工过生日，不仅送上了生日蛋糕，还贴心的准备了礼物小白兔，还有北京及上海公司的同事们送来新年祝福的VCR……感动的画面还有很多很多，让我处处感受到乡都大家庭的温暖。”

乌鲁木齐公司酒店部李刚说：“年会结束后公司安排我们会餐，整个乡都大家庭聚到了一起（除了远在上海、北京的同仁们），大家一起唱歌、演节目、做一些小游戏，大家把一年来的工作压力都放下来，大家唱啊、跳啊、都很开心。”

乌鲁木齐公司酒店部李兵说：“一张一弛，文武之道也。紧张而又激动人心的工作总结会后，就是我们乡都公司一年一次的员工晚会。在这次晚会上，我幸运的中了二等奖，这可是第一次中奖，心中就两个字——幸福！”

乌鲁木齐公司酒店部马俊说：“在晚宴的过程中，每一位员工都表演了精心准备的文艺节目，这让大家更好的了解对方，让我更清晰地意识到公司员工就是一家人，在公司提供的平台上相聚相爱共同发展。”

乌鲁木齐公司外阜部苗争光说：“联欢晚会的节目精彩纷呈，热闹非凡。为了烘托气氛，北疆全公司的男士还为大家献上了搞笑舞蹈，我荣幸地成为其中的一员。中间虽然我们老是跟不上音乐，节拍也不一致，经过一波三折后才顺利完成，我还是感到很快乐。”

乌鲁木齐公司酒店部李宗骏说：“虽然我们唱歌老跑调，虽然我们跳舞没踩上点，但是这些都丝毫不能影响我们愉悦的心情，一大家人能够聚在一起就已经很开心了，让我们欢乐的唱吧、跳吧！”

结语：在企业内部营造亲密的氛围

“得人心者得天下”，企业追求持续发展，关键要抓住员工的心。营造一个温馨和谐的氛围，跟员工建立亲密关系。正如美国管理学家劳伦斯·米勒所说：“亲密是介于组织、主管和员工之间一条看不见的线。有了亲密感，才会有信任、牺牲和忠诚。”

让员工跟着企业一起成长

“乡都是个大融炉”，我们听不少乡都员工说过这个话。

“大融炉”是什么意思？让大家变成千人一面吗？

“不是！”他们说，“在这个大融炉里，大家都发生了以前想像不到的改变。当然是变好了！乡都就是个叫人学好的地方。”

那么，乡都让员工们改变了什么？对这个问题，大家说法不一：

乡都酒厂副厂长王建国说：“从建厂到现在，亲历无数个愿望都在家族成员的共同努力下实现，我们早已把这里当成了自己的家。”

检验员薛淑花、卢静说：“跟着企业成长，我们也在这个大舞台上成长，从不会到会，还不是我们最大的改变，树立‘保证出厂产品质量合格率100%’的理念，才是最大的改变。以前想都想不到要用这么高的标准做事。”

……

有些改变在我们看来只是寻常事，在员工们心里却是巨大的震撼。每个人梦想的高度不一样，乡都员工多数是极普通的人，对生活原本没有太高的奢望，乡都却给他们安上了梦想的翅膀，让他们看到，原来自己可以做得更好、“飞得更高”。

从生手到接待部长

热娜是个年轻的维吾尔族姑娘，人漂亮又能歌善舞，几年前被招聘到乡都酒堡宴会厅任服务员。刚开始她对“服务”二字全无概念，“顾客就是上帝”这句话，她闻所未闻。

一次，一位客人喝醉了酒，吐了一身。热娜扶客人去休息时，一看客人脏兮兮的衣服，恶心得想吐。她扒下客人的外套，扔进了垃圾桶，然后得意洋洋跑去告诉同事说：“那个人真讨厌，喝酒弄了一身，我给他把衣服扔了。”

同事大吃一惊：“你怎么能扔客人的衣服呢！”

热娜说：“衣服那么脏，不扔咋办？”

同事说:“你为什么不给客人洗干净了送去?”

热娜说:“我是服务员,不是洗衣工,端菜送酒是我的工作,凭什么给客人洗衣服?”

她当时就这么个服务素质,经过慢慢调教,观念和服务水平彻底更新,成了一个优秀服务人员,现在已被提拔为接待部长。

从家庭主妇到优秀质检员

卢静2002年应聘到乡都。当时乡都决定选拔三名新员工作为化验员备选人员,参加培训后择优录取、竞争上岗,卢静有幸进入了备选名单。

卢静当时不知道当质检员需要很多专业知识,以为像从粮食里挑出稗子一样,心细眼睛好就行了,所以从心情上对培训抱有抗拒情绪。

她说:“我当时想,有什么好培训的,告诉我们怎么做不就完了嘛,真是浪费时间!但我还是怀着这种很不屑的心里参加了培训,没想到培训的当天就让我非常震惊,公司为我们聘请的都是研究生、讲师级别的大人物。第一天的授课老师是新大化学系讲师,而课后带我们实际操作的是一名资深研究生。因此我非常珍惜这次培训机会,最后以优异成绩成为了乡都酒业的一名正式员工。”

但是,培养一名合格的质检员不是做一次培训这么简单,在后来的日子里,公司还多次聘请专家为质检人员讲授理论和操作技能。通过多次学习,加上实践摸索,卢静终于成长为一名合格化验员,还荣获过公司优秀员工称号。

从弱女子到“大力士”

龚卫以前在别的公司做过导购等工作,个人素质较高,因职场生活不如意,辞职在家带孩子,但家居生活也不如预期的好,于是久静思动,应聘到乡都,担任乡都酒堡导游讲解员兼成品库管理员。在别的公司,讲解员和库管是性质不同的工作,一文一武,一个动嘴,一个动手,不可能混搭,但在乡都,文武混搭是常事,对新员工来说这是一个挑战。

龚卫说:“刚接手库管工作的时候,我觉得好难啊,那时我的身体不如现在,每天从库房门口拉酒到存放点,30米的距离,我平均一天要拉40多托盘,一托盘约820公斤。一开始特别吃力,经过几年锻炼,我现在能轻松应对,1.58

米的身高，52公斤的小女子，两只胳膊都长出了肱二头肌。2012年货发得特别好，我每天装货、码货1500件，累是累，但浑身像有使不完的劲儿。

“工作中我也有过失误，印象最深的一次教训，是在2011年冬天，按规定，我发货时必须开清单并核对数量，那天提货的司机主动帮我装货，装了一叉车，没有补单，货拉走了。事后清点，我发现多发了100件货，当时我都懵了！20多万元的货啊，没有证据，如果司机无良，我找谁去？我怎么赔得起？后来，经过销售人员一路电话跟踪，货追回来了，庆幸之余，我惊出一身冷汗。

“公司对第一次犯错误的员工给予批评教育，不处罚，可我心里比受罚还难受。从此，我的库管工作流水账记得越来越细致，再也没有出那么大的漏子了。”

从“白雪公主”到“灰姑娘”

在乡都这种勤恳创业的公司，优雅的“白雪公主”难以生存，从董事长到基层员工，没有人可以享受“七个小矮人”的贴心服务，谁进来了，最后都会变成勤快的“灰姑娘”。

在上海生活过的杨静，就经历了从“白雪公主”到“灰姑娘”的蜕变。

杨静说：“2007年，我从上海回到库尔勒，从事财务工作。在大城市呆久了，忽然回到小城市，我会产生出一种优越感，觉得自己很有能耐，在我眼里，财务工作太小儿科了，也就是记记账、算算钱，有多难啊！我只想干上几件大事，让领导对我刮目相看。可财务主管陈冬梅每天安排我做一些鸡毛蒜皮的小事，我心里很委屈，总觉得主管不信任我。

“一次，主管让我做一份报表，我觉得很简单，也没问主管该注意哪些要点，很快自作主张的干完了。第二天主管一看，把我的报表全盘否认，并一一指出错误。我仔细一看，全是小细节上的错误，可是一个个小错误就造成了报表全部不可信、不可用。主管对我说了一句我受益终生的话：‘所有的事情都要从小事抓起，细节做好了，才有可能做大事，不然就算做了大事情，也会造成大损失。’事后，我很惭愧，自以为是的我原来还差得远呢！从那以后，我在工作中认真多了，基本上没有出现过错误。

“2009年，公司在北疆玛纳斯新建了一家酒厂。9月份的一天，我接到去北疆玛纳斯酒厂的任务，坐在车上我很兴奋，因为这是我第一次出差，去做不熟悉的工作，很期待有新鲜有趣的事发生。可到了玛纳斯一看，光秃秃的厂房大院，住宿是高低床，厕所离厂房有半公里远，我的心情一下子跌入了低谷，心想，'这简直是到乡下了嘛'！在玛纳斯的第一天晚上，我就彻底失眠了，怨尤，焦躁，所有不知名的情绪包围了我。

"第二天一早起来，我看见同来的同事都开始上岗工作了，我心里很愧疚：他们能用最短的时间适应新的环境、新的工作，我怎么就不能克服自己的娇气和不良情绪呢？心里想通了，就付诸现实，立即让自己进入工作状态。

"接下来的三个星期，我在忙碌和紧张中度过，工作渐渐做得顺手起来，同事之间的关系也越来越融洽，大家不分昼夜，共同努力了20天，终于超额完成了任务。我心里美滋滋的，觉得很有成就感，心里甚至希望每年都有这样的机会，来体验不一样的生活和工作。"

在"乡下"工作过的杨静，从此彻底适应了新环境，真正融入到了乡都大家庭。

从"假小子"变"淑女"

郝萌高中毕业后在家闲居一年多，因为没工作心烦，常与父母吵架，父母拿这个"假小子"没有办法，只能唉声叹气！没想到，乡都有改造人的魔力，自从郝萌进了乡都后，脾气、禀性竟完全变了。那她是怎样改变的呢？

郝萌说："刚来乡都我在工厂里面做灌装、贴标等工作，半年后，厂办邱主任说由于我性格外向，建议我学习导游。抱着试试看的心理，加入了解说的队伍。开始的生活很枯燥，每天学习，要记忆很多东西，包括葡萄酒知识、企业文化等等。而且每次临场讲解时我心里就很害怕、很紧张。记得第一次解说，我只说了几个字就不知道往下该说什么了，当时又紧张又尴尬，幸好陪同的领导替我解了围。

"从此我更加努力的记忆基本知识，在接待客人之前，提前一小时来到文化馆，先做深呼吸，再默默地将每个需要讲解的景点都试讲一遍，之后再做呼吸调整，直到客人来到现场。一年后，我做顺手了，才觉得接待讲解原来是一件轻松愉快的事。

"在乡都3年来，我觉得自己变化很大，首先从假小子变成淑女了；其次，脾气变好了，再不与父母吵架，而且越来越理解他们；我还学会了很多东西，每天都在成长。”

结语：组织的目的是使平凡的人做出不平凡的事

管理大师德鲁克说：组织的目的是使平凡的人做出不平凡的事。

考察一个组织是否优秀，要看它能否让普通人各自发挥长处。在某些貌似重视人才的公司，招聘清洁工、门卫都要求“大专以上文化程度”，结果却让员工“英雄无用武之地”。

对领导者来说，将高素质的员工变成普通劳动者，无疑是浪费人才；将普通劳动者培养成高素质的人才，就是了不起的成就！

营销团队：极具升值潜力的无形资产

在乡都10余年的风雨历程中，有一支不可忽略的团队——营销团队。乡都起步之初，产品价格高，没有知名度，全无市场基础，在这种情况下，全靠营销人员不辞劳苦，勇于开拓，终于将乡都葡萄酒做成了一个区域性的强势品牌，并逐步向全国的市场拓展。乡都能有今日的局面，他们功不可没。尤其是乌鲁木齐营销团队，从2003年在新疆首府乌鲁木齐安营扎寨起步，到10年后的今天，占据新疆城市高端葡萄酒销售市场的70%以上；从几个人单打独斗，到几十个人分工有序的团队，他们始终以乡都为荣，积极阳光，健康向上，精气神十足，战斗力持续增长，业绩持续翻番，因此被誉为“乡都酒业极具升值潜力的无形资产”。

但是，一切不是本来就这么好，为了打造一个忠诚敬业的营销团队，除了员工的努力外，决策层耗费了无数心血。

在水中学游泳，在战场上学战斗

乡都的业务员以前多数没有营销经验，当“逃兵”或被无情淘汰的业务员不在少数，但最后“活下来”的全是精英。

刘华安原先在乡都乌市营销公司行政岗，2009年主动向总经理张永丽请缨：转职做业务。

张总同意他转职，但不允许“试试看”，她说：“这次转职对于你来说是一次机会，给你三个月的时间，如果拿不下来，结果只有离开，没有退路。”

就这样，刘华安接下了商超终端的业务工作。当时是夏天，天气炎热，每天的工作就是不停的跑，皮肤晒黑了，身材跑“苗条”了，业务也慢慢做开了。最终顺利通过了考验。现在，刘华安已成长为一名优秀的业务员。对这段经历，他得出的经验是：“在面对压力的时候，其实对自己是一种很好的挑战，只有经得起，才可以蜕变、成长！”

逼一下就会更优秀

陈希宇是乌鲁木齐公司的新进业务员，性格偏内向，对搞销售来说这种个性很不利，他自己也认为“不是这块料”，但他最后还是被逼出来了。

陈希宇说：“公司要求业务员陌拜，下达了明确任务。我有意挑选离家较近的一个写字楼，我觉得在相对熟悉的地方会比较安心。不料，走到写字楼门口，我的双腿像被灌了铅似的，总是迈不进大门，放不下这个脸。但是任务必须完成，不然回去没法交代。犹豫再三，我硬着头皮走进大门。

“大楼共20层，乘坐电梯到最顶层，映入眼帘的是一家房地产公司，刚要走进这家公司，纠结的想法又侵占了我的大脑，就是不敢挪步。莫名的胆怯让我感到很羞愧。我胡思乱想，在房地产公司门口足足站了半个小时。幸亏没有人进去，不然人家以为来了一个神经病，会把人家吓一跳。

“忽然，一个想法钻入我的大脑：连陌拜都不敢还做什么销售啊！连陌拜都不敢怎么完成任务啊！连陌拜都不敢怎么学到东西啊！于是，我不管三七二十一，一咬牙，一头扎进去，见了里面的人，且不管对方是什么身份，把事先准备好的一套话一股脑说出来。我猜我那时候的表现一定可笑极了，但是，很奇怪，他们表现得很友好，热情地接待了我，让我意识到我刚才的恐惧来得多么莫名其妙。

“我真的很感恩这家公司的人，假设他们冷言冷语地将我轰出来，不知道要花多长时间才能恢复我的勇气。最后，我拜访了整座大楼的每一家公司，认识了很多客户，还拿到了两份订单。最重要的是，我获得了陌拜经验，树立了信心，克服了心理障碍。

“我还发现，人不逼一下自己，根本不知道自己有多大能力。逼一下自己，把平时从未觉察的潜力逼出来，一定会更优秀。”

坚持和信任比什么都重要

乡都对于业务员，并不是只会逼之一法，也会给予足够的宽容和耐心。

2010年，乡都为了开拓上海新市场，调公司营销总监李晓云亲赴上海督战。不久后，业务骨干刘长寿也被调到上海公司。

刘长寿保守地为自己制定了全年30万的销售任务，满以为完成不成问题。不料，他每天穿梭于大街小巷，拜访了大大小小各类客户成百上千，却四处碰壁，大半年过去了，一个订单都没有拿到。

面对这前所未有的挫败，他感到特别沮丧！

精通业务的李晓云明白，开拓新市场不能急于求成，她对颗粒无收的刘长寿非但没有半句责备，反倒安慰和鼓励说：“听说过吸引力法则吗？只要你专注做一件事，我相信你能成功！”

领导的信任和鼓励，让刘长寿重拾信心，他继续锲而不舍地走街串巷，终于，到了第四季度，销售局面忽然打开了，形势豁然开朗，一个季度就超额完成了全年的销售任务。

北京销售团队大洗牌

企业用人，才干更重要还是品德更重要？李瑞琴说：品德更重要。有才无德的人有出色完成任务的能力，同样也有很强的拆台能力。

乡都历史上发生过一起比较严重的员工拆台事件。

乡都营销总监李晓云说：“2008年，公司决定进军北京。我们花了大量的经费调研市场、通过猎头招聘销售管理者、组建北京销售团队。

“经过半年努力，乡都在北京市场还真打出了一小片天，在渠道内也小有名气。但这时，团队发生了巨大的震荡。通过猎头请来的销售副总和他带来的主管出现了严重的渎职行为。接下来的大半年时间，公司几乎一直陷于调查、整治和纠错的繁杂工作中。最后痛定思痛，决定对团队进行大换血。这对当时的市场而言，无异于一起剧烈的地震，震波影响到的不仅是团队，还有经销商和终端客户。但为了在北京长久地站稳脚，必须要夯实团队基础。

“经过人员的大幅度调整，终于完成了团队磨合和业务整理。团队的精力，可以完全用在业务开展和企业发展方面，不用再浪费精力去调查整顿了。团队的心安了，市场的心就安了，业务也慢慢回到正轨。”

结语：营销队伍建设，企业的重中之重

一支忠诚、敬业而又具有市场开拓能力的营销队伍，对任何企业都很重要。甚至可以说，营销队伍代表企业的一半实力。因此，打造一支优秀营销队伍，是企业经营工作的重中之重。

从实践中打磨出来的基层管理者

乡都的基层管理人员主要是从普通员工中“打”出来的。他们都有一个特点：忠诚肯干、踏实尽责。

建立一支可靠的员工队伍不容易，李瑞琴有自己的一套。首先在人员引进上，采用了家族企业常用的模式，讲究朋友、熟人的情谊，“通过招聘进来的没有几个，多数是熟人介绍进来的。前些年，我们连个人力资源部也没有。”李瑞琴说。

熟人介绍的好处是，介绍者可以提供一定的信用保证，被介绍者的日常行为也会受到一种无形约束；弊端是熟人圈子小，不能像公开招聘那样任意挑选。

为了选用“好人”，乡都会进行入职前的甄别和入职后的筛选，最后留下来的都是与公司价值观相匹配的人。甄别的标准首重品德，“做事先做人”是乡都恪守的理念。李瑞琴说：“我招员工也好，招职业经理人也好，首先要看你人好。”筛选的标准也首重品德，不孝敬父母的不要，私德不良者也会清退。

李瑞琴承认，“企业没有制度不行，没有机制不行。好的机制可以使魔鬼

变天使，坏的机制可以使天使变魔鬼”，但她也看到了制度管人、流程管人的局限性。制度再好，流程再好，如果员工品德不良，阳奉阴违，上面只有一双眼睛，哪能管得面面俱到？

此外，李瑞琴强调用“好人”，还有更深层的考虑。事业成功不是靠单打独斗，别人肯帮你胜算就大。不仅老板如此，员工也一样，员工出去办事，别人肯不肯帮忙，主要不是看你有多强，主要看你人好不好、态度好不好，然后决定是帮你还是拆你的台，帮或拆，结果迥异。所以说，李瑞琴喜欢用“好人”，是阅尽世态人情后的理性认识。

在一定条件下，好人可能变坏，坏人可能变好，这涉及更深的人情道理，想带出一支好人队伍，必须将人性的认识提升到哲理的高度，非智者不能为。

再者，品德好的员工不一定能力强，怎样让员工适应工作呢？乡都的做法是舍得花大价钱、大力气培养。李瑞琴说：“自己培养的人忠诚度高。进来的人就是一张白纸，好培养多了！但基本底线要有的，稍微有点文化。”一个员工，只要有责任心，愿意把事情干好；只要识得字、人不傻，又肯学肯钻，加上公司的培训，迟早能培养成才。相对于培养聪明伶俐素质高的员工而言，培养素质较低的员工时间长、成本高，可一旦培养出来了，得到的却是一个忠诚可靠、德能兼备的员工。从投入收益比来说还是合算的，至少在李瑞琴看来是合算的。打造金子般的员工原本值得花更大的价钱。

从三个乡都人身上，我们可以看到乡都的“金子”是怎样炼成的。

“老实人”薛淑花

薛淑花是七个星镇本地人，入职前主要在家劳动、带小孩，2003年，经人介绍，应聘为乡都酒厂质检员。一个对葡萄酒知识一无所知的家庭妇女，哪能胜任质检工作？好在公司对她的成长有足够耐心。公司聘请专家，对她和其他质检员进行了岗前培训，上岗后她还多次外出受训和接受公司内训，加上她勤学肯钻，很快能胜任工作。

薛淑花最大的特点是忠诚敬业，用同事的话说，“心里装的都是乡都这个家”。

2007年以前，乡都没有使用蒸馏设备，化验室做理化指标检测的余酒（一般都在50ml–200ml）派不上什么用场，每次化验完毕，洗瓶子时顺手倒掉了。薛淑花看着怪心疼的，她就将余酒倒在一个20L的空桶中攒起来。

同事们看了有些不解：咱们厂一年产量几千吨，还在乎这么一两、半斤酒？再说这些余酒又不能喝，攒起来有什么用呢？

薛淑花说：有用着呢！你瞧好了。

余酒攒满一桶后，她就拿到车间装瓶，用做乡都酒堡的陈列酒。以前陈列酒都是用成品，时间长了就变质了，现在用余酒，可以减少浪费。对一个企业来说这点钱微不足道，但薛淑花认为，做企业像过日子，省一点是一点。

一次，薛淑花被派到乌鲁木齐新疆农科院进行一个为期五天的学习培训，不料，第五天，培训老师因车祸事故被送往医院治疗，学员自由安排。同宿舍的学员都去逛街，薛淑花完全可以利用这难得的空闲放松一下自己，但她没有，匆忙收拾行李、办好相关手续，赶班车回到库尔勒，第二天就上班了，她对待工作真的像对待家务一样啊！

敬业的员工往往进步快，从几年前的一个普通劳动妇女，成长为乡都的技术骨干，并被任命为酒厂的质检部长兼酒厂工会小组负责人。她还多次被评为乡都的“劳动模范”，获得过焉耆县“三八红旗手”称号。

“先锋将”宋殿新

宋殿新是东北人，下过海，经过商，2002年春，他抛下年迈的母亲和年幼的女儿，来乡都打工。刚来时他一看这里的环境，怀疑自己能否长期待下来，他说：“茫茫的戈壁滩一望无际，荒无人烟，心中不免有些茫然，后悔莫及呀！”幸好，他受到李瑞琴董事长与基地负责人的热情接待，地方偏远荒凉和人的亲切贴心，形成鲜明对照。他想，到一个地方，人好就好。从此，他在乡都安心待下来，担任葡萄园基地的技术指导。

宋殿新的勤恳负责受到董事长的关注和好评，年终他回家过年，董事长发给他2000元奖金，还交给他一项任务：在家乡为公司招60–80个农民工。因为新疆地广人稀，在当地招工有些困难。

宋殿新没想到，自己一个普通员工，竟然受到董事长如此器重，说什么也要完成任务呀！他东奔西走，托亲访友，费尽周折，最后从三个县八个乡招到了

60个农民工，又费尽周折地将他们带到了基地。董事长决定：将新员工和基地原有的员工共100多人，组成一个新团队，全交给宋殿新管带。

宋殿新没想到提拔来得这么快，对能不能带好团队信心不足，因此犹豫不决。

李瑞琴鼓励他，说："你能把这么多人从那么远的地方带过来，我相信你一定能把人带好。关于工资待遇问题好商量，只要你说个数，我们可以考虑，你就大胆干吧！"

宋殿新为这事犹豫了好几天。犹豫什么呢？他说："自从公司领导找我谈话后，一连几晚都难以入睡。心里想几万亩葡萄园，上百人的队伍，我能担此重任吗？万一有个闪失，自己名声事小，影响公司的发展事大，不行，我还是找董事长谈谈此事，这可不是儿戏，是关系到企业存亡的大事。第二天早上8点钟，我就去了董事长办公室，向董事长请辞：'我们公司这么大，又刚刚起步，坏在我手里，我不就成了个千古罪人了吗？'"

宋殿新的负责态度更赢得了李瑞琴的信赖。李瑞琴认为，一个负责任的人，哪怕开始做不好，只要保持这种态度继续努力，最后一定能做好。她说："你不要再推辞了，你尽管放心大胆地去做，遇到困难我支持你，公司给你做后盾，我们携起手来共同努力吧！"

话说到这份上，宋殿新别无选择，只好放手一搏了。

怎么把队伍带好？他只好摸索着干，又召集几位有文化、有经验、在村乡当过干部的"参谋"共同研究，最后竟然整出了一套有模有样的管理方案。李瑞琴看了他的方案，笑了，说："我就知道你能行嘛！"

宋殿新果真行，将一支队伍带出了精气神，带出了战斗力。

2005年，葡萄基地计划扩大种植面积，为此需要搭大量葡萄架，架材是水泥柱子，每根重60公斤以上，当时又是夏天，气候非常炎热。可以想象，栽柱子是一件极艰辛的工作，体质弱、意志弱的人都上不了场。

宋殿新亲任"敢死队长"，从60多个东北民工中选出18位精壮汉子，大家奔赴"战场"，挥汗苦干，平均每人每天挖50厘米深30厘米宽的坑30个，扛水泥杆子30根，栽柱子30根。干了几天，大家肩膀都磨肿了，前胸和肚皮都磨出了数道血痕，结痂后又再次磨破，被汗水一浸，痛肿化脓。领导看在眼里，疼在心里，建议他们先休息几天再说。他们却不肯，继续苦干，将领导和同事感动得一塌糊涂，亲切地称他们为葡萄园里的“18罗汉队”。

3个多月苦战，“18罗汉队”胜利完成了任务，在12个条田1200亩地上栽下水泥柱6万多根，创造了公司史上栽柱子最高纪录。

“工作狂”宋凤文

宋凤文在辽宁老家有过20多年村干部工作经历，2010年应聘到仪尔乡都，在葡萄基地工作，先任技术员，后又负责综合管理，因表现突出，于2013年获得“自治州金牌工人”荣誉称号。

公司葡萄基地的员工增长到了200多，除少量本地人外，多数是来自甘肃、河南、东北等地的农民工，多数只有初中文化，刚开始并没有在乡都埋头苦干的想法：有些人作风懒散，上工拖拖拉拉；有些人不想付出，还想多赚钱；有些人准备干一段时间就换地方，思想很不稳定……面对这种种现象，宋凤文在领导支持下，充分发挥管理才能，一是开展谈心活动；二是完善各项规章制度，严明赏罚；三是开展劳动竞赛活动，每天检查，每周评比，表扬先进，鞭策后进。

在宋凤文耐心细致的管理下，员工的思想面貌发生了很大变化，上班再也没有懒懒散散、拖拖拉拉的现象，来得一个比一个早，有的人一天在地里干十几个小时，有的人下雨天披着雨衣，坚持在地里劳动。看到这喜人的变化，基地何承润总经理对宋凤文翘起了大拇指，夸道：真是一个做思想工作的行家里手！

打铁还需自身硬，规章制度他带头遵守，困难工作他总是冲在最前面，一次公司准备安排两个人给杆子打号，因人员紧张，一时抽不出人来，他利用几个午休时间，抽空就把这活儿干了。还有一次，天降大雨，干活的人都往家里跑，他却骑车直奔园区，身上的衣服被雨水淋透了。有人问他：“下这么大的雨，你怎么还往地里奔？”他说：“雨天要防洪。”原来，公司有规定：如果有洪水，不知情就不能上报公司。所以他要去看清楚了才放心。

宋凤文称得上是一个“工作狂”，一年365天，几乎天天都在地里干活。来公司4个年头了，他只回过一趟辽宁老家。

2013年5月，宋凤文的岳父去世，上级批准了他的丧假。他乘车行至吐鲁番，打电话跟家里联系，得知丧事已经办完了，他就想，赶回去奔丧已无意义，公司正是农忙季节，得在地里盯着才行啊！于是，他说服他的爱人，要求返回工作岗位。爱人同意了，儿子、儿媳却不乐意，打电话问他："你孙子出生3年了，你不回家看看吗？"他确实想回家看看孙子，可又放心不下工作，终于还是返回了基地。

2014年春节，四区的劳务人员全部返乡过年了，宋凤文独自留守岗位，大年夜一个人就着篝火，守着电视机看春节联欢晚会。子夜时分，儿女及亲属们纷纷打来电话问候，同时提出疑问："你干嘛不愿回家呢？"他说："公司将这副担子交给了我，我不能对不起公司对我的信任啊！"

我们听宋凤文用平淡的语气讲述自己的故事，不由得感慨万千。为了工作几年不回家，甚至主动放弃探亲假，放弃看望骨肉亲人的机会，这样的选择难以用常情来理解，我们也很难评判他的选择对或不对，但我们觉得，乡都拥有一大批乐于奉献的员工和基层管理者，何愁不兴旺发达啊！

结语：重视贡献的人都是"高层管理者"

管理大师德鲁克说："一个重视贡献的人，为成果负责的人，不管他职位多卑微，他仍属于'高层管理者'。"

要想成为合格的"高层管理者"，一要眼界高；二要心界高；三要境界高；四要价值高。尽管基层管理者影响的范围有限，但他们钉在哪个地方，哪个地方就稳如磐石，可以让人绝对放心；而且他们的精神影响力，将远远超越职责范畴，向全公司扩散，带动一大批忠诚敬业的人。

漫画/杨琪

第八章 李式管理风格之

公司的主力人物

李瑞琴从不讳言，乡都是一个家族企业，她的家庭成员都扎根在乡都酒业。家人的倾情参与，是她创业之初最重要的支持力量。外聘人才也是集结力量的一种方式，但外聘不等于外人，在李瑞琴眼里，他们都是“自家人”。因为乡都的事业，是每个参与者共同的事业；乡都的愿景，是每个参与者共同的梦想。

家族式管理：怎样当好家长

环绕在李瑞琴身边的，有一个“金不换”的管理团队和一支打不散的员工队伍，其中包括她家人、亲戚、乡邻，但多数是远道而来、为她的创业精神所吸引而忠诚相随的“有缘人”。

谈到乡都的管理，李瑞琴对我们说：“乡都就是一个大家庭。我是家长，不是家长制。”

“我们发现一个现象，您一家人都在这个企业。”

“是的，我们乡都就是一个家族企业。”李瑞琴说，“家族企业，先要一家人齐心，儿子不来干，你传给谁？女儿不来干，你传给谁？”

李瑞琴补充说，“他们都在成长。做成这么大，一步一个脚印，提高他们是最重要的，他们提高了，工作才好往下干。我最欣慰的，不仅仅是他们，高管们，中层管理人员，基层管理者和员工，每天都在进步。”

我们听得懂她话里的别样意蕴，她说过，为了实现“做中国最好的葡萄酒”的梦想，需要发挥“愚公移山”精神，用几代人的努力。但是，怎样将接力棒一代代传下去呢？家人的参与必不可少。家人代代传承事业，才能吸引一代代管理者、员工不断加入到追梦之旅。

追梦意味着不会很快心想事成，意味着要忍受很多、付出很多，可能还包括取舍之间的无奈失去，怎样将自己的精神信念传导给接班人、吸引大家坚持下去呢？李瑞琴用的是最简单的一招：做给他们看。

教子经验：做给他看就行了！

李瑞琴山东老家有一个邻居老太太，养了9个儿子、1个女儿，老了没人管，最后喝毒药自杀了。李瑞琴回老家探亲时听说这件事，唏嘘不已。村里人都议论说：“你看人家李瑞琴，人家的孩子是怎么教育的？一个个有出息又孝顺。”有人向李瑞琴讨教教子经验，李瑞琴有点纳闷：难道我会教孩子吗？可孩子们一个个像丰产田的麦苗，长势良好，那是怎么回事呢？她想了想说：“我不怎么会教孩子，做给他看就行了。”

李瑞琴年轻时在生产队劳动，没有时间给孩子们夸夸其谈讲大道理；中年创业，每天忙得不可开交，哪有多少时间花在孩子们身上！事实上她只能不教而教：做给他们看。

她是怎样“做给他们看”呢？

年轻时她“捆绑搭售”，带着舅母、妹妹一起出嫁，稍安定一点又将父亲接来供养，用实际行动告诉孩子们该怎样做人：人活着不能忘本，不能忘恩，不能忘了责任。

无论当农民还是当企业家，无论办公事还是操持家务，她总是那么忙碌，该做的事一心一意做好，可做可不做的事，能做也一心一意做好，用实际行动告诉孩子们该怎样做事：主动负责，不吝力气，严谨认真，凡事尽最大的努力。

李瑞琴承认，当孩子小的时候，如果犯了错，她也会用农村人的土法子：打腿、打屁股。在打骂中，她教给孩子们一条条做人做事的原则：马马虎虎是不行的，不负责任是不行的，不讲信用是不行的，遇到困难打退堂鼓是不行的……

有些家长教给孩子道理，自己却背道而驰；对孩子高标准严要求，对自己却很放松，那怎么可能起到教育效果呢？李瑞琴对孩子要求高，自己先做到，做得更好，在创业最艰难的时候，她始终冲在最前面，别人叫苦她不叫苦，别人喊累她不喊累，咬紧牙关，坚持，坚持，坚持……永不放弃！

孩子们看到了她的努力，也找到了一个学习榜样。

邹积赟深情地讲到了母亲当年的坚强：那几年她的身体一直不太好，不能吹风，见风头就痛，而且长期受重度关节炎的折磨，痛起来楼都爬不上去。去医院检查，医生说：“赶紧治，不然过两年就瘫痪了！”没办法只好赶紧治。因关节积水，每过两三个月就要到医院抽一次水，每次抽二三百毫升。一般人在这种情况下早就卧床疗养了，可她的事业正处于关键时期，一点不能松懈，因此她还是忍着病痛，领着大家干。每次出现在大家面前，精神抖擞，好像比健康人还健康，谁知道她经受了多大的折磨啊！

儿女们非常清楚母亲的身体状况，都想尽量分担一点，于是，他们不由自主地加入了母亲的事业。渐渐的，他们真正理解了母亲的梦想，为母亲的梦想所吸引，从此由被动参与变成主动加入，愿意陪伴着母亲，一起追梦。

到2008年左右，李瑞琴的事业已经打好基础，葡萄园生机勃勃，乡都品牌也成了新疆同业第一品牌，奇怪的是，她的身体也好起来了，像年轻时一样硬朗、精力健旺。对此，邹积赟开玩笑说："别人是过着往前走，她是过着往后走。"

而此时，孩子们都在企业挑起了大梁。他们拧成一股绳，在各自的岗位上为企业的成长冲锋陷阵，希望为母亲多分担一点辛苦。事业后继有人，这正是李瑞琴最感欣慰的事。

给员工讲大道理，员工听不进去

"给员工讲大道理，员工听不进去。"李瑞琴说。

怎样让员工服从管理呢？她的方法还是：做给他们看。

对待工作，李瑞琴向来严肃认真，从不马虎，从生产第一线到销售环节，她都会亲力亲为，凡事冲在最前面。员工们耳闻目睹，也无人敢荒疏懈怠、退避卸责。

一位员工给我们讲了李瑞琴最近一次参加葡萄基地劳动的情景："2014年4月9日，葡萄苗已在土里发芽，有的已经吐绿，气温一天一天上升，需要尽快从厚土中起出来，否则会影响当年葡萄品质。"

"葡萄基地劳动大会战的场面热火朝天。3000名企业雇用的临时工连续作战已经半个月，完成任务指日可待。董事长也带领全体酒厂员工、总部员工参加劳动。这天恰逢变天，气温骤降至5摄氏度，冰冷的风夹杂着零星的雨，加剧了寒冷，从市区赶到基地参加劳动的工友们都冻得缩成了一团。

"董事长李瑞琴早在地里开干了，大家只好紧跟着上。临近中午，大家都开始慢下来，尤其是女员工，有的喊腰疼，有的喊腿疼，有的手上打起了泡，可63岁的董事长精神抖擞，一气也不停地用铁掀铲土、用坎土曼挖土，细心地解放每一颗得之不易的葡苗……"

难道李瑞琴不累吗？身子骨不疼吗？毕竟是63岁的人了呀！到这个年纪，别说干农活，坐办公室都可以安心退休了。她只是想用行动告诉大家一个做事态度：该做就去做，苦累要用意志承受。

在做人方面，李瑞琴将家人的关系处理得和和睦睦、亲亲密密；将外部的客户、领导，内部的职工、管理人员，以及左邻右舍、乡里乡亲的关系都打点得妥妥帖帖。在生活小节上，李瑞琴也从不马虎。难能可贵的是，李瑞琴坚守“做事先做人”的理念，将做人与做事融为一体，对员工们的工作和生活态度产生了深刻的影响。

从领导岗位上退下来的江英，应聘为乡都主管行政的副总经理，刚来就从董事长身上学到了重要的一课。她说：“2012年，我刚到乡都不久，就听说董事长李瑞琴特别讲究干净，心里半信半疑，农民出身的她能有多讲究呢？

“一次董事长出差十几天，半夜乘机回来，第二天一早就叫我去她屋里商量工作，我思忖，这么大年岁，出差回来也不休息吗？到了她屋里，见她脸上还留着倦意，再四处环顾，窗明几净。我问：‘你雇有保姆吗？’董事长朗朗笑道：‘我胳膊腿这么利索，不用雇保姆。’‘那你这么大屋子谁打扫呢？’‘我自己，我的习惯是，半夜回来也要先把屋子打扫干净再睡觉。’我心里暗暗敬佩。

“后来的相处中，我发现，她的确非常讲究卫生，家里的灶台、冰箱、卫生间没有一点异味，一尘不染。有次聊天，她说这是从小严厉的家教养成的习惯。再后来，我发现，不管是去总部，还是去葡萄基地、去酒厂，她永远不变的第一件事就是谈卫生，她说：‘我们是食品企业，制造的产品直接入口，环境卫生也好，车间卫生也好，个人卫生也好，不能有半点马虎，否则出了问题对不起消费者。’

“2012年秋天，我们去墨玉酒厂检查工作，因为车间的地面卫生不好，她严厉批评了负责人，责令3天之内不睡觉也要整改。她说，不要以为这里是工业园区，没有部门来检查就放松自己，我们要对得起自己的良心。

“乡都人渐渐都养成了处处讲卫生的好习惯，从总部到酒厂，没有专职保洁员，但是从办公室到卫生间总是窗明几净，酒厂各个车间严格按卫生管理制度打扫，连我这个自认为很讲究的人也更注意了！”

结语：“先行其言”，做个样子给人看

你提倡什么，最好先做个样子给人看，你做出来了，效果很好，别人就不会说“这不可能办到”，顶多找借口说“我不想做”，这样抗拒情绪小多了，稍加推

动即可改变别人的态度。

索尼创始人之一井植薰有一个观点："员工每天工作8小时就行了，管理者每天需要工作16小时，公司董事每天24小时都要想工作，做梦都要做公司的梦。"

这种说法或许有些夸张，却不无道理。

"邹老的精神永远鼓舞着我们"

邹本新，一个默默无闻地陪伴李瑞琴走过最艰难岁月的山东男人，不仅是李瑞琴生活上、事业上的支持者，也是李瑞琴精神上的一根大柱。2010年，他不幸因癌症去世，但仪尔庄园的每一株葡萄、每一块地头，都留着他的目光和脚印，他的精神已经融入乡都的血液，成为激励后来者的一面旗帜。

李瑞琴对老伴怀有很深的感情，对他在生活上、事业上、精神上的支持也刻刻不忘。她说："老邹是一个非常淳朴善良的人，幸亏我找了他。我们两个人的性格是非常互补的。他就像一只老黄牛，苦活累活全是他干。企业的功劳全归了我，其实苦劳全是他。知道吗，如果找爱人，一定要找一个爱你的人。条件不好不要紧，但一定要爱你。"

乡都的老员工对邹老也怀有深厚感情，采访中不少员工留恋地谈到他，对他的轶事津津乐道。副总江英的一段话，最有代表性："他就像隐身人一样，你能感觉到他的脉搏与葡园的心脏一起跳动，却很难看见他的真人。他最爱说的一句话就是：'不管咋样，我永远是个农民。'真的，邹老朴实得就像那漫山遍野葡萄藤蔓上的葡萄叶一样，你辨不出这片叶子与那片叶子有什么两样，可就是这叶子不分昼夜为葡萄输送着最丰富的营养。经年累月，葡园里的欢笑永远飞舞在邹老红黑脸膛上的皱褶里。葡园里的喜悦永远盛开着邹老的花朵，邹老的记忆生长在葡园，邹老就是葡园！"

邹老三试李志强

2009年3月，李志强应聘到乡都葡萄基地，此前李志强有过20多年农村基层管理的经验，特别是负责呼尔墩村管水工作时，将这份繁杂、纠纷不断的工作干得游刃有余，大家都说他是村里屈指可数的能人。

初到葡萄园工作，何承润总经理安排李志强开拖拉机，干些运送农具、管材等杂活，时间不长，又交给他一项新任务——负责基地养鹅厂的养殖工作。他任劳任怨，干得尽心尽力。

一天，镇水管所的一位干部办事经过葡萄园，看见李志强在收拾鹅圈，叹道：让这个人去养鹅，大材小用啊！

这话传到何总耳里，马上向邹老反映。当时葡萄基地急需管理人员，哪有放着一个“大材”不用的道理！但乡都任用管理人员，除了看管理水平外，德是第一位的考虑因素。李志强初来乍到，为人是否可靠？怎样看出他是真金还是镀铜呢？

邹老说：“我有办法！”

第二天一上班，邹老把李志强叫到办公室，拉开抽屉取出一摞钱，递给李志强说：“给你5000元钱，今天去镇上购买油渣。”

说完邹老就忙别的去了。李志强把钱往兜里一揣，开着拖拉机到镇上买完油渣，付款时发现竟然多余出900元钱，他赶紧打电话向邹老报告了实情，回葡园后退还了多出的钱。

事隔不久，邹老又两次让李志强去采购物资，每次都多给了李志强一些钱，而李志强发现后都及时地如数退还。

一开始李志强有些纳闷：邹老一直管财务，不是个糊涂人，公司那么复杂的账目他都一清二楚，怎么会犯这种“低级”错误呢？后来才明白，原来邹老是在“考”他啊！

李志强通过了“考试”，被任命为五区负责人。上任后他没有辜负邹老的信任，干得很出色，年终考核，五区各方面的工作都走在其他区的前面，得到了领导和大家的认可。

戈壁葡园里的一块丰碑

“戈壁葡园里的一块丰碑”，是乡都副总江英对邹本新的评价。在一篇回忆文章中，江英说：“提起闻名遐迩的新疆天山南麓仪尔庄园——乡都酒堡的创始人李瑞琴，知道的人都会赞不绝口。可以说，从创业成功那天开始，‘女强人’这个称号就再也没有离开过她，做事风风火火，说话干脆利索，永远不知疲倦，单看那修长挺拔的身段，你一点都想不到她已经60多岁了。在新疆，在所有乡都葡萄酒走过的地方，李瑞琴的名字如影随形，已经与乡都葡萄酒融为一体，不可分割。可是，您也许不知道，给她巨大精神支撑的，除了她那与生俱来的永不满足、追求完美的信念，还有一个李瑞琴永远都揣在心灵深处时时不忘的人，他就是与李瑞琴相濡以沫38年的老伴——邹本新。

“从外表看，邹老是典型的山东汉子，高大，严肃，不爱说话，家里来了客人，他总是笑笑，打个招呼就去忙他的活计了。他是那么不起眼，见十次面都记不住他的人很多。可是，就是这样一个沉默寡言的汉子，在李瑞琴1998年初创业的艰难岁月里，三九寒冬陪着李瑞琴住在戈壁滩搭起的帐篷里看守井房，三伏天带着子女们在地里查苗情、除杂草。那时候，被李瑞琴戏称为‘老黄牛’、‘后勤部长’的邹老，在家是炊事员，进了牛场、鹅棚是养殖员，来到葡萄地是技术员。开春了，他忙着给葡萄出土上架；入夏了，他忙着疏枝抹芽；秋天来临，他一拢地、一拢地查验葡萄成色；到了冬天，他又忙着埋土沤肥……眼看着戈壁滩上的葡萄从5000亩种到3万亩，防风林从28万棵种到250万棵，葡萄结了果，杨树成了林，邹老修长的身板却日渐弯曲。曾有北京来的记者问他：李瑞琴当初种葡萄的决定你支持吗？邹老笑呵呵地说，怎么可能支持，当初办皮毛厂挣的钱孙子的孙子都花不完，但是，她既然决定了，我只能支持，谁让她爱折腾呢。就是这份嗔怪中的深情呵护，一路伴随支撑着李瑞琴种出了万亩葡园，建起了乡都酒堡，做出了驰名中国的乡都美酒。

“2010年10月初，已患晚期肺癌的邹老从病榻上支撑起来，最后一次走遍了浸透他半生心血的土地和葡园……只要提起邹老，李瑞琴依然情不自禁、泪盈眼眶，她说：没有老邹，就没有我的今天！”

“邹老的精神永远鼓舞着我们”

老员工曹金林说：“邹老一生吃苦耐劳，任劳任怨，为我们仪尔葡萄基地做出了很大的贡献，在10多年的工作中，他像慈父一样在工作中指导我们，在生活中关心帮助我们。

“2009年真是一个不幸之年，年初，邹老突然患病，一开始，邹老把病痛藏在心里，依然每天早早地来到地里，忙忙碌碌，直到病情加重，才住进医院，但他的心还在葡萄基地。

“4月中旬，邹老接受完化疗，从医院回到家中调养，临出院前，医生千叮咛、万嘱咐，让他一定要好好休息、补充营养、恢复体能。但邹老休息了没几天，就死活呆不住了，不顾家人和亲友的再三劝阻，硬是拖着虚弱的身子来到葡萄园，检查葡萄定植、栽苗等情况。邹老依然是那样严肃认真、一丝不苟地对待工作，发现栽得浅的、不合要求的，就一定要求返工。他一沟一沟地检查、一块地一块地检查，脸上冒出了不少虚汗。

“同事们实在不忍心看他检查下去，再三劝他回去，还说：我们一定会保质保量地完成任务，请您放心休息吧！可邹老却说，这点病算不了什么，闲在家里不如忙在地里，多干点活我心里更踏实。

“自此，邹老天天在葡萄园忙得不亦乐乎，从4月到6月，他的背又疼痛起来，有时候气也喘不过来，邹老便让我给他捶捶背。我看着日趋消瘦的邹老，含着眼泪，哽咽着劝他，回家好好休息一下，可邹老还是说，这点病我能扛得住。

“在生命的最后日子，邹老向前去看望他的同事询问葡萄基地的事情，还牵挂着地里的一草一木。我们尊敬的邹老、尊敬的慈父离我们而去，我们悲痛万分，我们要擦干眼泪，继续完成邹老未完成的事业，让邹老在天之灵安息。”

结语：生命有限，精神传承无限

老子说：“老而不死者寿。”人真正的生命不是这个肉体，而是深蕴于内的灵魂、闪烁于外的精神，美丽的灵魂不会死亡，她像“蒙娜丽莎的微笑”、“断臂的维纳斯”一样永生于人们的记忆中；可敬可贵的精神不会死亡，她像圣贤大师的名句语录一样，永远是指引后来者的航灯。所以，人逝去，灵魂不死、精神不灭者才是真正长寿的人。

从“可怜儿”到乡都骨干

“用‘比蜜蜂还忙，比蚂蚁还累’来形容这对夫妇的春夏秋冬最恰当不过。在这个家族企业里，其他员工可以轮休，只有李瑞琴的妹妹邱淑芳和妹夫李盘生基本没有休息日，他们既是管理者，也是劳动者，在葡萄收购最忙的季节里，两口子几天不下班是常有的事。但是，他俩若有工作疏漏，工资照扣不误，与普通员工一样受罚，或许，这就是这个家族企业长盛不衰的秘笈。”这是《乡都人物故事》中为李盘生、邱淑芳夫妇勾勒的一副“素描”。

邱淑芳就是本书开头提到的、李瑞琴那个出生三天就被人抱养的小妹妹，随了养父的姓。当初两家有约定：永远不能相认。那么，邱淑芳为何与姐姐相认了，并成为乡都员工呢？

亲情的呼唤

在李家的兄弟姐妹中，邱淑芳的遭遇最不幸，但她同时又是一个最幸运的人，从小倍受养父母的宠爱。养父母没有子嗣，视她如掌上明珠，好吃好喝的，自己舍不得吃，总要留给她。养父母也以良善之心尽到了教子责任，从小教育她，无论什么时候都不能忘记对自己好的人。从小她便在这样感恩的环境里成长，虽然生活条件不好，但一家人过得其乐融融。

邱淑芳惟一遗憾的是，家里没有兄弟姐妹。看到别的小伙伴都有兄弟姐妹，她特别羡慕。小伙伴们有时会对她说：你是别人家抱来的孩子。她回家问养父母，他们一口咬定：这是别人胡说，你不要相信！她相信养父母，可期盼兄弟姐妹的心情却一如既往。她不知道，她的血脉亲人，尤其是她的姐姐李瑞琴，从未停止过对她的思念，只不过，为了信守两家的约定，她的亲人们不能跟她相认。

终于，成年后的李瑞琴，难耐思念之情，给妹妹写了一封信。

可想而知，当邱淑芳收到信，是何等的激动和兴奋。

“我高兴得手舞足蹈。当时就想大声的喊，让全世界的人都知道，我也有哥哥姐姐了，从此不再孤单了！”邱淑芳说，“但是，养父母又从来没有对我讲过我是抱养的，所以又不能说。从此我只能在心中默默地想念我的亲人……”

时间到了1998年，李瑞琴的事业正处于人生的一个小高峰，做边贸成了巴州的“大姐大”，在老家也颇有名气，乡亲们以她为荣，视她为家乡的骄傲。此时，邱淑芳已经出嫁，丈夫李盘生是一个能干负责的男人，二人育有一个孩子，而养父母垂垂老矣！通过别人慢慢地做思想工作，两位老人终于想通了，同意养女和亲人相认。是年10月，在山东老家，邱淑芳终于和哥哥姐姐们团聚了！

“那时，我的心终于有了归宿！”邱淑芳幸福地说。

但她没忘了养父母多年的养育之恩，继续留在家乡为两位老人尽孝。

加盟乡都

一次，李瑞琴回老家探亲，见妹妹淑芳工作很辛苦，天天和凉水打交道，担心她的身体受不了，很心疼；况且当时乡都酒业刚成立不久，正是用人之际，因此她劝妹妹和妹夫举家搬迁到新疆，在乡都工作。

邱淑芳不忍心远离年迈的养父母，暂时没有同意。时至2003年8月，两位老人相继过世，她尽到了为养父母养老送终的义务，再无牵挂，一家三口来到新疆，和丈夫一起，都成了乡都的员工。

在生活上，邱淑芳一家受到大姐全家人无微不至的关照。她说：“边疆荒凉干燥，与东部的富饶湿润形成巨大反差，一家三口无论生活上还是气候上都不习惯。为了让我们尽快适应环境，姐夫、姐姐想尽了办法，在生活上，换着口味做可口的家乡饭菜给我们吃，包子、饺子、油饼……大姐再忙也要腾出时间来做家乡饭给我们吃，同时也会做些抓饭、拉条子、揪片子等新疆特色的美味饭菜给我们品尝。渐渐的，我们完全适应了新疆的饭菜，以至于现在回到老家，菜里不放西红柿、辣椒都觉得不好吃了。

“现在，大姐的事业越做越大，经常不在家，天南地北地飞到各地开发新市场，但是再忙，大姐只要回到家，就会回到基地，和我们一起住几天，我们一下班，她已经准备好了饭菜等我们回来。其实她难得有清闲的时候，可能一早就去葡萄园视察了几个小时，再匆匆回来做饭，热腾腾的饭菜里饱含着大姐对我们的深情厚意。

“大姐夫在世的时候我们一直和他在一起生活，他对待我们就像对待自己的孩子一样，不管本地的什么新鲜水果上市，他都会弄来给我们尝鲜。刚来的时候，没有闭路电视看，有时我们晚上就在一起唠家常，他经常给我们讲他们刚来新疆时的生活：他们住过地窝子、割过芦苇，连件像样的铺盖都没有，但他们坚持下来了。

“在子女教育方面，我们也一直以大姐和大姐夫为榜样，严厉中不失爱心、讲究方式方法，当着众人的面，我们从不训斥孩子。我的孩子的成长也得到了大姐和姐夫、外甥和外甥女的关照。

“跟大姐一家人相处，我们早已消除了刚来时的顾虑，在老家时，凡是有身份、产业大的人家，对外来人大多会有排斥心理，可在我们这个大家庭，丝毫没有这样的感觉。逢年过节，姐姐和孩子们都会给我买各种礼物，我来新疆的第一份礼物，就是大姐送我的玉镯。

“就是在这样爱的氛围当中，让我们感受到了家的温暖，在大姐、姐夫如父母般的关怀下，我们慢慢适应了新疆艰苦创业的生活，工作虽然辛苦，但在亲和力极强的大家庭里，长辈、晚辈之间互敬互爱，冲淡辛苦的滋味，使乡都这个家族企业蒸蒸日上。”

乡都酒厂的“红管家”

邱淑芳加入乡都后，没有因董事长亲妹妹的身份受到特殊照顾，像其他员工一样，从最普通的工作做起；反过来说，因为她是董事长的妹妹，更要有担当，负责的兼职工作更多，对她的要求也更高、更严格。通过自身的努力、大姐的引导和帮助，以及乡都大环境的熏陶，她学业务、学管理、学技术，从一个普通女工成长为乡都的骨干之一。

邱淑芳说：“2003年刚进厂，公司安排我当保管。我原来在山东老家的集体企业里干过车工，在技术科描过图，来乡都前，是在磨床上工作，哪干过记账、算账的活儿，听着心里就紧张。但董事长坚定的眼神和鼓励的话语动摇了思索再三的我，我决定好好干、用心学。我自己找一些资料来看，不懂的就问财务上的同事、向有经验的老师傅们请教，他们都耐心地帮助我。检验库管工作质量的一个最重要的指标就是账物相符，那时，我每次进出库都会很详细地记在一个随身带的小本子上，晚上回家，再登到账本上，过两遍手，不容易出错，也利于保持账面整洁。现在，我还保留着当时用过的小本子，足足有20多个，它记录了我的成长轨迹，也是我的宝贝，有时财务查不到的数据，求助于我，我的小本子能帮上大忙。现在我教徒弟，也要求他们养成过两遍手的好习惯。”

“公司葡萄酒的规格及品种多，库存量大，那时辅料库和成品库还没有分开，都是我一个人管，还兼有酒厂的接待、人事、行政等其他工作。但最锻炼我的还是保管工作。刚开始没经验，有时账和物对不上，就一遍一遍地找原因，经常忙到半夜，非把问题揪出来不可。库房每月的盘点工作，我都习惯性地提前几天开始，先点2-3次，做到心中有数。还养成了每天的工作每天清、晚上做总结的好习惯。现在还学会了电脑，可以在电脑上制作表格了。”

“每年的榨季，过磅工作，灌装任务下单，接待任务的安排，哪样工作都离不开我。无论是休班或午休时间，如果有客人来买酒或者是参观，我都是随叫随到，从不会抱怨，加班加点更不在话下。因为我觉得从进厂那天起，我就成了乡都的一个主人。”

邱淑芳用事实证明了“我能行”，被提拔为成品库房主任，她认真负责、一丝不苟的工作精神，使她赢得了乡都酒厂“红管家”的称号。但她并不以此为满足，闲时她自学品酒知识，竟考上了三级品酒师资格。

邱淑芳回忆了“考证”的那次经历：“2013年6月6—9日，自治区轻工办举办《国家三级品酒师》品酒大赛。因为自己平时喜欢品酒，就报名参加了。

“报到后拿到学习资料出来，刚好碰到了邹总，邹总给我一本书，说，吃完晚饭后，哪里也不要去，这两天把这本书看完。我非常吃惊，这么厚的一本书，200多页，白天还要上课，两个晚上怎么能看完？可我想，既然公司派我出来学习，就要克服一切困难，也要学好。

“在这次培训班中，我是岁数最大的一个，在学习期间，我像士兵一样抓紧每分每秒备战，睡眠时间压缩了又压缩，双眼熬出了黑圆圈，布满了红血丝。我深信自己可以通过考试，因为我平时有很多的积累，高级酿酒师杨华峰总经理在调酒时，我也会经常参与品尝，我品尝的结果也多与大师一致，这都是让我有足够信心坚持下来的真正原因。

“3天的培训结束，考试结果出来后，看到被淘汰的人里没有我，我开心极了！就这样，我顺利拿到了自治区三级品酒师资格证。”

登台表演，舞出别样风采

乡都不是一个只有工作的地方，文化氛围很浓，邱淑芳作为一个农村出身的员工，以前做梦都没想过自己竟能登台表演，而在乡都，这件看似不可能的事轻而易举地变成了现实。

邱淑芳说：“2012年度总结大会将要召开，联欢会上的节目由各部门出，要求酒厂出两个节目。接到任务时，离大会只有一周的时间，且又临近年关，出货任务急，灌装量大，白天根本没有时间排练，我们就利用晚上下班后，连饭都顾不上吃先排练。参加排练的员工有的很有情绪：工作那么累，还要排节目。但我想，这虽然是工作以外的安排，也是丰富我们精神文化生活的方式，企业文化的打造人人有责，虽然我已经50岁了，但我带头参加排练和演出，比我年轻的员工们再没有二话可说，积极参与排练。

“当时，没有舞蹈老师指导，我们就自己在网上找节目；参加排练的员工多数没跳过舞，会跳舞的几位员工就耐心地指导，不断示范给我们看，一个动作一个动作地教。有的员工怕忘记了上场后出丑，回家后又对着视频练习。就这样，大家一齐努力，终于把舞学会了。

“表演开始了。随着《我从草原来》欢快的节奏响起来，我们跳得还有模有样，成了整个晚会的亮点，那一声声雷鸣般的掌声，给了我们极大的兴奋和喜悦，也证明了我们这些所谓泥腿子还有点艺术细胞。在大家强烈的要求下，我们又跳了第二遍，很多员工加入进来，跟在我们后面跳起来，越跳越起劲。晚会结束后，队友们对我说：‘下次有这样的活动，我们还要参加，不被逼一下，真不知道自己还有一天可以登台表演。’”

自从进入乡都，邱淑芳走上了与以前完全不同的人生道路，她的心态、她的个人素质、她的言行举止，经过一次次升级，与过去相比，有天壤之别。现在，她身兼多职，无论是厂房、库房、文化馆、酒窖，还是职工食堂、宴会厅，都能看到她瘦小忙碌的身影。有人形容她的忙碌：自行车换摩托车，摩托换小汽车。交通工具的改变，不仅是社会地位、生活质量的改变，也是工作节奏、工作方式的改变。在忙碌中，她的人生也挥洒着别样的精彩。

虽然从出生起，她身上似乎就打上了不幸的烙印，但她却认为自己是一个"最幸福的人"。她说："小的时候有养父母的疼爱，现在有哥哥姐姐们的关爱，姐姐又给了我这么好的一个平台，在乡都这个大家庭学到了很多东西，我觉得我是一个最幸福的人！"

其实，幸福的真正创造者是她自己。自助者天助之，自助者人助之，别人能给她的只是一个机会、一种可能性，她的心地善良，她的知恩惜福，她的勤力上进，才是成就她今日的根本力量。

"十八般武艺"奉献给乡都

在乡都的发展史上，李瑞琴的妹夫李盘生也是一个不可忽略的人物。当年李盘生、邱淑芳夫妇刚从山东东海之滨来到新疆时，乡都创业伊始、百业待兴。

初来乍到，来不及适应焉耆盆地这个新环境，夫妻俩就已经开始与董事长李瑞琴并肩作战了。当时只有17人的酒厂，一切都需要自己动手、动脑去做。从基建到设备安装，从员工培训到生产准备，每一个细节都需要这个年轻团队的高效组织和默契配合。乡都酒厂的酿酒设备都是国外进口，有时遇到设备厂商都无法解决的问题，李盘生总是迎难而上，他说："再硬的骨头，我也要一点点地啃下来。"他带着员工们不分日夜，反复试验，一个个技术难题迎刃而解。

进口设备的零件很难配备，即使是定购，时间上也拖不起，经过他的钻研仿制，不仅解决了机器的正常运转，还将自力更生的信念植根在员工头脑中。他们改装的除梗破碎机绞轮截短设备，连厂家都来"取经"，并推而广之。一路走来，李盘生有太多这样的小发明、小创造，人们说：李盘生的十八般武艺都奉献给了乡都。

一人多用是乡都管理的特点，李盘生在完成本职工作的同时，业余学习酿酒技术，他的师傅是法国酿酒师多米尼克·华和总经理邹积赟。几年后，他学有所成，正式参与酿酒了，他也从车间主任升任为生产厂长。

2012年五色海岸新酒节，乡都桃红葡萄酒，在“2012全国桃红葡萄酒挑战赛”中，成为本次挑战赛的优胜者，荣获“金玫瑰”奖。

李盘生和他的妻子邱淑芳一样，都是乡都梦最忠实的追随者，“用最好的葡萄酿最好的酒”，让乡都品牌走向全国、走向世界，他们找到了值得为之奋斗终生的目标。

结语：让帮助变成双方的幸运

帮助的真义是提供一个努力机会：给你一条通道，你能不能走到终点？给你一只小船，你能不能划到彼岸？给你一个参赛机会，你能不能拿到冠军？给你一个立功机会，你能不能赢得胜利？努力的过程没有人可以代替，将帮助仅仅当成一个机会，努力求证最佳结果，才可以让帮助变成双方的幸运。

乡都“先锋官”李卫

李卫本名邹积斌，在邹家三个孩子中，他是老大，从小生就一股子犟劲儿，他想干的事谁也拦不住，他不想干的事谁也摁不住。有一件全国人民都认为天经地义必须要做的事，他的父母也认为非做不可，他却认为可做可不做。

什么事呢？

读书。

李卫说，为什么要读书？读书有什么用？

父母说，别问为什么，别管有什么用，你先读了再说。不读书你又能干什么？

李卫一想，是啊！不读书能干什么？他只好耐着性子读完了小学。读到初中，他感觉自己本事大了，能干的事多了，对读书再无兴趣。父母没办法，只好软硬兼施，好歹将他弄到学校去。尤其是母亲，为他上学的事没少操心，他不去学校，她就好言哄着，哄不住了，索性拿起棍子动粗，将他打到学校去。

打进学校的孩子能读好书吗？读到初中二年级，再也升不上去了，眼看弟弟邹积赟变成了自己的同班同学，李卫死活不肯去学校了。父母无奈，只好随他的便。

不上学去干什么呢？种田也不好玩，找工作还未成年。那是1991年，李瑞琴办皮毛厂、做边贸都做得非常好，钱赚得哗啦哗啦，李卫也算一个“富二代”了，家里不指着他挣生活费。他闲了一段时间，日子过得很无聊，感觉还是得去读书，于是找了一所专科学校，学法律。学了一年半载，看见一个招兵广告，试着报了名，没想到一下子验上了。他从小身体棒、体质好，是块当兵的料。名字就是这时候改的，自己取的名，“卫”，保卫祖国嘛，这是当兵的人该干的活。“积斌”，积什么斌？不想当将军的士兵不是好士兵。

父母暗暗担心：他这么逆反的一个人，能适应部队的生活吗？部队军纪严，可不会由着你的性子想干什么就干什么。

没想到，李卫到了部队，如鱼得水，彻底改变了以前的形象，第一年就被评为优秀士兵，还立了一个功：一次他负责从新疆押运一车皮重要物资到西安，顶风冒雪在车上站岗，不叫苦，不怕累，出色完成了任务，受到领导的嘉奖。

那时候，李瑞琴虽然生意做得好，身体却累垮了，心脏病，关节炎，各种毛病都上了身，一边管厂子，一边做边贸，事务繁多压力大，有点吃不消，急需帮手。邹老干具体工作没话说，到外面闯荡不是他的强项，谁可分担？只能寄望于小邹了！

别看小邹从小“不听话”，却是个大孝子，心疼父母，那是真疼，嘴上不说，做实事从不含糊。现在父母需要他，他就不再犹豫，很快离开了部队，加入到家族事业中。从那时起，他多次出任“先锋大将”，专啃“硬骨头”。他戏称：“最难的问题都是交给我处理，最不好处理的事情都由我处理，我就是狗皮膏药，哪里需要就往哪里贴。”在家族事业的每一个重要节点上，他总是冲在最前面，出现在最需要的地方。

阿拉山口的“先锋官”

李卫的第一份工作是跟母亲去阿拉山口做边贸。李家的盘子做得不小，一面从东亚国家购进羊皮、钢材等物资，一面向东亚国家出口本厂生产的皮衣以及食糖、毛巾等产品，往来货物多，工作烦琐，李卫的主要任务是在口岸上负责报关、接货、出货。

那时边境贸易刚兴起不久，口岸的基础设施还很简陋，几间小破房而已。阿拉山口是一个有名的风口，气候的恶劣超乎想象，每天刮着10级、12级大风，有时风力瞬间能达到13级，狂风卷着飞石，神佛难当，运行中的列车都不得不停轮避风。每天在这个地方工作、生活，艰难的情景可以想象。

李卫天性要强，加之在部队锻炼过，一派军人作风，越困难他越是斗志昂扬，在阿拉山口顶着强风接货、送货，困难不说，还有风险，被大家视为畏途。别人不愿上他上，不仅给自家接送货，有时还仗义帮别人的忙，每天乐此不疲。"我为人就是这么随和，不管是和谁在一起都是这样子，"他说，"哪怕是要饭的叫花子，我和他可以蹲在一起吃顿饭；你就是再大的官，我也不惧你。"看来他不仅是个"兵"，也有当"大哥"的天赋。

从1993年到1997年，李卫在阿拉山口独当一面，还常被母亲派到国外接洽业务。对母亲交待的任务，他从不打折扣，再难办也要完成，成了母亲有力的臂膀。

戈壁滩上的"先锋官"

1998年，李瑞琴开始在戈壁滩上种葡萄。尽管经过专家论证，西戈壁的水土光热气条件非常好，适合种葡萄，但究竟能不能种成，还是一个未知数。成败的关键因素是打出地下水，没水啥都不用想了。

做论证，垦荒，花光了家里的积蓄，打井又得一大笔开销。李瑞琴决定，先别请专业打井队，太贵，自己打了试试，打出水来再正式上马，打不出水来就别花这冤枉钱了。谁负责这项工作呢？重任理所当然地落在李卫肩上。

李卫在本地找了一些自称会打井的人，他亲自带队，每天在戈壁滩上开钻打井。不料这些人都是土把式，玩真的不行，瞎折腾了一回，什么也没干成。

李卫又找了一些真会打井的四川人，接着干。茫茫戈壁，什么都没有，就这么一支十几人的施工队，一间简陋的房子，吃的喝的都要从大老远的地方弄过来，李卫亲自当厨师，做饭给大家吃，吃饱了跟大家一起没日没夜地干，干累了跟大家挤在小屋里歇息。苦干3个月，打下去100米，终于见水了，水又多又甜。眼看自己的工作出了成果，种葡萄的大计也有指望了，李卫心里那种兴奋、激动的心情，非语言可以形容。

打出了第一口井，心里有底了，接下来的打井工作，都由专业打井队完成。

水有了，葡萄能不能经得住恶劣气候的考验？这是李瑞琴最感焦虑的问题，也是全家人共同的担忧。惟独李卫全不当回事，他是个“多大压力都能睡着的人”，对成败看得没那么严重。他对母亲说：“我们一家人都是农民出身，万一种葡萄不成功，大不了打回原形，哪里来的哪里去，再当农民。把葡萄铲了，还可以种别的嘛，没什么大不了！”

他的“没心没肺”，给了全家尤其是母亲很大的精神力量。

在大家的齐心协力下，葡萄终于种成功了，正像李卫说的，“用事实验证了我们的决心”。谈到这一成果，李卫坦率地说，种葡萄的最大功臣不是自己也不是别人，而是他的父亲，“我父亲是种地的好把式，了解土地的习性，种葡萄的经验也比我们强多了。他从第一棵苗下去，就一直在地里呆着，守护着葡萄园，看着葡萄一点点成长，看着葡萄园一天天扩大，从来没有离开过，葡萄园的今天，离不开我的父亲，离开我父亲，谁都搞不出这么好的葡萄园”，说到这里，李卫几近哽咽，看得出，他对去世的父亲有着最深沉的感情，一个男子汉的感情。也许，他平时不爱表达，但这种感情从来没有离开过他。

在李卫心里，最崇拜的人还是他的母亲李瑞琴，他说：“在我眼里，我妈是永远都打不垮的一个巨人，不管什么困难都打不垮。”

李卫还透露了爱妻李晓云的一件“糗事”：

葡萄长出来后，一天，巴州水利局组织各县龙头企业的带头人来葡萄园举行现场观摩会，考察从以色列引进的滴灌设施。李卫开车在前面带路，李晓云站在地头恭候，那时她还是刚过门的媳妇，一副都市白领范儿，缺乏“江湖”的淬炼。来宾下了车，一看园子里的串串葡萄可爱诱人，二话不说，摘下来就吃。李晓云见了，心里又痛又急，这是大家流血流汗拼出来的劳动成果呀，哪能这么糟蹋！她想大声制止，可说出来的声音小得像蚊蚋一样：“不许吃！不许吃！不能吃的呀！”那些人没有一个人听她的，照吃不误。

李卫忙着招呼客人，哪顾得上管这事。回头问李晓云：“你为什么不喊着点，就看着他们摘葡萄吃？”

李晓云一脸无辜地说：“我喊了！他们不听，我有什么办法。”

那时候，连李晓云自己都没想到，她这么一个弱女子，在婆婆和丈夫的调教下，很快成长为一员敢打敢拼的女将。

基建工地的“先锋官”

2002年，中法合资新疆乡都酒业有限公司成立，乡都酒堡的建设计划也提上日程，李卫又出任主抓基建的“先锋官”，负责物资采购、工作监督、关系协调等各项工作。

酒堡是法方专家设计的，由中方的专业建筑公司负责施工，法方派了一个专家小组负责现场的技术监督。中、法两方的专家在建筑理念、办事风格上存在明显的差异，磕磕碰碰的事不少。例如法方要求地基一定要调到1.1米，差一分都不行；预制的大梁一定要日晒多少天，差一天都不行。中方专家对此不以为然，双方常常争得不可开交。有争议就需要协调，协调工作主要由李卫来做。

别看那时李卫刚到而立之年，却有着超乎年龄的成熟老练，极有见识魄力。他将两方专家找到一起，划出道儿：技术上的事我不懂，你们懂。我的要求是保质保量按期完工。你们可以有争议，但不能影响工期，不妨各退一步，找到一个共同点，尽快拿出解决方案。不拿出方案，大家都别吃饭、睡觉了，我就在这里陪着你们。

这一来，双方情绪上的东西少了许多，不那么固执己见了，比较容易达成共识。就这样，遇到一个问题解决一个问题，简明而高效，只用了3个多月时间，乡都酒堡就顺利落成。法方专家一看，工程质量符合预期，完成时间却快了两三倍，惊讶之余，很有感触地对李卫说：“我从你们这里学会了变通，在这之前我们不懂得变通，现在明白了！”

在细节问题上，李卫多数时候支持中方专家的意见，但是在整体思路上，李卫却坚决拥护法方专家的主张。当时中方专家提出：酒堡的广场设计得太大了，缩小一点，省成本省工期还省土地。邹家多数人都赞成这一意见。李卫坚决不同意，说：“咱们新疆什么都没有，就是地大，法国人设计时肯定有一个整体思考，细节上可以变通，大方向一定要听他们的，你把风格都给改了，当初何必掏钱请他们设计？为什么不请中方设计院设计一个中式酒堡？广场大，暂时花不起钱，我们可以今年打水泥地坪，明年铺瓷砖，后年全部完工，滚动式发展也要把广场保下来，风格不能变！”

在李卫的坚持下，广场方案终于保留下来，一年做一点，3年后全部完工。法式酒堡加上超大型广场，更显阔大气象，构成了广袤戈壁上的一道独特风景。

电商平台上的"先锋官"

乡都酒生产出来后，李卫跟全家人一起，一家家酒店"拼"，从焉耆一直拼到乌鲁木齐，终于打开了市场，打响了乡都品牌。此后，乡都进入顺利发展阶段，要拼的地方没那么多了，敢打敢拼的李卫反倒有点找不到北了。为了挑战自我，同时为了给家族事业多找一条路径，从2009年开始，他独立出来，办了一家采矿厂。

现在，乡都又遇到了一个节点：搞电商。为了迎接互联网颠覆式的挑战，最近李卫被召回来，再次出任"先锋官"，主攻网络营销、微信营销。

乡都酒业早就在电商平台上迈出了第一步，人才培训、平台搭建等初期工作都已经完成。但是，走出第一步，跟走出一条希望大道，还有一定距离。在电商道路上，有数不清的困难，需要一个有力的领导者来推动。

别看李卫才读到初中，却有一个常人难及的特点：喜欢的东西一定能吃透。"只要我上心的东西，我整晚整晚不睡觉也要研究出来，我有这个恒心，只要我'感冒'了，没有任何人可以阻止我。"他说。

开矿厂时，看地形图、构造图都要用电脑，当时他对电脑一窍不通，为了把电脑钻通，他沉迷其中3个月，甚至用老虎钳子把电脑给切开了，从硬件到软件，里里外外钻了个遍。现在，在整个家族，他的电脑水平是最棒的。

当然，做电商最重要的是思路而不是技术，技术人才随时可以聘请，好的思路却要自己拿出来。李卫刚接手此事不久，他的计划是从顶层设计开始，一直到终端客户群体，设计一套切实可行的运营方案，再利用自己广泛的人脉，聘请专业团队，把事情做起来。

李卫提出了一个雄心勃勃的目标：3年内电商销售过亿。

"我会想尽一切办法打开局面，"他自信地说，"实现目标只是时间的问题，你们以后一定会看到。"

凭他这股拼劲，相信在不久的将来，他提出的目标一定会变成现实。

“小白领”的华丽蜕变

你是否听过那霍拉山神秘美丽的传说
你是否见过那戈壁滩变成绿色的葡萄园
啊，乡都的诗，啊，乡都的歌
汗水浇灌荒漠，书写乡都创业的诗篇

你是否见过那神奇美丽的乡都酒堡
你是否品尝过芬芳醉人的乡都美酒
啊，乡都的人，啊，乡都的情
甘洒热血青春，共创乡都未来的辉煌

这是《乡都之歌》开头的段落，出自乡都营销总监李晓云女士之手。营销是个貌似俗气的职业，读了这首诗，你就知道她是个不俗的女子。

李晓云出身于知识分子家庭，受过良好教育，15年前，她还是一个清纯、明净、喜好文学的“都市小白领”，向往如诗般的生活，谁能想到，15年后的她，戈壁的风，将她历练成了一个商场上骁勇善战的“女侠”。

从琼瑶的笔下走到了梁凤仪的笔下

李晓云常说：“我是婆婆和丈夫再造的产物。”15年前，娘家在边城首府乌鲁木齐的她，是月入数千的“小资”，不知是一见钟情还是“一不经意”，嫁到了南疆焉耆小镇七个星。眼前的一切除了陌生还是陌生：贫瘠的土地、生活和文化的巨大落差，还有面朝戈壁背朝天的日夜劳作，哪是一个生活无忧的时尚达人所能承受的！可是，连她自己都没料到，可敬的农民企业家、婆婆李瑞琴的远大梦想感染了她，让她心甘情愿地成了乡都大家庭的又一个“追梦人”。

李晓云说：“小时候很平凡地就长大了。1996年认识李卫，1998年结婚，我被那一纸婚书牵引，陪夫走天涯。我本是一个都市小白领，精神上物质上都蛮滋润，结果撇下一切跑到了库尔勒。那时项目正在论证，也是我婆婆比较难的时候。我两手空空跑到了看不懂的戈壁滩上，凭着女人对爱情的向往，懵懵懂懂地跟着他奔赴了所谓的战场。我那时并不认为自己有多崇高的理想，只是随顺了一个传统女人的婚姻观而已，但是我也不甘于做一个平庸的闲置在家里的专职太太，也愿意努力去尝试一下，正好碰上这个节点，大家二话不说，卷起袖子就干呗！

“说心里话，我父母非常不希望我去，理由很多，首先我在家里是老幺，习惯于宠着我，再一个我父亲很传统——女儿要什么事业？父母在不远游。但我的父母同时又十分开明。我突然跑到戈壁滩上，未来在哪里都不知道，过那么苦的日子，父母非常不愿意，但从不说‘我不准你去’，只是说‘快回来吧！’妈妈背着人哭了好多回，但从未跟我说过。

“最大的挑战不是来自事业，而是角色的转换，在娘家没有经过风没有经过雨，真的是‘温室里的花’，从小感觉自己很娇很弱，来了之后，各种生活习惯落差非常大。不怕你笑话，我觉得最大的苦恼是没有卫生间。这个对他们来说可能不是什么困难，可对我来说却极其难以适应。

“戈壁滩，我不懂；行业，我不懂，还有新婚的磨合、习惯的磨合、创业背景的磨合，生活好像换了一个频道一样，差不多用了一年时间，挺过来了，我发现自己并不是那么脆弱。我娇归娇，却不是把自己端起来的那种，我到了这里，看见大家都甩开膀子干，我为什么不呢？我的原则是要么不干，要干就把自己全豁出去。

“也有过想放弃的时候，我觉得那一年过得特别纠结，经常问自己，你要不要回去？我想回乌鲁木齐去，过我原来的生活。假设回去了，就意味着婚姻结束了。在那个节骨眼上，他是家里的长子，跟我婆婆创业那么多年，怎么可能为了儿女情长把这么大的事业丢掉！先生、婆婆脾气都不好，山东人的性子急，做得不好就训人，不顾情面。有一次我实在受不了，就说我要回去，工作生活都不适应，我觉得在这里没有价值，没有意义，不知该干什么。他也很痛苦，两个人抱头痛哭。哭过了，擦干了眼泪，我就对自己说，以后再也不说回去了，这么一点点小事都承受不了，怎么能经受一世的婚姻！咬咬牙就坚持下来了。从此彻底让自己的心就位了，再也不去纠结，再也不去幻想，踏踏实实呆下来了。

“我的一个朋友说，我是从琼瑶的笔下走到了梁凤仪的笔下。这是个比较形象的比喻，我经常说我的人生可以分为两段，结婚前和结婚后，读着小说，留着长发，做着浪漫的梦，转眼间，整个角色都变了！”

“画上的人儿”原来是“田螺姑娘”？

李晓云刚从灯红酒绿的大都市来到粗犷寂寥的戈壁时，婆婆看了看她清秀的脸庞和纤弱的身子，有些担心，私下对李卫说：你怎么娶了个像画上的人儿？

“画上的人儿”一般形容女子的姣好，此时从李瑞琴嘴里说出来，竟似有几分贬意。那时葡萄园基地建设已提上日程，开荒种地的工作即将开始，最需要“一等劳动力”而不是“形象代表”，明眸皓齿、冰肌玉肤远没有汗水值钱。况且，一家人即将率领亲朋好友众乡亲齐上阵，养一个“下嫁的公主”在屋里，对士气的负面影响难以估量。

没想到李晓云刚来就露了一手：画出了乡都葡萄基地第一个“十年规划图”，显示了自己不一般的才气。

李晓云说：“经过早期的可行性论证后，董事长已坚定了将戈壁滩变成绿洲的梦想。于是我们在最简陋的环境下、用最简单的工具，结合自己曾经学过的绘图专业，开始在图纸上造梦：绘制葡萄远景规划图。从一期到三期，想到多远，就画多少地块。每块地多大、打几眼井、拉多少高压线、种什么葡萄、栽什么树……后来在飞机上多次俯瞰葡萄园的地貌，与当年我亲手绘制的图纸绝无二样，彼时的心情，自是百感交集。

“接着又在墙上用简单的KT板制作规划图和项目的10年目标，包括种植多少面积、实现产能多少、实现销售多少、实现利税多少等等。当时觉得董事长胸怀的蓝图好壮阔，觉得未来的10年好遥远。而那时憧憬的未来10年，现在不仅实现，早已超越！”

从那以后，李晓云成了婆婆的“高参”，出谋划策，贡献了一个个金点子，例如乡都葡萄酒文化馆的全面策划创意，乡都品牌文化传播的方案设计，大多都出自她之手，并一一实施。她就像传说中的“田螺姑娘”，用不可思议的能力，助力着夫家的兴旺。

李晓云的劳动表现也让人吃惊，看似柔弱的她，也和家人们一起挥汗大干，从没叫过一声苦，还给工人们送茶水，煮大锅饭……

一年下来，葡萄基地初具规模，李晓云也从中体验到了劳动的辛苦和成功的喜悦。

“她嫁给了乡都”

葡萄种下去了，跟新天酒业合作未成，李瑞琴决定成立乡都酒业公司，创建乡都酒堡，生产自己的葡萄酒。可葡萄酒生产出来了，怎么卖？卖给谁？这是又一道难题。

攻坚任务很自然地落到了营销总监李晓云肩上。

“从卖第一瓶葡萄酒、建第一个市场开始，都是我一个人，光棍一条，哗一下弄起来了！”在外人看来，这是一件很难的事，但李晓云谈起这段创业经历却津津乐道。

她说：“首先打库尔勒市场，一个人招两个兵，小范围内非市场化地卖乡都葡萄酒。在州委，州政府领导的大力支持下，我们获得了乡都历史上的第一笔大单：5000瓶 这也是乡都的第一场大仗。”这也是李晓云在营销生涯中的第一场大胜。为了尽快出货，她亲率员工贴瓶标，当时还没有上流水线，只能采用“手工流水线”，大家苦干4天4夜，困了躺半小时，缓过劲又爬起来接着干，两个字：拼了！

2004年，乡都葡萄酒的生产已经上了规模，库尔勒的市场无法容纳，李晓云又来到乌鲁木齐，开辟新的市场。租几间房，招几个人，成立一个市场部，然后一个个代销点、一家家餐厅跑。人家说：“你们的酒啥名气都没有，价格还那么贵，凭什么？”凭什么？绿色原料，法国技术，高端品质，都是绝好的理由，可惜乡都没有大把的钱打广告，只能一家家跑，一个个客户说服，其难度不亚于敢死队攻占一个个山头阵地。但李晓云领着业务员们，凭着不屈不挠的精神，最终在乌鲁木齐市场上确立了乡都的品牌。

2008年，李晓云再次出任“攻坚队长”，和小姑子邹晓丽一起，一头扎进北京市场。在北京打下基础后，第二年她又转战上海，兼任上海公司总经理。作为一个女人，说强真强，其勇气毅力、精干睿智直追婆婆李瑞琴；说难真难，最难的也许不是工作，而是无法好好地安排家庭生活。她的小姑子深情地说：“十几年里她一直没有固定的住所，她女儿的幼儿园就换了4个，而她从来不曾后悔抱怨，还安慰家里人说：人在哪，家就在哪！现在的李晓云仍然住在上海租来的房里，随着岁月的磨砺，她已然是一个内心强大、睿智的营销总监，是乡都家人心目中的‘晓云姐’。”

婆婆李瑞琴感慨道：“李晓云不是嫁给了李卫，而是嫁给了乡都！”

女人形象的颠覆与回归

认识李晓云的人都惊奇地说：她不知怎样将许多巨大的反差融洽地糅于一身：外表娇小柔弱，内心坚韧大气；看似扶风弱柳，实则强硬泼辣；说话轻言细语，办事掷地有声。

而李晓云对自己的女人形象有诸多不满意，她说：“曾经有一度，我跑偏到什么程度，一位客户说：你的风格不是女性的，不是中性的，甚至不是男性的，做事情敏锐得让人可怕，看到你会让人联想到金属。我一听吓一跳，我的妈呀！原来我都变成冷冰冰硬梆梆的机器人了！后来跟那位客户很熟了以后，给他看了我以前写的一些东西，他就说：对不起，我要收回对你‘金属女人’的评价，原来你的内心还有很柔美的一些东西。

“我给人的感觉可能外表还是很柔和的，做事情的时候我又是非常讲原则的。我对自己的要求是理性，工作时一定要理性。我先生的朋友大凡来跟我谈业务，事后都会到我先生那里去‘告状’。为什么呢？我先生是很随意的一个人，特别坦率、真诚，一句承诺，交易就算达成；可到我这儿一定要有合同。客户就说：‘有业绩就行了，你给我整个合同干什么？那么多页纸，看都看不过来！’可我非要合同不可，还得条款清楚。他们就对我先生说：‘不跟你老婆谈了，来跟你谈。’幸好先生挺支持我，说：‘你们不能绕过她，我们家里需要有这么一个人，你们必须跟她谈，否则我们就不谈了。’

“我虽然让他们觉得太认真了，但我是负责任的认真，不是挑刺不想合作的认真。婆婆说我：‘优点是认真，缺点是太认真。’我处理事情的原则是态度很好，原则很强，该让的让，底线决不让。有一个事业做得很成功的朋友对我说：‘我觉得你很有意思，从来不说过分的词，但你说出的话让我汗都下来了，

觉得你这个人真的很厉害。’还有一个客户半开玩笑半认真地对我说：‘你理智得让我毛骨悚然，你还是个女人吗？’

“后来我反思自己，为什么我给人‘金属女人’、‘毛骨悚然’的印象？我觉得婚后完全被我婆婆和先生再造了，先生、婆婆常鼓励我说女孩子不要娇滴滴的，就得往前冲。我婆婆还说她也是那样，就见不得小女人作风，冲得越前越好。结果我不是冲得太前，而是冲得太猛了，原本娇滴滴的小女生，诗情画意的小女生，变成了秋风中的野草，变成了工作机器。现在我意识到我的天平确实失衡了，开始记得自己是个女人，工作中刚硬度减弱了，柔和度增多了，圆融度也大大上升，我婆婆说我绵里藏针，反而效率高了。”

从管理者向领导者的超越

李晓云说：“以前我过于纠结一些细节，有时会被小事情弄得焦头烂额，会被一个‘蚊子’或‘老鼠’把自己弄得毛躁起来。有人叫我陀螺，不能停下来，停下来就完了。有个朋友是做咨询的，我们聊天半个小时，电话几乎平均5分钟一响。那个朋友就说：‘什么都不用说，你们企业没有问题你也有问题，我通过你频繁接电话就能看出来。’

“小事情永远不可能做完美，但是大的事情抓住了，总体方向就把握住了。我努把力可以考到80分，但我累死了也考不到100分。80分下面，一努力，二三十分就拿下来了；80分上面，二三分都难拿。我以前有点追求完美，为了追求上面这几分，花了无数时间精力，不如把下面二三十分拿了。当你不要完美时，你有更多的时间精力，可以抓住很多的七八十分，可你要抓住100分的时候，你只能抓住一个，把其余的都丢掉。人的时间就这么多，抓主要的最重要。

“现在我还学会了分工放权。以前为什么忙？比如一个新手，对这个项目不熟，我要跟他讲得一清二楚，甚至可能说：‘你跟着我，看我怎么做。’从头到尾，我全部做完了，第二次，他还是不会呀，我又得这样。结果他成了观众，我成了办事员。现在呢，我讲清要点，然后交给他去做，到了重要节点上，我点拨一下。例如有个经理，做一个报告，做一次我打回去一次，告诉他缺什么，重做；再给我，我一看，还是不行，哪里还缺什么，有时我恨不得抓他一把，恨不得替他做了，但拼命告诉自己：一次教不会他，你永远要替他干，忍着吧！

“我看到一个案例最形象了：一个员工跑进来问经理：那个报告怎么样了？经理说，我现在开会，明天下午给你。员工咚咚咚跑了，到明天下午之前员工没有负担了。管理学上有一句名言：猴子不要背在自己身上。有一段时间我特别迷茫，我身上为什么背了那么多猴子呀？我凭什么呀？客户投诉来找我，员工不愉快来找我，我就觉得我怎么像垃圾收容站一样？为什么你们那么轻松我就这么忙？我说命运不公呀！我就是没想到，是我自己把‘猴子’都背到身上的。我的能力和时间精力都有限，做不完，怎么办？没有别的办法，只有授权，交给别人干，你会了我就省事了。

“从开始创业以来，经历过很多对于新进员工从手把手教，到放手让他去做的过程，这个过程必须要有耐心，给他犯错的机会，逼着他成长。慢慢的，我终于明白，把一个人放在那个位置上，逼着他成长，就真的能做到符合你的要求，甚至给你一个惊喜。

“现在我遇到事情，我就问自己，这件事除了李晓云还有谁能做？张三能做我交给张三，李四能做我交给李四，这样把工作分解。他们的成长很快，他们的想法比我多多了，我觉得这是我最大的收获。

“以前，我是手机的奴隶，我是事务的奴隶。别人一有事就找我。现在，我会想：难道没有我，天会塌了吗？后来发现，100件事，交80件给人做，效果比我一个人包办好多了！”

学会授权，是从管理者向领导者迈进的第一步。在乡都的土壤上，李晓云一步一个脚印，分享了乡都从青涩、长大、成熟的过程，而她也从青涩变得越来越成熟了！

有人这样评价李瑞琴和李晓云：婆媳俩就像乡都典藏遇上了乡都桃红，你的执着冷静坚定了我，我的青春灵性点燃了你。就这样，经年累月，这对堪称“黄金搭档”的婆媳酿出了一曲透着岁月醇香的创业二重奏——乡都之歌。

结语：推动自我改变的两种力量

一个人可能发生的变化，会大得让自己吃惊，而让人改变的力量有二：一是外力，被别人逼着改变。正如美国作家、管理学家劳伦斯·米勒所说：“遵循以往的做法，是很寻常的一种行为形态。我们常会抗拒改变，除非背后有坚强的领导者在鞭策。”二是内力，发现了一个绝对值得追求的目标，产生了强烈的改变意愿。当外力和内力共同作用时，改变最可能发生。

乡都“发动机”邹积赟

邹积赟出任仪尔集团总经理，不仅仅因为他是掌门人李瑞琴的儿子，在追随母亲创业的过程中，他已经向乡都人展示了他过人的实力，大家相信，他能漂亮地完成乡都梦的接力。

1996年8月，邹积赟刚从新疆大学经济管理专业毕业后，就开始给母亲创办的兴兴皮毛厂“打工”，第一份工作是摆地摊卖上年积压的皮衣，很快便显示了出色的营销天赋。

两年后，李瑞琴转型种葡萄，邹积赟跟母亲并肩战斗，分享了每一份艰苦和喜悦。2001年，乡都酒业建厂之前，富有远见的李瑞琴将儿子送往法国学习葡萄酒酿造，这一去就是6年。这位乡都二代的留学生活远没有一般人想象的惬意，由于家里的积蓄都投到了葡萄种植和酒堡建设上，邹积赟在法国的留学生活过得艰辛窘迫，更让他焦心的是，语言不通，实习时法国酿酒专家对技术高度保密。执着的他只好一边废寝忘食学法语，一边想方设法去法国酒堡打工学艺，从葡萄的种植、管理、采摘、发酵直到罐装的每一个环节都亲自跟班操作，密切关注每一道工序，精细记录，反复琢磨。6年下来，他终于将法国人的葡萄酒酿造工艺秘笈逐一破解，回国后很快在乡都酒业挑起了酿酒技术的大梁，成为当时疆内少有的法式葡萄酒酿酒技师。

邹积赟还取得了国家二级品酒师、国家级品酒委员资格证等专业资格，荣获过自治州“十大杰出青年”、“中国食品安全产业链管理先进个人”等荣誉称号，还担任了新疆酿酒协会葡萄酒专家委员会副主任、巴州青联委员、巴州青年企业家协会常委、焉耆县十三届、十四届政协委员等社会职务。

邹积赟是对乡都影响最大的人物之一，李瑞琴给予了他最高的评价：“如果说乡都是辆车，那邹积赟就是这辆车的发动机。”

两大贡献

邹积赟的第一大贡献是将法国酿酒技术带到了乡都。有人形容说，“邹积赟是将法国千年的传统工艺与新疆天山南麓焉耆盆地独特地域培育出来的葡萄完美融合的魔术师”。从法国留学回来后，他就担任主管生产技术的副总经理，乡都的酿酒技术队伍是他一手培养起来的，这也奠定了乡都发展壮大的基础。

乡都酒厂员工多数是当地农民子弟，还有部分少数民族员工，文化素质不高，对葡萄酒知识一无所知。葡萄酒酿造是一门专业性较强、包含多种专业知识的技术，对文化素质不高的员工来说学习难度很大，邹积赟用农民的语言，深入浅出，从最简单的知识开始培训员工，经常召集大家现场学习，边操作，边讲解，有人不懂就重复多遍，付出了百倍耐心，最终让每个员工都熟练掌握了岗位技术。

邹积赟的第二大贡献是将法国的葡萄酒理念带到了乡都，并在新疆独特的土壤上落地生根。他借鉴法国的酿酒理念，结合新疆的地方文化，逐渐形成了个人对葡萄酒酿造及品鉴的独到见解，提出了“随身随性”、“喝酒喝的是文化”、“葡萄酒是艺术而不是技术”等核心发展理念，当这些理念成为乡都人的共识进而广为消费者接受时，带来的是乡都葡萄酒品牌影响力的不断扩大和销售量的成倍增长。

创新的品牌建设特色模式

邹积赟留过洋，到过大地方，跟商、政、学、文艺等各领域的高端人士打过交道，汲取了丰富的营养，见识有过人之处，出任公司总经理后，他根据市场环境和乡都的实际情况，摸索出了一条独特的品牌推广之路，我们可以称之为“乡都模式”。乡都没有采用“广告轰炸”式的短期促销策略，而是采用“润物细无声”的长效模式，将乡都品牌渐渐植入消费者的心智中。

主要有三招：一是将乡都酒堡和葡萄园配套，打造旅游产业，其主要目的是将人们请进来，近距离接触乡都葡萄文化。邹积赟不仅是专业酿酒师，还是一个专业的乡都导游。他利用丰富的专业知识和对葡萄酒独特的见解，形象生动地向每一批来到乡都文化馆参观的领导和游客普及葡萄酒文化，让更多人在享受“乡都好时光”的同时接受乡都传递的健康生活理念，同时也记住了乡都，记住了乡都人，记住了乡都葡萄酒。

二是打造“城市酒窖”，乡都目前在乌鲁木齐、北京、上海、西安等多个城市建起了酒窖，接待高端客户。邹积赟亲自任设计师，使酒窖充满了乡都的特色文化。酒窖可说是乡都酒堡的延伸，使没有到过七个星镇的贵宾们也能产生身临其境的感觉，从而对乡都留下难忘的印象。

三是热心公益。邹积赟特别关注企业周边农民的生活，每逢过年过节都会对贫困户进行爱心捐助，为他们做些力所能及之事。做公益固然是出于感恩和回馈社会的良知善愿，对提高企业形象也有积极的影响。

老邹家的风格一：做事负责又有一股子拼劲

邹积赟虽然留过洋，但传统文化仍是他立身处世的根，这得益于早年所受的良好家教。他身上有父亲憨厚朴实的一面，又有母亲严谨认真的一面，用俗话说，吸收了两个人的优点。采访时，我们听到了不少关于邹积赟的小故事，很能反映他继承父母优长的特点：做事负责又有一股子拼劲。

乡都老员工雷栩讲了一个“千里送葡苗”的故事：“那是2005年春天，和田墨玉县政府在乡都购买了一批葡萄苗，要求24小时内必须送到，否则天热路长，影响葡萄苗成活。库尔勒距墨玉县1100公里，24小时内送到，难度很大，怎么办？邹总当即做出决定，让我和他连夜驱车赶往和田。

“出发时天快黑了，我们购买了冰块，放在葡萄苗上降温，车也加满了油。刚开始，我们还有说有笑蛮轻松，可到了后半夜，困劲儿上来了，为了赶路，我们只好强打精神。跑到沙漠公路的时候，我们实在是又累又困。考虑到这条沙漠公路长达700公里，沿途人烟稀少，比较容易出事故，我们决定暂时休息一下。沙漠公路两侧都是沙子，我们靠边停车时，车轮一不小心就陷进沙里。我们赶紧找工具，又是挖，又是拉，可那么重的车，凭我们二人之力，哪能移动分毫。邹总急得嘴都起了泡，没办法，我们只有坐在那里等过路车来帮忙。

“在路上等了3个多小时，路过的车，要么着急赶路，不理会我们，要么看我们是两人大男人，担心出意外，不肯帮忙。正在我们焦急无奈的时候，终于有一辆大卡车停下来，帮我们把车拖了出来。经过这番折腾，我们再也不敢松懈，邹总亲自开车，向和田方向驶去，终于在指定时间内赶到墨玉县，把葡萄苗送到农户手里。”

老邹家的风格二：亲临一线

邹积赟是一个很有想法的人，不是那种成天坐在办公室搞“拍脑袋发明”的领导者，他像父母一样，从未远离过一线。刚担任主管生产副总经理时，他经常带员工到市场搞调研，根据市场分析指导生产，他还经常组织员工进行葡萄酒文化的学习，去各酒店、酒吧对销售一线的员工进行现场培训。他认为，生产与销售不能分家，生产推动销售，销售指导生产，企业才能良性发展。

2014年，为了应对国内不断变化的葡萄酒市场，公司董事会任命邹积赟总经理，主管销售。上任伊始，邹积赟在销售主管李松泽的陪同下，一起走访北疆，深入一线了解市场。

李松泽说：“2014年4月11日，是邹总带我们走访北疆市场的第10天，早上被一阵嘈杂声吵醒，趴到窗户上一看，原来是大风吹落了户外的广告牌，心里不禁感叹：今天的风好大啊！这样的天气，最好趴在被窝里睡觉。但转念一想，走访任务还没完成呢，邹总在前面带头冲，我再辛苦也要跟上。

“在凛冽的寒风中，我们走过一条又一条街道。我很奇怪邹总为什么要亲力亲为，于是问：‘邹总，您每天有很多应酬，工作那么忙，干吗还要亲自跑店呢？您需要的资料销售代表完全可以给您提供啊。’

“邹总看了我一眼，摇摇头说：‘只依靠销售代表传递来的信息，很难对市场做出准确的定位及分析，今年是我主抓销售的第一年，也是葡萄酒行业重大转折的一年，因此回访终端店点就显得尤为重要，直接掌握市场反馈的一手资料，这样才有利于提高公司在做市场分析、市场运作等方面的准确性，可以规避那些战略上的错误。’

“听了邹总的一席话，我感慨万千：做人做事都需要严谨，严谨才能少出错、不出错，可不能因为畏难畏烦而草率决定啊！”

在随后的几个月，邹积赟马不停蹄地走访了各个市场，掌握了大量一手资料，为新的企业发展计划提供了切实可靠的依据。

老邹家的风格三：像爱惜名声一样爱惜自己的形象

上海公司副总经理刘长寿说："2014年4月18日，受靖江市政府邀请，邹积赟总经理将要在当地举行一个有关葡萄酒与健康养生的知识讲座。我开车在上海虹桥机场接到邹总后，直奔靖江市。讲座开始前，邹总说：'长寿，我的行李箱在后备厢里，麻烦你帮我拿件衬衫，可以吗？'我诧异地看着他说：'你不是穿衬衫了吗？''这件衬衫太休闲，不是正装。'邹总回答。我马上跑去帮他把衬衫拿来。

"讲座结束后，邹总问我：'知道为什么我要换衬衫吗？'我无解地看着他。他说：'在正式场合要着正装，因为你不仅代表你自己，你还代表着企业的形象。参加正式活动或会见客户，着正装代表了你的个人素质和对他人的尊重，你只有尊重别人，别人才会尊重你。'"

服装是一种特殊的语言，无声地叙述着自己的生活态度、品位情趣，以及对他人的态度。中国传统文化将服装列为礼仪的重要组成部分，古代对于着装甚至有法律上的严格规定，足见其重要性。李瑞琴是一个读懂了服装语言的人，在任何场合，她总是衣着得体，精致、素雅而不华丽。当她身在农村时，得体的着装显示了她跟一个粗俗农妇的差别；当她办企业时，得体的着装也标示她跟一个庸俗企业家的差别。差别不在于服装本身，而是一颗敬人敬己的心。她的家人都是如此，从着装上就能看出这是一个与众不同的家庭、一群与众不同的人。

结语：传统文化是打造百年企业的坚实基础

打造百年企业要有深厚的文化底蕴。文化不是空穴来风，它是千百年社会生活实践的沉淀，表现在风俗习惯、精神信念等各个层面。

做企业文化不能赶时髦，否则必然根基浅薄；只有尊重传统，尊重现实，在此基础上形成自己的核心理念和精神文化，企业才能在有中国特色的环境中如鱼得水，长续发展。

“贤内助”窦乐乐

一次，乡都招聘了3位女员工，董事长李瑞琴特意抽个时间与新职员见面，对全体员工说：“欢迎来到大家庭的新员工，我们乡都的女士多，这次来的又是3位女性，看来我们的娘子军队伍又壮大了！”她还讲了自己的用人标准——孝！她说：“只有懂得感恩的人才会在事业上有所建树，这是一个人的基本德行，我们只要有孝心的人，哪怕能力差点也不要紧，企业就是一个大熔炉，希望我们的每一位员工都在乡都得到好的锻炼和成长。”

接着，董事长充满感情地讲了二儿媳窦乐乐为老公公尽孝的故事：邹老因癌症病倒在床，在长达一年半时间里，窦乐乐对公公悉心照料，不厌劳烦，使这个老人在生命的最后时光沐浴在亲情的温暖之中，得到了最大的慰藉。当时来医院探视的朋友们以为是女儿在照料父亲，一问才知道是儿媳在照料公公，都感慨不已，说：竟有这样的贤媳，难得啊！

大家听了窦乐乐的故事，无一不被感动和感染。

“低成本扩张”的一位贤媳

李瑞琴和我们谈到邹积赟时，顺便夸了一下她宠爱的儿媳窦乐乐：“他不仅学业有成，并且帮我‘低成本扩张’了一位能干的留学生媳妇。她远离故乡，放弃了大城市高级白领的工作，和我们一起为乡都流汗，真不容易啊！”

窦乐乐在法国留学期间，有一份薪水优厚的工作，她原本可以留法继续发展，也可以在国内的大都会工作，她却远离家乡、远离亲人，来到边陲，成为乡都的一员。用她自己的说法，这是因为爱情的力量。

窦乐乐是在法国跟邹积赟结识的，他身上那种特有的气质吸引了她，二人很快坠入爱河。朋友问她爱上了邹积赟什么，她讲了一件小事：“国内跟法国有时差，法国的凌晨时分，中国已经是正常的工作时间了。跟他在一起的时候，我发现，凌晨家里给他打电话，他都会去接；家里有事要他回去，他立马就走，而且从他的言谈举止看，我觉得这个人特别靠谱。我就喜欢负责任的男人，只要负责任，再坏也坏不到哪儿去。”

2005年底,邹积赟因公司需要,结束了在法国的学习,返回新疆。窦乐乐义无反顾地跟来了,来到这片陌生的土地上,从此,她将面对一种完全陌生的生活。

远在广西的妈妈知道边疆生活的艰苦,不赞成她的选择,却犟不过她的决心。

从法国到乡都,两种生活的跨度太大了!但窦乐乐显示了超乎寻常的适应能力,很快就融入到乡都大家庭。

窦乐乐说:"我是一个不太知道贫困的女人,生活无忧无虑的小资,在法国我住两室一厅的套房,身边的同事都是花钱大手大脚的,用我妈的话说,我是那种从来不去担心没有钱花的人。回国了也一样,我那时从国外回来休假,身上只有外币,懒得去换,我小姨对我特别好,她就给我人民币,说你随便去花。

"来到这个地方,一下子落差很大,有时我奇怪自己竟然能坚持这么长时间。记得有一次开董事会,散会了身上只有两元钱,连个打车的钱都没有。那时家里已经不管我了,家里的想法是,你爱干嘛干嘛去吧!你既然不听话,就不要跟我诉苦。我选择了我不会后悔的,撞死了也不会回头。那时我再不开心也没给我妈打过一个电话,一个人承受,特别的坚强,也可以说是犟。

"我这人适应能力还行,你让我去过那种很好的生活,我可以过;但是你让我过现在这种生活,我也能过。从前的好朋友都说我:'你变了!'变在什么地方呢?我以前很娇气,想干的事情别人拉不住,我生气的时候就直接走人。自从认识他后,再回去,别人一看,咦,你怎么把自己的好多棱角都收起来了?那都是我婆婆和老公的功劳,他们两个人都是大炮筒,说话可以把屋顶震塌,我那点棱角还能不磨得圆圆的吗?

"董事长在我眼里首先是家里人,如果不是家里人,我不会在这家企业待着。爱情的力量很伟大。我首先想到的董事长不是董事长,是家人,是妈妈。是爱情的力量,亲情的力量,使我甘心在这家企业尽心尽力地干下去。"

董事长的得力助手

窦乐乐是董事会秘书。按乡都一人多用的风格,她这个秘书的外延非常大,一是处理内事,二是处理外事,内外之事集于一身,工作的繁重可想而知。

干得越多错得越多，不干事才不会犯错。她干得多，犯错难免，她的顶头上司是以严明著称的董事长，出错了就要挨骂，心理压力之大，可想而知。但她竟然熬过来了，练出来了，成了董事长最得力的助手，将经手的一切工作都打理得井井有条，让董事长非常省心。

千锤百炼的一个知性女性，很强！但她的强是内敛的，如春风绵雨，润物无声，在不知不觉间，给他人呈现一幅枝繁叶茂的景象，下属对她的才干和认真精神无不服气。

陈欣说："有一件事特能说明她的风格。每年以'共赢在乡都'为主题的经销商大会，堪称仪尔乡都的一个品牌活动，也是乡都人工作作风的一个浓缩，每一届不断增加的参会人数、每一届不断出彩出新的环节设计，每一届给人留下的深刻印象，无不是在传播着乡都极富魅力的企业文化。

"在每一届活动中，最少不了的大功臣要数窦乐乐了，从一张小台卡，一条横幅、一个环节设计、一次碰头会、一个细节把控、一个岗位设置人员安排……都付出了她极大的心血。

"作为总指挥，窦乐乐是一个特别重视细节的人，也是一个力求完美的人，最关键的是，她是一个思路超前、创意无限的人，同时又是最默默无闻的人。第四届'共赢在乡都'活动中，最后的环节是每一届都不落的回放，从创意、选图、现场把控，都要在最短的时间里最完美地完成，她不想让任何一个人留下遗憾。而她为了这最后的完美，三天三夜的活动，只睡了四个小时。台上一分钟，台下的她却用了十分功……"

结语：创业是一个改造环境的过程

人对于环境有四种态度：选择环境、抱怨环境、适应环境、改造环境。而创业就是一个改造环境的过程，但改造环境，先要学会适应环境。

从乖乖女到总经理

邹晓丽是李瑞琴三个孩子中的老幺，家里的"小公主"。当年，父母兄弟办皮革厂、做边贸辛苦打拼的时候，她还在读书；中专毕业后，在县财政局找了份轻松安逸的工作，一家人就她没吃过什么苦。1998年，全家人走上戈壁滩，开荒种葡萄，刚过门的嫂子都上了“战场”，她被保送到大学读函授本科，又没吃上苦。不过她看到了家人的艰苦，尽其所能地提供了经济援助。

后来，乡都葡萄酒在新疆市场上打开了局面，计划向疆外拓展，急需营销管理人员，母亲、哥哥劝她说：“你干公务员，单位多你一个不多，少你一个不少，还是出来一起干吧！”

父亲却劝阻说：“你们自己折腾就算了，别把孩子又折腾进来！”

邹晓丽思之再三，终于决定离开平淡如水的公务员生活，去商海闯一闯。

雏鹰练飞

2006年，邹晓丽被派到北京“试水”，验证在北京开拓市场的可能性。董事长对她的要求不高，只要摸清北京市场的情况就算完成任务了。不过这个不高的要求，只是相对于李瑞琴平日的高标准、严要求而言，在一般人看来，要求已经很高了！

邹晓丽初来北京，人生地不熟，一个人“单剑闯江湖”，挑战不小！她租了间房，装上电话，办事处就算开业了。

很快，公司从新疆空运200箱葡萄酒过来，邹晓丽租了一辆货车，去机场接货。当时是凌晨，搬运工比较少，人家见她身边没什么人手，非请搬运不可，就漫天要价。

邹晓丽一生气，顽强不屈的劲头上来了，决定不请搬运，自己干！她虽说没吃过什么苦，没有和家人一起经历最艰难的创业阶段，但平日耳濡目染，创业精神早就渗入了灵魂深处。

邹晓丽挽起袖子，叫上司机，当起了搬运工，200箱货装完，汗水湿透了衣裳，人也快累瘫了。累归累，还是很有成就感，而且信心大增，因为她发现了自己深藏不露的潜能，她相信没有什么困难可以把她吓倒。

初涉管理

经过两年的“试水”，2008年，公司正式决定成立北京公司，先由李晓云牵头，邹晓丽协助，组建了北京销售团队，几经打拼，在北京市场上站稳了脚跟。第二年，李晓云执掌上海公司，邹晓丽被正式任命为北京分公司总经理。

邹晓丽过去没有带过团队，管理经验不足，只能边学边干、边干边学，在实践中，难免有不成熟的地方，有时还会显示出情绪化的特点。

一次，北京公司一位营销主管去参加上海的活动，向邹晓丽请示：赞助100瓶酒，计划从上海公司调货。

邹晓丽说：赞助可以，必须再卖出100瓶酒作为补偿。

主管调货前没有事先请示，邹晓丽收到上海公司的发货单后很不高兴，赌气说："谁决定谁负责，我没同意的事，不归我负责。有两种解决方法，要么他自己承担，要么谁给他发货谁承担，我不管！"

后来，那位主管卖出了100瓶酒，邹晓丽才在发货单上签字。

还有一次，分公司从总部调进一箱花青素胶囊，一箱100瓶。入库时库管没有认真清点，事后发现少了50瓶。追查责任，邹晓丽说：司机是第一责任人，库管是第二责任人，财务没有及时核查，也有责任，我自己也有责任，四个责任人，分别按50%、20%、15%、15%承担损失。

被罚的人都不服气，司机认为自己辛苦运货，还要倒贴，多亏呀！库管认为货品原封未动，数目少了关自己什么事！财务认为这事跟自己八杆子打不上，陪罚不合理。

董事长知道这件事后，将邹晓丽训了一顿，认为发生问题的原因是管理不规范，责任划分不清。处罚了这么多人，问题究竟出在哪个环节，还是搞不清，岂不是"头痛医头，脚痛医脚"，那又怎么预防类似的事情发生呢？

邹晓丽也意识到，有些事情确实没做到位。

但邹晓丽在不断进步，渐渐走完了从"业余"到专业的过程，公司的管理也规范多了，她还懂得运用群策群力的管理方法，增强团队的凝聚力。

北京公司员工张振宇说："由于公司年轻员工多，平时忙于各自的工作，相互间坦诚交流的机会很少，有时免不了产生误会磨擦。为了增进彼此的了解，使团队协作更顺畅、工作氛围更和谐，在总经理邹晓丽提议下，我们公司开展了一次批评与自我批评的交心活动。

"大家都积极发言，每个人都把自己的优缺点说出来，其他人进行补充。大家还直言不讳地彼此'指责'，并列举事例，试图说服对方。遇到针锋相对的问题时，大家都表明自己的观点，所有人来做评判。真理不辩不明，把话谈开了，大家渐渐发现了存在自身的问题，每个人都为自己以前没做对、没做好的事情道了歉，甚至说到有些问题时，声泪俱下，真诚令人动容。

"这次会议后，大家工作中的配合度有明显的提高，彼此的信任感也增强了，工作效率随之提升，大家的脸上笑容多了，工作起来更有激情了。"

凭良心做事，凭信用立足

领导者最重要的素质不是才干而是原则，邹晓丽在管理上虽然稍显稚嫩，在原则问题上，却有自己坚定的立场。

北京公司员工李朝说："2013年11月11日，是乡都电商部成立后的第一个'双十一'，11日零点的订单铺天盖地地落下，为了避免因快递不准时而产生的投诉，我们承诺24小时内发货。

"全国各地近百个订单，40种商品，无数种搭配方式，一天内完成包装发货，难度不小。为了保证包装安全，我们在每瓶酒上要套两个充气包装，外加一个5层的瓦楞纸盒。打气和包装都是纯手工，平均一个订单下来，从配货到包装完毕需要十几分钟。电商部门只有3个员工，活动期间要有人盯着客服后台，为客人解答疑问，要有人按单配货，还要有人打包发货，哪安排得过来！我心急如焚，忽然想到商家群里有老商家说过，可以虚拟发货，天猫规定客人付款后7天内发货就可以。打这个'擦边球'行吗？我心中也偷偷动摇过。

"邹晓丽知道此事后，立刻决定组织北京公司所有员工一起配合电商部门发货。她说：'既然承诺当天发货，就要说到做到。不管别的商家怎么操作，我们不能欺骗消费者。'诚信最可贵，也最难坚守，往往只在一念之间，多年的信誉就毁于一旦。为了确保信用，我们必须在当天之内将客户订货全部发出！

"经过大家近10个小时的努力，近百份订单准时发出。活动过后，顾客们的网上留言很多，对那么快就收到自己的宝贝非常满意。"

保持乡都好传统

身先士卒是乡都管理的老传统，邹晓丽把这个传统带到了北京公司。

张振宇说："2013年春节前夕，仪尔公司在北京酒窖召开股东会议，期间有两位股东客户每家订制10万元的葡萄酒，要求春节前两周到货，当时距春节只有25天，我们估计物流约需2–3天，那么留给我们的时间只有一周多时间，设计酒标、与客户确认酒标、印刷、备货、洗瓶、粘贴定制标、装箱、运输，一大堆工作要做，可说是时间紧、任务重。

"公司全体员工都忙得不可开交，邹晓丽也加入到粘贴订制酒标的工作中，像我们一样，不分昼夜地加班，在她的带动下，我们一个个干得热火朝天，常常忘了午餐时间。大家齐心协力，一周内备好了订制酒，准时送到了客户手里。他们很满意，专门打电话来称赞我们的工作效率。"

结语：原则比千军万马还重要

松下幸之助说："原则比千军万马还重要。"领导是掌握原则的人，从某种意义上说，领导即等于原则。原则不失就能有效管理，原则一失，管理的堤防立即崩溃。

领导者不需要在能力上比员工强，但在原则上一定要有清晰的概念，知道什么一定要做、什么一定不能做，当大家感到迷惑、摇摆不定的时候，坚持做正确的事，领导的价值就充分体现出来了！

万亩葡园的"守护神"

仪尔葡萄园是乡都酒业的根基，以前一直是邹老亲自打理。2010年，邹老去世，万亩葡园失去了统帅。

李瑞琴向县领导求援，点名要来了何承润。

何承润是资深科级干部，也是李瑞琴的妹夫，他以"科技特派员"的名义入主葡萄园基地，兼任公司党支部书记。公务员的身份保留，职务没了。放弃"乌纱帽"和熟悉的工作，跟葡萄园打交道，这个决定不好下！何承润是看在亲戚的面子上才痛下决心，这份情谊，李瑞琴记下了！

何承润挑起了经营葡萄园的重担，几年时间，用出众的才干赢得了大家的

何承润（中）3年间驾车在基地跑了15万公里，他不仅推动了劳动用工的革命，还找到了在寒冷地区葡萄栽种的秘诀。图为何承润在展示为调节大棚温度而发明的电动卷帘设备。

信服，被誉为“万亩葡园的守护神”。

革新能手

何承润是学物理出身，管理葡萄园是个门外汉。为了尽快熟悉业务，他吃住在基地，3年驾车在基地跑了15万公里，半年就打坏一部手机，葡园的每一寸土地都有他的足迹和汗水。功夫不负有心人，他很快从门外汉变成了专家。他推动了劳动用工的革命、寒冷地区葡萄栽种的革命、节约用水的革命、有效利用农机的革命，给葡萄园带来了一个个令人惊喜的变化——节约用水80%，节约用工50%，节约农机改造成本，机械埋土率可达95%以上。

何承润也给葡萄基地带来了管理的革命。当过多年领导的他，管理经验丰富，上任后将人性化管理带到了葡萄基地。他尊重每一位基地员工，关心他们的生活，关注他们的心情，对葡萄管理技术更是慷慨相授。在基地员工们心里，他是一个可亲可敬、可以说心里话的大哥，因此大家都乐意跟着他干。焉耆地广人稀，别人的葡萄园雇工难，他管理的葡萄园却有人争着来。4年下来，何承润不仅自己成了管理葡园的行家里手，还培养出了一批葡园“土专家”，将萄园管理提高到了一个新的层次。

“火车跑得快，全靠车头带”

何承润深知领导的带头作用，“火车跑得快，全靠车头带”，遇到事情，他总是说“跟我来”，从不说“给我上”；刮风下雨了，别人往家跑，他却领着基地员工们往地里跑，生怕萄园受灾。在他的带动下，基地的管理人员和员工们都敢打硬仗、迎着困难上。

葡萄园的葡苗每年都会因碱土、霜冻等原因，一部分无法成活，到了来年春季，要抓紧抢时间补苗。2014年4月上旬至中旬期间，由于气温回升快，基地各个区的查苗补苗任务量大，何总要求，葡萄基地各个作业区的负责人一定要合理安排好人员，抓紧时间，抢在最好的时机完成补苗任务。

但是，天公不作美，天气说变就变。4月23日，倒春寒，气温骤降8—15摄氏度，且刮着7—8级东北风，扬沙和沙尘暴迷人眼目，天气异常恶劣，萄工们都要求休息一天。

农时不可错过，怎么办？何总当机立断：“季节不等人，大家克服一下困难，不要休息了，都穿厚一点，照常上班。”他匆匆吃过早饭，出现在基地工人居住区。大家一看，何总冒着大风和寒冷的天气亲临现场，别人还有什么话说？大家的劲头马上鼓起来了，拿上工具，二话不说就上班了。

在何总和各区领班人员的带领下，基地各岗位的员工都没休息，大家顶着强风，越干越来劲，效率出乎意料地高，到下班时一核算，结果挖坑员工每人都比平时多挖了20多个，水管部的工人也超额完成了任务。

“扒皮精神”

何承润被员工们戏称为“何扒皮”，因为他凡事精打细算，为公司节省每一分钱。

仪尔副总江英说：“2013年4月，像每年春天一样，乡都酒业的员工们自带干粮到仪尔基地劳动。这次的活计是铺设滴灌毛管，本以为是个轻松活，没想到半天不到，大家就叫苦不迭了。原来，这些毛管不少地方破损了，要不停地弯腰、直腰，剪掉毛管破损处，再用接头接上，这样一来，平时铺两三条毛管的时间只能铺一条了。

“为什么烂毛管这么多呢？一问何经理才知道，一般情况下，滴灌毛管用一两年就要更换，而仪尔的毛管冬天架到水泥杆上，避免了来年开春葡萄出土时被机械挂烂，所以仪尔的毛管寿命都在两年以上，节约了大量成本，只是这样一来，累坏了我们这些业余‘接手’，于是，我们一边干，一边骂：这个‘何扒皮’，害苦了大家！话虽这样说，大伙心里却非常钦佩何承润这个红管家。

“几天下来，大伙腰酸腿疼，可是看到一条条被我们修补一新的毛管及时给休眠一冬的葡萄浇上了春水，公司还节约了一大笔开支，心里都觉得值。‘省的就是赚的’，董事长的话又响起在耳边。可不是吗，乡都走到今天，没这种‘扒皮’精神，怎能创下这份基业呢？”

结语：公司主力人物的四大条件

“千里马常有，而伯乐不常有”。日本经营学家占部都美谈了公司主力人物的四大标准：“可以倚为股肱共成大业的人；第一要忠于职守；第二要有个性和创造力；第三要讲义气重友情。还有一个根本条件，那就是必须在群众中深得人心。”对企业老总来说，遇到这样的人才是一种幸运。

十年求一将

2013年8月，乡都加盟了一个大才——葡萄酒专家杨华峰。

杨华峰不仅是一流酿酒师和国家级品酒师，且是国家葡萄酒检测中心葡萄酒专家委员会委员，在业内是排得上号的知名专家。

说起杨华峰的加盟，称得上一段佳话。

十几年前，李瑞琴刚在戈壁滩上栽种葡萄成功，尚未有创办酒厂的计划，她的初步设想是寻找一家葡萄酒厂，长期提供葡萄原料。当时新天酒业是新疆最大的葡萄酒企业，自然成了她的首选。在接洽过程中，她结识了时任新天技术总监的杨华峰。

后来，李瑞琴与新天的合作，终因条件不成熟，未能达成合作，但她对杨华峰的才干、人品和敬业精神却印象深刻。

杨华峰是山东高密人，大学毕业后投身葡萄酒行业20余年，曾任北京龙徽酿酒有限公司、北京保乐力加酿酒有限公司原酒车间主任。他不仅有着丰富的生产管理和葡萄酒酿造经验，在葡萄酒理论方面也有较高的造诣，曾在《中外葡萄与葡萄酒》等核心期刊上发表《葡萄是葡萄酒质量的关键》《橡木桶的选择、使用以及维护》《新鲜葡萄酒的高压电场催陈研究》等多篇专业论文，还先后与香港葡萄酒会、英国葡萄酒暨烈酒教育基金会合作，译有美国加州国际葡萄酒学院教科书《酒窖主管》《永远的时尚——葡萄酒》以及《葡萄酒专用术语集锦》等书。

李瑞琴跟新天合作未成，决定引进法国投资者，兴办乡都酒厂，用自家的葡萄酿造独一无二的葡萄酒。

酒厂初兴，最大的短板是缺少技术人才，尤其需要一个能统揽生产技术全局的帅才。法方投资者虽然为乡都提供了酿造技术、员工培训并派遣了专家，但法方专家经常在中法两国飞来飞去，不能长驻，乡都急需一个能长期担纲生产与技术的干将之才。

上哪儿去找这个人才呢？

李瑞琴眼前有一个理想的人选，那就是杨华峰。

求才的四个理由

李瑞琴看中杨华峰，基于四个理由：

第一，杨华峰认为“葡萄是葡萄酒质量的关键”，李瑞琴坚信“好葡萄酒是种出来的”，双方在理念上不谋而合。

第二，杨华峰是一个全能型人才，不仅有10多年生产管理经验，对葡萄酒的加工、处理、橡木化处理以及葡萄酒的品评鉴定都有较多的研究，完全可以胜任乡都生产与技术管理的需要。再有，北京龙徽酿酒有限公司也是一家中法合资企业，而杨华峰曾在此工作过8年，他熟练掌握了传统法式葡萄酒酿造工艺，正好乡都引进的也是法式技术，两者的兼容度很高。

第三，杨华峰曾被《华夏酒报》誉为“飞行的酿酒师”，因为他每年差不多有3个月时间，或者飞到其他酿酒产区参观考察，或者泡在全国有名的酒庄，品鉴各种品牌的葡萄酒。因为他的理念是，“酿酒师是一个需要积淀的职业”，积淀的方法之一是研究同行产品的酿造工艺，品鉴同行产品的风味特点。

杨华峰成为“飞行酿酒师”，跟他刚入行时遇到的两件事有关，第一件事，一位同事从法国带回了一瓶上等干红葡萄酒，为此组织了一次品酒会。法式葡萄酒的香气和味道让刚学品酒的杨华峰难以恭维，却不知道那是真正的地道滋味。“丢了丑”的杨华峰对这件事留下了难以忘怀的记忆。

还有一次，那是他参加工作两年后，有幸参加了在沙城举行的全国葡萄酒产品品评会，其中一款橡木桶陈酿型的莎当妮干白，在评酒员中间引起了较大的分歧。那时流行新鲜型的干白葡萄酒，陈酿型干白并不常见，它独特的金黄色，被一些评酒员误认为是氧化所致，因此给出了很低的评价。后来，经验丰富的老专家复核后，才给出了正确的评价。这件事让杨华峰意识到：作为一个酿酒师，经验和阅历是何等重要！

从那以后，杨华峰利用一切机会多走多看，他走访了国内多个葡萄酒产区，尽可能多地接触不同产地、不同工艺、不同风格的产品。长期的积淀化作了广博的见闻和丰富的经验，对各地的原料特性和产品风格他都了如指掌。乡都作为葡萄酒行业的新军，一切都在摸索学习过程中，正需要这样的经验阅历。

第四，杨华峰真正爱上了葡萄酒这个行业，从入行起就全身心泡在里面，没有一次转行他业的经历。在他心目中，葡萄酒酿造不仅是一门技术，更是一门艺术，一个好的酿酒师，不仅是技术专家，更应该是个艺术家，在酿造过程中，要运用自己独特的创造力与想像力，将情绪感受体现在酒品上。每一款葡萄酒，都像画家的作品一样，不管他是哪一年画的，但梵高就是梵高、莫奈就是莫奈，具有不容混淆的鲜明特色。

杨华峰还有一个观点：葡萄酒是有生命的，每一款产品都是自己的“孩子”，为了让“孩子”聪明美丽健康，必须勤用深心于每一个酿造环节，一旦有所疏忽，哪怕是极细微的失误，所造成的错误都无法弥补。因此，一个酿酒师最重要的品质是一个“诚”字，真诚，赤诚，虔诚，正是本着这一理念，工作中他能够抛开一切杂念，心游于物外，专注于每一个细小的环节，力求尽善尽美。他的敬业精神，在业内有口皆碑，这也是李瑞琴最看重他的地方。

但是，尽管李瑞琴求才心切，以乡都初创时的吸引条件，还难以请到杨华峰这种重磅级专家人才。2004年，也就是乡都成立两年后，杨华峰被聘为云南某酒业公司的总经理，这让李瑞琴深感遗憾。

理念相通而真诚的人总是相互感召

杨华峰虽然离开了新疆，李瑞琴仍然坚信，双方一定有合作的缘分。因此，她和她的家人一直跟杨华峰保持友好的联系，杨华峰也一直关注着乡都酒业的发展。

此后数年，杨华峰在云南公司大展拳脚，成绩斐然，而乡都酒业也稳步发展，渐渐取代新天，成为新疆第一高端葡萄酒品牌。双方合作的条件基本成熟了。

时间到了2013年，一天，常跟杨华峰来往的邹积赟告诉李瑞琴，杨华峰有“动一动”的想法。李瑞琴大喜，立即跟杨华峰联系，诚邀他加盟乡都。

杨华峰欣然应允，双方一拍即合。

杨华峰在云南干得好好的，为什么想动呢？他说有两个原因，“一是新疆产业规模和产业氛围比云南大得多，云南是小产区，小地块，高山气候，适合种植酿酒葡萄的区域多，地理环境条件没有大片大片的资源，而新疆地大物博，找到土地资源后，很容易扩大化，一下搞到几万亩，优势造成了产业比较大；二是乡都的发展需要更多的朋友来参与，我个人觉得除了有好的葡萄资源外，亲情化搞得比云南的企业好，家文化，企业的未来发展潜力比原来的企业更大”。

当然，还有两个重要原因，一是双方有着相同的梦想，都希望依托新疆独特的环境优势，用上好的葡萄酿造上好的葡萄酒，让葡萄酒文化在中华大地上落地开花；二是在势利相接的商业世界，一个人长期保持对另一个人的兴趣和关注，不容易！李瑞琴一家在长达10年的时间里，一直对杨华峰充满期待和友谊，这样的真心，让杨华峰不能不动心。因此，他没有过多犹豫，立即决定加盟，仅仅提了两个条件：

一是要有探亲假，因为他的孩子在北京念书，夫人留在北京照料孩子，他每年都要抽时间去陪陪妻儿。

二是住处不能离酒厂太远，以免在酿造的关键时刻误事。

第一个条件是人之常情，第二个条件是为了更好地工作，李瑞琴自然无不应允。

杨华峰来到乡都，立即投入到紧张的工作中，转眼中秋节将至，李瑞琴见杨华峰成天在车间忙进忙出，担心他忘了日子，就提醒说：中秋节就要到了，你还不回去探亲吗？

杨华峰说：咳！生产任务这么紧，哪走得开啊！得了，让她们娘儿俩来乡都过节吧！

李瑞琴听了十分感动：真是一个“工作狂”啊！

建立标准流程，追求质量的可追溯性

杨华峰加盟乡都后，将他的经验、技术和对葡萄酒文化的理解也带到了乡都，乡都的技术实力和“文化层次”又上升到一个新的阶层。

杨华峰对乡都的第一个贡献是建立标准化的生产作业流程。

乡都的生产线是一流的，进口的设备，进口的零配件，这方面没有问题；引进的是法国的技术，法国人认真教了，乡都人也认真学了，这方面好像也没有问题，但技术的成熟，非一朝一夕之功，师傅领进门，技艺成熟还有赖于长期的修炼与积淀。加之乡都的技术人才不足，“一人多用”的政策有效发挥了人才效力，也有一定的负面影响，使每个人难以专心于一事，造成的状况，正如杨华峰所说，“不懂的不会做，懂的没时间做”，在工艺把控上，大的方面抓住了，细节方面却有许多不到位的地方，员工在生产过程中，还形成了一些不够专业的习惯。

经验丰富的杨华峰一来就发现了问题所在，立即着手改进生产流程并加强员工培训。过去乡都有法国人设计的生产流程，大体上没有问题，但比较适合法国人悠闲散慢的工作节奏，不太符合咱们中国的国情，这部分要改；在原有的流程中，有些指标量化了，有些没有，或者虽有量化指标，在操作中没有严格执行，这部分也要改。

例如葡萄从原料变成酒，有一个冷浸渍过程，目的是让葡萄酒在后期生成的物质更丰富，这样酒的感官特点会更好，口感更复杂，冷浸制要求保持10–12摄氏度的恒温，乡都原来的做法，将温度降到10–12摄氏度后，没有进行严密的全程监控，有时温度升高了，没有及时降下去，这样酿出来的酒，口感会发生一定偏差。还有其他一些方面，尽管只是差一点点，最后就达不到最理想的结果。而杨华峰的目标是将量化、细化做到酿造过程的每一个环节、每一个节点，同时建立监控机制，督促全体员工严格遵行，使生产过程可追溯，什么时候装瓶，什么时候出厂，都有据可查，一旦发生质量问题，很快就能查出问题出在哪个环节。

此前乡都人在有限的条件下，经过10年努力，已经做得很棒了，现在经过杨华峰的一番整顿，好上求好，精益求精，全厂整体的工艺水平又上升到一个新台阶。

经过工艺整顿后，第一批产品出来了，上市前做了一些测试，送给朋友、客户品尝，大家反馈良好，都说"口感比原来更好了"。这可喜的变化，使李瑞琴对乡都未来的发展更是信心十足。而10年求才，栽桐引凤，终于如愿以偿地使杨华峰成为共创葡萄酒事业的"战友"，是她认为的近年来最有价值的收获之一。

"乡都女儿"陈冬梅

陈冬梅是乡都"最老"的员工之一，从乡都诞生之前，到乡都诞生之后，她一直是李瑞琴麾下的一员，从来没有离开过，乡都成长的每一个脚印中，都有她的一份心血，她早就和乡都建立了难以割舍的情缘。

缘分是彼此的珍惜

陈冬梅与李瑞琴同村，两家关系原本要好，李瑞琴对这个晚辈也很是喜爱亲近。1995年，陈冬梅实习的第一家单位，就是李瑞琴创办的兴兴皮革厂。

那一年，她还不满20岁，从此就在李瑞琴兴办的事业中扎了根，先当出纳员，后当会计员，现在已是乡都的财务总监，挑起了大梁。

年轻人喜欢变化，求新求异，跳几家公司、换几份工作是寻常不过的事，陈冬梅却跟定李瑞琴，不离不弃，一干20年。当今企业界普遍为员工的见异思迁、忠诚度不足而烦恼，像陈冬梅这种始终如一的员工是极其少见的，也是值得珍惜的。

陈冬梅为什么跟李瑞琴这么“有缘”呢？李瑞琴的创业之路满是艰辛，陈冬梅也免不了吃些苦头、受些波折，她为何能坚持到现在呢？当我们问到这个问题时，陈冬梅说，为了感恩，为了董事长的人格魅力，为了乡都家庭式的亲情氛围，总之有许许多多的因素，不是一句两句话能说清楚的。

如何理解“感恩”、“人格魅力”、“亲情氛围”？陈冬梅说：“董事长是看着我长大的，待我就像自己孩子一样，对我关心备至，小到家庭生活，大到我的人生规划设计，董事长都考虑在先，从我的学习深造，到我孩子的教育问题，董事长都特别关注。”

因为董事长对她好，所以她投桃报李，认为应该回报董事长吗？这是我们的第一感。但陈冬梅说，不全是这样，因为董事长不只对她好，对每个员工都像对自己的家人一样，例如女员工生孩子，父母不在身边的，董事长会亲自缝制孩子的小被子，帮着联系医院，找最好的医生，提供尽可能的帮助，那份心，完全是母亲关爱女儿的心。

陈冬梅还讲了一件让她永难忘怀的事：“刘灿是一个阳光、活泼、开朗，热情的南方女孩，她的丈夫当时在武警支队当兵，所以她随军来到库尔勒，于2004年入职乡都公司，在行政部工作。干了没多久，在一次偶然的感冒后，医院检查出她患了红斑狼疮，虽然是初期，由于这种病不好医治，而且不能劳累，所以她很悲观，准备辞职回湖南老家养病。董事长知道这件事后，说，虽然刘灿无法继续在乡都工作，但只要她一天为乡都出过力流过汗，我们就不能不管她。随后就发动大家给刘灿筹钱医治，公司也尽最大的能力赞助了她医药费，董事长还亲自去医院鼓励刘灿与病魔作斗争。

“在乡都家人的鼓励和及时帮助下，刘灿经过两年治疗，逐渐恢复了健康，还在家乡开了一家网店。为了表达对公司的感激之情，她亲自给公司员工的每个孩子织了毛衣寄过来，还说，我在乡都工作的时间很短，但却是我永远不能忘记的一段温暖的人生经历。”

于是，我们明白了，陈冬梅所说的“感恩”，不是简单的“因为你对我好，所以我也要对你好”的关系，其间有大爱维系。而彼此的珍惜、彼此的相依、彼此的感动、彼此的记挂，造就了彼此的缘分，也造就了充满温情的企业氛围。这或许也是陈冬梅爱上乡都的理由吧！

梦想是彼此的点燃

陈冬梅是一个好打交道的人，待人友善，满满的热情，对手下员工更是关怀备至，严格中不失温情，颇有几分董事长的风范。只有一种情况下大家会对她敬而远之，那就是参加葡萄园搞劳动的时候。乡都员工马玉霞说：“记得第一次接到通知去基地劳动的情景，大家选择劳动搭档时，对乡都的劳动能手陈冬梅、杨静，大家总是犹豫不决。为什么呢？据说是因为她俩太能干了！我们新员工就诧异了，能干不是很好吗？老员工们七嘴八舌说起来，‘你们是不知道，她俩实在是太能干了，而且干活时不歇息，这男的和她们在一起干活的速度不如她们时就会非常不好意思，女同志和她们在一起时她们干活不休息，别人也不好意思歇息，所以和她们一组干活虽然会是佼佼者，但是会很累哦！’”

陈冬梅虽来自农村，毕竟从小在父母的关爱下长大，并不是天生的“劳动能手”，她那令人敬畏的“功力”，是长期训练的结果。李瑞琴的管理风格是“一人多用”，陈冬梅从入职那天起，就向“多面手”的方向发展，最初在兴兴皮革厂当出纳，同时兼任车间工人，剪皮边，绷板，什么活都干。后来在乡都当会计，当财务主管，也是身兼多职，在葡萄种植季节，她是种植、养护工人，经常去葡萄基地劳动；到了葡萄收购季节，她又是收购员，经常出差去外地收购葡萄，总之什么地方需要她就去哪里，一切为了公司发展的需要。

当一个“劳动能手”不容易，那意味着无数的苦和累，她的动力从哪里来？她又图个什么呢？她说，只为一份信任、一份感动，还有一种让生活变得更有意义的人生追求。她还说，她的动力，很大程度上来自于董事长的精神感召。她讲了让她记忆深刻的一件事：

“董事长是一位不计较个人得失与享受的女性，她是一位很好胜、要强、责任心、学习力超强的女性。在邹老去世的那一晚，我送董事长回家，在电梯里董事长对我说：‘冬梅呀，钱真的是身外之物，生不带来死不带去，你看老邹，辛辛苦苦一辈子就这么走了，什么也带不走。我现在如果什么不干，我们家的钱也够三代人花的，但是我不能，为了你们为了大家，我也得坚持下去，我现在不是为自己在活，我身上更多的是一份责任。’我当时的感触就是，董事长一家为了葡萄产业付出的真是太多太多，董事长为了她身上的责任还在坚持，还在奋力把企业做强做大，我们有什么理由不好好工作呢？”

在庸常之人看来，“好好工作”只是别人对自己的要求，在陈冬梅这里，“好好工作”是一种自我要求，因为她有着与常人不一样的幸福观。她说：“用发现的眼睛和心灵去寻找幸福，每天稍稍再努力一点，就会做得更好，就是幸福的，家人健康最幸福，在大家庭中关注他人，能够在不经意间感受到幸福就是最幸福的。”

对乡都的未来，陈冬梅充满了信心和期待，她说：“我相信一分付出一分收获，乡都的未来会越来越好。”

痴心不改的基地员工

无论走到天南地北，最让李瑞琴牵肠挂肚的是她的万亩葡园！最为她撑腰壮胆的也是她的万亩葡园！只要外出归来，她就像一个急于见到孩子的母亲，步履匆匆地奔往葡园，只有见到基地员工们憨厚的笑脸，才是她心里最踏实的时刻。

葡萄基地有200多员工，除部分本地人之外，更多的是来自疆外的农民工。曹金林、蔡培荣、姚淑珍、尚崇智……一群朴实得像土地一样的基地员工，打从十几年前从内地农村来到七个星，就被李瑞琴的葡萄梦集结到了杂草都难生长的戈壁滩上。跟随李瑞琴创业的最初几年，他们文化低、没技术、没经验，葡萄种下去三四年没有收益，有时寒流袭来，一夜就冻死几百亩。灾害也好，没钱也罢，都赶不走已经把身家命运都交给乡都葡园的耕耘者们。

数万亩葡萄在戈壁滩上茁壮成长，离不开基地员工们年复一年的汗水浇灌，他们每个人都很普通，汇成团队却是公司的绝对主力，也是李瑞琴最忠实的创业伙伴，每次谈到他们，李瑞琴总是深情地说："为了他们，我也要好好干下去！"

岁月荏苒，基地员工们将青春洒在了葡萄园，他们的人生也变得丰富，像葡萄园一样，一年年壮大，一年年收获，他们学到了文化，掌握了技术，成了管理者；跑田头的摩托换了一辆又一辆，运葡萄的毛驴车换成了半拖挂、汽车；纯手工劳作发展到半机械操作。

每一个员工身上都有一个个动人的故事，采访他们时，我们一次次被感动。我们选择了三个典型故事，从中可以折射基地员工们奋斗的轨迹。

在艰苦的环境中扎下深根

每一个刚来到葡萄基地工作的人，都会面临艰难困苦的考验，有的人经受不住考验离去了，有的人却爱上了这片土地，从此扎下深根。曹金林一家就是其中之一。

曹金林说："1999年，是我人生中最为重要的一个转折，也是我们全家生活最为重要的一次转变。因为那一年，我和妻子带着两个年幼的孩子，怀揣着建设小康生活的幸福梦想，离开了故乡甘肃，千里迢迢来到了仪尔葡萄基地，开始了我们全新的生活。

"那时，葡萄基地处于初创时期，条件比较艰苦，我们分到了一间比较简陋的住房，全家四口人就挤在一张大床上睡觉，好在我和妻子都是吃过苦的人，这些困难，对我们来说不算什么，但关键是两个孩子的照看成了我们的心病。葡萄基地附近没有幼儿园，老放在屋子里我们也不太放心，于是，我们只好把孩子带在身边，一边工作一边照顾孩子。

"一天，我和妻子忙着在地里补苗，两个孩子在地里搭的棚子里乘凉玩耍，玩着玩着，一不小心，小儿子滚落到葡萄沟里，虽然葡萄沟并不太深，可小儿子还不到3岁，可能摔疼了，也可能吓着了，躺在沟底大哭起来，6岁的大儿子很懂事，急忙上前帮忙，可沟里全是泥，很滑，小儿子爬到一半又掉下去，反复多次才爬上来，弄得像泥人似的。我下班到大棚跟前一看，大儿子全身是泥，小儿子只有眼睛、鼻子和嘴能看见，身上和头脸的泥全干了。

"当时我们心里那个疼啊！回家的路上，我和妻子的心情非常沉重。到家给孩子洗脸、换衣服，吃晚饭后，已经很晚了，两个儿子进入了梦乡，而我们两人却久久不能入睡，是走还是留？经过激烈的思想斗争，最后我们决定留下来。不奋斗、不吃苦，换不来幸福生活，为了孩子们的未来，我们一定要克服现在的困难。”

留下来的曹金林，现在已经从普通的种植工，成长为优秀的管理人员。

人留下来了，心也留下来了

选择留下来的员工，不仅人留下来了，心也留下来了，他们真正以基地为家，像对待家务一样对待公司的工作。

尚崇智说：“2013年12月，因仪尔基地养牛场饲养员的妻子得病住院，请假回了家，何总一时找不到接替的人，心里很着急，我就主动承担了饲养员的工作。”

“这时，快要到下班时间了，天要黑了，66头大牛、小牛饿得直叫唤。我赶紧推起人力车，拿上铁叉，开启水龙头，开始拌草料。放了好多玉米面，另外还加了盐巴。一车、两车，一共拌了6车，把每一个牛槽都放得满满的。这些牛边吃边看着我，吃得真香啊！”

“我看到它们吃得肚儿圆圆的进了牛棚，终于放下心来，在漆黑的夜色里，我深一脚浅一脚地回到家中。虽然很累，但我很快乐。这一干就是半个月，每天都是很晚才忙完回家，但我没有半分不乐意，因为，为公司分忧解难，是每一位乡都人义不容辞的责任。”

用勤劳的双手，开创幸福生活

对基地员工们来说，葡萄园是一个可以耕种梦想的地方，在这里，他们可以用自己勤劳的双手，创造美好的生活。

在葡萄基地，有一个大家都知道的故事：“1999年，公司正处于初创时期，条件非常艰苦，葡萄基地员工卢会萍一家住在四处透风的土坯屋子里，但她没有抱怨，还说，董事长都能住在这里创业，我们受这点苦算得了什么！

“种植酿酒葡萄是一个很费力气的活，一般人要承包100亩都会累得受不了，而手脚麻利的卢会萍竟然承包了200亩，她和其他承包葡萄园的男人们一样，平整土地，铺设管道，挖土填坑，种植防风林，什么样的苦活累活都干。每天，天刚蒙蒙亮就下地，中午饿了就啃几口干粮，渴了就喝几口井水，一直忙到天黑才拖着疲惫的身体回到家中。功夫不负有心人，她承包的葡萄园，各项考核指标在公司均名列前茅，年底公司除了兑现承包费外，还奖励了她一个大大的红包。

“几年过去，随着公司科学化管理水平的不断提高，葡萄基地实现了机械化施肥、葡萄枝埋土，一定程度上减轻了种植工的劳动量，有了较多的空闲时间。卢会萍是个闲不住的人，一天，她在地里除草时，忽然想到，这些比果树长得还快的杂草，能不能作为养鸡、养羊的饲料呢？她马上找来养殖方面的书籍仔细阅读，还经常向有养殖经验的邻居们打听，向农技站的技术员咨询。最后，她形成了一个很好的思路：种葡萄附带搞家庭养殖，用杂草喂鸡、羊，鸡、羊粪又可以给葡萄施肥。

“卢会萍的想法得到公司领导的大力支持，于是，她建起了家庭养殖场，如今她的养殖场有几十只鸡，20多只羊。她的‘金点子’也带动了其他员工加入到以种植为主业、养殖为副业的致富路上。尤为可贵的是，养殖对于循环利用、建设环保型企业具有重要意义。

“14年来，经历了风风雨雨。如今，卢会萍的辛勤耕耘终于换来了丰硕的成果，仅种植葡萄一项，一家的年收入就达6万元，养鸡、养羊也有了一定规模。2011年，卢会萍在七个星镇购买了一套93平方米的住宅，连装修共花费了20多万元，在葡萄基地还有一套平房。现在，女儿在县城读高中，儿子读初中，丈夫是公司拿工资的管理技术人员，一家人生活得很幸福。”

结语：将梦想变成大家共同的事业

每个成功者的背后必有一群虔诚的追随者，他们或冲锋陷阵于一线，或运筹帷幄于后台，不论职责大小、地位高低，都有一个共同特点：忠诚相随、不离不弃。

怎样吸引追随者？怎样让一大群人乐意为共同的事业默默奉献？领导者个人的梦想必须成为一个总集，可以包含每一个追随者的人生目标，这样，领导者的事业就会成为大家共同的事业，每一个追随者都会为追求共同的目标努力奉献、无怨无悔。

乡都的特殊职员

乡都先后聘请了几位“特殊职员”——从领导岗位上退下来的县级干部。一些员工不理解，对李瑞琴说：“不应该把国家退休干部整进来，这帮人整进来了，能跟你贴心吗？”

李瑞琴说：“人家挺看重你，才敢到这个地方来。他们来不是摆个花架子，是要发挥作用的。他们素质高，受了党多年培养，能提升我们的政策水平。人与人相处，要交心。你交心了，大家就能往一处想，每个人都融到一块去了。”

让大家想不到的是，几位“特殊职员”经过短期磨合，很快改变了过去的思维模式和工作习惯，融入到乡都大家庭中，作出了特殊的贡献。

乡都是个大融炉

江英说：“2012年1月，从党政单位退休的我，受董事长李瑞琴之邀，来乡都担任副总经理，分管行政工作。初来乍到，我马上遇到了工作方法的挑战。董事长为了让我尽快熟悉企业工作，先后安排我出差乌鲁木齐、北京、上海，还带我参加了北京《中外管理》举办的《公司治理》高管人员培训班。

“去乌市出差，第一晚乘火车过去，参加乌市营销公司的迎新春联欢会，第二天晚上乘火车返回，一个同学、朋友也没顾上拜会。后面的北京、上海出差依然是匆匆而去、匆匆返回。在北京《中外管理》培训时，共去了三次，一次三天，中间的日程安排得很满，甚至中午吃饭也在和合作伙伴或客户见面。上海出差两天，董事长特意给我安排了两小时购物时间，结果我带的几千元一分也没花出去。在党政机关习惯了慢节奏的我心里暗暗叫苦，这种没有游玩逛街的出差我还是第一次呢！后来，我和几位新入职的退休干部又陪同董事长去南、北疆看望经销商，依然是来也匆匆，去也匆匆，不知当地美景为何物。

“后来我知道了，乡都人从上到下，只要出差，都是这样。因为董事长说了，我们是企业，浪费不起钱，更浪费不起时间，也许就在我们放松的那一点时间内，人家已经把我们的市场抢走了。

“其次，我还遇到了‘新技术’的挑战，公司的文员人手一台电脑，办业务离不开电脑；连60多岁的董事长也会操作电脑收发邮件、处理公文。我心里暗暗着急，自己还是个电脑盲呢！在原单位时，电脑配了十几年，期间学了几次没学会，也许是因为有秘书伺候的缘故吧！后来上了50岁，就更不想学了。现在进了乡都，我不坐班，我分管的行政工作文来文往，不学会电脑就无法工作，只好硬着头皮开始电脑扫盲。

“从开机、关机、点鼠标开始学起，建立文档、设文件夹、收发邮件、起草文件、修改文件、转发文件，每一个步骤记在纸上，两个月后，我在电脑上打出了第一篇乡都乌市营销公司迎新春活动简报，这篇1000字的简报打了两天才完成，没想到保存时操作错误丢失了，那一刻心情沮丧到了极点，可回头一想，这总比董事长开荒种葡萄容易吧！当天晚上硬是重新打了出来。这样的文件丢失事件后来又发生了好多次，都被我耐住性子补写了。为了学电脑，乡都同事、周围的年轻朋友，原来的部下，还有我的儿子，全都当过我的老师。

“现在我可以自豪地说我不是电脑盲了。除了能熟练地远程办公，与乡都同事及时交流信息，还与远在内地的儿子密切了思想交流，加深了感情，消除了代沟引起的隔阂。现在，我常想，乡都真是个大熔炉啊！没有乡都这个熔炉把我烤热，给我压力，给我动力，可能我还是个‘盲人’。”

只要领导带头，没有做不好的事

梁怡萍说：“2012年，刚退下来不久的我来到乡都，担任分管项目建设与质量安全工作的副总经理。一天，接到自治州质监局紧急通知，11月12日在巴州召开全疆《食品企业质量安全主体责任履责报告会》，州局安排我们乡都3天之内撰写好本企业食品安全履责报告书和PPT片子。过去在政府单位担任领导工作时，我组织、主持召开的大小会议不计其数，但作为刚到乡都上班5个月的新人，又刚接管以前从未接触过的企业质检工作，突然接到这样紧急又重要的任务，感到肩上的压力很大。

“压力就是动力，在董事长的亲自指导下，我一边学习《食品生产加工企业落实质量安全主体责任监督检查规定》的内容，一边收集整理所需的资料，一边撰写履责报告并多次修改补充，经过两天加班加点，终于在9日半夜2点将完成的报告初稿发送给邹总经理和董事长审定。第二天，邹总指着我，对董事长说：‘她昨晚2点多钟还在写报告，好辛苦！’董事长笑道：‘我们乡都的人就是敬业负责！’听了此话，一股暖流涌过心头。

“报告出来了，还得按初稿的内容抓紧时间制作PPT，为了使片子内容详实可靠、一气呵成，董事长毅然取消了出差的行程，晚饭都顾不上吃，亲自坐在电脑旁，与工作人员一起将收集的资料一一筛选整理了近半个晚上，看得我好感动。

“次日，我们将报告初稿和PPT毛片送质监局审核，审核的领导说：‘没想到你们这么快，可见平时的准备工作做得很好。本来大会没安排你们上台发言，但看你们对这项工作这么重视，我打算让你们作为5个企业代表之一上台发言。你们回去把报告和PPT片子再充实修改一下吧！’这样一来，我们由板凳队员一下变成上场队员了。

“在全疆的观摩会上作大会报告，也是宣传乡都‘做人做事做企业’的一个窗口平台，董事长特别重视，光发言人就换了3次，最后决定把所有的事情都放下，她亲自出马。

“开会那天，参会人员看到60多岁的董事长边熟练地操作PPT，边滔滔不绝地介绍乡都的质量安全工作，无不肃然起敬。

“观摩会开得特别成功，很多对乡都不熟悉、不了解的人，通过董事长的精彩发言，对乡都留下了深刻印象。董事长对这一结果很满意，我也特别兴奋，不仅是因为我这个乡都新人做了一件有意义的工作，更重要的是通过收集资料、撰写报告、制作PPT片子、参加会议，我感受到了董事长坚定不移做品牌的决心，从而增强了我为乡都努力工作的信心。”

不一样的学习，不一样的改变

李新亚说：“我是一个退休干部，董事长多次邀请我来乡都，我犹豫过，但最后还是答应了。董事长比我大几岁，她的创业精神感染了我，使我不能满足于安享退休生活。

“2012年6月，我抱着学习的心态来到乡都，任副总经理，分管宣传工作。董事长给我们开会时说，我们乡都人讲四化：工作学习化、工作生活化、工作兴趣化、工作快乐化。每一句话都深深刻进我的心里。

“在乡都，我看到团队里的年轻人个个生龙活虎，成长速度非常快，我也不自觉地调整着自己，跟着大家一起学习成长，随着时间推移，忽然有一天，我觉得自己变了，心情变了，充实了，进步了，愉悦了。

“在乡都，我学会了葡萄酒品鉴知识，因为主管品牌工作，我的品牌知识也丰富了。而更重要的是，我的观念变了。每次董事长学习回来都要以会代训，把在外面学到的、看到的讲给我们听，引导我们在做企业的过程中既要跟上时代的步伐，又要有超越的精神。董事长永不止步的进取精神常常感动着我们，也深深地触动着我们。

“在乡都，我一月一小变，一年一大变，仿佛脱胎换骨了一样。我也成了一位跟上时代发展的快乐女职员，我突破了过去的自己，我也看到了比以前更美的风景。”

结语：一切都可以重新定义

没有一成不变的事物，一切都可以重新定义。职业可以变更，人际关系可以调整，工作方法可以改变，生活方式可以更新，行为习惯可以重塑，每一次变化都会带来一种全新的境界，人生的价值、生活的意义也会以全新的方式呈现。

孔子说：“君子不器。”保持可塑性，保持对生活、对事业、对自我随时定义的能力，生活就会精彩纷呈，事业也会硕果累累。

漫画/杨琪

第九章
立足小地方，经营大文化

“没有好的人品做不出好酒”

焉耆是个小地方，但人的境界取决于思想的高度，从来不因地域而变得狭小。李瑞琴自称，一身兼具山东人的忠厚直率、外朴内秀和焉耆人诚实质朴、热情大度的特点，她将自己的风格变成了乡都人的风格，而这种风格的核心是“三个心”和“三个信”。

酒品如人品，做事先做人

“没有好的人品做不出好酒。”李瑞琴说。人品好才能做好酒，做好酒才能成就百年品牌，好人品—好产品—百年品牌，这是她深信不疑的一条逻辑线。

“做事先做人”，对许多人来说只是一句流行语，知其意而不知其味，对李瑞琴来说，却是积数十年人生阅历得来的切身体会。她说：“企业成长过程中，不会一帆风顺，有了什么事情吧，你人好别人愿意帮你，至少不会把你放在火上烤吧！你做人不好吧，别人不愿帮你。”起步之初，她没钱、没学历、没背景，凭什么？凭做人好，别人肯信她、肯帮她。你帮一把，我帮一把，没有的就都有了。创业过程中，几经波折，迭遇难关，怎么闯过来的？李瑞琴并不是“女关公”，没有“过五关斩六将”的神功，遇到跨不过去的坎，怎么办？还是靠人好有人帮衬。

那么，李瑞琴所说的“做人”包含什么内容呢？她是怎样将“做事先做人”的理念贯彻为公司全体人员共同的价值观呢？

“做人”的五个重点内容

人人都在做人，做人好不好首先取决于观念，“观念决定行为，行为养成习惯，习惯积淀性格，性格决定命运”，这是所谓“成功学家”总结出来的逻辑，有些片面，却不无道理。人生遭际，一部分受外界环境影响，一部分取决于内在努力，从自身这方面来说，不同的观念决定了不同的努力方式，最终带来迥异的结果。

李瑞琴做人，有几个终生信守不渝的观念：

一、家庭观念。李瑞琴说：“我从小受家庭的影响，我和舅母一起长大的，我们之间是相互感动的。我那时嫁人，心里就有一个念头，要带好舅母，带好妹妹，带好所有家人。”她认为，家人之间无论有无血缘关系，都要彼此相依，一个都不能少。正是抱着这样的信念，她当年将带舅母、妹妹一起上门作为择偶条件；出嫁后又将一大家子人全拢到新疆来。创办企业后，她将家人之爱延伸到每一个员工，因为他们都是——"乡都家人"。

二、荣誉感。追求荣誉是李瑞琴的创业动机之一，她说："我们山东人，人过留名，雁过留声，这是根深蒂固的观念。"崇尚荣誉不等于恋慕虚荣，前者讲"立德、立功、立言"，凭实绩赢得尊重和认同，后者靠虚饰吸引别人的眼球，两者有本质的不同。

三、心态积极。李瑞琴经历过太多的人生坎坷，创业之路也不是一帆风顺，但无论遇到多大的困难，她都能含笑面对，这很不容易。因为她知道，积极的心态和消极的心态都是一种能量，可以相互感染。她说："我既然把我的企业当成了一个家，家人里边一定不能有负能量。"她首先要求自己成为正能量的输出者，对"乡都家人"也提出了同样的要求。

李瑞琴借用"烂水果理论"，来说明负面情绪的破坏作用。她说："大家都知道，'积极的心态像太阳，照到哪里哪里亮；消极的心态像月亮，正月十五不一样'。员工好比一筐苹果，这筐苹果特别好，但是要有一个碰伤了，你不把它捡出来，它马上就烂一大片，两天就可以把一筐苹果全烂完。企业里不能有负能量，你要有一个人爱抱怨呀、爱计较呀、喜欢算计呀，它的负面影响也会越来越大。不是东风压倒西风，就是西风压倒东风，一定要用正能量压倒负能量。"

四、投资不投机。"企业以赢利为目的，我们一定不能为达目的不择手段，我们一定是君子爱财、取之有道，用我们勤劳的双手，用我们的智慧，跟国家的政策结合起来，把品牌做起来，一定不能投机取巧。"李瑞琴如是说。初次创业成功后，她之所以冒着失去一切的风险，走上二次创业之路，原本不是为了多赚钱、使日子更富裕，她的梦想是做百年企业、做顶级品牌，将自己的精神、信念、梦想随着事业一代代传下去，因此她放弃了任何急功近利的想法，一步步夯实根基，追求可持续发展。

五、坚持不放弃。从种葡萄开始，李瑞琴步步艰难，没有强大的意志，没有坚定的信念，不可能坚持下来。她说："1999年有几家在做，有的1000亩，有的2000亩，有的3000亩，都没有坚持下去，从1999年坚持下来的就我一家。"同样是在戈壁滩上种葡萄，别人都知难而退，只有她坚持下来了，为什么？因为她的信念更坚定。

“做人”的核心要素：知恩惜福

对人生成功来说，个人努力不可或缺，只有个人努力却又远远不够。

成功不是一个自娱自乐的游戏，所谓成功，就是通过某种适宜的方式，给他人的生活质量或精神品质施加有益的影响，同时带来个人生活境遇和精神面貌的改善。影响范围越大越久远，受影响者越多，成功越大。影响一个时代的是伟人；影响千百年的是圣贤。

成功不是一件“自己的事”，与被影响者密切相关，哪怕你是抱着良善的目的，也要取得他人“同意”才能畅行无阻，个人能量必须与外界能量对接，成功才有希望。李瑞琴初创业时，用她自己的话说，“什么都不懂”、“什么都没有”，只有一个遥远的梦想。怎样让梦想一步步具体化呢？靠的是多方相助、群策群力，用时尚的说法，靠的是“资源整合”。她为什么能把资源整合进来？一方面是走对了路，她做的事业于人于己于社会都有益，一方面她具备一项重要素质：知恩惜缘。

李瑞琴说：“我是抱着对生命感恩，对政策感恩的心态，来做一些有意义的事情。有人问我为什么能够沉下心来做事，我说我是两手空空来到这个世间，两手空空来到新疆，现在积累了这么多资产，积累了这么多人脉，我有什么不满足呀？我碰到困难不是一个人在克服的，我走每一步的路，都离不开他人的帮助和支持。”

她又说：“使得我们能够坚持下来的，是他人给予的各种力量，社会各界的力量，政府的力量，政策的力量，团队的力量，家族的力量，资本的力量，朋友的力量，缺一不可。”

最让李瑞琴感怀于心的，一是政府，二是员工。

向戈壁滩要财富，是人类一道难题，凭一人一家的力量是远远不够的，有政府作后盾，李瑞琴才有勇气启动葡萄种植项目并坚持到底。她说：“不是戴高帽，当地政府对我的呵护、关爱我永远忘不了，记得1999年刚做项目的时候，我们的县委书记黎明辉对我说，我们焉耆是一个农业县，年收入吃紧，我们给不了你任何资金的支持，但是我们会从精神上、从政策上支持你。除了县上的领导，还有州上的领导，都特别关心这个项目。记得有一次，几位领导调研了一天，在土炕上坐着，像拉家常一样讨论问题，帮助我们决策。他们说，这是一件造福社会的事，我们愿意扶持。但这不是一个一蹴而就的项目，一定是个长期项目，初期没有什么效益，还要投入无数人力、财力、精力。只要你敢下决心，我们一定帮扶到底。领导这么看重我，我胆气就壮了，什么决心不敢下？一连几届政府都是这样支持我，他们给我的精神鼓励是多少金钱都换不来的。

"幸运的是我们终于把路闯出来了，现在全焉耆的葡萄种植大户大约有20多家，全巴州有四五十家。再经过几届政府努力，葡萄将成为巴州的支柱产业。现在我们被当作明星企业，说我们是巴州的一张名片、新疆的一张名片，每年千万的税收已经创造出来了，政府不会养不下蛋的鸡，回馈我们的政府，回馈领导的支持，是我的一大心愿，我只恨对他们回报太慢，因为，没有政府的支持，我们一定做不到这一步。"

对员工，李瑞琴不仅是感激，心里更多的是愧疚，刚上葡萄项目的时候，连续几年只有投入、没有收入，员工的工资都不能保障，有的员工熬不住离职而去，也在情理之中，还有许多员工留下来了，跟李瑞琴一起继续追梦。他们的辛苦付出和精神支持，是李瑞琴坚持不放弃的一种重要力量。

李瑞琴说："我常想，我不一定能留给员工多少钱，我这个项目需要几代人的努力，我这代人带头，收获还在后面。我们有一大批员工留下来了，他们就拿那么一点工资，有时甚至发不下工资，他们也没离开我。那几年我们每年投入，吃了上顿愁下顿，他们不问工资，还把自己的钱借出来，把亲戚朋友的钱借出来，不算利息钱。我想跟他们订借款合同，他们说：'不订合同，订什么合同？'我不知道这样的员工哪个企业会有。他们给我的这种感动支撑我不断的努力。

"有人说，精神是虚无缥缈的，看不着的，金钱看得着，经营权看得着，亲情也看得着，可我们的员工不是亲戚，但他们真正把企业当成自己的家，那他们为什么这么好呢？理由简单得让我感动，他们说：'什么都是挣的。老板对我们这么信任，我们一定要和老板同甘共苦。'他们的精神是虚无缥缈的吗？我看不是，我看到了他们的精神，我实实在在感受到了，他们的精神和我的精神都汇入到同一个事业中，相互感染。在工作中，在生活中，有时他们一个细小的举动都会给我一个很大的感动。"

那么，李瑞琴将怎样回报她的员工呢？她没有说。做不到的事她不愿空口许诺。但是在力所能及的范围内，她努力提高员工的薪酬待遇，改善员工的工作与生活条件。最能体现李瑞琴心迹的是乡都的“宝贝计划”，公司掏钱培养下一代，可见她的“接班人”不仅仅是自己的家人，她的“接力棒”将传给一代代乡都人。

挑选核心价值观一致的人

古人说“道不同不相为谋”，所谓“道”，一是目标，二是核心价值观。一个企业可以兼容个性、爱好、生活情趣各不相同的人，甚至可以兼容目标不同的人，但核心价值观一定要一致，否则就会发生不可调和的冲突。员工的行为可以用制度来规范，员工的目标也可以引导和调整，但核心价值观在7岁左右就形成了，好比一颗葡萄的种子，能长出核桃来吗？除非发生基因突变。而改变基因难度极高、成本极大，那倒不如简单行事，挑选想要的，淘汰不合适的。

李瑞琴深知此理，她说：“企业没有制度不行，好的机制可以让魔鬼变成天使，坏的机制可以让天使变成魔鬼。但制度有局限性，制度再好，人的素质跟不上也不行。不管国营企业也好、民营企业也好、上市企业也好，都要强调人的素质。你看证监部门把上市企业看得那么严，为什么还有造假的现象？我们国家的法律、制度都订得挺好的，一条条都合理，为什么还有那么多腐败现象？这是不是人的问题？你制度是管人，流程是管人，不按制度办的有没有？不跟你流程走的有没有？你的眼睛能盯住每个人吗？”

李瑞琴选人用人，不太在意学历高低，对脾气性格也没有太多挑剔，对核心价值观却很在意，一定要选“有素质”的人。怎样了解一个人的素质呢？她也有几个简单的标准：

一、孝敬父母。父母是骨肉至亲，人生最大的恩人，对父母都不好的人，能指望他对别人好吗？不可能的！他心里只有一个自己，对别人好都是假的，嘴巴再甜都没用。

二、家庭和睦。家庭关系都搞不好、成天打打闹闹的人也不是李瑞琴欢迎的人。一方面，从家里带来的负面情绪会影响工作；一方面，不善于处理家庭关系的人也可能不善于处理同事关系，可能损害团队的凝聚力。

三、洁身自好。"当小三的，养小三的，一定不可以。"李瑞琴说。在感情上不能抵御诱惑的人，其他方面也可能意志薄弱，一旦掌握了权力、资源或机密，难保不选择出卖。今天的贪官污吏，绝大多数有感情出轨的经历，贪腐和出轨都源于一个劣根：不忠，无耻。

四、执行无借口。李瑞琴对员工不要求多高的能力，但要求做事的态度，不管会不会做，只要竭尽全力去做，她认为这就是好员工。实践证明，只要保持积极肯干的态度，哪怕一开始做得不尽如人意，最后一定能达到优秀的水准。

五、树立"劳动光荣"的理念。李瑞琴是"毛泽东时代"出生的人，深信当时流行的"劳动光荣"的理念——劳动不分贵贱，都是"革命工作"，哪里需要就到哪里去。本着这一理念，哪怕她当了董事长，拥有令人羡慕的财富，她还会经常下田劳动，还会在工厂做勤杂工作，她不认为这"有失身份"。同样，她也要求公司的管理人员、文职人员打破高低贵贱的观念，经常下田劳动。这可以说是乡都的一个特色。

打造企业文化传统

乡都的特色文化经过多年积淀，到了该提炼升华的时候了！企业坚持的价值理念应该"悬挂"出来，变成全体人员共同的行为准则。很快，由李瑞琴主导，在陈欣、李晓云等骨干人员的协助下，乡都的企业文化范本出炉了。

陈欣说："2009年春节过后，董事长从北京回来，在她学识渊博的女婿王希望那里拿来了几本励志图书：《做事先做人》《每天进步一点点》《把信送给加西亚》《没有任何借口》《细节决定成败》《高效能人士的七个习惯》《做世界最伟大的推销员》，让我把这些内容融入到企业文化中，用十句话将企业的核心理念总结出来。在做企业内训时我就对企业文化有过较多思考，现在吸收了书中的一些观点，将两方面结合起来，我头脑中零散的一些东西很快系统化了，于是，十句话像灵光闪耀，一下子浮现出来，我写下来给大才女李晓云修改审核，再经过双方多次的来回碰撞，终于定稿。给董事长看，董事长非常高兴，字斟句酌，前后做了两次经典修改，最终形成了乡都同仁精诚共勉的十句话——做事先做人，细节出成效；学习贵坚持，谦虚励进步；实干重实效，执行无借口；常怀感恩心，沟通胜理解；品质在卓越，努力无止境。

“后来，经董事长提炼，又出炉了企业愿景、企业使命、企业核心价值观。

“乡都的愿景是：凝聚天地能量，酿造健康人生。

“乡都的使命是：让所有的关系者体验愉悦。如今这些内容已深深地印在企业员工的心里，也打动着来乡都酒堡的客人们。

“乡都的核心价值观是：创造健康，成就员工，努力超越，回馈社会。”

“乡都十条”出炉后，在后来的日子里，结合技能培训，进行了持续的企业文化宣传，渐渐地，将企业文化精髓渗透到了员工心里，渗透到了员工的日常行为中。

结语：做人是一个系统工程

“做人”是一个系统工程，它由价值观念和行为规范两部分构成。做人好不好，首先取决于价值观念。以人类美德为准绳，就是健康的观念；在好的观念指导下，形成自己的做人原则，形成习惯性选择模式，坚持做自己认为正确的事，这样做人才会好。

实干重实效，执行无借口

农民的勤劳，工人的干劲，商人的精明，三者合一，就是乡都人的特点。

领导者的个性决定团队个性，“三合一”正是李瑞琴本人的特点。她从农村走进工厂、走进商场，再从商场走进农场、走进工厂，“折腾”了一个来回，农民、工人、商人的特点都齐全了。

她是怎样将自己的个性变成团队个性？没别的，就是用“实干重实效，执行无借口”的“高压政策”，将每个员工逼出了一专多能，逼成了“特种兵”。

简报的故事：企业的效率高于一切

乡都副总江英说：“我刚来乡都时，看到企业的文字工作非常薄弱，于是我给各部门、各公司发文通知，要求他们开展任何工作活动都要上报简报，然后由公司行政修改审定后，用邮件发给各公司，供大家阅读。这项工作开展后，公司上下忙碌起来，各公司的兼职文员叫苦不迭，我和总部行政文员更是经常加班，一年下来出了46期简报。时至2013年4月，一次总部会议，董事长宣布，行政不要再办简报了，各地各部门业务都很忙，没时间写也没时间看，大家把时间腾出来，做更重要的事。至于沟通情况，可以开通微信，利用现代通信工具不是更好吗？

"当时我有点不以为然，觉得董事长的决定有点唐突，微信怎能和简报比呢？然而，一年下来，公司的微信平台成为大家及时沟通工作的便利工具，简报不办了，什么工作也没耽误。我明白了，不能简单地套用行政工作方法来指导企业工作。"

只许成功，不许失败

乡都员工马海冰说："2012年6月8日，一年一度的'共赢在乡都'活动即将召开。总管窦乐乐分派工作时，将一项用于抢答问题的电脑抽签软件的编程任务交给我和王玉青。一开始，我们对这项工作没有重视，几天后窦总问我软件编得怎样了，我就把我从网上下载的几款软件给她看，她都不满意。最后窦总给了我一个设计思路，让我们照此编程。我们在网上看了教程后，才发现短时间内根本无法完成这项工作。晚上9点，我打电话给窦总说：我们实在做不出来。她用不容置疑的语气说：'执行无借口，我不能接受你做不出来的请求，必须做出来！'此时我知道没有退路了，只好打消杂念，硬着头皮上。

"晚上10点，我和王玉青打电话通沟、分享我们软件编写方面仅有的一点点经验，并决定两人同时在网上找软件教程，边学边尝试，不懂或不清楚的地方相互研究沟通。接下来，我们各自盯着电脑学习，平均3分钟就打电话讨论一次，一直持续到第二天凌晨4点，终于攻克了软件编程的几个技术难关。接下来，我俩抓紧工作，总算赶在抢答活动开始之前完成了软件编程工作，得到窦总的首肯，并在竞猜活动中正常使用。

"通过这件事，我更加读懂了乡都风格：对工作不能说'不'，我们的口号只能是：'只许成功，不许失败'。"

客户的订单就是命令

业务员谢春森说："2013年10月1日，南疆销售部在人民广场做了一场品牌与销售推广活动。活动办得很成功，到晚上12点才结束。正当我们收拾展台时，一位来新疆旅游的台湾客户匆匆赶来，说：'我在你们的活动会场买了2瓶金贝纳，刚才吃饭时，跟朋友一起品尝，大家都很喜欢。明天我们要坐飞机回台湾了，想买10件金贝纳回去，带给台湾的朋友。我们住在康城酒店，明天早上9∶00出发，可否在我们出发前送到？'

"有订单是好事，可大家从早上9∶30忙到现在，都精疲力尽了，等赶回去睡觉，不知是什么时候呢！明早将订货送到康城酒店，确实有很大的困难。迟疑中，我们想起了董事长经常说的话：'客户的订单就是命令，执行无借口。'

"于是，我们果断接了单，第二天起个大早，备好货，于8∶30把酒送到了客户手中。虽然睡眠不足，想到我们的乡都酒将飞到宝岛台湾，让更多人品尝，我们还是很高兴。"

本分上的事不找任何借口

乡都财务总监陈冬梅说："公司计划2014年进行股改，股改前要由第三方会计师事务所对公司前三年年度财务报表按IPO要求进行专项审计，同时，还要对公司内控体系建设进行全面标准化规范和培训。

"2月15日，股改审计项目组一行8人进驻公司；2月25日，内控体系建设项目组一行6人进驻公司。两个项目组同时展开工作，十几人的吃住行都由财务部负责安排。公司附近没有可供挑选的餐厅，所以每天项目组的吃饭问题是最让我们头疼的工作，一方面要想着为公司节省开支，一方面还要把伙食搞好，让大家吃得舒心。让我们没想到的是，项目组人员非常敬业，没有休息日，每晚加班到深夜，日平均工作时间在15个小时左右。我们财务人员除了处理大量日常业务，每天还要围着审计人员转，可把我们累惨了！但我们谁都没有一丝怨言，大家说不管任务多重，这是我们的本分。

"整个审计工作进行到4月10日才完成，在一个多月时间里，我们团队高效的工作和执行力保证了项目工作的顺利进行，得到了审计及内控项目组的高度评价，他们还把我们团队的服务工作作为一个案例在他们单位学习、分享呢！"

结语：员工并不是天然喜欢当"劳动模范"

管理大师亚当·斯密也说："每一个人的利益，在于过着尽可能安逸的生活。"

那么，怎样让员工舍安逸而图振作？最重要的是让他们觉得"值"。老板是否仁慈博爱值得员工效劳？目标是否充满期待值得员工辛苦打拼？工作是否有意义值得员工全情付出？

一个"值"字，可以让员工自动自发地工作，一支高效执行的团队就这样打造出来了。

逼上马的电商团队

营销总监李晓云戏称："酿酒，我们比别人晚了100年；互联网，我们比别人晚了10年；移动互联网，我们总算赶上头班车了。"网络正深刻地改变着市场环境和社会生活，"电商"的迅猛势头，将传统商铺冲得稀里哗啦。乡都顺应时势，在人才、技术都不足备的情况下，按李瑞琴的"三边政策"，勇敢"触网"，摸索着自己的网络营销之路。

"三边政策"——边干边总结边完善

李晓云说："乡都作为传统制造业企业，如何面对互联网乃至移动互联网时代的变革？这对创始人和团队来说，是个极大的挑战。董事长在中欧商学院经过互联网思维'洗脑'，认为公司开拓电商平台势在必行，为此她专门召开了三次公司高层讨论会，要求我们边学边干，在2013年年内建起仪尔乡都电商平台。这项工作由我和窦乐乐牵头，一开始，我们打听了几个电商策划公司，但是费用太高，于是董事长说，种葡萄也没人教我们，不是成功了吗？电商也一样，我们自己摸索着干。

“我们组建的网络推广部门和电商部门的成员几乎都是85后，对企业的深度理解有欠缺。而所有的相关工作，没有专业的指导，全靠自己来摸索。微博、微信、论坛、网站，尤其是微信时代，几乎颠覆了很多人的消费认知和习惯。为了能跟上时代步伐，不得不做各种尝试，MVP试错在这里是太常见了。没有人告诉我们该往哪里走？怎么走？推出的方案是否可行？结果如何？所有的问题，都要尝试了才能获得答案。有时期望很高的方案却反馈平平，有时偶然的点子却获得意外惊喜，董事长的‘三边政策’（边干边总结边完善）成了我们的动力。”

新业务，新管理

乡都成立电商平台，最缺的是有经验的专业人才，员工们也普遍没有“电商”意识，但李瑞琴认为，“互联网是我们未来发展过程中一个重要的支撑点”，有条件要上，没有条件创造条件也要上。并且决定，由乡都上海公司承担总公司建立网络推广部的任务。

当李晓云在上海公司的会议传达董事长的决定时，引起了不少人的异议。有人提出：公司刚成立不久，新增一个部门，会增加成本。目前很多人还不习惯网上购物，实体营销还是主流；再者公司的线下销售做得还可以，大有潜力可挖，没必要花大价钱去“尝鲜”。

李晓云说：“虽然增加了投入，但从长远看，网络销售是大势所趋，我们不能失去先机。所以，选择不改初衷，网络推广部必须尽快成立。”

网络推广部成立后，随着网上招聘信息的发布，一批网络销售精英加盟乡都，电商团队很快组建起来了，年轻的黄佳玲就是在那时脱颖而出的。

电商团队的平均年龄26岁，黄佳玲当时是最小的一个。她以前一直从事文案策划工作，在网络推广方面没有任何管理、决策经验，对自己能不能胜任，她心里没底。但李瑞琴、李晓云等高层领导一致看好她。

黄佳玲果然没让领导们失望，她发挥创新头脑，推出了一系列“新招”。她说：

“我们决定用互联网思维做事，不走流程、不做无谓的计划，跟上互联网时代的步伐。先将网络推广部人员配备完整：部门主管、文案策划、平面设计、技术支持，分工明确。

"取消一切KPI制度，相信在压抑的环境下没有好的方案，部门氛围保持轻松快节奏；部门会议时间，全员沟通讨论各自的工作，针对每个节点的网络事件进行头脑风暴，并当场制定工作计划；每个人都可将方案汇报到主管，不需其他流程，方案突出者即为项目负责人，负责计划的跟进开展。"

结果，仅用半年多的时间，电商工作便取得了重大突破。

成功的"试水"

在乡都大规模推进网络营销时，于2012年成立了网上天猫店，作为一个尝试，为后续工作提供经验。

负责天猫店的杨立博说："2012年下半年，领导们参加盛景、易观等机构关于互联网的论坛后，公司领导认为'互联网是我们未来发展过程中一个重要的支撑点'，开始自上而下推动互联网营销。

"天猫店从11月底开始筹办，计划12月12日正式上线。为什么选这个日子呢？'12'是'仪尔'的谐音，'仪尔'又有'独一无二'的隐意，当大家讨论上线日期时，董事长说，'别想了，12月12日就很好了'。

"对我们来说，一切都是草创，什么经验都没有，半个多月时间怎么来得及？但是，来不及也要来得及，这就是我们乡都的风格。大家不分白天黑夜地拼，真按规定时间上线了，仅12月12日一天销售额就超过了10万元。

"随后，我们又开了京东旗舰店、微信服务账号，随着这些互联网基础工具的应用，我们乡都真正走进了网络时代。"

每个人有120%的执行力

乡都电商部惠莉说："我2013年应聘到乡都电商团队，来后不久，领导交给我一个任务：重新设计产品页面。因为乡都天猫店的产品详情页陈旧无特色，不能勾起客户购买的欲望，页面跳失率很高，需要全部更新！

"作为一个新人，我对乡都产品还不太了解，刚接手任务时，我有点蒙，不知从何着手，工作量之大，也让我犯怵。到了前期搜集资料的时候，才知道我们没有文案，所有宣传文字全要我自己来写，对接人能提供的是长篇大论性的文章，需要我自己来提炼，页面的板块内容也需要我自己来策划。面对一个个棘手的问题，我心里很忐忑，心想：我没做过策划呀！在别的公司策划部会给我现成文案，我来制作成画面，我只是个执行者。现在从策划到文案到设计、切图上传，每个环节全部要我独立完成，对我来说真是压力山大呀。在百般纠结之后，我决定硬着头皮上。

"经过反复提炼资料，认真了解每个产品，我想出了一个大胆的主意：先设计一个模板，拿给相关人员看，他们提出建议后，我再反复修改模板，定稿后再把43个产品套用这个模板，中心思想不动，根据每个产品的特性，调换色调、参数、文案等等。这个方法大大减少了工作量，结果，我只用了两周多时间就完成了43个页面，赢得了公司领导的赞赏，上线后消费者的反映也很好。"

结语：创新要从接受新事物开始

企业管理的最大挑战，就是在新生事物刚刚兴起时，果断采取措施，转变员工的思想观念，积极接纳新生事物，与时俱进。任何固步自封、墨守成规的做法，都会导致落伍和被淘汰。创新要从接受新事物开始，头脑更新了，才有创新的产品和服务。

"三个心"和"三个信"

乡都司机雷栩给我们讲了一个感人的故事："一天，焉耆县政府打电话给董事长，说有急事要商谈。董事长放下电话，就和我从库尔勒赶往焉耆。一路上，她担心不能按约定时间内赶到，不时催我开快些。

"一路飞驰，在焉耆县郊的一个路口上，我们发现有许多人围在那里，好像发生了什么事。董事长让我把车停在路边，过去一打听，才知道发生了车祸，一个司机模样的人躺在地上，头上鼓起一个大包，地上流了好多血，车的前半部分已经撞得面目全非了。围观的人很多，指指点点，可没有一个人上前救治。董事长一看这情况，既担心，又着急！着急的是，和县领导约见的时间快到了；担心的是，眼前这个人再不送去医院救治，怕有生命危险。

"情急之下，董事长果断地说：救人要紧！随即招呼我，一起把伤员抬进我们的车里。我提醒说：时间可能不太够了。董事长说：人命关天，再大的事，也比不上救人重要！

"我们拉着伤员，迅速赶到附近的医院。由于送得比较及时，受伤司机终于被抢救了过来。董事长却罕见地迟到了。当董事长打电话向县领导道歉时，领导听说她是为了救人，非但不介意，还对她的义举表示钦佩和赞赏。这次偶遇的事件，也让我亲身感受到了董事长'做事先做人'的优秀人品。"

一边是县委领导约见，一边是陌生路人待援，一般人可能会犹豫一下，最后自宽自解：反正现场人这么多，会有人帮他的，我有急事，实在没办法伸出援手。然后心安理得地离去。但李瑞琴却毫不犹豫地选择先救人，将自己的大事放置一边。她为什么有这股子"傻劲"？因为她有自己做人做事的原则——三个心和三个信。

"三个心和三个信，缺一不可。"她说。这些原则像电脑程序一样输入了她的头脑，遇到事情即时反应，不用左思右想、瞻前顾后。

"三个心"

"'三个心'就是爱心、良心、责任心。"李瑞琴说："一个心就包括了好多内容。"

对这个话题，她谈了不少见解。我们感觉她并没有形成一套自己的逻辑体系，但是很奇怪，遇到事情，她却能下意识地将"三个心"合乎逻辑地体现在她的言行中。或许正像孔子所说：君子连一顿饭的工夫都不会违背仁心（君子无终食之间违仁）。当仁化润于心，随进都能自然而然地表现出来，用不着条条框框规范约束了。

从词义上说，爱心、良心、责任心是从大到小的关系，爱心包含了良心，良心包含了责任心。爱心是自然情感，源于善良的天性，是最纯洁的道德，即孔子所说的"仁"；良心是社会情感，在同类中感应而生；责任心是关系情感，属于"义"与"礼"的范畴。良心以社会公德为准则，责任心作用于切己的人与事。

当一个人本着爱心做人做事时，不讲良心自然有良心，不讲责任自然有责任心，这是最高的境界。如果不能保证时时有爱心，遇到重大利害冲突时，讲良心也不会发生大的偏差。如果不能受良心主导，至少要有责任心，自己的义务自己担当，自己的过失自己承受，那也尽到了做人的本分、守住了做人的底线！

用爱心传递正能量

乡都是巴州36家骨干扶贫企业之一。李瑞琴做慈善，像做事业一样，用“三心”去做，不是简单地捐点钱了事，她会花时间了解受助者的切身需要，把善事做在实处；她还会发动他人参与到慈善活动中，在她影响所及的范围内形成大家乐善的风气。事实上，劝善本身也是做慈善，不仅帮助了受助者，每个参与者都从中得到了正能量。

2013年10月，李新亚副总率三位员工，冒着严寒，将一大车捐助物资送往到300公里远的巩乃斯村小学。当孩子们收到赠品时，都很高兴，齐声高喊：“感谢乡都，感谢李瑞琴奶奶！”

此情此景，也感动了乡都的几位代表，他们说：这次经历，让我们受到了一次心灵洗礼。

“三个信”

“‘三个信’就是信心、信念和信誉。不管干什么，一个信心，一个信念，一个信誉，三个信是永远少不了的。”李瑞琴说，“我敢做，产生信心；我能成功，奠定信念；我要做好，培养信誉，有这三条，我觉得做啥事都可以成功。”

关于信誉，李瑞琴认为，它是一个系统工程，不仅仅是对消费者的信誉，还要在团队面前培养信誉，在社会上树立口碑。

关于信心和信念，李瑞琴也有自己独特的理解，“做什么事情不要着急，耐得住寂寞，经得起诱惑，像我们的葡萄园，从一片戈壁滩变成葡萄成片，我们做了整整18年了！连着七八年困难重重，真正沉得下心来，才做得下去。”她说，“我到新疆43年了，走过了40多年的路，它是不平凡的，我在想，每一个成功的人，或者不成功的人，没有一帆风顺的，如何在不平坦的情况下树立信心，树立信念，很重要！"

"耐得住寂寞，经得起诱惑"，跟信心或信念有什么关系呢？

李瑞琴首先谈到了员工，她说："我们的员工，有的跟了我几年，有的跟了18年了，从皮革厂就跟着我，一直到现在。对这种跟着你不离不弃的团队，你能不对他们负责任吗？一定要把企业做起来，不能愧对他们，你一定得有必胜的信心。今天不胜明天胜吧！"

很意外的，她又谈到了共产党。她说："有人说中国人没有信仰，我觉得信仰中国共产党也是信仰。共产党的党章讲得多好，有些人不信，我信！有人一说共产党的坏话我就着急，我不骗你们，真的！有人问我：你怎么不是共产党员呀？我就说，中国不仅要有共产党，也要有先进的老百姓，我可以当一个先进的老百姓呀！"

李瑞琴的话看似难于理解，其中却包含了重要的成功法则。

首先，谁都知道信心的重要，但信心不是无源之水，不是想象的产物，想象出来的信心气球被冰冷的现实针尖一戳，马上就瘪成自卑了。真正的信心不会因事情的成败、境遇的顺逆而稍改。那么，真正的信心从哪儿来呢？从浅层次来说，靠成功堆积；从根本上来说，必须找到通往成功的有效路径。

但是，有信心不一定有信念，因为损害信念的最大力量是怀疑，不是怀疑自己的能力，而是怀疑：付出如此代价，是否值得？有无必要？没错！用"愚公移山"的方法，可以做成任何事情，但你真的必须移走两座山吗？住在山脚下不是也很舒坦吗？假设你只是为一己苦乐，你会认为，不必那么拼命你也能过得很好。假设你只是为一家福祉，要不了几年，你的动力也衰减了。当你跳出狭小的圈子，为员工、为家乡服务，你的信念就坚定多了；当你进入"无我"的空间，将人生目标锁定于"为人民服务"，就没有人能动摇你的信念了！

李瑞琴宣称"信仰中国共产党"，有些人觉得好笑，是因为混淆了"共产党"和"某些共产党员"的概念，穿上警服的不都是警察，领了党证不都是真正的共产党员，共产党的核心宗旨是什么？"为人民服务"，李瑞琴的信念，或许源于此吧！

结语：专注是做人做事的关键

佛家说“制心一处，无事不办”，人一旦保持了专注，对身外的闲情俗事就不太计较了，心灵也干净无染，于是，好心、良心、责任心都不会被损坏，信心、信念也不会动摇，信誉自然建立起来了。所以说，专注是做人做事的关键。

民族文化大融合

乡都员工来自全国五省一区，由汉、蒙古、回、维吾尔等多个民族组成，风俗习惯、生活方式等方面的差异较大，给管理带来了难度；而且无论哪个民族的员工，多数是文化程度不高的农民，将他们培养成现代企业员工，不容易！但乡都以其包容文化，妥善地解决了这个问题。例如酒厂酿造车间的20多名少数民族员工，入厂时不识汉字，经过多年“送出去、请进来”不间断地培训，他们一个个都成长为独当一面的技术工人。

乡都是怎么做到的呢？李瑞琴道出了秘诀：“民族与民族也好，员工与员工也好，人与人相处，要交心！”

阿不利根的故事：不是亲人，胜似亲人

乡都葡萄基地总经理何承润说：“2008年，我刚到仪尔葡萄基地上班不久，听说七个星镇一个叫阿不利根的维吾尔族家庭，一家人勤劳肯干，曾是村里数一数二的富户，后来由于给父母治病，变卖了家里的所有家产，连房子都抵押给别人，一家人搭个草棚住着，日子过得很凄凉。

“我听了很难过，就代表公司到阿不利根家慰问，带去慰问金5000元，并替他们把抵押出去的房子赎回来。阿不利根一家人跪在我面前道谢，流出了感激的泪水。

“我觉得这还没有解决根本问题，不久后再次来到他们家，了解他家有三个劳动力，我就建议阿不利根，把家里的地都包出去吧，你们家三个劳动力全部到公司上班，只要认真工作，一定能重新过上好日子。阿不利根听了我的话，认真思考了一阵，慎重地点头同意了。

"阿不利根一家三口进公司后，我给他们安排了合适的工作：他儿子在家操作过机械设备，就安排到农机部操作农机；他老婆会干农活，就在基地葡萄园干农活；阿不利根本人做过财务工作，就安排在出纳岗位上。三人一年可以从公司拿到10万元以上的收入，这样不到两年时间，不仅归还完了借款，还买了小车，重新过上了富裕生活。他们一家人对公司非常感激，在各自的岗位上做得都很出色，我也和阿不利根结为异族、异姓兄弟。我们的感情比亲兄弟还亲，逢年过节都相互拜访和看望对方的父母，不是亲人，胜似亲人。"

热合曼·巴拉提的故事："这是我们单位最重要的人"

热合曼·巴拉提说："我是一名维吾尔族员工，信仰伊斯兰教，《古兰经》是我们穆斯林的经典，第五章第90节规定：'信道的人们呀，饮酒，赌博，拜像，求签是一种秽行，是恶魔的行为，你们故当远离，以便你们成功。'所以穆斯林不可饮酒，甚至炒菜的料酒都不可以放，买酒、卖酒、运酒等都不可以。

"我2004年年初应聘到乡都酒厂，很快就学会了工艺流程，成为正式工人，也得到领导的认可。但我家亲戚听说我在酒厂上班，都很反对，他们说：'你不在那个地方上班就吃不上饭吗？'而且每次来我家都会劝阻我。随着我的技术越来越纯熟，一般都在生产线工作，身上难免会留下酒味，父母也开始反对我在这里上班。

"但我心里极不愿离开这里，因为我越来越喜欢酿酒工作，甚至还梦想着成为一名酿酒师呢！而且我在这里得到领导和同事的尊重关照，也不舍得离开这个团队。于是，每次我回家时就换件没有酒味的衣服；亲戚们来了，能避开就避开。直到2009年，仪尔的海瑞盛工厂开工，领导很惋惜地将我从酒厂调到不用接触酒的海瑞盛工作。

"2005年8月的一天，下班后，我和几个哥们进城去吃饭，回家时走的国道，因天太黑，路上车又多，为了躲避一个骑自行车的人，冲到路基下撞到木桩上晕倒了，还是朋友发现把我送回家。等第二天醒来，发现耳朵、鼻子、嘴巴都在流血，一起上班的同事、同学赶紧将我送进医院。

"到了医院，头就开始剧烈的疼，亲友们带我做了一系列检查，医生说脑中有血块，需要开刀。但开刀风险也很大，有可能我会永远的睡过去或成为植物人。当时，总经理邹积赟也赶到了医院，他对主治医生说：‘这位是我们单位最重要的人，求您必须把他治好。’当时我在昏迷状态，但我的家人听后特别感动。

“手术后我的头还是很疼，我以为自己再也不会好了，看着窗外的精神病人，以为会和他们一样呢，所以每天都很烦躁。同事们常去看望我，说了很多鼓励的话：‘你一定能好起来’、‘你快点好起来，我们需要你’……当时我特别感动，有了大家的鼓励，我对自己的康复也有了信心，心情也好了起来。

“一个半月后，我又回到了和他们一起工作的地方……”

艾克拜尔江·理提甫的故事：平凡中也能走出一条精彩的路

艾克拜尔江·理提甫：“我2006年进了乡都酒厂，当时酒厂工人不多，每个人都身兼数职，我也在不同的工作中锻炼成长，春天我学会了葡萄苗的种植管理；夏天酒厂接待多，我学着清扫和统筹安排；秋天收获的季节，我成了车间的主要劳动力，机器设备的保养操作，葡萄酒的工艺流程，熟练运行，使我都得到了好评；天冷时车间贴标、灌装我都尽努力做到最好。

“我从一个什么也不会的毛头小子成了一个全能手，什么工作我都能以最好的状态投入，渐渐地，同事和公司都认可了我，我也一次次被评为优秀员工。”

热娜的故事：我爱我的家，更爱乡都这个大家

乡都接待部长热娜说：“我公公和董事长的老公以前是生产队里的老朋友，老爷子经常去我们家吃饭，跟我老公公打扑克牌什么的。有一天，他们吃饭时聊起了我和老公，建议我们也去乡都上班。不久后的一天，董事长把我们叫到酒厂，想看一下我老公阿里木的厨艺，因为他是学厨师的，70多人的饭菜我们做得很棒，董事长也很高兴，很快就让我们过来上班了，我负责宴会厅的接待工作，我老公有接待就在厨房，没接待就在车间上班，我俩一起成了乡都的普通员工。

“2012年9月，小叔子结婚后，我们住的房子就腾给他了，我们没地方住了，

只好在外面租房子，感觉很不方便，朋友亲戚来了连个睡觉的地方都没有。我跟老公商量，在镇上买套房子。公公给了3万元首付，银行贷款3万，政府补贴和自己存的钱加起来，还差2万，上哪儿借钱呢？我和丈夫想，我俩都是酒厂的老职工，能不能向公司开口呢？于是，就向董事长说明了困难，她一听就说：家人有困难，我不帮忙解决，谁来解决？第二天，她就拿了2万元，让基地的何总带给我们。看到钱时我激动得说不出话来，何总让我点一下，我说不用了，可他执意让我点，我拿着钱的手抖得厉害，结果撒了一地。

"作为乡都的一员，董事长的一番话还在我耳边回响：你们是我的家人，家里人有困难，我怎么能不管呢？我没有什么语言能表达我对乡都的感情，只能用努力工作来表达我对乡都大家庭的爱。

"来乡都转眼5年了，我从一个家庭主妇变成了厂里的中层管理人员，我和老公一直很努力地工作，领导安排的各项工作，我们不怕苦、不怕累，每年都是优秀员工。我爱我的家，更爱乡都这个大家。"

阿里木的故事：都吃上正宗新疆风味的饭菜

乡都厨师长阿里木说："我的父亲最早和邹老爷子在一个生产队里干活，是老朋友了。2007年的一天，老爷子发现我父亲算账很厉害，就提出请我父亲去基地工作，两年后我父亲干上了基地的出纳，他干得如鱼得水，与各民族员工语言交流非常顺畅。

"说起来，我们一家三口，加上我的表弟、我妻子的哥哥、表妹、表妹夫，我们一家好几口都在厂里工作。每个人的岗位都符合特长，我的妻子热娜收拾、接待是一把好手，还会跳舞，于是，她很出色地干起了接待工作，还当上了接待部长。我表弟很聪明，学东西快，车间的每个岗位他几乎都会干，还带了出色的徒弟。我妻子的哥哥老实憨厚，现在也是海瑞盛公司的一把好手。我会做饭菜，就当了厨师长。就如我们公司的酿酒理念'随身随性'一样，我们每个人都得到了施展才华的舞台，在工作中尽情发挥自身特长。

"我的心愿是，让来自五湖四海的朋友们都吃上我做的可口的、正宗的新疆风味的饭菜。现在，我通过经验总结、不断摸索，自己发明了一些菜品，加上我们的食材多取自基地无任何污染的农家菜、蛋、禽、肉，鱼也是野生的，好的手艺加上好的食材，客人们都吃得很满意。每次听到客人们的赞赏，我心里都特别开心！”

布鲁根的故事：我是乡都培养的原生态歌手

布鲁根说：“我是一个蒙古族女孩，来应聘的时候我唱了一首《祝酒歌》，打动了面试我的董事长和邹总。他们邀请我来酒厂工作。

“我从2004年7月进乡都，到现在有10个年头了。一路走来，我从一个懵懵懂懂的少女渐渐成长，如今已为人妻，生活也宽裕了，工作上更是得心应手，能做自己喜欢做的事情，就是人生的一大乐事了！

“我的工作是乡都酒堡接待员，没有接待任务的时候就在车间干活。我从小热爱唱歌，正好公司为我提供了一个发挥特长的宝贵平台，公司懂声乐的老总经常给我指点发声技巧，让我放松表情学会微笑。于是，我的演唱能力不断提高。每次我唱歌的时候，我的蒙古族长调常被客人们认为可以与明星的歌声媲美。看到客人们陶醉的表情、欣赏的目光，还有真诚的赞美声，我心里都被快乐充满，这让我更加珍惜这份工作。

“我会讲维语、蒙语、汉语三种语言，但我的性格原本胆小内向，在生人面前还没讲话脸就先红了，因为这份工作，让我有了更多的锻炼展示机会，胆子慢慢大了，我的性格也变得开朗了许多，在游客面前可以落落大方地唱歌跳舞了。

“我成了公司公认的金嗓子——原生态歌手，有机会参加很多场合的演唱，有一次在全国葡萄酒年会上，我把歌词稍做了修改唱道：远方的朋友啊请你留下，乡都就是你温馨的家……全场200余名专家，包括正在敬酒的董事长都停下来倾听，那一刻，我是多么幸福啊！”

结语：交心之道，一尊重，二理解，三关怀

“海纳百川，有容乃大”，文化的包容性与先进性是一致的，先进文化必然是包容性文化。

不同文化背景、不同个性、不同需求的员工在企业共同成长中，“水土不服”

“没有好的人品，做不出好酒！”李瑞琴说。人品好才能做好酒，做好酒才能成就百年品牌，好人品——好产品——百年品牌，这是她深信不疑的一条逻辑线。

是自然现象。员工个性和企业共性必然发生一些冲突，化解冲突的最好办法是交心，心融合在一起了，关系也就理顺了。而交心之道，一尊重，二理解，三关怀，持此三条，任何冲突都可化解于无形了。

常怀感恩心，酿造真情酒

李瑞琴的好朋友中有5个小脚女人，都是寡妇，她说：“我对她们很感恩。”

难道她们帮过她大忙吗？恰好相反，她们的家庭在她的带动下走上了致富之路。

那她的感恩之心缘何而发呢?“她们没有什么文化,可她们身上那种自强不息的精神和独立自主的生活态度一直影响着我。”李瑞琴说。

李瑞琴对“感恩”二字有独到的理解,创业是为了感恩,行善是为了感恩,一切勤行、力行、义行、善行似乎都能与感恩联系起来。她觉得她的“恩人”太多了,每一个与她有丝丝缕缕关系的人都可能是她的“恩人”。

她常说,我要对得起支持我的党和政府,对得起不离不弃跟我干到今天的员工们,对得起这片给了我阳光和力量的土地……当感恩的信念渗透到企业文化中,带来的是特别的工作精神、特殊的工作品质。

滴水之恩

2010年8月的一天,北京公司女职员许冰接到一个特殊任务:开车送董事长老家的一个“亲戚”去医院看病。

许冰一开始心里不情不愿,她知道在北京大医院排队挂号很繁琐,会耽误很多时间,而她的本职工作很忙,实在不愿承担这项额外的任务。

去医院的路上,许冰心里带着怨气,半天没吭声。山东阿姨很健谈,主动搭话,聊着聊着,聊到了她跟董事长小时候的一些事。渐渐的,许冰听出味儿来了,原来老阿姨不是董事长的亲戚,只是小时候同村要好的一个朋友而已。此后几十年,各奔东西,没见过几回面。不久前,董事长听说她病了无钱医治,主动提出接她来北京看病,费用全包,还说这不是帮忙,而是为了报恩。报什么恩?“因为你以前没少帮我忙。”

许冰好奇地问:“您以前帮过董事长什么?”

山东阿姨说:“不知道啊!几十年了,做姑娘的那点事,谁记得啊!”

许冰听了惊讶不已:一个小时候的朋友,自己都忘了帮过什么忙,董事长竟然几十年念念不忘,在关键时刻伸出援手,这是何等胸怀啊!

事后许冰感慨道:“那一刻我愧疚不已,深深感到自己内心世界的狭隘。后来我深深的体会到,不管谁对董事长有一丁点的帮助,她都铭记在心。董事长的言行举止,给我深深烙下了感恩的理念。所以,第二天我全力帮助这位阿姨,替董事长‘报恩’。”

何时都不能忘记帮过乡都的朋友

北疆外阜部主管马晓荣说："2012年7月6日，我陪同董事长和江总、梁总和李总一行，去拜访曾支持和帮过乡都酒业的原巴州老领导及经销商。我们的行车路线是从伊犁到博乐再到塔城，日行几百公里，后又至克拉玛依、独山子、奎屯、昌吉返乌鲁木齐，总行程近2000公里。董事长的身体原本不太好，长途奔波，下车时腰酸腿疼，歇了好久才能勉强走路，但见了拜访对象，又精神抖擞的，像没事人一样。

"塔城地委书记张博派人在距塔城还有100多公里的地方迎接带路，让我感受到了这些见证乡都创业和发展的领导对董事长、对乡都的情意，同时又被董事长这么千里迢迢、不辞辛苦来看望'恩人'的精神感动着！董事长常说，'做人，要交心'，通过这种感恩之旅，我真正明白了'交心'的含义！"

酒好人更好

乡都副总梁怡萍说："2012年的一天，一位朋友打电话给我说，她儿子马上要举行婚礼，想买乡都酒招待亲朋好友，想让我帮忙说一说，在价格上优惠一点。当时我虽然刚来乡都不久，也知道乡都酒比较畅销，价格比较稳定统一，我怎好因私情给公司添乱？可朋友的情面难却，无奈之下，我建议她直接给董事长打电话试试。

"朋友很忐忑地拨通了董事长的电话，没想到刚提出要求，董事长就爽快地说：'好！我给你安排。'不大工夫，我的电话铃响了，董事长说：'问一下你的朋友举办婚礼的时间、地点、几桌客人、多少瓶酒，通知销售部及时送去，不收任何费用。'我以为听错了，算下来60多瓶酒，价值好几千元呢！朋友也急得直说，'不行，不行！'但董事长那不容分说的语气表明，她已经决定了！

"事后我好奇地问董事长：'人家只是请求优惠，您为什么非要白送呢？'董事长回答：'乡都起步时得到了很多人直接、间接的支持关心，现在乡都发展了，别人主动找上门来，说明他们心中有乡都，他们信任我李瑞琴、信任我们的产品，我很高兴，世界上有些东西是金钱买不来的。'

"听了董事长的话，我不由得感慨万千，心里忽然蹦出一句话——酒好人更好！我想，用这句话作为乡都人、乡都酒的评语，再好不过了！我也为自己是乡都一员感到自豪。”

公司的“小宪法”

在李瑞琴心里，员工们也是她的感恩对象，感恩的方式是在力所能及的范围内提高员工的待遇。乡都暂时还不是一家高薪企业，但乡都为员工们提供了一个长期稳定的平台，给员工们展示了一份充满期待的、值得为之终生奋斗的事业。

其次，乡都依托工会，维护员工权益，强化民主管理，实行厂务公开，开展具有乡都特色的各项有益于职工身心健康的精神文明建设的活动。

在维权和民主管理方面，乡都工会参与制定的《员工手册》被视为公司的“小宪法”，不仅对职工享受的劳动合同、休假、婚丧假、女职工三期保护、学习培训及工资福利等各项权益做出了明确规定。公司还先后出台了乡都宝贝计划、工龄工资增资办法、职工住房公积金缴纳办法等多项惠及全体职工的政策。

在员工培养和文化建设方面，利用各种途径对管理团队和员工团队进行文化、生产、安全、经营销售和心理健康培训，每年还举办联谊会、运动会等各类寓教于乐的活动。最近，乡都的“职工之家”通过了验收并投入使用，从此，乡都员工又多了一个寓教于乐的活动场所。

结语：做事业要有一个高尚的宗旨

佛陀学道，发十二大愿，愿愿都是“普度众生”；共产党领导人民闹革命、建设新中国，第一大宗旨是“为人民服务”。做事业先要确定一个宗旨，有宗旨才能引导长期一致的行动，才能凝聚全部力量直到最后成功。

心有多大世界有多大，心灵美好则世界美好。为一身一家谋安乐，世界就小了；感恩社会、服务社会、奉献社会，世界就大了。

乡亲们心中的李瑞琴

李瑞琴是七个星镇的“功臣”，她第一个走进戈壁滩，让酿酒葡萄在贫瘠的土地上结出丰硕的果实，从而带动了七个星镇以及焉耆、巴州葡萄产业的发展，为地方经济、地方就业作出了特殊贡献。那么，在乡亲们眼里，她是一个什么人呢？

一个本地员工的感慨：女人的身体，男人的意志

乡都员工杨成勇说："我从小在七个星镇长大，对这里的一草一木都很有感情。我也是亲眼见证董事长创业和乡都发展的人之一。我父亲是50年代的大学生，退休前任七个星镇的科技副乡长，说起乡都李瑞琴，他总是伸出大拇指。我爱人在镇上开了一个小店，每天接触很多镇上的各民族兄弟姐妹，还有外来打工的工友们，他们谈论董事长时，都众口一词说，她是带动七个星经济的女强人。每年乡都种葡萄、起葡萄、收葡萄、埋葡萄的时候，镇上就会来很多临时务工人员，他们很愿意在乡都干活，说'这个老板好，干活给现钱'。

"我今年已经40多岁了，当我还是学生的时候，就经常看到董事长骑着个轻便自行车，后面带着一个小姑娘（邹晓丽），风风火火地过来过去，现在想起来才知道，那个时候，她就已经开始创业了！她是个特别能吃苦的人，女人的身体，男人的意志，不管别人怎么说，她都坚持，在一个不毛之地上硬是种上了万亩葡萄，建起了漂亮的乡都酒堡。我小时候套上毛驴车去戈壁滩拉柴禾，得带上足够的水，现在根本不用带水，那么大的葡萄园，随便哪里都有毛管，拉开就可以喝水；以前那儿全是石头，现在根本看不到大点的石头了……"

致富带头人

乡都财务陈冬梅主管说："2000年，七个星镇为了提高农民的经济收入，同时带动葡萄产业，镇政府出台了一系列优惠政策，鼓励农民种植葡萄，于是，向农民提供葡萄苗的重任自然落在公司肩上。为了给农户提供优质的葡萄苗，公司建了30个大棚，培育了近300万株葡萄苗，而葡萄苗的发放工作又成了一大艰巨任务。

"当时镇领导非常重视这项工作，专门成立了以镇长为首的领导协调小组，公司则由我负责葡萄苗的发放及调度工作，我们每天的工作时间从早上7

点到晚上10点，长达15个小时，发苗的现场就像集贸市场一样热闹。由于每天要说许多话，忙得连水都顾不上喝，我的嘴唇开裂、流血，春天的阳光和风，将我连晒带吹，整个人黑得跟非洲人似的。

“董事长也整天忙碌在现场，劲头儿十足，一点看不出身上有心脏病、关节炎等多种疾病。看得出她是真想多为农民做点事、多为镇上的经济出点力，不然哪有这么大的动力！我也想多为农民做点事，再累也要坚持。这样忙碌了一个月，成功地完成了葡萄苗的发放工作，我们的努力，得到了镇上领导的高度认可。”

扶贫帮困，履行企业责任

2011年，由于农产品价格偏低等多种因素，葡萄基地周边的有些农户没有还上当年的农业贷款，所以信用社不再给农户贷款，有些困难户无法进行农业生产，无奈之际，找到刚来基地担任总经理的何承润，要求和何总签订先支付现金后在基地务工顶账的协议书。

公司开会商议此事时，有些干部心存顾忌，怕到时扯皮不好收场。但何总看到可怜巴巴求助的农户，不忍心袖手不管。况且他们中有些人的子女就在葡萄基地工作，现在他们的家庭遇到困难，还是要尽量帮忙。于是，何总决定满足他们的要求。他还表示，假设到时候他们还不上款，损失由他个人承担。

由于求助的困难户较多，最后公司的余钱支付完了，何总就把自己的积蓄拿出来，以解燃眉之急。

在何总的支持和帮助下，那些困难群众拿到钱及时购买了种植所需的农资。那年农业收成良好，签订了协议书的农户不但还清了信用社贷款，还有余款用于来年农业生产，他们也按协议履行了劳务，没有发生扯皮现象。他们更没有忘记公司和何总，有的送来了锦旗，有的送来了自己种的农副产品，表达了对公司和何总的感激之情。

亏公司也不亏民工

每年春季，公司葡萄基地首当其冲的一项重要工作就是给葡萄沟清土，把葡萄苗挖出来。每到这个季节，公司都要雇用大量社会务工人员。

2014年4月2日，何总一大早就来到了葡萄基地，准备检查葡萄沟出土情况。这时，21团来葡萄基地清沟出土的负责人小王和小李找到何总说：“我们带的40多个工人，辛辛苦苦干了一个星期的活，可是监管人员说不合格。这不是我们的错，要怪就怪监管人员，他们没及时去验工，也没有提出具体要求，就让我们把毛管拉上了，现在又说不合格，不给签字结账，这可不是一笔小数目啊。我们两人能赔得起吗？”他们说着说着，竟流下了眼泪。

何总把监管人员叫到办公室，一调查才发现，确实像小王和小李说的那样，是监工失职造成的错误。何总当即对监管人员提出了严厉批评，并说：“以后给务工人员的劳务情况下结论不能用‘也许’、‘大概’、‘可能吧’等模棱两可的言辞，合格就是合格，不合格就是不合格，一定要用肯定的言辞。更不能坑害劳务人员，此次损失由公司承担，下不为例，若再有此类情况发生，一切后果监管人员自负。”

由于何总妥善处理了与劳务人员的矛盾，及时结清了劳务工资，在以后的劳务工作中，21团劳务人员更是积极认真，为其他务工队的成员作出了很好的榜样。

“葡萄园为人让路，很值！”

2013年6月19日，乡都葡萄基地发生了一件大事——洪灾汹涌而至，为了泄洪，要么牺牲乡都的葡萄园，要么冲毁邻近村庄的房屋，李瑞琴和乡都人面临义利之际的重大考验！

几位当事人从不同的视角记录了这件具有历史意义的事件：

曹金林说：“6月19日凌晨时分，突然雷电交加，下起了大雨，持续了很长时间，咆哮的洪水像脱缰的野马，沿着泄洪堤狂奔而下，严重威胁到下游村民的财产和生命安全，情况十分紧急。何总一边打电话请示，一边布置抗洪抢险工作，调来了4台铲车，上百工人组成了一支抗洪大军。1小时后，董事长和邹总从库尔勒赶到了洪水现场，亲自指挥抗洪。距离六大队村民地段的防洪堤出现了险情，葡萄基地全体员工在董事长的带领下奋战在抗洪第一线，然而，雨还下个不停，险情仍在加剧，水很快要超过警戒线了，怎么办？

“公司面临着两种选择：一是任由洪水泛滥，其结果就是本镇的几个村庄的房子及农田被洪水淹没；二是开一个泄洪口子，从我们的葡萄园排洪，其结果就是我们要损失1000亩葡萄。在义利之间，为保村民安全，董事长李瑞琴宁可自己的葡萄地被淹，也绝不让村民的利益受损，于是，村民的利益保住了，葡萄园被淹了……

李盘生说："几十年未见的暴雨整整下了两天，洪水眼看就要漫过河堤，河堤对岸的几百户村民的生命财产受到了严重威胁。当时，董事长生病，正在打点滴，得知情况后，把吊针一拔，立即赶到了现场，当机立断，对现场的员工说：赶紧把洪水排到葡萄园。有一位员工说：'董事长，我们的葡萄马上就到了收获的季节，一旦让洪水淹没，我们今年的葡萄全没了！'董事长说：'村民的安全比葡萄重要，为生命让路！'大伙赶紧把河堤打开缺口泄洪，瞬间汹涌的洪水，像脱了缰的野马奔向葡萄园，瞬间，千亩葡萄园成了一片汪洋！

"事后，乡都微博发文：百年不遇的大雨引发洪水袭击了新疆焉耆县七个星镇，义利抉择间，乡都人选择让洪水冲进了已挂果的近千亩葡萄园。乡都人用自己的牺牲保住了村民们的平安，董事长李瑞琴说：'葡萄园为人让路，很值！'

"乡都人舍己泄洪的消息传开，社会各界第一时间用预订葡萄酒的行动，表达对善举的支持。全国各地的乡都消费者、关系者，通过网络平台了解到乡都葡萄园被淹的消息，也纷纷在第一时间为乡都加油，同时发起订购被淹葡萄园来年葡萄酒的行动，短短8个小时，各地订购'义酒'近千箱，一时间在网络上传为佳话。"

结语：每一个付出都有价值

今天，人们喜欢讲"规则"、"体制"之类看得清的东西，不太喜欢讲"道德"、"责任"等看上去很虚的东西，并且认为这只是"说教"，跟"忽悠"同义。其实，道德是凝聚人类最高智慧的成功方法，责任是人类最简洁有效的规则，其中包含了复杂的因果偿付逻辑，我们不一定能明了其中的逻辑关系，但一定要相信，每一个付出都有价值，道德的付出，责任的付出是人生回报率最高的投资。

漫画/杨琪

第十章
爱拼才会赢

“我要做，就做第一！”

在《爱拼才会赢》的舞台上，出现了一位“老大姐”，她就是李瑞琴。她忘了自己是一家经营企业10余年的董事长，她更愿意像创业新手一样，向着一个有趣的目标出发。

一位62岁的追梦人

2013年，李瑞琴带着转让10%股权融资8000万的项目，登上了东南卫视大型创业真人秀《爱拼才会赢》的舞台。

10多年的打拼，她已是疆内知名企业家，身上有众多光环：新疆维吾尔自治区第11届政协委员、巴音郭楞蒙古自治州第11届政协常委、巴州工商联（商会）副会长、巴州女企业家协会常务副会长，焉耆回族自治县人大代表……而且，她62岁了，却登上竞技舞台，接受比她年轻许多的导师们评审，跟那些雄心勃勃的年轻创业者同台“论剑”，登上了《爱拼才会赢》的舞台。

一个响亮的外号：乡都铁娘子

《爱拼才会赢》由“铁嘴”李咏主持，导师阵容强大，现场决定对企业的投资意向和金额，他们分别是汉能投资集团董事长、亚太地区卓有声望的新经济领袖陈宏；IDG技术创业投资基金合伙人、“金牌投资人”章苏阳；今日资本创始人、“投资女王”徐新；璞玉投资发起人、在中国投资界闯出一片天地的瑞典人孔翔飞，还有号称“中国天使投资第一人”的薛蛮子。

李瑞琴从容自信地登上大舞台，向全国观众展示了乡都的创业经历和乡都人勇敢追梦、努力不放弃的精神。

李瑞琴带领乡都走到今天，最大的成功是“执著”。1998年再次创业时，把全部存款投进去，把所有的房产、汽车全卖掉，吃了很多常人难以想象的苦，终于把当初的“一个梦”变成了现实。她的传奇震惊了场内场外的观众，也震撼了现场主持人和各位评审导师。李咏送给她一个响亮的外号：乡都铁娘子。

李瑞琴不负众望，闯过了一关又一关，经全国近万名竞争者海选至前100名，又由前100名跃入前25名……成为夺冠呼声最高的选手之一。

昂首进五强，宣传价值达2亿

《爱拼才会赢》第三场五进一突围赛，李瑞琴赢得并不轻松，她的对手都是实力派，每一场对决都惊心动魄、精彩纷呈。

在第一轮对决中，三位男创业者获得安全，留下来PK的是创造戈壁变绿洲神话的乡都"铁娘子"李瑞琴和主打亲情牌、养鹿救子的蒋玉莲。

蒋玉莲的儿子不幸患上了被医学界称为"不死的癌症"的瘫症，股骨头坏死加上强直性脊柱炎，她听说鹿血对两种病有效，克服一切困难，自办养鹿场，并奇迹般地治好了儿子的病。她的至圣母爱感动了全国亿万人。不幸的是，她遇到了追捧者更多的李瑞琴，被淘汰出局。不少人为她的失败感到遗憾并寄予同情，但赛场就是这么残酷。

在第二轮PK中，李瑞琴首先被安全，另外三名选手的对决，对李瑞琴来说，是难得的休整机会，她可以心态轻松地欣赏对手们的精彩表演。

在最后一轮，李瑞琴PK掉"刘天王"，突出重围，获得章苏阳导师组唯一一张晋级门票，成为全国五强选手，取得了参加总决赛的资格，并在现场与章苏阳签订了融资意向书。

与李瑞琴一样取得总决赛资格的四个选手，都实力超强，一个是致力于校园社交App的"90后"创业天才余佳文，一个是创办高端猪肉品牌的"中国第一女屠夫"黎小兵，一个是誓言打造牛仔第一品牌的创业辣妈张馥荔，一个是勤恳创业31年的"老乡鸡"创始人束从轩，他们将携手导师亮相争夺"中国好项目"总冠军的终极之战。

对于晋级五强，李瑞琴感慨道："在节目上，大家都想要走到最后，因为这是海选的项目，几千个项目先选出入围的项目，再进前25名，再进前5名，最后每个团队出一个冠军，再参加总决赛。整个过程其实就是对创业者本人的一个磨炼。以前创业者是自己对着自己企业，对着自己的团队做。这个栏目，吸引了全国上亿的观众收看节目，压力也是非常大，每次要跟同台创业人进行PK，要告诉他你的优势，要告诉你的创业导师为什么要选你，你要有很清晰的头脑，条理要清晰，表达要很准确。这个过程跟乡都创业的历程很像。"

但这样的付出绝对是值得的，李瑞琴认为，最后的PK吸引了全国观众特别是商界精英们的眼球，能站在这决战的舞台上，已经是自己作为新疆企业的最大自豪，据相关机构评估，此次乡都参与"爱拼才会赢"的宣传价值至少达到了2亿元。

有人问，乡都酒业这个项目为何能冲刺到"中国好项目"总决赛舞台上？李瑞琴自信地说："因为它是个极具潜力的绿色产业。"

为了让全国消费者见证乡都葡萄的有机和原生态，在参加《爱拼才会赢》节目期间，李瑞琴干了一件“傻事”——在乡都的葡萄园里安装了视频摄像头，全国网民任何时候都可以看到乡都葡萄园的管理情况，可以见证乡都的葡萄是从来不打农药、不施化肥的。这等于将葡萄基地的管理置放于公众的视线内，任何一点失误都可能被曝光。这也说明了李瑞琴对葡萄园管理的自信。

结语：最好的生命运动是追梦

“生命在于运动”，在运动中创造意义，彰显价值。最好的生命运动是追梦，将生命的激情、精神的能量、灵魂的热力全调动起来，让愿景一点点在眼前呈现，人生的意义，生命的价值，都会伴随着心灵震颤的幸福一起实现。

对奋斗者来说，最好的格言是：生命不息，追梦不止。

对话李咏：我要做就做第一

对李瑞琴来说，在《爱拼才会赢》舞台上的每一次“表演”都是一个挑战，同时也给她留下了弥足珍贵的记忆，她在赛场上奉献了一个个精彩细节，给无数观众留下了深刻印象。她勇敢地向大家宣示了她的梦想：我要做就做第一。与其说是她的项目，毋宁说是她的创业精神，赢得了现场观众、主持人和导师们的一致赞赏。

下面不妨摘取几个李瑞琴对话老乡李咏的精彩片断，以飨读者：

对话李咏第一回合：为了我的红酒梦，爱拼才会赢

《爱拼才会赢》进入到五进一环节，25名选手争夺前5强，比赛进入白热化的阶段。李瑞琴一出场，就低调而又自信地表达了自己的梦想和诉求：

“我以前有我的事业，有我的生活，因为葡萄产业，带着我的家人，带上我的团队，走上了追梦的路。红酒是有文化的，也是有故事的，并且是一个健康的饮料，我15年以前，全身心地投入这个产业，不仅变卖了所有的家产，还身负

外债。起初家人不理解，但为了实现做'中国最好的葡萄酒'的梦想，大家一块努力走到了今天。

"我是来自新疆的山东人，我叫李瑞琴。我今年62岁了。我从事的是葡萄产业，从1998年开始，为了做好酒，我就开始种葡萄做酒再卖酒，到现在种了4万亩，相当于28平方公里，2012年的销售收入将近1.2个亿，计划5年以后达到30个亿。我准备放出10%的股份，融资8000万，谢谢！"

李咏：新疆的山东人。

李瑞琴：我祖籍山东，我1972年到的新疆。

李咏：什么原因去的新疆？

李瑞琴：我们山东有句话叫做嫁鸡随鸡，嫁狗随狗，我嫁了一个兔子，跟着满田走，到了新疆。

李咏：去支援边疆还是参加其他工作？

李瑞琴：因为我很不幸，从小我妈去世得早，跟着舅妈长大，等到我嫁人的时候，我就说谁能让我带着舅妈，带着我妹妹，我就嫁给谁。正好新疆有这么一个人，愿意带上舅妈，愿意带上妹妹。

李咏：15年，您接触酒15年，那以前您在新疆都做什么呢？

李瑞琴：我办过皮革厂，做过皮边贸，然后又回来种葡萄。在办皮革厂之前，我是一个农民。

李咏：从农民到了边贸，做边贸您觉得您成功吗？

李瑞琴：我觉得我要成功就在家看孙子了。我没有成功。

李咏：挣到钱了吗？

李瑞琴：挣到很多钱。

李咏：您看这就成功了嘛！

李瑞琴：挣到钱了能代表成功吗？

李咏：呃，在商业上它是代表成功的一部分。再去拿地种葡萄做酒，其实在初期阶段还是农民。家里人对这个转变同意吗？支持你吗？

李瑞琴：一开始，一家人也不同意，尤其我老公不同意。但是，我们没有盲目去做，我们是经过了科学论证的。我首先到法国去考察，同时把我刚刚大学毕业的儿子送到了法国。他的学校是在勃艮地，我们2002年建厂的时候，又聘请了法国最高级的酿酒师，多米尼克·华，一直到现在，都是我们乡都的酿酒大师和专家顾问。新疆有得天独厚的优势，比如说水、土、光、热、气，老新疆人，您都承认吧？我们今年种了15年了，从来没有过病虫害，28平方公里的葡萄从来不用打药。我们又是按照有机的方式，不施化肥。

李咏提议品鉴一下乡都酒，李瑞琴拿出一瓶法国酒，一瓶乡都酒，请主持人和现场的导师们一一品鉴，最后得出的结论是“乡都酒稍稍好过法国同价位的葡萄酒”，这一结果为李瑞琴加分不少。她的表现赢得了多数导师的认同，仅薛蛮子选择退出，理由是：从来不喝酒，不懂这个行业，投资额远远超出了天使投资的范围。

对话李咏第二回合：儿媳助阵

第二回合，李晓云以长媳和合作者的身份被请上了舞台，她落落大方、得体地展示了她的好口才：

“各位亲爱的老师，还有我们亲爱的老乡，你们好，我的名字叫李晓云，15年前，其实我还是一个不食人间烟火的都市小白领，觉得活得很简单，很平凡，很从容，但是，突然转身变成了长媳长嫂，说实在的，对我来说，也是一个巨大的不适应，更不适应的是，我第一次站到那个茫茫戈壁滩上的时候，我傻了，我对土地完全没有概念，但是婆婆和那些专家在土地上看啊看，然后说这里的土地多么多么的好，这里将来会怎么样怎么样，我脑袋里一片空白和茫然，当时我们的墙上贴了一个10年规划，那时候我觉得未来好遥远，而且那时候确实非常的难，我记得特别清楚，我婆婆的一个非常要好的几十年交情的一个老朋友，他就讲，你就胡乱整吧，如果你做破产了，你想不通你跳楼了，你们家的孩子我要不要管？就在这么大的压力下，她一直坚持，我觉得她这种信念，让我们相信，这些事情是可以做成的，所以我想说，有一个这么好的项目摆在你们的面前，你们还在等什么？众里寻她千百度，蓦然回首，那人就在‘爱拼才会赢’的舞台上（掌声）。大家看到了这里有5个锦囊，这5个锦囊里是我们戈壁滩，我们葡萄园的土壤，也就是我们的戈壁黄金，不管你们投与不投，这份心意，都饱含了我们15年的心血，希望你们能够笑纳。”

李晓云的话赢得了大家的喝彩，当4位投资人做出第二次选择时，乡都项目投资意向成功，获得了章苏阳的首肯。

对此，李瑞琴发言:我是抱着一个平常心来到这个地方，我觉得不管是男人还是女人，走到了今天，能够留下脚印，能够15年前不被大家理解，现在大家百分之百地理解，我觉得可能比什么都重要。

对话李咏第三回合:意外的挑战

第三回合，李瑞琴请法国老朋友、前合伙人伊夫·卡特拉助阵。首先，李瑞琴再次陈述了自己的项目:

“新疆因为盛产葡萄，而闻名于全世界，它有得天独厚的气候生态条件。15年前，乡都人在新疆霍拉山脚下的戈壁滩上，做了一个梦，想把这个戈壁滩称为葡萄故乡、美酒之都，这就是乡都的喻意。乡都人经过15年的努力，我们现在已经把好葡萄酒的第一车间打造出来了，4万亩葡萄园，刚才大家在VCR里面看见的那一片美景，以前都是寸草不生、兔子不拉屎的地方，经过15年的打造，现在已经做到了我们新疆的第一品牌，我认为乡都酒业是中国好项目。”

竞争对手张馥荔接话说:“好葡萄酒，70%的因素是决定于它的原料，30%的因素是决定于它的工艺，那么首先我们讲它的工艺，大家是否认为，国外即便请上中国的酿酒师，拿上中国的设备，乃至于搬个中国的酒窖过去，他可以做得出中国的茅台吗?不可能。另外70%的因素是来源于材料本身，如果说只是10年树龄的葡萄酒，在国外来说根本都还没有入门。”

面对这赤裸裸的挑战和不留情面的贬低，李瑞琴显然没有心理准备，她能做出的恰当反应是默不作声。

伊夫·卡特拉挺身“救驾”，含蓄地指出了张馥荔的一个观念误区:“说到70%的原料和30%的工艺，这只是大家都在谈论的一个比例，这个比例并没有得到科学上的论证。”

张馥荔还想“开炮”，却被主持人和现场评审叫停，使李瑞琴避免了尴尬。李瑞琴的隐忍得体表达了她的涵养，因此她非但没有丢分，反而赢得了大家的“同情”，顺利闯过一关。

对话李咏第四回合：我们乡都出生晚，但是定位高

第四回合，李瑞琴先说开场白："我们乡都出生晚，但是定位高。但是，定位高只是这个了（小拇指），我一定不要为了销售目标而销售目标，我一定不要为了产值而产值，我一定不要为了利润而利润，我一定要一块一块的市场打，打透消费者的心智，我要把我的品牌，根植于消费者的心智当中，我一定要把章总请到我们大美新疆，小美乡都，咱们新疆好地方，一定要让他看一看。"

接下来，李瑞琴向有投资意向的导师章苏阳介绍了乡都的基本情况后，她的二儿子邹积赟登上舞台，作了关键性的陈述：

"假如说按照现在的语言来说，我当时家里面还蛮厉害的，应该算富二代，家里面至少10辆奔驰宝马车，1天换1部，10天才能重样，然后家里还有好多存款，结果1998年、1999年，两年一下什么都没了。我当时就住在地里面，老妈那段时间要回库尔勒，要开会要干什么，没车了，我骑摩托车骑28里把她送到路口，那个路口才有公交车，其他路口没有。（掌声）我在很小的时候父母教育我们，这个世界上最缺的是什么，缺的是人，所以我们是做事先做人，就像5位导师投资项目一样，项目再好是其中一个条件，做事先做人，人对了事才能对。我现在的信念，是把乡都做好做大，在国际上，葡萄酒是第一大饮料酒，在中国是排位最后的，中国有14亿的消费人口，随着生活水平不断提高，每个人的保健意识不断增强，每个人一天多喝一杯酒，就能喝出我们现在半个中国的产量，2017年中国葡萄酒至少超过千亿，2020年据我个人乐观的估计，假如说中国一直像现在这么发展，一直有各位导师这么帮着创业者去圆梦，全世界的销量到2020年只够中国人喝，所以说这是一个非常非常朝阳的产业。"

最终，新疆乡都酒业董事长李瑞琴突出重围，获得章苏阳导师组唯一一张晋级门票，在现场与章苏阳签订了融资意向书。

结语：将梦想"悬挂"出来

将梦想"悬挂"出来，让所有的关系者都看见。这样对自己是一个激励，对他人是一个吸引。

梦想与现实之间，在一般人看来过于虚幻，许多奇迹的创造者在追梦伊

始，往往被人嘲笑为疯子或傻瓜。不过，只要梦想一步步接近，所有的嘲笑都会变成真诚的赞叹。

梦想一经"悬挂"出来，"行军号"已经奏响，这也是信心强大的体现。

章苏阳：要赌就赌"黑天鹅"

章苏阳是IDG技术创业投资基金合伙人、被誉为"金牌投资人"，他有一个投资理念：要赌就赌"黑天鹅"。那么，他将8000万融资意向投向乡都酒业，难道是因为他发现乡都具有"黑天鹅"的潜质吗？

没有"蓝海"，只有"黑天鹅"值得期待

在发现澳大利亚黑天鹅之前，所有欧洲人都确信天鹅是白色的。当人们不知道黑天鹅是否存在之前，寻找黑天鹅是一个不可预测、充满挑战而又值得期盼的事情。投资也一样，如果赌到一只"黑天鹅"，将会发生历史性的突破。

在接受媒体采访时，章苏阳被问道：为什么不赌蓝海，要赌就赌黑天鹅？

章苏阳说："在我看来，没有什么蓝海，所谓现在讲的蓝海，是指不被大家发现的领域，这个是不存在。如果说有什么蓝海，其实就是大家都认为不好，因为成功是低概率，所以大家都不去，而黑天鹅呢？至少大家没有认为它不好，只不过，你无法预期它生出来的是黑的、白的。因此，我要找，一定会找大家都认为不容易遇见的黑天鹅，如果成功了，就是大成。所以要赌就要赌黑天鹅，而不是赌蓝海。"

谈到选择投资对象时，章苏阳说，企业家应具备四要素：一是坚守商业底线，对签下来的规则、合约，都能不折不扣地履行；二是对客户负责任，始终不忘对股东的承诺和责任；三是对员工负责；四是为社会尽责。

李瑞琴完全具备以上"四要素"，这是章苏阳看好她的重要原因之一。

对乡都的投资项目，章苏阳说："我之所以选择新疆乡都酒业有限公司作为投资意向的对象，有两个原因：首先，这家企业创始人李瑞琴曾经创过业，

并致富过，她知道创业的艰辛，并且有商业上的智慧；其次，她现在拥有的4万亩葡萄种植园土地，没有任何负债，有资源上的优势。

“在选择李瑞琴期间，我特意评估了她的企业价值。第一，世界葡萄酒的产区主要分布于北纬的30°～52°和南纬的15°～42°，这些地区也被称为葡萄酒带(wine belt)，而仪尔庄园所在的位置恰恰处于这个地带，有得天独厚的地理优势;第二，近年来，中国小型葡萄酒厂市场增速都在50%的速度发展，以邻近乡都酒业的莫高窟葡萄酒厂为例，去年就做了3亿多销售额，PE估值(市盈率)就达到49倍，高过多数上市的葡萄酒大企业，因此，乡都酒业具有很高的投资回报可能。”

结语：竞争秘诀——你要有与众不同的价值

一位年轻人向智者讨教成功之道。智者将一粒沙子丢在沙滩上，说：请捡起来吧！年轻人无法在海量的沙子中找到那粒沙子。智者又将一枚金戒指丢在沙滩上，年轻人很快就捡起来了。智者问：你明白成功之道了吗？

年轻人明白了：成为沙子中的金子，才能脱颖而出。

但是，在人才过剩的今天，你必须成为金子。在金子中，你必须成为纯度更高的金子；在高纯度的金子中，你必须成为艺术品；在艺术品中，你必须成为名家杰作……总之，竞争的秘诀是，你要有与众不同的价值。

留下脚印比什么都重要：新疆人民力挺李瑞琴

2013年7月7日晚，全球华人创业季大型综艺节目《爱拼才会赢》迎来最终决战之夜，最后的悬念即将揭晓。

因为是决战，竞争格外残酷，阵营也特别强大：5位著名华商企业家代表担任总决赛评委，由他们和46名投资机构、财经媒体、创业选手代表组成的专业评审团共同投票决出。而5位导师将分别指导5位选手进行角逐。5组导师、选手分别是：中国天使投资第一人薛蛮子与90后创业者“超级课程”余佳文、IDG技术创业投资基金合伙人章苏阳与乡都“铁娘子”李瑞琴、今日资本创始人徐新与老乡鸡束从轩、汉能投资集团董事长陈宏与壹号土猪项目黎小兵、璞玉投资发起人孔翔飞与爱肯牛仔创始人张馥荔。

在5强对抗中，章苏阳将与李瑞琴并肩作战，他们能否继续突围成功，成为大家关注的焦点之一。

赛前的猜测

5位华商领袖评审的投票对于比赛结果至关重要。有人质疑称：这个圈子本就不大，5位导师与几位华商评审不可能没交情，谈何公正性？而录制当天的现场观众也透露："看到有投资导师与华商领袖相谈甚欢。"更有人爆料说，李瑞琴的投资导师章苏阳与其中3位华商领袖私交甚好，《爱拼才会赢》总冠军已经"内定"为李瑞琴。

巧合的是，赛前主持人李咏曾私下透露："个人最看好的项目就是新疆'乡都酒业'的李瑞琴。"

对公众的猜疑，节目组回应："播出前不做任何解释，一切请观众看结果。"这句话真是吊足了大家的胃口。

不算意外的结局

李咏一句开场白——"这个时代，爱拼才会赢"，拉开了决赛的战幕。"中国好项目"的称号对于创业者来说绝对是至高的荣誉，成功者不仅能将价值30万的3克拉"冠军之戒"收入囊中，更有可能获得华商领袖和其他知名投资者的极大关注和跟进投资。

节目刚开始就火药味十足，每一位创业者和导师都有备而来。3克拉的"赢家之戒"耀眼闪烁，然而赢家只有一个，评审团对进入决赛的5个项目进行了最严苛的考核，从行业发展、团队建设、商业模式、投资价值全方位解析。

5位华商领袖纷纷祭出狠招，考验着选手的耐受力。90后创业者余佳文的项目被指"缺乏实用性"、"没有好的盈利模式"，震得他直发懵；张馥荔表现活跃，得到的却是一句："你还是回家带好孩子吧！"在5位华商领袖毫不留情的“打击”下，别说那些“小字辈”，连见过世面的李瑞琴都有几分紧张。

5名创业者与导师组成的创业团队经过多轮激烈PK，在最后环节华商领袖投票中，安徽最大的连锁快餐老乡鸡总裁束从轩获得了5位领袖中3位的认可，问鼎“中国好项目”。李瑞琴晋级前三名。

配套的营销活动

李瑞琴是将《爱拼才会赢》作为一个大项目来做，不仅希望赢得投资者，也希望借此机会，让全国更多人认识乡都品牌和乡都产品，实现项目的最大化。因此，当李瑞琴在场上拼搏时，乡都的相关人员积极行动，“配合作战”。

负责活动策划的北疆外阜部主管马晓荣说：“2013年4月–5月，由于董事长在东南卫视的‘爱拼才会赢’节目的精彩表现，为了与销售结合，公司决定在北疆各地举办‘爱拼才会赢’北疆巡回宣传活动，时间为10天，在6个地方举行。

“接到这个任务，我第一个想法就是10天6场活动，这根本不可能完成。在接下来的活动策划中，人员不足、活动地点跨度太大等各种问题浮现出来，我向张永丽总经理建议说：‘10天做6场活动太多了，不可能办到，能不能减少次数？’张总说：‘没有不可能的事，活动机会难得，要克服困难。’于是，我们又重新做部署，优化路线，合理安排人手，定好目标，制定实施计划。结果在10天内安排了6场活动，并都取得圆满成功。”

新疆人民的祝福

陈欣说：“‘15年的耕耘路、15年的品牌梦’，李董事长，在新疆企业第一次参加中国好项目，全国华人创业节目的母亲节和父亲节两次现场，表现令新疆人骄傲，背后的创业故事，更成为新疆人的励志教材。

“节目播出后，很多新疆观众纷纷联系自己认识的乡都人，有一位大姐联系到乌市营销公司总经理张永丽，并发了一段微信：以往喝过新疆的干红葡萄酒，真正认识乡都来源于前不久去乡都会所参加的一次评酒活动，期间放映了董事长李瑞琴在李咏主持《爱拼才会赢》节目中的精彩片断，李董事长年近50

时,没有靠外贸生意积累的大笔存款养老,而是选择二次创业,才有了今天的乡都。这位60多岁的老人看上去至少比同龄人年轻15岁,真诚、质朴、坚忍不拔深获投资公司青睐,初赛、复赛皆获成功晋级。在这个关健时刻,却迎来一场严峻挑战,我没有大额订单,却有一颗为真、善、美喝彩的心,挺你,乡都!向李董事长发出由衷的敬意和祝福,愿乡都的明天会更好。

“目前,消费者在全疆各地开展《乡都,新疆人的中国梦——为乡都加油,为新疆喝彩》系列活动,掀起家乡人爱家乡品牌活动,助力乡都梦想实现。”

一个传递正能量的感人故事

一位老员工说:“我来到乡都酒堡,那里正在热火朝天地举办第四届‘共赢在乡都’活动,230名参加活动的全国各地乡都家人齐聚一堂。在这次活动中,乡都牺牲葡园泄洪、拯救村民的事引起各界人士的关注和支持,易观商业解决方案公司高级副总裁张鹰先生也来到了乡都酒堡,并在现场订购了20万元‘义酒’。当晚,别具民族特色的大型篝火晚会,在乡都罗马柱广场举行,乡都人的热情爽朗为这个夏夜持续加温,好像完全忘了那天晚上还有一个重要的事情在发生——《爱拼才会赢》‘中国好项目’的决战之夜,也许发生在乡都人身边的大事实在是太多了吧!

“2013年7月7日晚上9:15,《爱拼才会赢》迎来‘中国好项目’决战之夜,华厦第一州——巴音郭楞蒙古自治州有很多观众,早早坐在了电视机前,因为大家知道:乡都酒业董事长李瑞琴站到了决战的舞台之上,大家都想第一时间看到她的精彩表现。

“在2013全球华人创业季,李瑞琴董事长携乡都酒业项目,一路过关斩将,突出重围,进入‘中国好项目’前5强,荣获‘2013全球华人创业季最具坚韧精神创业家’奖项,她已成功地把乡都的高端品牌形象植入全国红酒消费者的心里。

“‘绿色是走到最后的最大优势’,正如李瑞琴所说,这最后的PK夺取了全国观众特别是商界精英们的眼球,能站在决战的舞台上,已经是自己作为新疆企业的最大自豪。

“近3个月的摸底、评估、拍摄、深入了解，得到专业严谨的章苏阳导师高度认可和8000万元的融资意向，而决赛现场荣获‘2013全球华人创业季最具坚韧精神创业家’更是全国观众对李瑞琴的一个公正评价。

“作为一个领军高端葡萄酒的民营企业家，李瑞琴认为，企业文化是一个企业做强产品、做大品牌、凝聚员工、贡献社会的力量所在，而诚信则是企业基业长青的灵魂。因此，乡都文化凝练了她的人生信条：“做事先做人，努力无止境”，本着这个信条，一路走来，她收获了无数素不相识的人与企业愉快合作的成果，收获了中国一流投资专家的入股合作。十几年中，她带领团队完成了一次次艰难的蜕变，而在成功面前，她谦虚又低调。这得益于她与生俱来的感恩信念。”

结语：取胜不仅仅是拿冠军

有人说“重在参与”，那是业余水平的娱乐。专业级的竞争，参与就是为了赢得胜利，必须保持强烈的取胜欲望，否则就没有参与的必要。

但取胜不仅仅是拿冠军。最强烈地挑战了自我，最充分地展现了自我，最高效地发挥了自我，就是了不起的成功。

漫画/杨琪

第十一章
梦想永恒

中国最年长的“新锐创业家”

62岁，新锐创业家。青春不仅属于年龄，更属于激情。李瑞琴至今仍像普通人一样工作，像年轻人一样斗志昂扬。她内心巨大的动力源泉是什么？她究竟想追求什么？她的回答是：如果我能够给企业和儿女们留下一种精神，让他们能够继续前行，我就很知足了！

“中欧创业领袖成长营”最年长的学员

中欧国际商学院“新生代创业领袖成长营”第一期的49位学员，都是极具潜力的企业创始人。最年长的李瑞琴给同学们出了一道题：谁能完整地说出乡都酒业所在地——“新疆维吾尔自治区、巴音郭楞蒙古自治州、焉耆回族自治县、哈尔莫墩村西戈壁、新疆乡都酒业有限公司”，就邀请他来乡都做客。这道题出得既充满智慧，又深蕴着这个“从山东来的新疆人”对第二故乡的挚爱之情——她想让人们深深记住天山南麓霍拉山下那片葡萄园和美丽的乡都酒堡；她也乐意跟所有对乡都酒堡和葡萄园感兴趣的人结缘。

学习和分享

中欧国际工商学院是一所由中国政府与欧洲联盟共同创办、国务院学位委员会认可、专门培养国际化高级管理人才的非营利性中外合作高等学府，是亚洲有史以来第一个、也是目前唯一一个进入《金融时报》世界排名前十的商学院，是中国大陆MBA及EMBA课程的开创者，被誉为“企业家成长摇篮”。中欧国际工商学院位于上海浦东新区，校园建筑由世界顶尖的贝聿铭事务所设计，美丽又极具特色。

2012年，李瑞琴被中欧商学院破格录取，成为“新生代创业领袖成长营”第一期最年长的学员。面对这个难得的学习机会，她非常珍惜，学习劲头不亚于冲刺高考的高中生。

邹积赟说：“我妈太厉害了，她求知若渴的学习精神常人难比。任何一堂课她都坐第一排，连续4天，认真记笔记，从来不打磕睡，其他年轻的学员都很难做到。”

李瑞琴在百忙中赴中欧学习，不是为了“镀金”，那对她毫无意义，市场并不认识你是文盲还是博士，不认识你是农民还是知识分子，优胜劣汰的法则不取决于你的文凭高低，强者才能生存。她真正的目的是去“取经”，在全球化的今天，要想立足于竞争惨烈的葡萄酒市场，必须持续学习，保持全新的观念和视野，才能率领乡都人追梦到永远。此外，她还想将取来的真经在企业内部传播，实现整体的提高。

学习结束后，李瑞琴在库尔勒总部主持召开了全体会议，跟大家分享了她在中欧的学习成果。她说，在这个国际化高级管理人才荟萃的平台上，她开阔了视野，增长了见识。从中欧的窗口看到了世界经济发展的缩影，了解了国内外经济发展走势，汲取了创新发展的动力，修正了创业的思维方式，对乡都的未来有了更清晰的定位。

李瑞琴还说，她对“民营企业家是领着一群孩子赶路的母亲”和“创业者永远都会在不确定的外部环境中艰难前行”这两句话感触深刻。回顾乡都10余年的发展历程，她领着大家在充满变数的环境中艰难前行，全部经历几乎都可以概括在这两句话里。

李瑞琴用学习成果修正了自己的某些观念，对员工提出了新的要求，同时重申了过去行之有效的一些经验，使两者有机结合，形成新的企业行为模式——

反省不足，苦练内功，以“两耳不闻窗外事，用心去做眼前事”的心态面对市场的恶性竞争；

掌握商务世界的通用语，学会与资本打交道；

本着“做事先做人”的企业文化理念，提高团队的避错能力；

与社会各方建立真诚互利共赢的合作关系；

抓住一切机会，想尽一切办法，不断提高和改善品牌形象；

李瑞琴还运用学习成果，强化或修正了企业经营管理的一些重要内容，指出：企业定位决定了企业的发展空间，乡都下一步的战略目标是瞄向“全球化消费群体”，启动新的商业模式，保证企业“慢慢地快”，在正确方向的指引下，既不急于求成又能高效运转。为此，乡都必须改变家长式、经验式管理的模式，引进现代管理模式，按照乡都“家文化”的理念重新打造，让人文关怀与制度约束相结合，进一步完善管理，规范各项工作，李瑞琴的学习分享，对全体人员是一次知识的充电、心智的启迪、观念的洗礼，通过分享，实现了学习成果最大化。

一个孝顺的“跟班”

李瑞琴在中欧创业营学习时，兼任上海公司总经理的李晓云也跟班学习，长知识的同时照顾婆婆的生活，做一个贴心的“跟班”。

李晓云说：“近年来，因为企业高速发展的需要，董事长及公司高管、中层管理者陆续出疆学习求经。经股东‘分享投资’白文涛先生的引荐，董事长获准进入中欧‘新生代创业领袖成长营’学习，我也因近水楼台的关系，得以全程跟下了整个课程并参与了创业营几乎所有的活动。

“‘活到老，学到老’，这话在董事长身上充分体现。董事长作为创业营年龄最大的学员，其精神的确令人敬佩。董事长的创业故事也深深打动了创业营及学院的相关领导和学员。学习的过程是辛苦的，但创业的人们都不怕辛苦。在这样一群背景相似、气味相投的创业者中间，学习的过程是鲜活、真实、立体的，能够结合实际立即践行，这种接地气的学习机会实在难得。

“在创业营的学习经历，让我们感受到了时代的脉搏并发现了自身的差距，让我们不再做井底之蛙。与优秀的人为伴，自己也会成长得很快。这段学习经历已成为我们人生过程中非常非常重要的一笔，对未来的人生也有深远的影响。”

中欧创业营的“宣传员”

2013年，搜狐商学院专访了中欧“新生代创业领袖成长营”一期的学员代表，李瑞琴作为学员代表的一员，在与搜狐商学院主持人沟通时，坦诚地表达了她的收获和欣喜。

李瑞琴说：“我来到中欧完全是我的幸运，也是我到了花甲之年的最大收获。我所从事的行业很特殊——做葡萄产业。从1998年到现在我们一直做种植和加工，除了葡萄酒加工，还有葡萄废渣的精深加工。七八年前我们只顾种地种葡萄，之后我开始建厂，然后生产产品，葡萄酒要经过储存才能长期做出来。我没有上过大学，觉得要改变自己的命运，就创业了，‘无知者无畏’。

“在现在的市场经济环境中，做产品和品牌的时候如何带领自己的队伍往前走？我奔着这个念头到这个课堂上来，我要改变一下我的观念，看一下我

60多岁的思想是否跟得上时代。到这个课堂以后我才发现，这个创业营不仅仅有非常优秀的教授、导师，每一个优秀的同学都是一本很好的书，他们都有各自不同的内容，都有不同的经验。在我们中欧创业营的课堂上，案例比理论重要，提问比答案重要，群智比专家重要，我们这个地方没有正确的答案，每个企业都有每个企业的不同，因为我们来自于不同的行业，每个行业有每个行业的不同，大家都有这么一种精神，我们可以互相借鉴、互相学习……我没有进过高等学府，但是我觉得创业营跟高等学府是不一样的，我特别庆幸赶上了创业营的第一期。”

搜狐商学院主持人向大家提了一个问题：“当时大家过来时，应该都处在企业发展的特殊阶段，大多数人都应该是带着问题来学习的。那么在一年的学习过程中，我们在企业运营过程中有一些问题得到解决了吗？或者有没有得到一些解决问题的思路？”

李瑞琴的回答是：“我觉得创业营最大的特点是教学方法不一样。比如说我们在这个学习模块当中，49个学员都会根据自己不同的行业有一个企业介绍，通过教授的理论，我们进行学习，有针对性的头脑风暴，针对企业的现状，大家会按照他们自己的理解来说你这个阶段出现了什么问题，以后你应该往哪方面走、应该如何走……非常清楚，通过点评，我们回去自己好好研究，真的是很不错的。在这个地方不断吸收，吸收之后落实，在这里可以感觉到很多问题，你的商业模式对吗？团队可以吗？你的营销方式对吗？你的市场定位对吗？你的产品质量能够稳定下来吗？一系列的问题都是一瞬间能够涌现出来的。上了创业营之后收获真的很大，大家每天都在进步，我的感受是这样。”

当搜狐商学院主持人问到大家“最认同创业营的价值是什么”时，李瑞琴的回答是3个字：正能量。她还说：“我们每堂课都有分享和小桌讨论，我们讨论完就会上去PK，每堂课都有”，“新疆本身就很落后，我会把在创业营的收获分享给我身边的朋友，会把这个课的东西跟大家讲，我会到处传播我们创业营的文化。我就是中欧创业营的宣传员”。

一个收获：结缘业界精英

李瑞琴去中欧创业营学习，提升知识、理念只是目标之一，她还有一个目标：广结善缘。在10多年的创业生涯中，李瑞琴的事业曲折前行，离不开“有缘人”的多方支持，她深知“结缘”的重要——山不过来我过去，等别人走近自己，不如自己走向别人。

2012年，李瑞琴邀请中欧创业营第一期的教授、校友们访问了乡都，同行者还有他们的家属，让客人们零距离感受到了乡都式的盛情。

创业营学员多为第一次到南疆，对边疆风光犹为喜爱，到了位于焉耆盆地霍拉山脚下的万亩葡萄园，学员们尽情呼吸天然大氧吧的洁净空气；感受这里炽烈而通透的阳光；亲抚孕育有机葡萄的沙砾土壤……惊艳于深藏4万亩葡萄基地的乡都酒堡，在酒堡，学员们兴致勃勃地品尝着每一款乡都美酒，从文化馆到3000平方米的酒窖，从味蕾到心灵，每一位学员都被所看、所品、所感、所悟震撼着，纷纷表示：“喝看得见的安全酒只是我们的初级需求，喝可以对话的、有灵性的美酒才是我们的终极需求，在乡都，我们的需求都实现了！”

在乡都酒堡罗马柱广场熊熊燃烧的篝火坛旁，学员和乡都员工们尽情歌舞，舞动的裙摆和升腾的火焰带着学员们浪漫的情怀飘向珍珠般的星空。

2013年7月17日，乡都又迎来了中欧“新生代创业领袖成长营”二期师生。

中欧创业营有一个特色教学内容：寻找“活案例”，通过现实中的企业案例分析公司经营管理中常见的问题。李瑞琴逆境成长的创业经历被编撰成课堂讨论案例。在总经理邹积赟近一个月的精心安排下，学员们从全国各地飞抵梨城库尔勒，再次感受了现场教学的魅力和新疆人的盛情。针对乡都案例，来自全国各地的商界精英和商学院的教授展开热烈讨论，以世界前沿丰富的理论和成功实践经验用心点评，真心助力乡都更快更好地长远发展。借助这些智慧大脑和他们不可小觑的影响力，李瑞琴也将自己的学习成果成倍地放大了！

结语：好学上进的人永远年轻

唐太宗问一位老臣：您80多岁了，牙齿快掉光了，讲话却常有新奇的见解，为什么呢？

老臣说：我的牙齿旧了，思想却是新的，那是因为好学啊！

好学上进的人永远年轻。因为年轻不仅属于强健的身体和光洁的皮肤，更属于常变常新的思想和永远向上的灵魂。

对企业家来说，选择不断“刷新”自我观念、知识结构还是固步自封，决定了企业是否有革新能力、是否有不断前行的动力。

寻找“管理英雄”：62岁的新锐创业家

2013年是个特殊的年份，中国经济经历了非常艰难的触底回升过程，无数企业在负重中前行，克服了难以想象的困难，推动着中国的经济巨轮向前行驶，他们中间涌现出了大量卓越领导者和卓越企业家。

对李瑞琴来说，2013年是大丰收的一年，通过《爱拼才会赢》的舞台，她的传奇故事被众多人了解；她的事业之舟也渐渐驶出峰回路转的激流险滩，眼前风光一片，令人瞩目的成就还让她频频登上领奖台。

第9届“管理中国”总评选揭晓！

2013年11月2日，运作近3个月的“第9届暨2013年度‘管理中国’总评选”在“第22届中外管理官产学恳谈会”上，如期揭晓。

“管理中国”总评选的评委有中国企业联合会名誉会长袁宝华；中国管理现代化研究会名誉理事长成思危；中国管理现代化研究会理事长、原清华大学经济管理学院院长赵纯均；《中外管理》杂志社董事长、出版人杨沛霆；北京大学副校长、北京大学经济学院前院长刘伟等大师级人物，通过公平公正的评选，共有8家企业和其管理者在近百家候选企业中脱颖而出，获得荣誉。

乡都酒业获得“2013年度中国企业管理杰出贡献奖”：李瑞琴本人同时获得了“2013年度领导力奖”。

李瑞琴的获奖理由是——“乡都酒业是戈壁滩上的葡萄传奇：10多年前，乡都酒业所在的新疆焉耆县七个星镇，还只是荒无人烟的戈壁滩，乡都人通过自己的努力，使曾经的戈壁荒漠成为生机勃勃的高品质葡萄园。

“而乡都酒业走出新疆，成为新疆高端葡萄酒的符号，则更多源于它在商业运作方面的创新。与理财的结合、与艺术的结合，使乡都酒业在成为金融产品、收藏精品的同时，成为商业模式创新的典范。”

在领奖台上，李瑞琴自信地发表了获奖感言：“我们这几年走了自己独特的路。如果葡萄酒在传统行业中拼个你死我活，那么在惨烈的竞争里，企业之间肯定两败俱伤。我们这几年采用了更多的创新思路。例如：把葡萄酒设计成为理财产品，让它成为金融产品，而不是普通的消费品，营销创新再加上新疆自然环境的独特优势，我对未来非常乐观。”

十年磨剑：最具坚韧精神创业家

2013年夏，全球华人励志创业真人秀《爱拼才会赢》异军突起，屡创收视高峰，而李瑞琴通过90天艰苦鏖战，不仅脱颖而出进前三，还荣膺“2013全球华人创业季最具坚韧精神创业家”！

坚韧是创业者必不可少的条件之一。坚者无退，韧者不溃；坚以养气，韧以化力。李瑞琴创业多年，无论境遇顺逆，始终执著如一，“最具坚韧精神创业家”的称号可谓实至名归。

回顾10多年的奋斗历程，李瑞琴感慨道：10年前就有专家预言，10年后中国葡萄酒的竞争就是原料的竞争，谁拥有好的葡萄园，谁就有生产优质葡萄酒的基础，转眼间预言变成了现实。乡都立足中国葡萄酒市场的底气正是仪尔庄园4万亩挂果的优质酿酒葡萄。

然而，为了拥有这样的底气，她付出了多么大的代价啊！她还记得初创业时的艰难和辛酸——当一同投资种葡萄的创业者耐不住寂寞、扛不住灾害纷纷落荒而逃时，她卖房卖车，几乎把全部家当都变卖成钱投入到了葡萄园，一家人大冬天住帐篷、睡井房，日夜劳作，和工人们一起架电线、打井、开路、铺水管，千难万难，硬是咬牙坚持了下来。

她还记得，当一轮又一轮兼并贴牌的游说袭来时，她也迟疑过、动摇过，那些利益裹着的陷阱，只要踏出去一步，她的事业就将面目全非，让她深感庆幸的是，她顶住了一切诱惑，保住了乡都独立自主的发展模式，使创建百年事业的梦想得以延续。

她还记得，当众多红酒企业无序竞争追求商业价值最大化时，她恪守创业初衷，十年磨一剑，精心打造有机品质，潜心培养一流专业团队，专心做中国的顶级酒庄酒，才有了今日的局面。

“最具坚韧精神创业家”，她配得上这个称号！

梦想不老：令人尊敬的“新锐创业家”

2013年12月15日，由东南卫视、唯众传媒、飞马旅联合主办的“新形势，新动力——第五届中国商业领袖论坛暨‘倾城之梦’”颁奖盛典在上海隆重举行。蔡洪平、徐新、郑永刚、季琦、严介和、杨东文、范敏、吴晓波、袁岳等知名企业家、投资人、财经学者和500余位中国财经界、文化界的行业翘楚、商界精英齐聚申城，共同探讨新形势下中国经济发展的新动力。同时，备受瞩目的“2013中国商业领袖奖”、“2013中国文化先锋奖”、“2013中国新锐创业家奖”等多个大奖在颁奖盛典中揭晓。

新疆乡都酒业董事长李瑞琴与安徽老乡鸡集团董事长束从轩等12位创业者当选为“2013中国新锐创业家”。

“年龄62岁，创业24年，这位新疆的山东大姐，最大的梦想是，让新疆葡萄酒像新疆葡萄一样，飘香国内外。”主持人通过电视，使无数人认识了李瑞琴和她可敬的梦想。

“新锐”，不是因为她年轻，不是因为她创业伊始，而是因为她生命不息、奋斗不止的精神以及不老的梦想。

结语：一生做好一件事

创业，怎样才算成功？有的人理解为多赚钱；有人理解为获得广大的名声；有人理解为获得很大的支配权力……其实，名利权势只是创业的花果枝叶，不是创业本身。真正的创业是：一生做好一件事。把这件事提升到前所未有、人所不能及的水准，深刻改善人类的生活品质或精神品质，如此，花果枝叶也会在壮硕的事业之树上密密地长出来。

下一个目标：把葡萄酒卖到法国

我们采访伊夫·卡特拉先生时，这位和善的法国庄主透露了一个消息：他们将帮助李董事长实现一个梦想——把葡萄酒卖到法国。

这个消息让我们感到惊讶，也很振奋。印象中法国是高端葡萄酒的王国，被全球葡萄酒业奉为圭臬，今天我们中国的葡萄酒业普遍面临法国葡萄酒的竞争压力，而李瑞琴竟然想将葡萄卖到法国去，这是一个雄才大略的计划，还是一个异想天开的构想？

“我认为乡都酒已经达到了国际高品质葡萄酒的水平，中法建交50周年，对乡都来说会是一个进入法国市场的机会。”伊夫先生似乎看出了我们的疑惑，解释说，“乡都酒完全可能进入法国市场，因为乡都酒完全是有机酒，乡都葡萄是野生状态下生长出来的，会有很多法国人感兴趣。我们想帮助乡都酒业进入法国市场，因为法国是整个葡萄酒行业的中心，乡都进入法国后更容易进入欧洲市场。我们这个团队一定要帮助乡都酒业进入法国市场！”

怎样让乡都酒进入法国市场？伊夫团队有一个计划：法国先锋艺术家尼古拉·安东尼是李瑞琴的好朋友和前合伙人，安东尼的父亲沃尔迪是已故法国著名艺术家，2014年8月，安东尼在北京举办了沃尔迪艺术展览，李瑞琴以老朋友的身份，帮了不少忙。为了答谢李瑞琴的盛情，沃尔迪基金会和安东尼先生决定将沃尔迪先生的一件雕塑品——《女王》赠送给乡都酒业。“希望雕塑成为乡都酒业的一个象征并代表李董事长的形象，希望乡都酒业可以成为整个中国酒业的女王”，伊夫先生说，他们还将组织一个盛大的雕塑赠送仪式，安东尼将以《女王》为主题为乡都设计一款酒标。2015年7月，是沃尔迪诞生100周年，安东尼将拿出父亲的作品，在地中海沿岸一些国家作巡回展览。他们将在展览会上推出这款“女王酒”，那样就会有很多人从此认识乡都葡萄酒。

我们相信，当乡都酒陈列在艺术展览会上，会有很好的宣传效应，但这毕竟不是稳定的销售渠道。于是我们问：“你们怎样把乡都酒送到终端手上呢？”

伊夫先生说：“酒和艺术是紧密联系在一起的，好品质的葡萄酒是一种艺术创作。尤其是在欧洲，在法国，艺术是一个很高的平台，巡展期间将邀请当地的一些媒体作宣传，邀请当地的社会名流和葡萄酒经销商来品尝，通过经销商，让乡都酒进入法国市场。”

原来如此！伊夫团队不仅有想法还有实施方案，我们的感觉是：有戏！

如何破解“葡萄美酒困深巷”的难题

乡都的梦想，还承载着新疆葡萄酒行业做大做强的愿望。

新疆自古就是中国主要的酿酒葡萄及葡萄酒产地之一，但直到20世纪70年代，新疆葡萄酒工业化才真正形成。

目前，新疆生产葡萄酒的企业有几十家，但没有一家能在全国叫得响的葡萄酒品牌。大部分葡萄酒生产企业仍以小酒厂、小作坊居多，生产管理以家族式管理居多，未形成现代企业的管理理念和运作机制，行业整体化水平较低，无法形成规模效益，尚处于无序竞争状态，产品覆盖面较窄，消费者的品牌认知度较低，与张裕、长城、王朝、威龙等国内知名品牌相比，无优势可言。乡都作为新疆酒业的龙头企业，肩负着率领“群雄”闯出新疆、闯出国门的使命。

目前乡都刚在北京、上海等疆外地区搭起一个个战略支点，但离真正打开市场，还有待时日。在“内战”成败未定的情况下，乡都又提出进军法国、进军欧洲的战略目标，显然，这是一条值得尝试的新路。我们也期待乡都凭实力闯出国门，为新疆、为中国葡萄酒业争光。

“要有一颗不满足的心”

对李瑞琴来说，让乡都葡萄酒走出中国，走进法国市场，不是必须实现的目标，仅仅是品牌宣传的一种方式，近期她最大的目标还是联手国内葡萄酒业同行，共同守住国内市场。现在外酒占整个中国葡萄酒销售市场的30%多，还有进一步扩大之势，守住“阵地”显然是个比“冲出去”更大的任务。

她说：“我们乡都从诞生那天，就在和外国酒厂争市场，实际上我们现在的主要对手还是外酒……国外的葡萄酒它是大量过剩的，它们现在都把中国看作它的第一市场，再加上外国人的一种惯性思维，中国不产好葡萄酒，所以我们走出去很难。我们走出去的目的是什么？为走出去而走出去？没必要！肯定我们现在还是要立足于中国市场，别把我们中国的市场给他们瓜分了。”

当然，守住国内市场不等于被动防守，有时也要主动出击。近几年来，乡都酒通过一些特殊的活动，在抢夺国外客户方面也小有突破。

2011年，乡都酒业被确定为首届中国—新疆亚欧博览会首席战略合作伙伴，乡都成为大会唯一指定葡萄酒供货商。进入展馆的各国客商在路过乡都酒业展位时，大多都会驻足停留品尝一杯。“新疆葡萄酒中喝得出法国味道”，这一发现让来自欧洲的客商惊叹不已。当他们听了乡都的故事，对乡都葡萄酒的兴趣更大了。

“正是中国-亚欧博览会的平台，让乡都这个品牌走向国际市场。”总经理邹积赟高兴地说。

“要有一颗不满足的心。”李瑞琴说。退守不是她的习惯，只是她的策略，她不会将梦想永久局限在新疆、在中国，伴随着日益崛起的中国，在可以想见的未来，她将率领乡都人，在国际市场上精心描绘属于自己的“中国梦”。

结语：梦想不需要合理逻辑，只需要时间

人类没有梦想，世界将变成荒漠；人类有了梦想，一切皆有可能。

人类做过许多稀奇古怪的梦：登月，千里眼，顺风耳，海底游……有的梦做了几千年，终于实现了；有的梦刚开始做，已经实现了。

只要坚持足够多的时间，每一个有价值的梦想都会实现。

后 记

梦想的诠释：只为留下一种精神

“创业不是为了赚钱。”李瑞琴说

“那您是为了什么呢？”我们问。在我们这个不得不倚重金钱的时代，“钱不是万能的，没有钱是万万不能的”，以至于许多人远离了“创新思维”、“科学思维”，更遑论“哲学思维”、“艺术思维”，只剩下“钱思维”，凡事都要跟钱联系起来思考，如果不是为了赚钱，为什么呢？像李瑞琴这样，拼命苦干十几年，流下的汗水可以淹死一匹骆驼，如果不是为了赚钱，那就太不可思议了！我们猜想众多人会有此疑问，所以我们代表大家提出了这个疑问。

“如果，”李瑞琴的目光悠悠地飘起来，仿佛已神驰远方，去天外转了一圈，“我能够给企业和儿女留下一种精神，让他们能够继续前行，我就很知足了！”

精神？

当然是精神！

这个答案跟我们猜测的一样。假设不是为了精神的修炼与传承，她所行一切，那就像自讨苦吃了！惟有精神的价值，值得为之奉献一切。

李瑞琴“追梦精神”的家庭价值

李瑞琴的梦想，不是一开始就挂在天上，而是从脚底下开始，从家庭起步，然后延伸到企业，再延伸到更广大的空间。她对《富世》的记者说：“在上世纪80年代，我的人生价值就是让一家人吃饱饭，三天能够包一顿饺子。到了21世纪，我的人生观和价值观发生了重大改变，我希望我的员工和家庭成员能够在经济大潮中站稳脚跟。现在，我的人生价值就是为了我们的目标——基业长青、百年品牌而努力奋斗。”

无论她的梦想微小还是宏大，家庭都在其中占据着不可或缺的位置。这也符合我们中华民族“家文化”的传统。在传统文化中，父母为孩子攒一份家业，就是人生的成功。对此，李瑞琴有不同的理解，她对我们说：“孩子要不给你争气，赚那么多钱有什么用啊！事业成功首先是做人成功，财富的传承一定要变成精神的传承，你给孩子一座金山，他会坐吃山空；你给孩子一个很大的经营权，他不会经营，可以一下子破败；但是你要给孩子一个精神，给孩子一种力量，他就会世世代代传下去。”

有人可能会问：你重视精神传承，将财富看得不那么重要，那你为什么辛辛苦苦做出那么大的事业、积累那么大的资产？

精神和物质的关系，正是许多人容易发生误区的地方，原因是他们习惯用“一元思维”思考问题，非此即彼，非彼即此，其实精神和物质的关系，像灵魂与肉体的关系一样，不能分离，没有这个肉体，灵魂附着在哪里？没有灵魂，肉体就失去了价值。精神和物质，精神附着于物质，而物质靠精神释放价值，两者都不可弃，却有主次之分，重物质或重精神，境界不一样，人生也会别样。

再者，李瑞琴重视精神，跟她努力壮大事业并不矛盾，大器才能附着大精神，种一万亩葡萄跟种一亩葡萄涵载的精神会一样吗？

让李瑞琴感到欣慰的是，家人们不仅参与了她的事业，也感染了她的精神，他们的行事风格竟与她如出一辙：以身示范，少说多做，吃苦耐劳，勤力乐行。

对家人们的表现，李瑞琴不止是满意，更多的是欣赏，“他们在自己的领域里非常拼命和敬业”，这是她对他们的评价。

李瑞琴“追梦精神”的企业价值

在仪尔集团，在乡都酒业，李瑞琴是企业主流价值强有力的传播者和推动者，她通过人格魅力、宣传教育、制度约束三种途径，塑造着员工们的观念与行为模式，同时也将艰苦奋斗、追梦不止的精神传承给了每个人。

儿女们说：“她是企业的灵魂人物，主心骨，她就像是隐形的磁铁，把周围的很多人都吸了过来。”

员工们说："她很真诚。她一直强调，做酒就像做人一样。她一直是一个特别随和的人，为每名员工提供广阔的发展平台，让员工人尽其才。她很善于捕捉员工内心的想法，员工们也能感受到她的信任和期待。作为一个学习者，我对乡都的情感源于我对乡都人的情感，我同样坚信，有好人就一定能酿出好酒。"

对李瑞琴的创业故事，乡都人大都耳熟能详，他们也非常乐意分享这些故事，在员工们心目中，李瑞琴就是他们心目中的明星。

乡都员工张晓玟谈到了她在一次课堂上分享董事长故事的一次经历：

"2012年12月，我参加了乌鲁木齐市中小企业培训中心的《当众说话》培训。每个学习环节结束，学员们都要将所学内容联系实际进行分享点评。其中有一项作业：根据自己抽到的纸条上的一个成语即兴讲述一个简短的故事。我抽到的是'锲而不舍'，我立刻就想到了我们企业的创始人——李瑞琴女士，'锲而不舍'这个词用在她身上再恰当不过了！坚持十几年去做一个传统行业，开荒、种葡萄、建厂、酿酒、卖酒，开始了一个收益慢、战线长的坚守过程，过程中要耐得住寂寞，忍受长期见不到成功的日子；还要禁得住诱惑，不去做投资少、收益快的事业。虽然经历了金融危机、政策变化带来的冲击，她也不改初衷，始终坚持做事先做人、努力无止境的原则。这种精神也同样影响着我们、激励着我们。

"我演讲结束后，老师给了我很高的评价：形式很完美、内容真实且充满正能量。还给我颁发了荣誉证书呢！"

对乡都员工来说，倾听和讲述董事长的故事，是学习企业文化的一种方式，通过这些故事，他们也知道该拥有怎样的精神，该怎样做事、做人。

李瑞琴"追梦精神"的社会价值

李瑞琴的"追梦精神"不仅感染了她的家人和员工，每一个听过她故事的人无不被震撼和感动，不知不觉间吸收着"正能量"。

李瑞琴的朋友中有不少是政府女公务员，到了40多岁、50多岁，有的"内退"了，有的退休了，没退的人也闲下来了，富余时间干什么呢？生活安逸，悠闲到无所事事。可是跟李瑞琴一接触，见她年纪比自己大很多，却干劲十足，精神状态也像年轻人一样，又是羡慕，又是惭愧，觉得再也不能泡在游戏、麻将里了，想实实在在干点事情。有的人还主动要求到乡都来工作。她们不差钱，就想做点事，还说："我们都是60年代的人，比你小十几岁，我们一定得好好干！大姐，你的精神，我们永远崇敬！"

还有一些企业老总，应邀到乡都酒堡做客，看了看周边的环境，看了看乡都员工的精神面貌，听了李瑞琴的创业经历，都惊叹不已，说：我一定要把我们的员工带到这个地方，当做一个再教育基地，你们这种精神，给多少钱都买不到啊！

李瑞琴山东老家有一个做房地产的朋友，拥资数十亿，来乡都一看、一听、一问，再抚心一想：在同样的情况下，我敢不顾一切扎进戈壁滩种葡萄吗？敢在没有一点技术、人才基础的情况下创办酒厂吗？他的答案是：不敢！于是，他对李瑞琴佩服得五体投地，问："当时你的眼睛根本看不到收益，除了投入就是投入，你怎么敢做那么大的决定呢？员工拿不上工资也跟着你干，你是怎么做到的呢？"

李瑞琴说："因为坚持。我相信投入就会有回报。员工们也相信。"

朋友问："你下这么大赌注，就为了证明你很强吗？"

"怎么说呢？"李瑞琴感觉很难讲清内心的复杂体验，就打了个比方，"这么跟你说吧，和我一块种葡萄的一帮人，都有那种认准你就跟着你干到老的劲头，有的几代人都在这个地方，来时小孩都吃着奶，现在小孩都上高中大学了，看着葡萄园一点点扩大，看着孩子们一天天成长，心里这种自豪感跟一年赚多少钱，是不一样的。"

朋友明白了，别人创业是聚财，她创业是聚人。这是一种什么心境？难懂！

说实话，聚人是一种什么心境，我们也似懂非懂。或者，那是一种鲁文化遗风，大家族观念的现代化，"修身齐家"，人丁兴旺就是成功的标志；或者，那是女性特有的情感，像母鸡带小鸡，拢上一大群，就有幸福感。我们虽然不太能读懂她的心境，却明显感觉到，她非常反感那种重财轻人的创业行为，她很为乡都人的脚踏实地而自豪。

她说："我们的事业，一般人是干不了的，我们就帮他干出来。你们看，一望无涯的戈壁滩，以前什么也没有，通过我们十几年的改造，变成了绿洲，还在产生效益，员工收入在增长。每一个员工的成长我都看在眼里，培养到现在。我们还没有成功，但大家都在努力。

“我老家在大海边，来到新疆戈壁滩上，这个地方，空气又好，吃得又健康。我们就在这个世外桃源里养着。我们不怕慢。这个慢不是一代人慢，我们能够沉下心来，用几代人实现目标。

“在我们这个产业上有好多人，恨不得今天做酒，明天就挖座大金山。他们哪知道，不把基础打好，品牌从哪里来？中国缺什么？中国缺品牌。中国现在的金融泡沫呀、房地产泡沫呀！都是急功近利的结果，大家想早日赚大钱，都在做泡沫。我们不做泡沫，不搞投机，一定要坚定不移地做实业。做实业不见得能救国，但是做实业可以救我们自己呀！”

做实业可以救我们自己！

这是我们近些年来听到的最有价值的一句话！

这句朴实无华的话，胜过一打时尚观念。

为了这句话，向李瑞琴大姐致敬！

2015年9月